L'expédition

du même auteur
chez le même éditeur

Le sixième homme (2012)
Opération Fritham (2013)
Vodka, pirojki et caviar (2014)

Ouvrage traduit avec l'aide de NORLA, Oslo.

Ouvrage traduit et publié avec l'aide du programme
Europe Creative de l'Union européenne

Monica Kristensen

L'expédition

traduit du norvégien par Loup-Maëlle Besançon

roman

GAÏA ÉDITIONS

Loup-Maëlle Besançon est titulaire d'une maîtrise de langues nordiques de l'université de Caen, avec un mémoire réalisé sur les dialectes du nord de la Norvège, préparé à Tromsø. Après avoir été coordinatrice générale du festival d'art et de littérature Les Boréales de Normandie, elle mène de front une activité de rédactrice pour le Guide du Routard et ses fonctions de traductrice du norvégien. Elle a à son actif une quinzaine de traductions littéraires, de Pernille Rygg à Åsne Seierstad, Levi Henriksen à Hilde Hagerup, Øyvind Strømmen à Monica Kristensen.

Gaïa Éditions
82, rue de la Paix
40380 Montfort-en-Chalosse
téléphone : 05 58 97 73 26

contact@gaia-editions.com
www.gaia-editions.com

Titre original :
Ekspedisjonen

Illustration de couverture :
© 8213erika / iStock

ISBN 13 : 978-2-84720-723-1

Courage is of the heart by derivation,
And great it is. But fear is of the soul.

Robert Frost, *A Masque of Mercy*

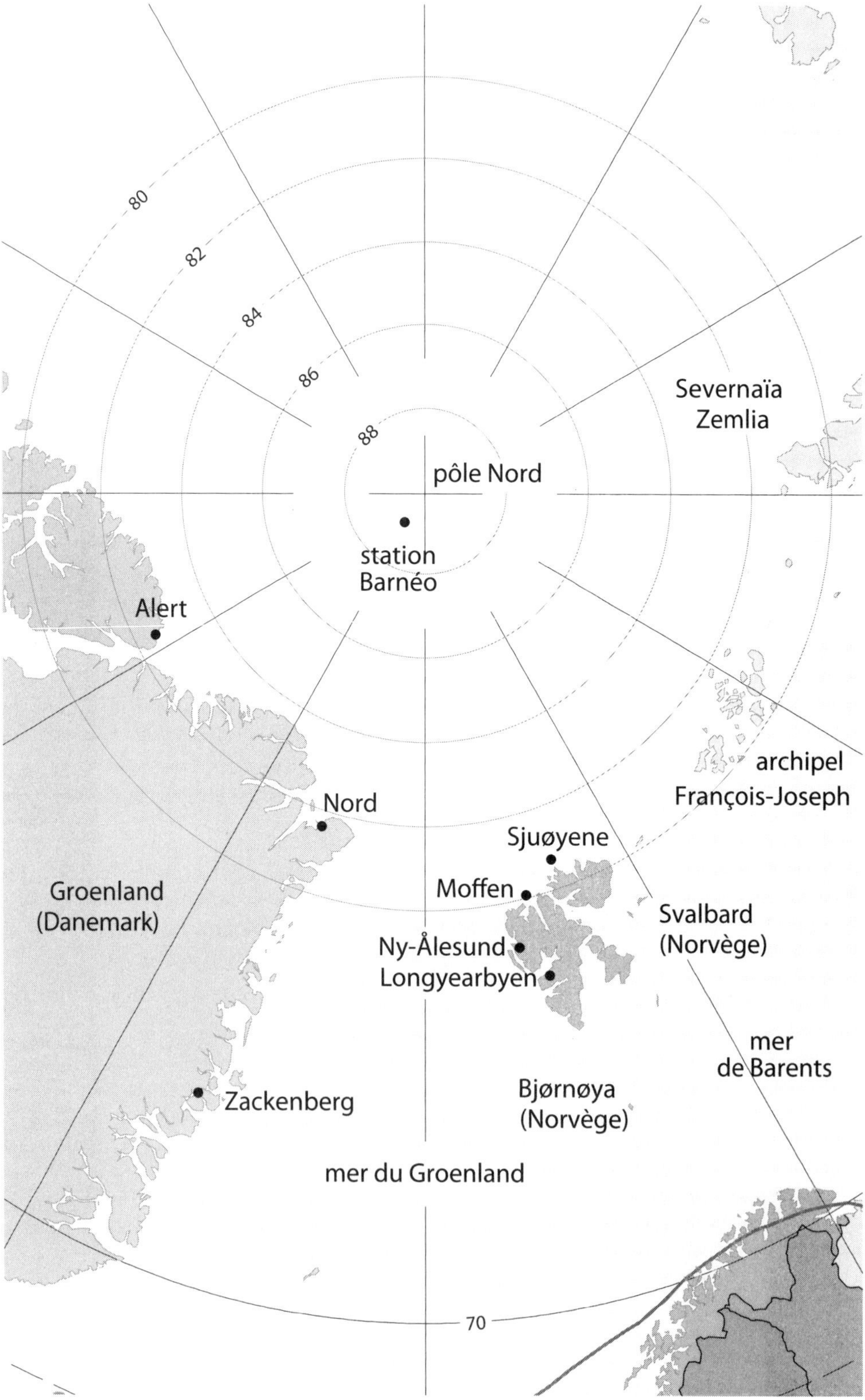
80
82
84
86
88
pôle Nord
station
Barnéo
Severnaïa
Zemlia
Alert
Nord
archipel
François-Joseph
Sjuøyene
Moffen
Groenland
(Danemark)
Svalbard
(Norvège)
Ny-Ålesund
Longyearbyen
mer
de Barents
Bjørnøya
(Norvège)
Zackenberg
mer du Groenland
70

Prologue
L'ours

Sur le plus isolé de tous les océans, même durant l'hiver froid et sombre, il y a de la vie. Des mouvements furtifs entre les crêtes de compression d'une hauteur vertigineuse, un plouf étouffé dans l'eau noire et lisse d'une cassure dans la glace. Une ombre glisse sur la neige. Une créature dangereuse, massive, rôde patiemment à l'affût de sa prochaine proie.

L'ours, un vieux mâle jaune tout balafré, s'était égaré bien trop au nord au cœur de cet hiver noir. Le printemps précédent, la banquise s'était disloquée inhabituellement tôt et retirée loin de la tache formée par Kvitøya, une toute petite île inhabitée au nord-est du Svalbard. L'ours avait erré sur les plages durant tout l'été sans rien d'autre que des œufs et des algues pour se nourrir.

L'hiver venu, l'animal avait de nouveau migré vers le nord. Il n'avait alors plus qu'un seul objectif en parcourant la banquise : trouver de quoi manger. Puis un jour, tout à coup, de manière inopinée, la chance lui avait souri : il avait flairé une présence humaine. Quand, ici et là, il perdait sa trace, il reniflait patiemment autour de lui, jusqu'à ce qu'il la détecte à nouveau. Il lui arrivait aussi, parfois, de tomber sur des blocs d'excréments – gelés, mais mangeables – à des endroits où la neige était complètement retournée. Par moments, il se couchait pour économiser ses forces, mais la plupart du temps il suivait cette piste. Il courbait la tête face au vent, laissant derrière lui des kilomètres et des kilomètres d'empreintes de pas lourds. Dans les rafales de neige, le froid intense et la nuit hivernale. Toujours plus au nord.

Le mois le plus froid de l'année dans l'océan glacial Arctique est mars, quand la lumière revient. La neige crépite alors de froid et des colonnes de brume grise s'élèvent de la mer. Par temps clair, la lune et les étoiles qui brillent haut dans le ciel illuminent la glace tandis que les aurores boréales dansent sur la voûte céleste.

L'ours ne cessait de maigrir. La peau distendue sous son ventre se balançait à chacun de ses pas. La faim le rongeait, tel un rat vivant dans son estomac vide. Les semaines passaient et le printemps se rapprochait. Au loin, l'horizon s'embrasait, et chaque jour les flammes de lumière montaient un peu plus haut dans le ciel.

Jusqu'à ce qu'un jour, il les aperçoive : les tentes, les caisses, les hommes et les chiens. L'ours polaire s'immobilisa. Il resta ainsi longtemps, les pattes serrées, la tête levée. Puis il se tapit derrière une crête et attendit.

Chapitre 1
87 degrés nord

La couche de glace à 87 degrés nord s'étendait à perte de vue autour d'eux, jusqu'à l'horizon, où elle disparaissait dans un rai de lumière. Les chenaux et les crêtes de compression dessinaient des lignes sombres au tracé aléatoire. Au-dessus d'eux, la voûte céleste semblait tapissée de couvertures de laine grise. Et entre le ciel et l'océan, ces deux immensités : l'hélicoptère, un cylindre de métal noir vrombissant maintenu en suspension par un lourd rotor qui fouettait l'air de ses pales. Quatre hommes se trouvaient à son bord : deux pilotes, un mécanicien de la compagnie aérienne Airlift et un policier dépendant du bureau du gouverneur à Longyearbyen.

Il faisait chaud dans la cabine réservée aux passagers dans laquelle étaient assis Knut Fjeld et le mécano. Les discussions dans l'intercom s'étaient tues. Il flottait dans l'habitacle une atmosphère paisible, ils étaient un peu comme plongés en plein rêve. Knut somnolait sur son siège, sa tête dodelinait au rythme des mouvements de l'hélicoptère. Peu lui importait de calculer le temps qui s'était écoulé depuis le décollage, il laissait ses pensées vagabonder au petit bonheur, il glissait dans cet agréable état de somnolence, puis en ressortait, avant de repiquer du nez.

L'hélicoptère avait fait une escale sur un navire océanographique allemand dans le détroit de Framstredet, entre le Svalbard et le Groenland, pour remplir les réservoirs de carburant, mais ils étaient repartis aussitôt, sans même prendre le temps de boire un café avec l'équipage. Le *Polastern* avait disparu derrière eux depuis quelques minutes, quand ils avaient aperçu l'île de Danskøya à tribord, avant d'entrevoir au loin le minuscule îlot de Moffen, une réserve naturelle abritant une des dernières colonies de morses du Svalbard. Aucun n'était visible ce jour-là. Ils n'avaient plus eu ensuite que la banquise au-dessous d'eux.

Ils se dirigeaient vers la dernière position connue du campement d'une expédition norvégienne en route pour le pôle Nord – un petit point dans la blancheur d'un désert de solitude. Un appel de détresse par téléphone satellite était à l'origine de cette opération de sauvetage. D'ordinaire, il en fallait beaucoup pour que le gouverneur déclenche une intervention coûteuse nécessitant d'envoyer un hélicoptère très au large du Svalbard, mais le message selon lequel un ours polaire rôderait dans les parages les avait poussés à agir.

La procédure habituelle, lors du signalement d'un ours, voulait qu'un policier et une personne chargée de l'environnement au bureau du gouverneur se rendent sur les lieux afin d'évaluer la situation, mais l'agent du service environnement n'était pas là depuis longtemps et comme Knut était le policier de terrain le plus expérimenté, ses supérieurs avaient décidé de l'envoyer seul sur place.

« Dis-toi que c'est là une super occasion de monter plus au nord que tu ne l'as jamais fait », avait déclaré Tom Andreassen, le chef de la police, en conduisant Knut au hangar de l'hélicoptère. « Il suffira probablement d'effrayer l'ours pour qu'il s'en aille. Il y a de fortes chances que ce ne soit qu'une pure mission de routine. »

Knut ne lui avait pas répondu. Il avait comme l'impression d'avoir déjà entendu cette phrase.

À leur grande inquiétude, il n'y avait aucune trace de l'expédition à la position que celle-ci avait indiquée vingt-quatre heures plus tôt. Or, dans cette région déserte, essayer de localiser des petites tentes sur la glace était à peu près aussi vain que chercher une aiguille dans une botte de foin. Knut avait espéré que ses membres auraient la présence d'esprit de ne pas bouger après avoir lancé leur appel. Même s'il est vrai que cela n'aurait sans doute pas changé pas grand-chose, la banquise étant elle aussi en perpétuel mouvement. Dans le pire des cas, le floe sur lequel l'expédition avait monté le camp avait ainsi pu dériver de plusieurs kilomètres au terme de cette dernière journée.

Pendant de longues minutes, la glace défila sous leurs yeux sans qu'ils aperçoivent le moindre signe de vie. Il régnait un silence de mort dans l'hélicoptère, tous les hommes présents partageaient la même inquiétude : il n'y avait du carburant que pour quelques courts survols de reconnaissance. Ils devraient ensuite faire demi-tour. Tentant le tout pour le tout, le commandant de bord décida de changer de cap, en décrivant des cercles de plus en plus grands autour de la position donnée. Les nerfs tendus, tous scrutaient les crêtes de compression et les chenaux, les ombres et les motifs sur la glace. Au tout dernier moment, le mécanicien distingua l'expédition à travers une éclaircie dans la couche nuageuse.

Le campement offrait une vue pitoyable. Même à plusieurs centaines de mètres d'altitude, il était évident que la situation avait mal tourné. Si l'une des deux tentes était encore dressée, l'autre s'était écroulée. La toile en lambeaux battait dans le vent. Où étaient donc les explorateurs ? Ils s'étaient probablement tous réfugiés dans la tente encore debout. Le sommet de celle-ci était à peine visible derrière la haute crête de compression. Knut se pencha vers l'avant et parcourut la glace du regard. L'expédition était partie avec deux traîneaux, or il n'en voyait qu'un seul. Un peu plus loin, les chiens étaient attachés le long d'une chaîne déployée sur la glace. Ils ne bougeaient pas, ils gisaient comme des tas informes et sombres sur la neige et rien dans leur comportement ne semblait indiquer qu'ils avaient remarqué l'hélicoptère. Le vacarme du rotor aurait pourtant dû les réveiller. À cette heure, ils devraient être en train de courir en aboyant comme des fous.

Knut sortit les jumelles et balaya du regard les environs. D'ordinaire, un ours était facilement repérable depuis un hélicoptère. La couleur de sa fourrure jaunâtre ressortait sur la neige blanche. De plus, malgré les nuages bas, la visibilité était bonne ; apercevoir ses traces de pas aurait donc même dû être possible. Or il ne discernait aucun ours ni aucune des empreintes caractéristiques du gros animal.

Le commandant de bord signala à Svalbard radio qu'ils avaient localisé l'expédition, et qu'ils survolaient maintenant le campement une dernière fois afin de trouver un endroit où atterrir. Il choisit finalement de se poser assez loin des tentes – avec précaution, comme s'il pilotait avec une caisse d'œufs sur les genoux. Le mécanicien sortit en premier. Il referma derrière lui la porte de la cabine réservée aux passagers, avança d'un pas prudent en prenant garde aux cassures et aux fendillements dans la glace. Quelques minutes après seulement, il fit signe aux pilotes que c'était bon : ils pouvaient sauter en toute sécurité sur la banquise.

Knut s'extirpa de la cabine passagers, les jambes ankylosées, puis il regarda autour de lui. Après le vacarme de l'hélicoptère, le silence se pressait contre ses oreilles. La glace et de longues ombres bleues s'étendaient à perte de vue. Cela lui faisait une drôle d'impression de se tenir ainsi sur un floe au cœur de l'océan glacial Arctique. Il se sentait tout petit. Aucun signe de vie, aucun mouvement, aucun bruit. Seul le vent et un voile de neige tourbillonnaient autour de ses bottes. Aucun membre de l'expédition ne sortit en rampant de la tente. Aucun chien ne se leva en secouant la glace de ses poils dans un bruit de cliquetis. Le campement semblait à l'abandon.

Knut étira ses muscles engourdis et s'avança de quelques pas. Le vent lui brûlait les joues. Il remonta la fermeture éclair de sa combinaison de survie jusqu'au menton et s'empressa d'enfiler son bonnet et ses moufles. La pensée qu'il pouvait être arrivé quelque chose à l'expédition s'insinua en lui. Le sentiment lui paraissait si réel qu'il sursauta quand le commandant de bord, Tor Bergerud, parvint à sa hauteur. Il portait un fusil à l'épaule.

« Nous n'avons pas beaucoup de temps devant nous avant de devoir redécoller, annonça-t-il.

– Ils doivent bien être quelque part. J'ai du mal à imaginer qu'ils aient quitté le campement en abandonnant tout le matériel. »

Knut partit en direction de la tente pyramidale. Tor Bergerud le suivit. À chaque pas, ils regardaient autour d'eux. Le sol crissait en cadence sous leurs pieds. On pouvait entendre au bruit de la neige qu'il faisait froid, pensait Knut en marchant. Il avait même lu que certaines personnes pouvaient détecter le froid à l'odeur, qui était un peu semblable à celle du fer. À cet instant-là, néanmoins, la seule odeur qu'il percevait était celle de l'océan.

Les deux hommes escaladèrent la crête de compression qu'ils avaient aperçue depuis l'hélicoptère, puis ils se laissèrent glisser de l'autre côté et rejoignirent sans encombre la tente pyramidale. Une flamme norvégienne en loques flottait au sommet du piquet. Aucun bruit ne leur parvenait de l'intérieur. Les membres de l'expédition avaient-ils été assez stupides pour se réchauffer avec le Primus, en oubliant que le monoxyde de carbone risquait de les intoxiquer ? Se pouvait-il qu'ils découvrent quatre cadavres raidis par le gel dans la pénombre derrière la toile ? Knut retint sa respiration et remonta le cordon qui fermait l'étroite entrée ronde en forme de tunnel.

Les quatre membres de l'expédition dormaient. Couchés côte à côte, comme des anchois dans une boîte de conserve, tête-bêche. L'odeur désagréable émanant des corps chauds et celle âcre de la fumée du réchaud à pétrole prirent Knut à la gorge quand il passa la tête à l'intérieur. Dans un premier temps, les hommes allongés ne réagirent pas à sa présence, puis peu à peu il observa quelques mouvements dans les sacs de couchage. Un visage sale, barbu, émergea du duvet le plus proche. Deux yeux gonflés clignèrent lentement et se plissèrent en regardant vers l'entrée de la tente.

Il faisait presque aussi froid à l'intérieur qu'à l'extérieur. Une simple toile les protégeait du vent et permettait que la température soit très légèrement plus douce sous la tente. L'humidité dégagée par la respiration des hommes avait formé une couche de givre sur le tissu rouge et une pluie de grandes plaques de cristaux de glace s'abattit sur eux quand Knut glissa son corps à travers l'ouverture. La surface au sol était réduite, elle ne devait guère dépasser les deux mètres cinquante sur deux. Seul un revêtement synthétique épais, posé à même la glace, les isolait de celle-ci. Un poteau central et quatre piquets dans les coins maintenaient la tente dressée. Au plafond, un filet avait été tendu entre ceux-ci, et des moufles y séchaient. Les sacs et les vêtements gisaient sur le sol. Au milieu, entre les sacs de couchage, le réchaud était installé sur une caisse basse en aluminium.

Knut rampa plus avant dans la tente, tête la première. Son pied se prit dans la toile, ce qui fit tomber une nouvelle pluie de plaques de givre sur les dormeurs. Il finit néanmoins par réussir à y entrer les deux pieds. L'homme le plus proche de lui recroquevilla ses jambes.

« Je représente le bureau du gouverneur », dit-il et il se sentit bête en prononçant cette phrase. Qui d'autre cela pouvait-il être ?

Un des participants s'était assis. Adossé à la paroi du fond, ses yeux fatigués clignèrent face à la lumière émanant de l'entrée. Knut reconnut Mads Friis. D'un autre sac de couchage émergea le visage bien connu du chef de l'expédition : Karsten Hauge. Des cheveux blonds ébouriffés et un visage étroit et barbu. Le petit sourire en coin si photogénique. Il s'étira et bâilla, puis il attrapa un gros pull en laine qu'il enfila. Ils avaient passé une nuit terrible, expliqua-t-il. Peut-être était-ce la raison pour laquelle ils n'avaient pas entendu l'hélicoptère ? Il s'excusa de ne pas s'être préparé à les accueillir.

Les membres de l'expédition étaient presque méconnaissables. Ils avaient quitté le Svalbard depuis relativement peu de temps, mais l'effort intense et les conditions extrêmes les avaient complètement transformés physiquement, leurs visages étaient ravinés par le gel et la fumée du réchaud. Leurs yeux gonflés et rougis. Ils semblaient tous un peu désorientés. Ne se souvenaient-ils plus que Knut et eux s'étaient déjà rencontrés à plusieurs reprises ?

En essayant de se faire aussi petit que possible, il allongea les jambes et donna un coup de pied dans l'un des autres sacs de couchage. Terje Kræmer, le plus jeune des participants, se redressa. Il recula, l'air énervé. L'étroitesse de la tente avait de quoi vous rendre claustrophobe. L'intérieur était plongé dans la pénombre et il y régnait un froid humide. L'ambiance glaciale se réchauffa un peu après que Karsten Hauge eut allumé le Primus. Une lueur cordiale et réconfortante éclaira alors les visages des membres de l'expédition.

Le quatrième homme n'était pas encore sorti de son duvet. Il devait s'agir de Svein Larsen, le musher. Il était couché tout au fond de la tente, derrière Mads Friis, en chien de fusil, avec un bras sous la tête. Il avait les yeux ouverts, mais un sourire hébété. Il réagit à peine quand Knut s'adressa à lui. Le policier se tourna d'un air interrogateur vers Karsten Hauge, mais ce fut le chef adjoint de l'expédition qui prit la parole.

« A priori, il a juste attrapé froid. Je lui ai donné de l'aspirine il y a une heure. Son état est sûrement dû à la fatigue. »

Mais Svein Larsen avait l'air vraiment malade et à peine conscient. Knut s'avança à quatre pattes jusqu'à lui en essayant d'éviter de renverser le réchaud. Il voulait vérifier par lui-même.

Mads Friis se poussa à contrecœur, et Knut se pencha sur son collègue. Il ouvrit le duvet, le rabattit afin de pouvoir examiner tout son corps. Il ne découvrit aucune des blessures qu'il avait craintes, ni aucune perte de sang. Autant qu'il pût en juger, il n'avait pas non plus de fièvre. Le seul détail notable qui le fit tiquer était son haleine désagréable. Aurait-il vomi récemment ?

« Vous savez s'il s'est cogné la tête ? demanda-t-il. Se pourrait-il qu'il souffre d'une commotion cérébrale ? »

Aucun des trois autres membres de l'expédition ne répondit, ils avaient l'air tendu. Leurs yeux brillaient dans la pénombre. On dirait quatre renards surpris au fond d'un trou, pensa Knut. Soupçonneux, sur leurs gardes.

À quatre pattes toujours, il passa par-dessus les sacs de couchage pour retourner à sa place devant l'entrée. « Je ne vois pas d'autres solutions que d'évacuer l'expédition, non ? » constata-t-il. Dans sa tête, il était clair qu'il ne faisait qu'énoncer une réalité. « Nous avons une civière avec nous et allons dès maintenant transporter Svein Larsen jusque dans l'hélicoptère. Vous autres, en revanche, vous allez devoir attendre un peu. Je dois procéder à quelques formalités, prendre des photos. Je propose que pendant ce temps-là vous ramassiez et emballiez le matériel que vous souhaitez ramener. » Il s'abstint de préciser que ces prétendues formalités seraient examinées à la loupe par le bureau du gouverneur afin de déterminer si l'expédition avait agi de façon irresponsable.

Les membres de l'expédition se regardèrent. Knut eut le sentiment qu'ils avaient discuté à l'avance de la réponse qu'ils lui donneraient. Le chef de l'expédition parla en leur nom à tous les trois. « Nous avons bien conscience que Svein n'est peut-être pas en mesure de continuer. Et puis il y a aussi un autre problème, déclara Karsten. Mais nous ne voulons pas interrompre l'expédition. Nous voulons poursuivre vers le nord. »

Knut fixa les visages butés, marqués par le froid et l'épuisement des dernières semaines. Il essaya de garder une voix calme. « Svein Larsen est trop malade pour continuer. Il faut qu'un médecin l'examine au plus vite. Je le ramène à Longyearbyen. Vous devez néanmoins me raconter exactement ce qui s'est passé. Les chiens ne semblent pas dans leur état normal. Et l'ours polaire : qu'en est-il ? »

La veille, ils avaient à peine plié bagage et commencé l'étape du jour qu'un des attelages avait glissé sur un chenal recouvert de jeune glace. Vu leur poids, les chiens n'avaient aucune chance, ils étaient passés à travers. Alors qu'ils se débattaient pour essayer de se hisser en terrain sec, la pulka avait à son tour basculé dans l'eau glaciale et Svein Larsen, qui conduisait cet attelage, avait sauté à sa suite sans penser une seconde à sa propre sécurité. Tous avaient essayé de lui porter secours, et en unissant leurs forces, ils avaient fini par réussir à décrocher le mousqueton reliant les chiens au traîneau, qui avait sombré avec une bonne partie de la nourriture et du matériel.

Après avoir pataugé dans la gadoue, ce mélange épais d'eau de mer et de glace, ils avaient réussi, au prix d'un incroyable effort, à extraire l'attelage du chenal. Ils avaient alors attaché les chiens à leur place habituelle, le long de la chaîne utilisée quand ils étaient au repos. Ceux-ci s'étaient ébroués comme des fous en aboyant. Par la suite, ils avaient semblé se calmer.

Svein était épuisé et trempé. Il avait tellement froid qu'il ne pouvait plus parler. Ils avaient monté en quatrième vitesse une des deux tentes, lui avaient enlevé ses vêtements imprégnés d'eau et l'avaient revêtu de vêtements en laine secs. Puis ils l'avaient installé dans son sac de couchage et veillé à tour de rôle, en entretenant le réchaud et en le nourrissant de soupe brûlante. Les heures passant, l'état de Svein ne s'était malheureusement pas amélioré. Force leur avait été alors de constater qu'il n'y aurait pas de nouvelle étape vers le nord ce jour-là. Se résignant à cette idée, ils avaient monté la seconde tente, puis Karsten était sorti nourrir les chiens. C'est à ce moment-là qu'il avait découvert leur comportement anormal : certains vomissaient dans la neige, tandis que d'autres, couchés sur le côté, ne levaient même pas la tête quand il les secouait.

Bien sûr, ils étaient déçus. Et c'était peu de le dire. Ils n'avaient guère parcouru que quelques mètres depuis leur position précédente. Ils avaient même reculé si l'on tenait compte de la dérive des glaces. Mais après avoir mangé un peu de soupe et s'être réchauffés, ils avaient posé sur la situation un regard un peu plus serein. Ils pouvaient toujours rattraper leur retard même s'il n'était pas exclu qu'ils rencontrent d'autres problèmes. Karsten avait envisagé différentes alternatives. Ils n'étaient qu'à un peu plus de trois cents kilomètres du pôle, et au tout début du mois d'avril. Ce qui leur laissait encore au moins quatorze jours pour atteindre le pôle à la date convenue avec l'hélicoptère qui devait venir les chercher.

C'était ragaillardis par ces pensées optimistes qu'ils s'étaient glissés dans leurs sacs de couchage pour dormir, à deux dans chaque tente, en montant la garde à tour de rôle, par tranche de deux heures chacun. Il fallait aussi surveiller que Svein ne fasse pas de gestes brusques dans son sommeil, car il risquait de renverser le Primus qu'ils n'avaient pas éteint pour le garder au chaud. Terje avait assuré le premier tour de garde.

Karsten et Mads étaient allés se coucher, mais une heure plus tard ils avaient été réveillés par du bruit et un coup de fusil. Terje leur avait crié depuis l'autre tente qu'un ours polaire se dirigeait vers lui et Svein. Ils avaient enfilé des vêtements et pris le fusil – celui-ci, posé à côté du sac de couchage de Karsten, était déjà chargé. Il faisait nuit dehors, on ne voyait guère que des ombres. Ils avaient découvert que la tente de Terje et Svein était lacérée uniquement après en avoir fait le tour. Ils avaient alors scrupuleusement inspecté le campement et ses environs. Karsten avait même bien failli tirer sur Terje quand celui-ci avait dégringolé un peu trop brusquement d'une crête de compression.

Ils se trouvaient à présent dans une situation vraiment délicate : non seulement un des membres de l'expédition était malade et les chiens affichaient une forme pitoyable, mais il y avait aussi un énorme ours polaire qui rôdait à proximité. Or ce dernier pouvait les attaquer à tout moment. Il s'agissait maintenant de prendre la bonne décision. L'expédition pouvait-elle être sauvée ? Avaient-ils, malgré tout, une chance d'atteindre le pôle Nord avec le matériel et les vivres restants ? Karsten était fier qu'aucun d'entre eux n'ait émis l'idée qu'il serait peut-être mieux d'abandonner. Ils avaient décidé d'informer le bureau du gouverneur de leurs difficultés. N'était-ce pas ce à quoi ils s'étaient engagés sur la demande d'autorisation que toute expédition doit déposer auprès de cette administration avant de partir ? Leur appel, par conséquent, n'était pas un appel au secours, même si, puisqu'ils étaient là, ils leur seraient reconnaissants de bien vouloir rapatrier Svein à Longyearbyen afin qu'un médecin puisse l'ausculter. Mais ils n'avaient besoin d'aucune autre aide.

Knut secoua la tête, plusieurs détails dans leur récit ne collaient pas. Il n'avait aperçu aucune trace d'ours polaire autour du campement depuis l'hélicoptère. Quant aux chiens, c'était parfaitement incompréhensible. Ces bêtes habituées à évoluer en milieu polaire ne mouraient pas de tomber dans un chenal, même quand les températures avoisinaient les –20° C.

« Vous croyez vraiment qu'on appelle le bureau du gouverneur comme on appelle un taxi ? » demanda-t-il en tentant de les provoquer pour les faire parler et obtenir davantage d'informations. « Une opération de sauvetage dans l'océan glacial Arctique peut vous revenir cher si elle n'est pas justifiée. »

Comme prévu, Karsten Hauge prit la mouche. « Nous avons été attaqués par un ours polaire. N'est-ce pas là une bonne raison d'appeler à l'aide ?

– Je n'ai vu aucune blessure causée par des griffes d'ours sur le corps de Svein Larsen. Et croyez-moi, il ne serait pas dans cet état-là et probablement plus en vie à cette heure s'il avait été attaqué par un tel animal pendant son sommeil. » Knut parlait d'une voix neutre. « Et les chiens, qu'est-ce qu'ils ont ?

– On vous l'a dit, ils sont tombés dans un chenal ! On ne sait pas pourquoi ils sont malades. On vous a juste raconté ce qui s'était passé. » Karsten s'était un peu calmé, mais il était encore indigné. « Vous ne nous croyez pas ?

– Montre-lui la tente », suggéra Terje Kræmer.

Knut ne voyait pas l'intérêt de continuer à discuter avec eux. Il fallait qu'il contacte le bureau du gouverneur à Longyearbyen, marmonna-t-il, puis il sortit de la tente. Une fois dehors, il se redressa de toute sa hauteur et inspira avec gratitude quelques bouffés d'un air polaire pur et glacial.

Tor Bergerud avait monté la garde devant la tente au cas où l'ours réapparaîtrait. Il était transi de froid et sautillait d'un pied sur l'autre pour se réchauffer. Au loin, le mécanicien et le copilote faisaient les cent pas autour de l'hélicoptère. Pendant le court laps de temps que Knut avait passé sous la tente, la nuit avait déjà commencé à tomber. La lumière jaune à l'horizon disparaissait à vue d'œil dans la mer. Le temps qui leur était imparti pour prendre des décisions serait bientôt écoulé.

« Tu peux appeler Svalbard radio, s'il te plaît, et leur demander de me mettre en relation avec le bureau du gouverneur ? » demanda Knut.

Tor Bergerud avait l'air inquiet. « On ne peut pas se permettre de perdre du temps avec toutes ces histoires », dit-il en hochant la tête en direction de la tente pyramidale. Il avait de toute évidence entendu leur discussion. « Il faut qu'ils s'activent, ou alors on sera obligés de repartir sans eux. »

Chapitre 2
Le chien

Knut, impatient, allait et venait devant l'hélicoptère. Il n'avait absolument pas l'impression d'être en situation de crise, mais tout allait beaucoup trop lentement à son goût, ça l'énervait. L'équipage de pont du *Polarstern* paierait les pots cassés de ces tergiversations, car ses membres devraient veiller tard pour accueillir l'hélicoptère et faire le plein de carburant. Au fond de lui-même, il avait déjà pris sa décision : il fallait mettre fin à l'expédition. Mais il aurait préféré en discuter avec le chef de la police. Il était conscient que cette décision risquait d'avoir un certain retentissement au bureau du gouverneur.

Le commandant de bord tenta de joindre Tom Andreassen par l'intermédiaire de Svalbard radio, mais sans succès. « Il est en route pour la vallée de Sassendal avec le nouvel agent du service de l'environnement. Aucun réseau », leur avait-on répondu au bureau.

« Tu veux que j'essaie de joindre le gouverneur en personne ? » Tor Bergerud s'était penché par la porte ouverte de l'hélicoptère. Il avait l'air de faire plus froid à l'intérieur qu'à l'extérieur. Dans l'obscurité qui entourait le campement, la glace formait un paysage étrange. Le disque solaire avait déjà disparu sous la ligne d'horizon. Il n'en restait plus comme trace dans le ciel qu'une lumière jaune, mais la chaleur diffusée par celle-ci était purement psychologique.

Knut hésita. « Attends un peu. Il y a une chose que je dois faire avant. » Il redoutait la tâche désagréable qui l'attendait, mais il lui paraissait important d'avoir une vue d'ensemble et de connaître l'ampleur des dégâts avant de s'entretenir avec le gouverneur. « Je vais voir les chiens. Attends-moi ici et essaie de ramener les membres de l'expédition à la raison. » Il alla chercher le fusil et les munitions dans la trappe au fond de l'hélicoptère, près du rotor de queue.

« Putain, Knut ! s'exclama Tor. Tu ne préfères pas que je m'en charge ? » Son regard était triste, mais il comprenait aussi qu'ils ne pouvaient pas partir en laissant sur la banquise des chiens malades encore en vie.

Sans répondre, Knut partit d'un pas lourd sur la glace. Il alla d'abord jeter un coup d'œil à la tente effondrée. Dans l'obscurité, la toile en lambeaux qui battait dans le vent en raclant la glace avait quelque chose de vraiment lugubre. Knut ne se pensait pas particulièrement peureux, mais il ne put s'empêcher de regarder tout autour de lui, avec une attention particulière, les ombres formées par les crêtes de compression, à l'affût du moindre mouvement. Il n'y avait aucun ours polaire en vue, uniquement la neige qui volait en tourbillonnant au-dessus de la glace.

Knut détacha ce qu'il pouvait de la toile, roula le tout en boule et le mit sous son bras. Puis il se dirigea vers les ombres sombres sur la glace. La plupart des chiens étaient morts et raidis par le gel, mais trois d'entre eux semblaient encore en vie. Leurs corps étaient toujours chauds et il sentit leur souffle humide sur sa main quand il enleva son gant. Une colère soudaine s'empara de lui, il jura tout bas contre ces hommes qui n'avaient apparemment pas levé le petit doigt pour porter secours aux animaux mourants. Et puis il y avait aussi cette idée qu'il n'arrivait pas à se sortir de la tête : un chien de traîneau est un animal résistant. Même après une chute dans l'eau glaciale, il était étrange qu'ils soient presque tous tombés à ce point malades quelques heures plus tard seulement. Knut ne croyait pas à cette histoire. Il s'était passé autre chose.

Le chien à l'extrémité de la chaîne venait juste de mourir, c'est pourquoi son corps ne s'était pas encore rigidifié. Knut lui ouvrit la gueule et en inspecta l'intérieur. Il tâtonna son corps, remua ses pattes. Il n'y avait en tout cas aucune blessure apparente. Aucune trace non plus sur son pelage ne semblait indiquer qu'il avait été lacéré par les griffes d'un ours polaire. Il y avait en revanche une mare de vomi derrière lui, invisible à distance car recouverte de neige par le vent. Knut s'en approcha et se pencha. Des restes de nourriture, de la bile marron clair, une substance sombre qui ressemblait à du sang.

Le chien suivant, une femelle, semblait être déjà mort depuis quelques heures, au grand soulagement de Knut. Elle était couchée sur le côté, comme si elle dormait, le pelage blanc et roux, les yeux fermés. Une ossature fluette plus faite pour la vitesse que pour tracter de lourdes charges. Mince, de longues pattes, une belle bête. Il n'était pas possible de l'examiner davantage, son corps étant déjà complètement rigide. Knut l'abandonna là, sans même y toucher. Bientôt elle se confondrait avec la neige, qui constituerait sa dernière demeure pendant quelques années tandis que le floe dériverait dans l'océan glacial Arctique.

Knut se leva et suivit la chaîne des yeux : il lui restait encore huit chiens à ausculter. Il vit que trois d'entre eux bougeaient encore. Il serra les dents. Le premier semblait souffrir le martyre. C'était un gros mâle robuste, marron foncé. Il parvenait à peine à lever la tête et il gémit quand Knut lui palpa le ventre et les flancs. Du sang et de la bave coulaient de sa gueule. Knut chargea le fusil, il ne supportait plus ce spectacle. Heureusement, le chien ignorait probablement ce qui l'attendait. Ses yeux étaient apathiques et vides.

Il tomba ensuite sur deux chiens morts, puis un autre toujours en vie, même si celle-ci ne tenait plus qu'à un fil. Il s'agissait là encore d'un gros chien, mais il était si faible qu'il ne parvenait même plus à lever la tête. Sa langue pendait hors de sa gueule, et sa respiration n'était plus qu'un pénible râle. Les coups retentirent au-dessus de la glace, deux tirs rapides, successifs.

Knut passa devant quatre autres corps rigides. Il les examina. Et fit le même constat : aucun signe de blessure apparente, mais à chaque fois du vomi et du sang à proximité. Enfin, il arriva devant le dernier chien de la chaîne, un énorme mâle roux. Il vivait encore. Knut s'en étonna. Il s'agenouilla et regarda l'animal. Il paraissait légèrement plus en forme que les autres. Ses yeux étaient vifs, plus brillants, même s'il avait du mal à se mettre debout et à garder la tête levée. La partie supérieure de son corps retomba d'abord sur la glace, puis il finit par réussir à se hisser sur ses pattes tremblantes. Il chancela alors légèrement, mais sans tomber. Ce chien aussi avait vomi, il y avait une grande mare à environ un mètre de lui, que Knut alla inspecter de plus près, mais il n'y détecta aucune trace de sang.

Quand il revint, le chien se tenait toujours debout. Mais ce n'était qu'une question de temps, bientôt ses pattes ne le porteraient plus. Knut ne pouvait pas faire grand-chose pour lui. Il chargea le fusil et poussa légèrement l'animal. Pour abattre les deux chiens précédents, il avait d'abord tiré dans l'épaule, puis dans le cœur. Avant de les achever d'un coup dans la nuque. Non que les bêtes aient eu une quelconque chance de survivre au premier coup, mais il voulait leur éviter de souffrir.

Le gros chien le regardait. Ses yeux étaient marron foncé, mais clairs. Knut l'écarta légèrement, le repoussa sur le côté pour lui tirer dans l'épaule. Le chien pencha la tête et lui lécha les bottes.

Quand Knut revint à l'hélicoptère, le copilote et le mécanicien préparaient activement leur départ. Ils ouvraient des trappes, déplaçaient du matériel : ils aménageaient la cabine afin de pouvoir transporter plus de passagers qu'à l'aller, et notamment un malade. Svein Larsen dormait sur la civière, chaudement emmitouflé dans des duvets et des couvertures de laine. Le reste de l'expédition était sorti de la tente pyramidale et l'avait démontée. Ils se tenaient à présent à côté de la pulka, l'air buté. Sans leur accorder le moindre regard, Knut se dirigea vers Tor Bergerud.

Le commandant de bord secoua la tête d'un air découragé. Ils avaient un problème, c'est sûr. Karsten Hauge l'avait prévenu qu'ils n'avaient pas l'intention de retourner avec eux à Longyearbyen. Ils allaient continuer vers le Nord, sans chien, avec une seule pulka et beaucoup moins de matériel. Le bureau du gouverneur n'avait aucun droit de les forcer à mettre fin à leur expédition. Ils avaient payé leurs assurances et n'avaient commis aucune infraction, ni aucune négligence. Ce qui était arrivé était un accident. Regrettable pour Svein Larsen, certes, puisqu'il n'atteindrait pas le pôle Nord et avait perdu tous ses chiens. Mais une fois rétabli, il surmonterait rapidement sa déception. Il n'y avait aucune honte à abandonner quand on était malade, avait déclaré Hauge.

Knut haussa les épaules avec résignation, il ne se voyait pas user de menaces pour contraindre toute l'équipe à grimper à bord. Leur tente était démontée, l'hélicoptère restait le seul abri possible. Le froid et le vent finiraient bien par avoir raison de leur acharnement. C'était d'une autre décision dont il voulait s'entretenir avec le commandant de bord.

Ce que suggérait le policier parut laissait Tor songeur. « Tu es bien sûr, Knut ? Je comprends ta démarche, mais…

– Oui, je suis sûr.

– Et si c'était un des chiens qui avait contaminé tous les autres ? Et que ce soit justement celui-ci ?

– Que veux-tu dire ?

– Je ne sais pas moi, l'un d'entre eux était peut-être déjà malade avant que l'expédition ne l'achète. Et s'il avait la rage ?

– Ce ne sont pas les symptômes de la rage. Les animaux deviennent agressifs. Ils attaquent, mordent, bavent.

– Oui, mais les membres de l'expédition ont parlé d'une attaque. Et si c'était une de leurs bêtes qui s'était jetée sur leur tente ? » Tor donna un léger coup de pied dans la neige et ne put retenir un petit sourire. « T'imagines un peu la honte ? Envoyer un appel de détresse en déclarant avoir été agressé par un ours polaire, alors qu'il s'agit d'un de leurs chiens... N'empêche, c'est dangereux, la rage », ajouta-t-il après un moment de réflexion.

Knut secoua la tête. « Je ne crois pas que les chiens soient morts d'une maladie. Je pense plutôt qu'ils ont été empoisonnés. »

Il était loin de se sentir aussi sûr qu'il voulait le paraître. Il regardait au loin, en se demandant s'il pouvait vraiment prendre le risque de renvoyer le chien roux à Longyearbyen. Était-ce irresponsable de sa part de forcer Tor à le ramener ? D'un autre côté, vu son état de faiblesse, il y avait fort peu de chances qu'il se montre agressif. Encore fallait-il déjà qu'il supporte le voyage. Non, Knut était intimement persuadé que la rage n'était pas en cause.

« Tu peux me mettre en relation avec Hareide ? C'est au gouverneur de décider. »

Knut grimpa sur le siège du copilote et ne put s'empêcher de regarder avec intérêt tous les instruments de bord. Passer son brevet de pilote était un vieux rêve. Mais à trente-huit ans, il était probablement déjà trop vieux pour cela. De plus, il s'agissait d'un loisir onéreux. Pas vraiment le genre de hobby adapté au modeste salaire d'un policier.

Tor lui tendit le casque du copilote, la liaison avec Svalbard radio était établie. L'opérateur avait réussi à joindre le gouverneur avant qu'il ne quitte le bureau. Comme il s'y attendait, sa proposition laissa Hareide très dubitatif. Il hésitait.

« À vrai dire, je ne sais pas quoi vous répondre, lui déclara celui-ci après quelques minutes de réflexion. Et le chef de la police est en tournée d'inspection, je ne peux donc pas lui demander conseil. Mais je pense que vous êtes déjà au courant et que c'est pour cette raison que vous m'avez contacté ?

– Oui. Mais que fait-on avec l'expédition ? Ils veulent continuer coûte que coûte.

– Si on les laisse poursuivre et que leur équipement se révèle insuffisant, croyez-moi, on va en entendre parler. La presse ne nous ratera pas et on nous reprochera notre décision. Il est très difficile pour moi d'évaluer la situation depuis le bureau et de vous donner des instructions en conséquence. Vous qui êtes sur place, qu'en pensez-vous ? Ont-ils perdu tant de matériel que ça ? Croyez-vous qu'ils se mettent en danger en partant avec l'équipement encore à leur disposition ?

– Impossible à dire. Les expéditions polaires, ce n'est pas mon domaine, je ne suis pas un expert. »

Il s'ensuivit un silence de quelques secondes à l'autre bout du fil.

« Nous ne pouvons pas prendre le risque de faire les gros titres et que les médias nous accusent d'être irresponsables. Ramenez-les à Longyearbyen. Utilisez la méthode qui vous semble la plus adaptée. Menaces d'amende, la persuasion. Ne leur promettez rien qui nous oblige à leur porter assistance par la suite. Le budget dont on dispose pour l'hélicoptère est déjà bien assez serré comme cela. »

Knut soupira. Il avait obtenu la réponse qu'il craignait : c'était à lui de trouver une solution. « Qu'en est-il du chien ? Je voudrais le ramener pour le faire examiner. Il y a quelque chose qui cloche. »

Là, le conseil de Hareide fut parfaitement clair. « Je serais vous, je l'abattrais. Nous n'avons aucun intérêt à les provoquer, et ce n'est qu'un chien. Si ces gens ont tué leur attelage, c'est leur problème. Après tout, ces bêtes, ils les ont achetées. Elles leur appartiennent. »

Knut enleva le casque du copilote et sauta sur la banquise. La nuit était vraiment tombée à présent, à tel point qu'il ne distinguait plus les trois membres de l'expédition près de la pulka. Bon sang, comment faire pour qu'ils changent d'avis ? Alors qu'il les rejoignait, une idée germa dans son esprit.

Karsten Haug donnait des coups de pied désœuvrés dans la glace autour du traîneau. Le chef de l'expédition était à la fois en colère et frigorifié. « Je doute que ce soit bon pour Svein de demeurer des heures dans l'hélicoptère par ce froid, vu son état. Vous en avez encore pour longtemps ? »

Ce n'était pas une question, mais plutôt une menace, pensa Knut. Si cela tournait mal pour Svein, on l'en tiendrait responsable.

Hauge détourna le visage. « Si vous voulez tout savoir, nous avons l'intention de partir vers le nord dès que vous aurez décollé. Puis nous monterons le camp. Quoi qu'il en soit, il est hors de question que nous restions ici.

« Le problème, c'est que vous ne pouvez pas continuer. L'autorisation que le gouverneur vous a délivrée pour cette expédition vient de vous être retirée. »

Knut leur servit une version revue et corrigée de ce que Hareide lui avait dit. Il leur fallait maintenant rassembler le matériel qu'ils souhaitaient ramener, et monter dans l'hélicoptère. Il leur laissait une demi-heure pour tout ranger. Comme en écho à l'ultimatum posé par Knut, le rotor de l'hélicoptère commença lentement à fouetter l'air dans un grincement bruyant, tandis que le copilote et le mécanicien, le dos courbé, détachaient les câbles qui arrimaient l'appareil à la glace.

Mais évidemment, les membres de l'expédition ne voulaient rien entendre. « Le mieux que vous ayez à faire est de repartir avec Svein », lui répondit Karsten Hauge sans même essayer de cacher son petit sourire satisfait. Mads Friis s'avança alors vers Knut et lui donna une tape sur l'épaule en guise d'au revoir.

« Vous n'avez pas peur de l'ours polaire ? lui demanda alors Knut. N'est-ce pas la raison pour laquelle vous avez lancé un appel de détresse ? À moins qu'il n'y ait jamais eu le moindre ours ?

– Non, mais j'y crois pas ! Évidemment qu'il y avait un ours ! Et puis, vu l'état de Svein, on n'aurait pas pu continuer. Ça, je pense que vous l'avez compris.

– Mais maintenant que nous l'emmenons, vous allez pouvoir poursuivre votre route ? »

Cette fois-ci, ce fut au tour du chef adjoint de l'expédition de sourire d'un air satisfait.

« Dans quelques semaines, notre objectif sera atteint, déclara-t-il, et nous serons la première expédition à avoir rallié le pôle Nord depuis le Svalbard. Un moment historique. »

Knut leur expliqua alors ce que lui-même envisageait de faire s'ils persistaient à refuser de retourner avec eux à Longyearbyen.

« Non, mais vous êtes complètement malade ? » s'écria Mads Friis, indigné. Karsten Hauge éclata d'un rire méprisant, tandis que Terje Kræmer, qui se tenait de l'autre côté de la pulka, se taisait. Il jetait des coups d'œil inquiets à Knut.

« Nous ne pouvons pas prendre la responsabilité de vous emmener sur la banquise. Vous n'avez ni l'entraînement ni l'expérience requis pour une telle expédition. Et nos assurances ? Vous n'êtes pas couvert par elles. Mais Karsten, dis quelque chose, bon sang ! » Le chef adjoint semblait plus frustré qu'en colère.

« Pas bête ! constata Karsten en dévisageant Knut d'un regard froid. Nous ne pouvons décemment pas vous abandonner. Vous n'avez aucun matériel. Je suppose que vous et les pilotes êtes convenus de vous retrouver ici dans un jour ou deux. Et qu'entre-temps, vous espérez bien réussir à nous convaincre. Mais vous ne nous ferez pas changer d'avis. Je ne peux pas vous interdire de rester, simplement c'est à vos risques et périls. Et ne comptez pas sur nous pour vous prêter quoi que ce soit.

– J'ai des provisions, répondit Knut avec calme. L'hélicoptère a l'équipement d'urgence. »

Sur ce, il se dirigea vers l'hélicoptère qui n'était plus maintenant qu'une grande ombre noire. Les feux d'atterrissage étaient allumés et les lumières rouges et jaunes des feux anticollision clignotaient. Les pilotes avaient rejoint leur poste et le mécanicien se tenait devant la porte de la cabine passagers.

« Changement de plan ! » leur annonça Knut avant de leur résumer la situation et de les informer de ce qu'il comptait faire.

Chapitre 3
Soupçons

Quand Svalbard radio reçut le message annonçant que l'hélicoptère n'était plus très loin, le chef de la police Tom Andreassen alla chercher la voiture de service et se rendit directement à l'aéroport. Revenu de la vallée de Sassendal à peine une demi-heure plus tôt, il ne prit même pas la peine de troquer la combinaison et les lourdes bottes destinées aux sorties en motoneige contre une tenue un peu plus légère. Cette tournée d'inspection en compagnie de Pelle Hermansen, le nouvel agent du service environnement, leur avait demandé deux fois plus de temps qu'à l'accoutumée. Le long trajet avec son collègue inexpérimenté l'avait épuisé, sans parler des discussions sans fin avec un groupe de touristes qui se promenaient trop près des pièges à renard posés par un chasseur en hivernage.

Le vent s'était levé un peu plus tôt dans la journée et il avait fortement neigé. Si les chasse-neige avaient soigneusement dégagé les voies de circulation dans le centre de Longyearbyen, on ne pouvait pas en dire autant de la route de l'aéroport. Là, les engins avaient assuré le service minimum, sachant que l'avion de Tromsø était arrivé et reparti en milieu d'après-midi et qu'il n'y aurait aucun départ le lendemain, ni pour le continent ni pour Svea ou Ny-Ålesund.

On était vendredi soir, et il se trouvait dans un quatre-quatre glacial avec le chauffage à fond en train de cahoter et déraper sur des congères. Les feux de la voiture balayaient l'étendue plate qui séparait la route du fjord, mais partout autour de lui il n'y avait que neige et ombres sombres. À cette heure, la plupart des gens étaient évidemment bien au chaud chez eux, pour ceux qui ne se tenaient pas encore attablés dans les différents pubs et bars de la ville. C'était malgré tout le week-end, et on approchait les 21 heures.

L'aéroport était situé à l'extérieur de la ville, sur un cap plat presque au ras de l'eau, au sud-est du quai de Kullkaia. La structure datait du début des années 1970 et son emplacement avait été soigneusement choisi afin d'éviter aux avions d'avoir à slalomer entre les sommets des hautes montagnes qui entouraient Longyearbyen. Les pistes avaient déjà été élargies et améliorées à plusieurs reprises. En théorie, elles étaient construites sur le permafrost, mais pour une raison technique quelconque les installations montraient des signes de défaillance. Il ne s'écoulait pas une année sans que sorte un nouveau rapport évoquant des types de gravier plus performants ou des tarmacs censés assurer la stabilité du sol même pour les plus gros appareils. Bien que Longyearbyen ne soit desservi que par un vol quotidien en provenance du continent, l'aéroport était classé parmi les aéroports internationaux, probablement par mesure de sécurité pour les vols longs courriers passant par le pôle Nord.

Le bâtiment principal n'était pas non plus de toute première jeunesse. Il ressemblait davantage à un hangar militaire qu'à un véritable terminal. Le hall des arrivées, la salle d'attente et le café au premier étage étaient on ne peut plus neutres et banals. Depuis longtemps, il était question de construire un nouveau terminal, mais Avinor estimait qu'une telle entreprise ne serait guère rentable vu la faiblesse du trafic.

Les hélicoptères, quant à eux, étaient cantonnés dans quelques baraquements situés en contrebas des pistes d'envol. D'un côté, des escaliers raides, en aluminium, menaient au parking extérieur, et de l'autre, on accédait aux hangars des hélicoptères et des avions légers. Le tout était surmonté de la voûte bleu foncé formée par le ciel polaire qui, en cet instant précis, était en partie couvert, avec la pleine lune glissant derrière les nuages. Celle-ci n'apparaissait que par intermittence, lorsqu'elle projetait des traits de lumière blancs et glaciaux sur la banquise dans le fjord. Tom Andreassen se gara juste à côté de l'escalier du bureau d'Airlift, qu'il grimpa rapidement avant d'ouvrir la porte du hangar. Il faisait noir à l'intérieur et il y régnait un silence de mort, mais de la lumière brillait aux fenêtres de la galerie au premier étage. Le chef de la police traversa le hangar vide et rejoignit la piste d'atterrissage.

L'ambulance de l'hôpital venait juste de sortir du parking et se dirigeait vers la piste. Tore Dahl, le médecin chef, était déjà arrivé dans sa propre voiture. Il faisait les cent pas en donnant des coups de pied dans la neige le long du mur. Il avait l'air à la fois frigorifié et impatient. Tom n'était pas surpris de le voir là : la cryothérapie était sa spécialité. Il était par conséquent normal que le cas de l'explorateur malade l'intéresse et qu'il soit curieux de savoir ce qui avait bien pu se produire sur la banquise, d'autant que les autres membres de l'expédition avaient envoyé des messages très laconiques et les circonstances autour de la brusque dégradation de l'état de santé de Svein Larsen restaient malgré tout assez mystérieuses.

Tom s'avança jusqu'à l'ambulance et demanda au médecin s'il avait réussi à obtenir davantage d'informations sur le patient. Tore le jaugea du regard, comme s'il essayait de déterminer s'il était digne de confiance.

« Et toi ? finit-il par répondre.

– Je ne sais absolument rien. J'étais en mission dans la vallée de Sassendal quand Knut a appelé au bureau. Le gouverneur lui a parlé, mais bon, il est nouveau... »

Tout le monde à Longyearbyen n'arrêtait pas de répéter que Ole Hareide était nouveau. Les gens prenaient ce léger ton d'excuse qu'ils employaient quand ils n'étaient pas sûrs du temps que le nouvel arrivant allait passer sur l'archipel. Alors qu'en réalité, Hareide était en poste au Svalbard depuis déjà plusieurs mois : sa longue et fine silhouette faisait désormais partie du paysage. Des cheveux couleur sable coupés court, un long nez étroit. La correction même, un chef qui dirigeait en se montrant plus poli que réellement chaleureux.

Le nouveau gouverneur s'était depuis longtemps acquitté de toutes les visites de rigueur : il s'était rendu dans toutes localités du Svalbard, les stations de recherche ; à Noël, il était parti en hélicoptère apporter le courrier aux chasseurs hivernant dans les petites cabanes dans le nord de l'archipel ; bref, il avait fait le tour du propriétaire. Comme la plupart des autres gouverneurs avant lui, il était revenu de ces excursions avec le regard brillant et un grand sourire un peu niais. Deux signes révélant qu'il avait contracté le virus du Svalbard. Ole Hareide était le troisième patron de Tom en moins de dix ans. Le chef de la police soupira tout bas. Il ne s'écoulait pas un jour sans qu'un détail ou un autre lui rappelle qu'il serait peut-être temps pour lui aussi de repartir vivre quelques années sur le continent.

Tore Dahl daigna l'informer qu'il avait été en contact avec le médecin allemand du *Polarstern*. Il avait profité de l'escale de l'hélicoptère sur leur bateau au retour pour examiner le patient. Lui non plus n'arrivait pas s'expliquer pourquoi son état ne s'était pas amélioré dès lors que la chaleur était revenue dans son corps. Svein Larsen était dans les vapes et avait régurgité du sang en toussant. De toute évidence, Knut avait pris la bonne décision en le rapatriant.

Au bureau du gouverneur, Knut Fjeld était probablement le meilleur agent avec lequel Tom Andreassen ait jamais travaillé, et peut-être aussi le meilleur policier. Car l'un et l'autre n'allaient pas forcément de pair. Au Svalbard, en effet, la fonction remplie par les policiers du bureau du gouverneur n'était pas la même que celle d'un simple commissariat sur le continent et leurs missions étaient plus larges. Il leur arrivait ainsi de faire aussi office de travailleurs sociaux. C'était étonnant le nombre de délits ou d'infractions qui pouvaient être évités en une année rien qu'en discutant avec les gens. Or dans ce domaine, Knut était imbattable.

Quand Knut était arrivé au Svalbard quelques années auparavant, il n'était qu'un agent saisonnier parmi d'autres. Il avait d'abord été basé à Ny-Ålesund. De là, il allait faire des rondes dans le parc national en Zodiac. Il n'avait pas tardé à lier connaissance avec les habitants de cette petite communauté scientifique internationale. Les gens sur place étaient un peu particuliers, pour dire ça gentiment, mais tous avaient confiance en Knut. Il donnait l'impression d'être là-bas chez lui. Très vite, il avait commencé à se comporter et à parler comme un hivernant.

Tom Andreassen n'avait eu que peu de contacts avec lui au départ, les missions des saisonniers dépendant principalement du service de l'environnement. Ce n'était qu'au début de l'automne, quand ils avaient eu la surprise de découvrir un cadavre à Forlandet, que Knut avait pour ainsi dire été « annexé » par le service de police et chargé d'enquêter sur ce meurtre qui leur donnait bien du fil à retordre. C'était typiquement lui : Knut avait l'art d'être au bon endroit, au bon moment et de se retrouver embarqué dans les affaires les plus difficiles.

Une fois l'étrange meurtre de Forlandet élucidé, Knut avait décidé de prolonger son contrat et de passer l'hiver sur l'archipel. Comme beaucoup d'autres à Longyearbyen, il le renouvelait chaque année en affirmant qu'il préférait procéder par étapes.

Il travaillait désormais au bureau du gouverneur depuis cinq ans et ne semblait pas envisager de partir dans l'immédiat.

L'hélicoptère atterrit juste après 22 heures. Tom Andreassen allait et venait sur le tarmac verglacé en attendant que le patient soit transféré dans l'ambulance. Il était bien sûr hors de question de l'interroger, mais le chef de la police était impatient d'entendre ce que le commandant de bord avait à lui raconter à propos de l'expédition.

L'ambulance regagna l'hôpital, et l'hélicoptère fut remorqué à l'intérieur du hangar. Les deux hommes montèrent à l'étage, là où se trouvaient le bureau d'Airlift, une petite cuisine et une salle d'attente pour les passagers. Les retards d'hélicoptère, en effet, n'étaient pas rares au Svalbard. Cela arrivait même en permanence à cause de la neige, du brouillard, des tempêtes, des problèmes techniques et autres empêchements inopinés. Le plus long temps d'attente aurait duré onze jours, semblait-il. Excédés, les passagers avaient même commencé à envisager de louer des motoneiges pour se rendre à Ny-Ålesund par leurs propres moyens.

On ne peut pas dire que Tor Bergerud paraissait pressé de lui raconter ce qui s'était passé, mais de toute évidence, il était surtout épuisé. Il alla dans la cuisine, leur prépara un café instantané, si fort que Tom dut lui demander du lait de soja alors qu'il n'en consommait pas d'ordinaire. Le commandant de bord ouvrit la porte donnant sur la petite pièce derrière la cuisine et jeta un coup d'œil dans la salle d'attente plongée dans l'obscurité. Comme s'il voulait s'assurer que personne ne les écoutait. Il n'exagérait pas un peu là, quand même ? se demanda Tom. Le silence régnait dans l'aéroport désert. C'était à peine s'ils entendaient le mécanicien et le copilote papoter tandis qu'ils préparaient l'hélicoptère pour le vol du lendemain.

Enfin, il contourna le bureau et s'assit dans un vieux fauteuil instable. Il était impossible d'arracher le moindre commentaire à Tor s'il n'était pas décidé à parler. Le chef de la police garda donc le silence et prit son mal en patience. Tore Bergerud faisait partie des anciens du Svalbard et il avait une façon bien à lui de s'exprimer. Les pauses étaient aussi éloquentes que les mots eux-mêmes.

Manifestement, Knut pensait que Svein Larsen avait été empoisonné. Comme il n'avait pas réussi à convaincre les autres membres de l'expédition de revenir avec eux à Longyearbyen, il était resté sur place. Conformément à ce que lui et Ole Hareide étaient convenus, ajouta le pilote. Il regarda longuement le fond de sa tasse de café.

« Pour les surveiller ? » finit par demander Tom Andreassen.

Cette fois-ci, Tor Bergerud regarda le plafond et se balança sur son fauteuil. « Nous n'en avons pas discuté. D'une part, on pouvait nous entendre. D'autre part, je ne me mêle pas des décisions prises par les agents du gouverneur.

– Et toi, qu'en penses-tu ? Tu as vu quelque chose de suspect ? »

Tor était manifestement mal à l'aise, il ne savait probablement pas quoi répondre. Ce vétéran d'Airlift était extrêmement compétent, voire indispensable. Dieu merci, lui non plus ne semblait pas avoir l'intention de retourner sur le continent dans l'immédiat.

« Non, dit-il en hésitant, tiraillé entre le désir d'être honnête et celui de rester loyal envers Knut. Leur comportement était effectivement un peu bizarre, mais c'est le cas de tous les explorateurs polaires. »

Le chef de la police était plongé dans ses réflexions. Pour une fois, il ne comprenait pas la manière de penser de Knut, mais ce dernier avait protégé ses arrières en s'entretenant au préalable avec le gouverneur. Se pouvait-il que son collègue se trompe ? Qu'il ait mal interprété ce qu'il avait observé sur place ? Personnellement, les membres de l'expédition lui donnaient l'impression d'être prêts à tout pour atteindre le pôle Nord. Toute l'attention du pays semblait rivée sur ce qui se passait sur la banquise. Une expédition avortée serait un échec cuisant pour eux, un fiasco financier doublé d'une véritable humiliation personnelle. Comment imaginer dans ce cas qu'ils aient pu entreprendre quoi que ce soit menaçant de réduire à néant leurs chances de réussir. Et pourtant… l'expérience lui avait montré que Knut avait raison, en général.

Le chef de la police n'avait jamais compris ce qui pouvait bien pousser des gens à endurer les pires épreuves pour atteindre le pôle Nord à ski quand on pouvait rester assis bien au chaud dans son salon. Selon lui, la grande époque des expéditions polaires de ce genre avait pris fin avec Roald Amundsen. Après lui, on aurait dû arrêter. Les avions avaient remplacé les attelages de chiens, les motoneiges étaient plus efficaces que les traîneaux tirés par des hommes ou des animaux. Et pourtant chaque année, le nombre d'expéditions touristiques au Svalbard augmentait. Une évolution que les habitants du Svalbard auraient peut-être dû voir d'un bon œil, car le tourisme était important. Il rapportait beaucoup d'argent à la population de Longyearbyen. C'était une des activités majeures de l'archipel, avec l'exploitation minière et la recherche scientifique. Et ce depuis la fin du XIXe siècle, quand les campagnes de chasse à la baleine et au phoque avaient disparu.

Toute expédition était une bonne publicité pour le tourisme au Svalbard en général, avec tous les articles publiés dans la presse décrivant cette superbe nature sauvage et le lot d'expériences inoubliables qu'elle pouvait offrir. Le *Svalbardposten,* l'hebdomadaire local, était cependant celui qui s'étendait le moins sur le sujet. Il ne lui accordait une place dans ses colonnes que quand ces personnes se trouvaient en difficulté. Le journal était-il par ailleurs au courant des problèmes rencontrés par l'expédition ? se demanda Tom. Probablement pas, car dans ce cas, un journaliste aurait été présent à l'aéroport lors de l'atterrissage de l'hélicoptère. Tout le monde savait que la moitié de la population du Svalbard était branchée sur la fréquence de détresse quand elle flairait un drame. On ne pouvait rien y faire. Toutes les stations sur l'archipel avaient une liaison radio – Isfjord radio, Ny-Ålesund, Svea, les scientifiques travaillant sur le terrain. Cela pouvait même bien souvent s'avérer utile. Il arrivait en effet que certains messages qui, autrement, se seraient perdus dans la nature, soient ainsi interceptés.

Le chef de la police regarda sa montre. Il était déjà 23 heures. Soit grand temps de libérer Tor, afin qu'il puisse observer la pause obligatoire de huit heures avant de repartir voir ce qu'il advenait de l'expédition. Le lendemain, l'hôpital leur donnerait sans doute des nouvelles du malade. En espérant que ce dernier soit suffisamment remis pour pouvoir être interrogé. Quelle que soit l'histoire qu'il ait à leur raconter, il était urgent que Knut rentre de la banquise.

Tor, cependant, se balançait sur sa chaise, et rien dans son comportement ne semblait indiquer qu'il avait l'intention de se lever. « Mais ce n'est pas tout… » ajouta-t-il après un long silence.

La plupart des chiens étaient probablement déjà morts avant que l'hélicoptère ne se pose à proximité du campement. Leurs corps étaient rigides quand Knut les avait examinés. Tous, sauf trois. Il fallait les abattre, Tor était d'accord sur ce point. Knut avait insisté pour s'en charger. Il avait pris le fusil et s'était dirigé vers le premier chien. Il avait tiré, était passé au suivant. Nouveau tir. Puis il était revenu à l'hélicoptère, il avait manifestement besoin d'une pause. Il avait l'air démoralisé et il était resté un moment à se passer la main sur la bouche, puis il avait expliqué avoir prélevé quelques échantillons sur les cadavres. Il voulait qu'ils soient remis au bureau du gouverneur.

Tom tiqua. Le chef de l'expédition avait expliqué qu'un des attelages était tombé dans un chenal, mais dix chiens de traîneau ne meurent pas d'une chute dans l'eau. Leur épaisse fourrure était constituée d'un sous-poil doux et d'un poil de couverture isolant. En remontant sur la glace, ils s'étaient sans doute ébroués, avaient frissonné, mais il était inimaginable qu'ils soient morts de froid. Là-dessus, il rejoignait Knut.

Knut avait stocké les échantillons dans une thermos qu'il avait trouvée à l'arrière de l'hélicoptère, expliqua le pilote. Des poils, de la chair, le contenu intestinal de deux chiens choisis au hasard. Tor donna la bouteille au chef de la police ainsi qu'un tas de tissus contenant les vestiges de la tente qu'un ours aurait attaquée. Quant à savoir ce qui s'était réellement passé, le pilote ne pouvait pas le dire avec certitude, car pendant tout ce temps, il était resté près de l'hélicoptère pour parlementer avec le chef de l'expédition et essayer une dernière fois de le convaincre d'interrompre l'expédition.

Tor Bergerud avait donc observé la scène à distance. À l'approche de Knut, un des chiens avait réussi à se lever, les pattes tremblantes. Puis, il avait penché la tête et lui avait léché une botte. Knut avait levé le fusil, repoussé légèrement l'animal. Mais aucun coup n'était parti.

Après plusieurs tentatives timides, Knut avait finalement détaché le chien et l'avait ramené dans ses bras jusqu'à l'hélicoptère.

C'était à ce moment-là que le chef de l'expédition avait explosé de colère. Alors comme ça l'hélicoptère du gouverneur allait rapporter un chien mourant à Longyearbyen, mais laisser le coûteux matériel de l'expédition sur la banquise ? Ce chien lui appartenait, et il exigeait qu'il soit abattu et abandonné là avec les autres.

Knut avait pâli, mais gardé son calme. Il avait demandé où ils avaient acheté les chiens, s'ils venaient tous du même chenil. Le chef ne se souvenait plus du nom, le chemin d'accès qu'il avait décrit était celui du Basecamp, mais il avait avoué que quelques-uns d'entre eux venaient d'un autre chenil de Longeyarbyen dont il avait aussi oublié le nom. Il avait répété qu'il voulait que le matériel le plus coûteux soit chargé dans l'hélicoptère. Et que le dernier chien soit abattu.

Tor n'avait aucun besoin d'expliquer au chef de la police combien cela avait dû être difficile pour Knut. Ils restèrent assis sans rien dire pendant un moment. Ils burent un peu de café tiède, contemplèrent le plafond. Tom Andreassen finit par se lever et se dirigea vers la porte. Mais le pilote lui emboîta le pas. Il s'arrêta en passant devant la fenêtre donnant sur l'intérieur du hangar, regarda l'hélicoptère, les pales du rotor pendaient maintenant de chaque côté de l'appareil, comme un oiseau de métal triste.

« N'oublie pas de prendre le chien en partant, dit-il. Je vois que Bjørnar l'a sorti de la cabine. Knut a demandé à ce que tu l'emmènes à l'hôpital pour le faire examiner. » Il ne put retenir un petit sourire en coin. « En attendant, tu vas être obligé de le ramener chez toi. C'est Nina qui va être contente. On ne peut pas le garder ici, tu comprends. »

Chapitre 4
Des obstacles

Knut resta à regarder l'hélicoptère s'éloigner, jusqu'à ce que celui-ci disparaisse dans la nuit polaire. Il écoutait le bruit du rotor qui lentement faiblissait. Il ne se souvenait pas s'être jamais senti aussi seul. Le floe lui avait semblé si solide vu d'en haut, mais il découvrait maintenant qu'il bougeait et se balançait doucement. La glace autour de lui grinçait légèrement. Un bloc de neige tomba du sommet d'une crête de compression, entraînant dans son sillage une avalanche de morceaux de moindre taille. Il percevait un grondement, une sorte de roulement, dans le lointain, comme si un animal se promenait sur la banquise et poussait des rugissements débonnaires vers le ciel. Ce devait être le bruit des plaques de glace qui s'entrechoquaient, qui craquaient en se pressant les unes contre les autres – et tout cela jusqu'au pôle Nord.

Les trois membres de l'expédition étaient retournés à l'endroit où le camp se trouvait encore quelques heures auparavant. Ils étaient entourés des tas de vêtements et de provisions issus du matériel de survie de l'hélicoptère, que les pilotes leur avaient donnés. Knut les rejoignit. Il n'avait pas le choix. Aucun d'entre eux ne prononça le moindre mot pendant quelques minutes. Puis lentement, les faits s'imposèrent à eux : ils allaient passer les prochaines vingt-quatre heures ensemble sur ce floe, jusqu'au retour de l'hélicoptère. Knut devait trouver un moyen de coopérer avec l'expédition, en évitant au maximum d'aborder les sujets qui fâchent.

Il demanda à Karsten comment il souhaitait organiser le bivouac. Qui sait, peut-être qu'en se montrant conciliant, il réussirait à débloquer la situation ? De fait, le chef de l'expédition commença à étudier tout ce qu'Airlift avait laissé. Peu après, les hommes et tout le matériel étaient répartis entre les deux tentes. Knut s'installerait avec Mads dans la tente tunnel verte d'Airlift, tandis que Karsten et Terje dormiraient dans la tente pyramidale rouge de l'expédition. Après leur avoir fait une scène, Mads prit avec lui le téléphone satellite : c'était quand même lui le responsable des communications, non ?! Karsten sembla sur le point d'émettre un commentaire, mais il garda sa remarque pour lui. La nourriture, les réchauds, les gamelles, les vêtements et les sacs de couchage furent ainsi répartis à peu près équitablement.

Ils dînèrent tous les quatre sous la tente pyramidale : des sachets de ragoût lyophilisé trouvés dans les provisions de survie de l'hélicoptère. Un véritable festin pour les trois membres de l'expédition, s'avéra-t-il. Ceux-ci taquinèrent Knut : le bureau du gouverneur devait avoir de sacrés moyens pour pouvoir s'offrir de la nourriture aussi chère. L'expédition avait elle-même essayé d'être sponsorisée par le fabricant de ces produits, mais leur demande avait été rejetée. La nourriture qu'ils avaient avec eux n'était pas de mauvaise qualité, elle finissait juste par manquer de variété, à la longue. Pour le dessert, Karsten avait pioché dans les réserves de l'expédition et leur proposa des biscuits aux céréales, aux noix et au miel. Bonne idée ces gâteaux, à la fois caloriques et légers à transporter, fit remarquer Knut.

L'ambiance dans la tente s'était détendue. Ils se firent passer des tasses de café soluble fumantes, plusieurs autres biscuits, du chocolat au lait d'Airlift. Karsten nettoya soigneusement sa pipe et déclara que la loi interdisant de fumer dans les lieux publics ne s'appliquait pas aux expéditions. Les autres avaient certainement déjà entendu la blague, tous rirent néanmoins de bon cœur.

Les explorateurs polaires, assis les jambes croisées, avaient vraiment l'air chez eux. Ils demandèrent des nouvelles de leurs familles et de leurs amis à Knut, ce que la presse écrivait à leur propos. Knut fit de son mieux pour répondre à leurs questions, mais se garda bien de leur dire qu'il n'avait en réalité que très peu suivi tout ce qui concernait l'expédition. Quant à savoir ce que celle-ci allait devenir, c'était un sujet qu'il évitait comme la peste. Il leur parla un peu de son propre travail au Svalbard, de Longyearbyen, de ses habitants et des stations polaires sur les autres îles de l'archipel.

« Ça doit quand même être bizarre de vivre dans une société aussi petite, constata Mads. Dans une région où il fait aussi froid et puis nuit toute une partie de l'année. Et quel isolement ! L'atmosphère d'une ville un peu plus grande, comme Tromsø par exemple, ça ne te manque pas ? »

Knut s'amusait. Il les observait en douce. Le prenaient-ils pour un marginal incapable de vivre au sud du cercle polaire ? Terje s'était retiré dans son propre monde tandis que Karsten, sûr de lui, trônait derrière le réchaud. Mads, assis au bout de son sac de couchage, se massait le pied. Se serait-il blessé ? Sa bouche se crispait de temps en temps, comme s'il souffrait. Knut envisagea un instant de lui poser la question, mais cela attendrait. Dans vingt-quatre heures, son pied pourrait être examiné à l'hôpital de Longyearbyen. À la place, il leur demanda ce qui leur avait donné l'idée de cette expédition. Pourquoi les quatre hommes avaient-ils décidé de rallier le pôle Nord en partant du Svalbard ?

Karsten se pencha en arrière et envoya la fumée de sa pipe vers le toit de la tente. « C'est en réalité ma femme, Karin, qui la première a eu cette idée. » Il sourit à Mads qui, sans lever les yeux, continuait à se frotter le pied. « Elle est plus jeune que moi, elle s'est sans doute dit qu'il était temps que le vieux se secoue un peu. »

Knut hocha la tête. Il avait rencontré Karin Hauge à plusieurs reprises à Longyearbyen. Unc jolie fille, mais il garda cette pensée pour lui. Il préféra demander si leurs épouses n'avaient pas eu envie de se joindre à eux. Toutes deux semblaient être en bonne condition physique et s'en seraient certainement bien sorties.

« Ce n'est pas qu'une question de condition physique ! s'offusqua Karsten. Le mental est au moins aussi important. Leur présence aurait menacé l'équilibre du groupe. Quelle aurait été la dynamique avec nos deux femmes sous la tente ? Je n'ose même pas l'imaginer.

– Tu as déjà entendu parler de Robert E. Peary ? » demanda Mads, en se penchant vers l'avant pour établir un contact visuel avec Knut sous les vêtements qui séchaient au milieu de la tente. « Toutes ses expéditions partaient du Groenland. Il est le premier à avoir atteint le pôle Nord, mais l'exploit fut d'une certaine façon terni par tous les autres explorateurs qui affirmèrent avoir eux aussi rallié le pôle. Comme Frederick Cook, par exemple, qui avait participé à une des premières expéditions de Peary. »

Évidemment que Knut connaissait Peary, l'explorateur américain qui avait annoncé avoir atteint le pôle Nord en avril 1909. Les détails ne l'avaient en revanche jamais intéressé.

« Il était marié à Josephine Diebitch, une femme beaucoup plus jeune que lui, ajouta Karsten. Elle l'a accompagné dans plusieurs de ses expéditions, mais n'a jamais été plus loin que son camp de base au Groenland. Ce qui lui valut quand même de nombreuses critiques dans la presse américaine, qui considérait qu'en agissant ainsi il manquait de professionnalisme. La plupart des gens estimaient en effet que les femmes n'avaient rien à faire dans les régions polaires.

– Elle avait vingt-neuf ans la première fois qu'elle l'a accompagné au Groenland, intervint Terje. Elle était donc un peu plus jeune que Karin. »

Karsten poursuivit sans prêter attention aux propos de Terje. « Quoi qu'il en soit, toute notre logistique avait été établie sur la base de quatre personnes. On ne pouvait pas tout à coup changer d'avis et emmener Karin et Camilla.

– Il est de toute façon trop tard pour revenir là-dessus, murmura Mads, si doucement que cela ressemblait à un soupir. Karsten, aucun d'entre nous ne pense qu'elles auraient dû nous accompagner. Il s'agit juste d'un coup de tête de Camilla. Tu sais bien comment elle est. Elle adore être le point de mire. Je trouve qu'elles mènent plutôt la belle vie, nos deux femmes, en nous attendant. Tous les soirs, elles dorment dans des lits douillets à l'hôtel, dînent au resto...

– Il faut quand même dire que c'est un sacré avantage qu'elles soient à Longyearbyen, non ? Sans ça, l'un d'entre nous aurait dû repartir en hélicoptère avec Svein, fit remarquer Terje, qui était toujours assis dans son coin, le visage en partie dissimulé par les chaussettes en laine de Karsten qui tombaient du filet.

– Encore aurait-il fallu qu'il y ait une place pour nous dans l'hélicoptère », bougonna Karsten.

Tout à coup, la mauvaise ambiance était de retour, elle était assise parmi eux, sur les sacs de couchage, comme un autre convive répandant sous la tente des relents de contrariété.

Vers 23 heures, Mads et Knut partirent se coucher dans leur tente tunnel. Leurs pas crissaient sur la neige. Derrière eux, la tente pyramidale brillait d'un éclat rouge dans la lueur faible du réchaud. Ils entendirent Terje s'esclaffer, un éclat de rire bruyant et spontané. Que pouvait bien avoir dit Karsten ? Derrière la tente, le paysage baignait à perte de vue dans la pénombre, dans cette étrange lumière bleue qui, chaque soir, se prolonge pendant des heures durant cette courte période entre l'hiver et l'été, la nuit polaire et le soleil de minuit. Le ciel était couvert, sans aucune étoile, et l'air saturé d'ombres bleu indigo et de lueurs. Ils auraient pu se trouver en eaux profondes.

Dans le crépuscule, le petit monde de l'expédition semblait encore plus insignifiant sur son floe. Knut jeta un coup d'œil en direction des chiens morts. Il était stupide de les laisser là, pensa-t-il, ils risquaient d'appâter l'ours polaire, puis soudain il sentit la fatigue le submerger. C'est à peine s'il parvint à ramper sous la tente avant de s'effondrer sur son sac de couchage. Mads entra après lui. Aussitôt, il prépara son lit. Il posa ses vêtements entre la toile de tente et le tapis isolant, sous la tête de son duvet pour le relever, comme un oreiller. Puis il se glissa dans celui-ci.

Knut l'imita du mieux qu'il put. L'intérieur de la tente était désagréablement étroit, il ne devait guère y avoir plus de cinquante centimètres entre lui et Mads. Aucun d'entre eux n'avait proposé d'allumer le Primus pour réchauffer leur duvet avant de se coucher dedans. Knut se glissa dans le sien en frissonnant et ne put s'empêcher de se maudire. Pourquoi fallait-il toujours qu'il se montre aussi consciencieux ? À cet instant précis, il regrettait de ne pas avoir abandonné les membres de l'expédition sur la banquise.

Au petit matin, Knut se réveilla en sursaut, il lui semblait entendre des voix devant leur tente. L'hélicoptère serait-il arrivé pendant qu'il dormait ? Mais très vite, il comprit que cela ne pouvait pas être le cas. Il regarda sa montre, il était juste un peu plus de 5 heures. L'hélicoptère était attendu au plus tôt à la mi-journée, puisqu'il devait entre-temps faire escale sur le *Polarstern* afin de remplir ses réservoirs de carburant. Knut se retourna et regarda autour de lui dans la tente. Mads ronflait légèrement dans son sac de couchage. Il avait enfilé un bonnet en tricot pour protéger son crâne lisse du froid.

Quelle nuit étrange, pleine de rêves diffus, de rires, de chuchotements, de discussions tenues si bas que Knut ne distinguait pas ce qui était dit. Et ce calme ! Il n'avait pas connu cela depuis une éternité. Il avait l'impression que le silence formait une couverture moelleuse autour de lui. Il s'étira dans son sac de couchage, sentit la chaleur tiède de son corps. La toile de tente verte ondulait comme une voile dans le vent, un vent à peine perceptible. Une fine couche de givre sur le tissu scintilla dans la lumière qui venait de Dieu sait où. Le ciel avait dû s'éclaircir. C'est probablement la pleine lune, songea-t-il.

Quelques heures plus tard, il fut de nouveau réveillé par des bruits devant la tente. Cette fois-ci, il ne faisait aucun doute qu'il s'agissait des membres de l'expédition. Mads s'était habillé et avait réussi à sortir si discrètement que Knut ne l'avait pas entendu. Son sac de couchage gisait en tas devant l'entrée. La lumière du soleil brillait sur la toile, mais l'harmonie qu'il avait ressentie en pleine nuit avait disparu.

Knut enfila ses vêtements, puis il rangea son duvet et rassembla ses quelques affaires. Devant la tente, le soleil était bas et il n'y avait pas de vent, il faisait plus doux que la veille. Les nuages constituaient une sorte de décor couleur pastel au-dessus de la glace. Les crêtes de compression projetaient de longues ombres bleues. Il regarda autour de lui. Le campement avait disparu en l'espace de quelques heures. Le matériel de l'expédition était arrimé sur la pulka, dans un grand tas tout en hauteur. Les membres de l'expédition se trouvaient tous réunis à une bonne distance de là. Ils étaient penchés au-dessus des chiens morts. Knut plissa les yeux pour essayer de voir ce qu'ils fabriquaient.

Un peu plus tard, ils revinrent chargés de lourds sacs de plastique noir. Ils avaient dépecé les chiens. Les sacs étaient remplis de viande. Karsten expliqua avoir calculé approximativement ce qu'il leur restait en vivres et découvert qu'ils viendraient peut-être à manquer de nourriture maintenant qu'ils avaient pris du retard sur leur programme. Et comme ils ne pouvaient pas abandonner Knut ici, ils avaient décidé d'essayer de le convaincre de les accompagner sur une ou deux étapes vers le nord. Cela ne ferait pas une grande différence, l'hélicoptère n'aurait besoin que de quelques minutes supplémentaires pour les rattraper.

Chapitre 5
En spectatrice

Le premier souvenir que j'ai de mon enfance, c'est la neige sur le toit devant la fenêtre de ma chambre. Si blanche, aussi attrayante qu'une couette. J'habitais alors dans une grande et vieille maison en rondins appartenant à mes grands-parents, dans le nord du pays, à la frontière de la Finlande. À Varanger exactement, au sud de Svanvik. Mon Dieu, que j'aimais cette maison, même si le grenier obscur et plein d'ombres me faisait un peu peur avec toutes ses malles poussiéreuses et ses vieux meubles. J'évitais aussi de descendre seule à la cave, car à cause des bruits qu'il me semblait entendre à l'intérieur, j'étais persuadée que quelqu'un vivait derrière la grande porte fermée à clé.

J'étais une enfant heureuse. Chaque soir, j'avais droit à mon chocolat chaud et à des biscuits aux céréales, que je dégustais dans le grand salon avec la cheminée. Si pour une raison ou une autre, ma mère ne pouvait pas me lire un livre, ma grand-mère me racontait son enfance. Toutes ces histoires n'étaient pas nécessairement destinées à de jeunes oreilles, puisqu'elle avait grandi pendant la Seconde Guerre mondiale, durant laquelle le Finnmark avait été dévasté. Mais pour moi, cela restait des histoires, au même titre que celles sur les trolls et les lutins que je pouvais entendre par ailleurs ; toutes me paraissaient aussi irréelles les unes que les autres.

La vie dans la maison en rondins s'écoulait paisiblement jusqu'au jour où, à l'âge de cinq ans, par un glacial matin d'hiver, je décidai de sauter dans la couette de neige blanche sous la fenêtre de ma chambre. J'atterris sur le toit pentu et verglacé et le dévalai. En tombant par terre, je me cassai le pied. La neige formait de profondes congères autour des murs en rondins de la maison et mon petit corps, simplement vêtu d'une chemise de nuit, disparut au milieu de celles-ci sans laisser aucune trace, ou presque.

Il s'écoula peut-être une heure avant que mes parents ne me trouvent. J'étais alors gelée jusqu'à la moelle et inconsciente. Mon père me porta jusqu'à ma chambre. On m'emmitoufla dans des couvertures de laine et on m'entoura de bouillottes. La température de mon corps était descendue jusqu'à 33° C, nous informa le médecin. J'avais de la chance d'avoir survécu.

On aurait pu croire que cette expérience me vaccinerait contre la neige et le froid, mais pas du tout. J'avais fait de si beaux rêves lorsque j'étais ensevelie sous la neige. Et puis, le plâtre autour de ma cheville m'avait valu beaucoup d'attention. De plus, ma mère m'avait dessinée en princesse et avait tiré de cet accident l'histoire d'une vaillante petite fille qui combat le troll de glace.

Mon enfance à Varanger se termina de façon inopinée. Je venais juste de fêter mes douze ans quand ma famille déménagea à Oslo. Le contraste avec la vie dans le Finnmark où j'avais grandi était énorme. Malheureusement, je ne l'ai pas compris tout de suite. À l'école, je parlais sans arrêt de la maison en rondins où je vivais avec ma famille et ma grand-mère. Je m'étendais à n'en plus finir sur l'hiver polaire et les tempêtes de neige, la montagne et les hauts plateaux. Je ne voyais pas que mes camarades de classe se moquaient de moi, je ne les entendais pas rire derrière mon dos.

Même dans le nord de la Norvège, j'étais considérée comme une enfant inhabituellement active, débrouillarde et indépendante. J'adorais les contes et les mythes, j'étais superstitieuse et avais peur du noir. Mais à Nordstrand, le quartier chic de la capitale où nous habitions désormais, j'apparaissais comme quelqu'un d'étrange, ce qui n'était pas très sain. J'appris vite à me taire et à ne plus parler de tout ce qui me passionnait et, dans ma classe, j'endossai le rôle de l'élève mystérieuse. Pendant que les autres filles passaient des heures entre copines au centre commercial ou flirtaient avec les garçons du voisinage, je restais chez moi à lire. Puis peu à peu, je découvris des domaines dans lesquels je pouvais me distinguer sans que personne n'en soit choqué. Je suis devenue une tête en maths et une bonne skieuse. Lentement, je réussis à trouver ma place et à apprendre tout ce qu'un adolescent doit savoir pour survivre. L'adaptation est cependant un processus douloureux, dans lequel on perd toujours quelque chose. Dans mon cas, ce fut le dialecte du Finnmark.

Mais même le plus solitaire des adolescents finit par se faire des amis, des alliés. Mads Friis était aussi un élève relativement esseulé à l'école, et bizarre, mais lui, son visage rond, ses cheveux fins et ses lunettes étaient compensés par son statut social. Il venait en effet d'une famille riche et conservatrice. Ce qui inspirait le respect à Nordstrand. Mon amitié avec Mads me valut d'être regardée autrement par mes camarades de classe, j'en tirais un certain prestige. Il était âgé de quelques années de plus que moi et il m'emmenait dans tous les endroits cool normalement interdits aux moins de dix-huit ans.

Mads étudiait le droit. Je savais, bien sûr, qu'il avait d'autres amis que moi. Je les apercevais dans le bus, dans le nouveau centre commercial de Sæter : la jolie Camilla Eriksen, si sûre d'elle, Karsten Hauge, un blond super mignon, que tout le pays connaissait dans le rôle de Stian, un jeune garçon du sud de la Norvège qui, dans une série télévisée très populaire, se réfugiait en mer au temps de la navigation à voiles. Tout le monde admirait Karsten. Il semblait y être habitué.

Mads avait l'art de compartimenter sa vie. Je n'ai rencontré sa famille et ses amis d'enfance que très tard. J'étais convaincue que Karsten ne se rappelait pas qui j'étais les rares fois où je le croisais. Il était le célèbre Stian, quand même, et je ne me sentais pas digne de son attention. Il fallut un grave incident pour que les amis d'enfance de Mads m'acceptent parmi eux.

L'hiver de mes dix-huit ans fut loin d'être un hiver normal. Il neigeait parfois tellement pendant quelques semaines que les rues de Nordstrand étaient fermées à la circulation, avant qu'il ne se mette à pleuvoir pendant des jours, les routes se transformant alors en de véritables fleuves où se mêlaient verglas et neige fondue. Juste avant Noël, Mads m'invita à passer quelques jours dans un des chalets que possédait sa famille au fin fond de l'Østmarka. J'eus du mal à obtenir l'autorisation de mes parents, qui n'étaient même pas d'accord entre eux. Ma mère revenait sans cesse sur le danger qu'il y avait à avoir un petit copain trop jeune.

Non, mais ils étaient dingues ou quoi ? Ils n'imaginaient tout de même pas que Mads et moi étions ensemble ? me défendis-je. Si nous ne l'avions pas été jusque-là, il faudrait plus d'une nuit dans un chalet pour allumer l'étincelle ! m'exclamai-je avec indignation. Mon père finit par me soutenir. Je lui trouvai l'air mélancolique lorsqu'il fit remarquer que j'aurais bientôt dix-huit ans.

Et j'avais le droit de choisir mes amis, même s'il s'agissait de citadins n'ayant jamais mis les pieds dans le Nord.

Et ainsi fut-il. À contrecœur, ma mère me laissa partir pendant trois jours avant les vacances de Noël avec Mads, Camilla et Karsten. Elle m'aida même à faire mon sac, mais à sa tête on aurait pu croire que je me rendais à un enterrement. D'une certaine façon, il s'en fallut de peu qu'elle ait raison.

Le chalet n'était pas accessible en voiture. La nourriture, les boissons et nos vêtements se trouvaient dans nos sacs à dos. Mads avait les clés. Mon père nous conduisit jusqu'à Ødegård, d'où partait une piste de ski de fond bien préparée. C'était la première fois que Mads le rencontrait. Je me sentais mal à l'aise en les voyant tous se comporter aussi poliment. Mon père parlait d'un ton amical dans son dialecte du Finnmark et s'adressait à eux comme s'il s'agissait de vieux amis à moi. Aucun d'entre eux n'émit le moindre commentaire désobligeant alors que nous endossions nos sacs et chaussions nos skis. Puis, au moment où nous allions partir, Karsten proposa que je passe devant vu que c'était moi l'experte des randonnées en montagne ou en pleine nature.

Il l'avait sûrement dit en plaisantant, et il n'y avait aucune raison de s'en offusquer, mais peut-être étais-je particulièrement sensible maintenant que je les rencontrais enfin. Je souhaitais tellement leur faire bonne impression. Étrangement, toutefois, le plus vexé par cette remarque fut Mads. C'était lui qui marcherait en tête, déclara-t-il, il était le seul à connaître le chemin.

Nous avons commencé par monter une côte relativement raide menant à des petits lacs. Puis quelques kilomètres plus loin, Mads quitta la piste principale et embraya sur une piste secondaire beaucoup moins bien préparée ; les traces parallèles toutes recouvertes de neige étaient à peine visibles. Mads était-il vraiment sûr qu'il fallait tourner à cet endroit-là, ça ne lui rappelait rien, cria Karsten qui fermait la marche. Ce n'était pas la première fois qu'il accompagnait son ami jusqu'à ce chalet. Sans même se retourner, Mads lui répliqua par-dessus son épaule qu'il savait quand même comment aller jusqu'à son chalet. Le ton était certes irrité, mais il me sembla aussi y percevoir un soupçon d'incertitude.

Une demi-heure plus tard, cela ne faisait plus aucun doute. Ce n'était pas le bon chemin, ce n'était pas possible. Le semblant de piste avait désormais complètement disparu et nous errions dans un taillis, où nous nous heurtions de plus en plus souvent à des branches d'arbres. Je finis par m'arrêter et par crier à Mads que nous nous étions de toute évidence trompés. Il nous fallait retourner jusqu'à la piste principale et reprendre à partir de là.

Mads se retourna, l'air buté, il était sûr que le chalet était par là, s'écria-t-il. Sur ce, il avança encore de quelques pas et, soudain, il s'enfonça dans la neige jusqu'aux bras : il se trouvait dans le lit d'un ruisseau. Nous nous précipitâmes tous vers lui pour l'extraire de là, mais il passa à travers la glace avant même que nous l'ayons rejoint. Ce n'était pas profond, mais l'eau s'infiltra néanmoins dans ses chaussures. Il se tenait là, immobile, le regard stupéfait. Le choc, sans doute, mais alors il ne fallait vraiment pas grand-chose pour le choquer.

La nuit avait commencé à tomber, bien qu'il soit à peine plus de 5 heures de l'après-midi. Le froid nous avait insidieusement rattrapés. Ce n'est qu'en nous arrêtant pour aider Mads que nous avons compris que le mercure avait dû chuter bien au-dessous de zéro. Camilla, anxieuse, tremblait de froid dans son anorak court, qui tenait plus du coupe-vent que du vrai blouson chaud. Quoi que je décide, elle me suivait, déclara-t-elle, bien que je n'aie absolument rien proposé. C'était néanmoins la petite phrase dont j'avais besoin. Je pris la direction des opérations en leur demandant à tous de se débarrasser de leur sac à dos et de les empiler. Sans broncher, Mads s'assit dessus. Je lui retirai ses skis et ses chaussures. Ses deux pieds étaient trempés et glacés. Je soulevai mon pull et ma chemise et les posai contre mon ventre nu. Il était mort de peur. Il avait les pupilles noires et dilatées, et la bouche crispée dans une grimace effrayée. Mais il se taisait.

J'enlevai mes chaussettes et les passai aux pieds de Mads, avant d'essorer les siennes et de les secouer pour les égoutter au maximum, puis j'enfilai ces morceaux de laine glaciale sur mes propres pieds et remis mes chaussures. Mads essaya de protester. J'avais moi aussi très peur, je ne perdis donc pas de temps à discuter. Il faisait froid, il était tard et nous n'avions aucune idée de l'endroit où nous nous trouvions.

Nous sommes retournés sur la piste principale, et avons deviné plus que découvert la bonne bifurcation. Une heure plus tard, le chalet surgit en face de nous. Une construction traditionnelle en rondins, enduite de brou de noix sombre. Des volets blancs, un petit escalier en bois montant jusqu'au tambour. Le chalet avait l'air grand, et il était sûrement douillet quand un feu brûlait dans la cheminée. Je commençais à avoir très froid, quelque chose dans l'air me rendait nerveuse.

Karsten s'avança vers moi. Sans rien dire, il posa la main sur mon épaule et la serra. Camilla pleurait de reconnaissance, mais Mads, lui, restait étrangement à l'écart. Il regardait autour de lui, comme s'il ne reconnaissait pas les lieux. Il se pencha sur son sac, fouilla dedans. C'étaient les clés qu'il cherchait. Au bout de quelques minutes, il se redressa, l'air bête. Il ne les trouvait pas, avoua-t-il. Je fis ce que je pus pour lui remonter le moral. Il les avait peut-être mises dans la poche de son blouson, suggérai-je. Ou peut-être les avait-il données à Karsten ?

Il finit par mettre la main dessus en recherchant dans le premier sac qu'il avait fouillé. Mais impossible d'introduire la clé dans la serrure. Mads avait l'air piteux, mais néanmoins buté. Il avait compris que nous n'étions pas devant le bon chalet. Il ignora les sarcasmes furieux de Karsten. Je regardai le lac gelé en contrebas de la butte sur laquelle nous nous tenions. Il faisait déjà nuit et la lune était apparue dans le ciel. Elle brillait d'un éclat poli comme de l'acier sur la neige. Aucun nuage. La peur s'empara de moi, je demandai aux autres s'ils ne sentaient pas l'odeur du froid. Ils sourirent, puis tendirent l'oreille. Un grand froid ne tarderait pas à s'abattre sur nous.

Je ne sais pas d'où me vint l'idée. Je pris l'un des skis et en quelques coups désespérés, je cassai la vitre de la porte d'entrée. Heureusement, il y avait un verrou pour ouvrir de l'intérieur, et nous avons pu entrer. Les trois autres me regardaient comme si j'étais devenue folle, mais néanmoins avec un certain respect pour ma capacité à agir et la détermination dont je faisais preuve.

Nous avons transporté les sacs à l'intérieur, allumé le feu dans la grande cheminée du salon et dans le poêle de la cuisine, puis je nous ai préparé à tous un chocolat brûlant, avant d'enlever les chaussures et les chaussettes de Mads. Ses pieds tout blancs étaient tachetés de bleu. On l'a échappé belle, pensai-je.

Le chalet se réchauffa rapidement, mais les couettes, les oreillers et les draps mirent plus de temps à sécher et à être suffisamment aérés pour que nous puissions nous y coucher. Karsten trouva un thermomètre qu'il posa à l'extérieur, sur l'escalier, afin de voir jusqu'où descendait le mercure. Puis nous avons passé le temps en buvant tout le vin rouge que nous avions emporté et en jouant aux jeux de société rangés sur les étagères. Le séjour typique au chalet, en somme. Celui d'adolescents en vacances quelques jours ensemble sans leurs parents pour les surveiller. Nous nous sommes couchés vers 1 h 30 du matin.

La dernière chose que fit Karsten avant d'aller au lit fut de jeter un coup d'œil au thermomètre dans l'escalier. –36° C, soit 20° C de moins que quand nous étions partis de Ødegård. Il était stupéfait, il n'arrivait pas à croire que le froid puisse tomber aussi vite. Je répondis, à demi assoupie dans mon fauteuil, que le thermomètre n'était peut-être pas très fiable, mais il secoua la tête. Ce n'était pas rien de partir en rando avec une fille comme moi, assura-t-il. Il me regardait d'un air admiratif.

À toute chose malheur est bon, pensai-je. En tout cas, nous avions désormais tous fait connaissance.

La bande de Nordstrand, c'est le nom que nous donnions à notre petit groupe. Il n'était constitué que de nous quatre : Camilla et Karsten, Mads et moi. Il arrivait que d'autres personnes gravitent autour, mais rares étaient ceux à s'attarder très longtemps. Karsten, Camilla et Mads étudièrent le droit, mais ils suivirent des voies différentes après la fac. Il n'avait jamais fait aucun doute que Mads entrerait dans le cabinet de son père, où il fut rejoint quelques années plus tard par Karsten. Tous semblaient très satisfaits de cet arrangement. Karsten avait apporté de la fraîcheur dans la vieille entreprise familiale et fait souffler un vent nouveau sur le droit des affaires, affirmait le père de Mads.

Camilla abandonna relativement tôt ses études et se retrouva sur le marché du travail avec un diplôme sans grande valeur. Après quelques années à enchaîner les petits boulots, elle finit comme journaliste à *Dagbladet*, l'un des trois grands quotidiens nationaux. Où elle se plaisait, et où elle était à sa place. De mon point de vue, ce travail lui avait permis de s'affirmer, elle semblait plus en phase avec elle-même. Elle s'était endurcie. Elle allait boire des coups avec ses collègues, partait en reportage au fin fond du pays. Karsten et Mads n'accordaient que peu d'intérêt à tout cela. Il faut dire aussi qu'ils venaient d'un milieu où il était considéré comme mal élevé de se disputer à propos des faits et gestes des autres, même quand ceux-ci nous déplaisaient.

Je devins architecte. Après mes études, j'emménageai dans un petit appartement à Sæter. Mes parents étaient repartis vivre dans le Finnmark, dans la vieille maison en rondins de ma grand-mère. Mon père travaillait comme médecin de campagne et ma mère avait réalisé son rêve en devenant auteur de livres pour enfants. Ils menaient une autre vie que la mienne, plus colorée, plus excitante. Je me sentais souvent triste après avoir lu leurs lettres, j'avais le mal du pays, mais ça je ne le compris que plus tard. La vie à Nordstrand était une sorte d'existence parallèle que je croyais pouvoir quitter quand je m'en lasserais.

Peut-être serais-je retournée dans le Nord si Karsten, soudainement et de manière inexplicable, n'avait mis fin à sa longue relation avec Camilla, alors que tout le monde les voyait déjà mariés. Redevenu libre, il n'aurait eu qu'à se baisser pour cueillir la fille de son choix. Il était incroyablement beau à regarder, et charmant quand il voulait bien s'en donner la peine. Mais c'était moi qu'il voulait. Et si je dois être honnête, j'étais déjà amoureuse de lui depuis un certain temps.

Mads n'eut pas l'air de trop mal le prendre, mais il était toujours difficile de savoir avec lui. Quelques mois plus tard, lui et Camilla formaient eux aussi un couple. Le même automne, Karsten et moi sommes partis en vacances en Grèce, rien que nous deux pour une fois. Il me demanda en mariage un soir tard après un dîner en terrasse dans un petit restaurant idyllique. Il faisait nuit et chaud, le ciel au-dessus des petites maisons de pierre était étoilé, des fleurs bordaient les barrières et les murets. J'essayais d'éluder sa demande en riant. Peut-être Karsten interpréta-t-il mal mes pouffements de rire et les prit-il pour un oui. En réalité, j'avais peur. J'aurais dû lui dire d'emblée que je préférerais repartir dans le Finnmark, que je me sentais seule à Nordstrand. Que j'avais l'impression d'être la spectatrice d'une existence où je n'étais là qu'en invitée.

Chapitre 6
Le chien venu de nulle part

Les enfants étaient depuis longtemps couchés quand Tom Andreassen rentra chez lui avec le chien tard ce vendredi soir. Il s'empressa d'expliquer à sa femme que l'animal appartenait à Knut, qu'il faisait partie des attelages de l'expédition au pôle Nord, que Knut avait demandé à ce qu'il soit ramené à Longyearbyen. Ils n'étaient pas censés le garder. Nina le regarda d'un air ironique. Pourquoi dans ce cas ne pas le confier à un des nombreux chenils en ville ? demanda-t-elle. Pourquoi Knut avait-il jugé nécessaire de le renvoyer à Longyearbyen ? Cela faisait des années que les enfants les tannaient pour en avoir un. Ils n'avaient pas fini d'en entendre parler s'ils le découvraient dans l'entrée. Tom promit que, le lendemain, le chien serait hors de la maison avant qu'ils ne se lèvent.

Ils l'installèrent devant la porte en bas dans l'entrée. Tom alla chercher un vieux tapis, remplit un grand bol d'eau et lui donna quelques restes du dîner. Le chien était énorme, il occupait toute la place sur le palier. Il l'examina d'un peu plus près. N'était-ce pas du sang qu'il avait au coin de la bouche ?

« C'est quoi son problème ? voulut savoir Nina. Il s'est battu ? C'est pour ça que Knut l'a ramené, parce qu'il était trop agressif ? Je ne veux pas dire, mais il aurait pu l'emmener chez lui. »

Tom lui expliqua que Knut était resté sur la banquise avec l'expédition, qu'un des explorateurs était malade, et que tous les autres chiens étaient morts.

« Mais il a complètement perdu la tête ou quoi ? demanda Nina d'une voix calme. Knut n'a absolument rien d'un explorateur ! »

Inutile de dire que les enfants se levèrent avant que le chien ait quitté la maison. Ils s'attroupèrent tous les quatre autour de lui, puis caressèrent chaque millimètre de son poil roux hérissé. Peut-être l'animal ne supporta-t-il pas ces débordements d'affection. En tout cas, il se leva sur ses pattes vacillantes et vomit partout dans l'entrée.

« N'y touchez pas les enfants ! s'écria Tom. Allez-vous-en. »

Il sortit le chien et l'attacha sur le perron, puis il enfila des gants en caoutchouc et lava l'entrée. Il jeta le tapis à la poubelle et lessiva une dernière fois le sol et les murs à l'eau de Javel.

« Tu crois que ce qu'il a est contagieux ? » Nina ne voulait pas le lâcher, elle insistait. « Il n'a pas la rage ou une maladie de ce genre, j'espère ? »

Il n'y avait aucun vétérinaire installé sur l'archipel à l'année. Tous ceux qui avaient essayé n'avaient pas réussi à vivre de leur activité. Mais le vétérinaire de Tromsø venait plusieurs fois par an pour quelques semaines afin de mettre à jour les vaccins, régler les questions relatives à l'exportation et l'importation de chiens et tout ce qui pouvait demander son intervention. Au fil des ans, on avait vu défiler toutes sortes d'animaux domestiques à Longyearbyen – des chiens, des chevaux et même un singe et un perroquet. Hors des zones d'habitation, la nature grouillait d'espèces sauvages diverses et variées – des renards polaires, des rennes, des oiseaux, des ours polaires, des phoques – mais au bureau du gouverneur, les questions concernant la faune dépendaient du service de l'environnement.

Tom secoua la tête, mal à l'aise. « Je l'emmène à l'hôpital, dit-il. Knut a demandé à ce que Tore Dahl jette un œil sur lui. »

Nina réussit à ce que les enfants acceptent de quitter la maison. Ils auraient certes préféré rester auprès du chien, mais ils ne furent cependant pas difficiles à convaincre. Toute la semaine, en effet, on célébrait la fête du Soleil et le samedi était la grande journée de l'année réservée aux familles avec l'organisation de jeux, de concours et de nombreux autres divertissements. Sur la piste de ski alpin au-dessus du quartier de Nybyen, il était ainsi possible de s'essayer à la conduite d'attelage, au saut à ski, au snowboard ou de faire de la luge. Les activités étaient organisées de longue date et il était presque inimaginable que les parents n'y participent pas.

Par chance, cette année, le temps était avec eux. Au-dessus des montagnes, la lumière verdâtre avait peu à peu été chassée par un rai de lumière jaune citron qui, depuis, s'élargissait lentement. Heureusement, ce n'était pas couvert. Pour la première fois de l'année, les habitants de Longyearbyen allaient pouvoir entrapercevoir le disque solaire, du moins ceux qui avaient pris la peine de se déplacer jusque de l'autre côté de la vallée de

Longyeardal. Malheureusement, cette année encore, le service de police croulait sous les dossiers, et Tom ne pouvait décemment pas se libérer ce week-end. Pas avec un chien malade chez lui et une opération en hélicoptère à 87 degrés nord.

Tom était assis dans le fauteuil près de la grande fenêtre du séjour. La maison était calme depuis que Nina et les enfants avaient quitté les lieux. Dehors, le ciel au-dessus des montagnes blanches était passé du bleu nuit à la couleur délicate de la porcelaine. Il ne se faisait pas d'illusion, il savait que la journée allait être dense, une véritable course d'obstacles entre divers événements imprévus. Tom entendait le bruit des griffes sur le sol à chaque fois que le chien se levait dans le tambour. C'était la priorité, l'emmener à Tore. Il prit son portable dans la poche de son blouson et téléphona à l'hôpital.

« D'accord, mais il va falloir que tu attendes cet après-midi. » Tore avait l'air stressé. « Les gens se sont montrés particulièrement imprudents cette année sur les pistes de luge. Nous avons la salle d'attente pleine de bras et de jambes cassés, sans parler de tous les autres bobos. Par ailleurs, le membre de l'expédition que vous avez ramené a le sommeil lourd. Je pense que tu voudras en profiter pour lui parler ? Essaie de venir vers 13 heures. »

Quelques minutes plus tard seulement, Tom reçut un appel du bureau. Un chalut s'était pris dans l'hélice du navire océanographique allemand et les gardes-côtes allaient devoir le remorquer jusqu'à Longyearbyen. Aucun hélicoptère, par conséquent, n'irait chercher Knut et le reste de l'expédition tant que le bateau ne serait pas là pour qu'il puisse faire le plein de carburant. Airlift dépendait totalement de ces escales sur le *Polarstern*, mais pour cela il fallait que celui-ci se trouve à l'endroit normal, dans le nord du détroit de Framstredet. Le dépôt du bureau du gouverneur à Verlegenhuken était quant à lui quasiment à sec. Il ne restait plus que quelques bidons de carburant pour dépanner en cas de réelle urgence. Il était donc préférable de ne pas y toucher. Mais ce qui se passait à 87 degrés nord, n'était-ce pas ce qu'on pouvait appeler une situation de crise ?

Tom Andreassen soupira, avala une gorgée de son café froid, regarda par la fenêtre. Un étrange sentiment de malaise le rongeait. Que pouvait-il faire ? Jusqu'ici, seul Knut avait eu affaire aux gens de l'expédition. Il trouverait probablement un dossier à leur sujet dans son bureau. Il descendit dans l'entrée, remplit d'eau la gamelle du chien, enjamba le corps énorme et monta en voiture. La route jusqu'au bureau était quasiment déserte. La plupart des gens étaient partis de l'autre côté de la vallée.

Le bureau de Knut était plongé dans la pénombre, le dossier de l'expédition se trouvait au milieu de sa table de travail. Pour une fois, il avait rangé les inévitables tas de papiers, de notes et les différentes choses qui avaient tendance à s'amonceler en une semaine, même en temps normal. Tom emporta le dossier dans son propre bureau. On y trouvait les diverses demandes d'autorisations, celles rejetées et celles acceptées. De listes de matériel et de vivres, de descriptions de l'organisation logistique. Il y découvrit aussi quelques coupures de presse, provenant pour la plupart de journaux sur le continent.

Knut soupçonnait que les chiens et Svein Larsen avaient été empoisonnés. Que pouvait bien avoir emporté l'expédition qui soit à la fois nocif pour les humains et les chiens ? Le Svalbard avait connu plusieurs tragédies dues à de la nourriture avariée ou à des substances toxiques, mais cela remontait à loin, au début de l'époque des baleiniers. En ce temps-là, on ne connaissait pas encore le scorbut et les carences en vitamine C, ni l'empoisonnement au plomb dû aux boîtes de conserve ou le botulisme, ni les intoxications par la vitamine A attrapées en mangeant du foie d'ours polaire, ni les septicémies contractées lorsque l'on se coupait en dépouillant un phoque. Les gens pouvaient mourir de beaucoup de choses autrefois. Et si on observait encore quelques cas de gangrène ou de rage, ces maladies étaient heureusement devenues rares.

La nourriture des chiens paraissait être la cause la plus probable, puisque toutes les bêtes à l'exception d'une étaient mortes. Tom secoua la tête. Devait-on en déduire que Svein Larsen en avait consommé ? Cela serait quand même très surprenant, mais d'un autre côté, on ne savait jamais, les gens semblaient capables de tout aujourd'hui. Il feuilleta d'abord rapidement les copies des articles sur l'expédition parus dans la presse au cours des douze derniers mois avant, finalement, de tous les éplucher.

Le côté amateur de l'équipe ressortait de façon flagrante dans les premiers papiers. Tout tournait encore principalement autour des vieux explorateurs polaires, des expéditions en tant que tradition norvégienne. Puis peu à peu, la presse avait commencé à se montrer plus critique, à poser des questions plus dérangeantes, et les membres de l'expédition à leur donner des réponses plus réalistes. L'aspect économique revenait sans cesse sur le tapis. Mads Friis et Karsten Hauge étaient, certes, des avocats aisés, mais une expédition au pôle Nord n'était pas vraiment simple à monter, ni bon marché. Aucun des deux hommes ne souhaitait s'étendre en détail sur le financement de leur projet. À croire qu'ils estimaient déshonorant de le payer de leurs propres deniers. Comme si peiner pour lever des fonds faisait en quelque sorte partie du jeu, et qu'il fallait, comme les explorateurs autrefois, démarcher l'ensemble des fournisseurs susceptibles de leur procurer le matériel et les vivres.

Tom nota tout ce qu'il put trouver concernant les différentes entreprises qui les avaient sponsorisés pour la nourriture. Où s'étaient-ils approvisionnés pour celle des chiens ? Rien n'était mentionné à ce sujet dans les articles. Il fixa le plafond pendant un moment. Quelle étrange expédition quand même. Et pourtant ils en avaient vu des choses bizarres durant toutes ces années ! Les Espagnols qui avaient prévu d'atteindre le pôle Nord à moto, mais qui n'étaient pas allés plus loin que la piste d'atterrissage de l'aéroport avant de déclarer forfait. Les Françaises rapatriées de la banquise au bout de quelques semaines, car l'une d'entre elles avait manqué perdre un pied en attrapant des gelures. Les Polonais qui, en partant du côté russe de l'archipel François-Joseph, avaient fait un bref passage au Svalbard, en toute discrétion, alors qu'ils venaient de réaliser ce que l'on pouvait appeler un grand exploit. Pour chaque expédition réussie, il y en avait au moins dix autres consternantes.

Toutefois, Tom n'arrivait pas à se défaire de l'impression que cette expédition avait quelque chose de plus étrange encore que les autres. Par précaution, il consigna tous les temps forts et les coups durs évoqués dans les journaux quand l'équipe se démenait encore pour trouver l'équipement nécessaire et résoudre les problèmes de transport. Quand, au juste, avaient-ils décidé de partir avec des chiens ? Dans les premiers articles, il n'était question que de pulkas tractées à ski.

Le nombre de participants était longtemps demeuré incertain. Les journalistes les pressaient de questions quant à la participation des deux épouses, Camilla Friis et Karin Hauge. À la lecture des premiers articles, on avait l'impression qu'elles étaient censées prendre part à l'expédition, surtout Camilla Friis qui avait clairement exprimé le souhait d'occuper une des places en avant de la pulka. Pendant quelques semaines, il n'y en avait plus eu que pour elle : des photos la montraient alors qu'elle s'entraînait dans un club de gym, partait randonner à ski dans le Nordmarka. L'autre épouse, Karin Hauge, se tenait plus en retrait. Puis le chef de l'expédition, Mads Friis, avait fini par annoncer que l'expédition ne compterait que des hommes, l'épreuve physique serait trop dure pour les femmes.

Une telle déclaration avait dû jeter un sacré froid dans les foyers, songea Tom en souriant.

L'année précédente, juste avant Noël, un étrange sujet avait commencé à revenir de plus en plus souvent dans la presse. Apparemment, Karsten Hauge nourrissait un intérêt peu commun pour l'explorateur polaire Robert E. Peary. Il semblait lui vouer une immense admiration. Quelques semaines avant le départ, il avait publiquement déclaré que s'il s'avérait que Peary n'avait pas tout à fait atteint le pôle Nord, cela signifiait que jamais encore aucune expédition partant du territoire norvégien n'y avait mis les pieds, dans la mesure où le voyage en zeppelin de Roald Amundsen ne pouvait pas être pris en compte puisque ce dernier ne s'était pas posé à terre. Karsten Hauge et son équipe seraient ainsi les premiers. Tom secoua la tête. C'était quand même incroyable ! Pourquoi les journalistes ne vérifiaient-ils pas mieux les informations qu'ils publiaient ? Cette affirmation contenait tellement d'erreurs qu'il n'avait même pas le courage de les relever.

Mais bon, pour en revenir à la nourriture et aux sponsors, force était de constater qu'ils ne manquaient pas de vivres, en tout cas. Des flocons d'avoine, des sachets de soupe, des plats lyophilisés, des fruits secs, du lait en poudre, du chocolat en grande quantité. Cela faisait beaucoup de choses à vérifier, mais a priori, parmi ces aliments, rares étaient ceux susceptibles d'être avariés sans devenir en même temps immangeables. Aucune boîte de conserve, apparemment, ce qui n'était pas surprenant : les expéditions modernes n'y avaient plus beaucoup recours. Tom rassembla les listes de provisions. Il pourrait les montrer à Tore Dahl lorsqu'il lui amènerait le chien.

Le chef de la police regarda l'heure. Bientôt midi. Que pouvait-il faire de plus avant d'aller chercher l'animal ? Il retourna la pile de documents et les parcourut de nouveau. Il trouva l'information qu'il cherchait. La plupart des chiens venaient de deux chenils. Le Polar Kennel, près de l'ancienne station Nordlys et le Basecamp Kennel, un peu plus haut dans la montagne, au bord de la route montant à la Mine 7. Un des propriétaires aurait-il passé sous silence qu'une des bêtes était malade ? Une telle idée lui paraissait peu plausible. Il savait les deux établissements sérieux et bien gérés. De plus, ceux-ci vivaient des sorties en attelage destinées aux touristes. Il lui semblait parfaitement inimaginable qu'ils aient pu prendre le risque d'avoir le service de l'environnement du bureau du gouverneur sur le dos.

Il décida néanmoins de téléphoner à leurs propriétaires. Et obtint la même réaction de la part de chacun d'entre eux : de l'inquiétude, mais non, aucun des chiens vendus à l'expédition n'était malade. Tous deux se répandirent aussi en éloges sur Svein Larsen, le musher. Et le fait que les deux attelages soient tombés malades ? Qu'en pensaient-ils ? Alors là, c'était un sacré mystère, ils ne voyaient absolument pas ce qui avait pu se produire. C'était la première fois qu'ils entendaient parler d'une chose pareille.

Pour finir, Tom les interrogea sur le gros chien roux qui, espérons-le, dormait dans le vestibule, chez lui, à Blåmyra. Aucun des chenils n'avait vendu un animal correspondant à la description donnée. Et ils n'avaient aucune idée d'où il pouvait venir. Un particulier l'avait peut-être importé du continent ? À moins qu'il ne s'agisse d'un chien russe ? Ils ne voyaient pas d'autres possibilités. Tom soupira. Le service de l'environnement avait la liste de tous les chiens importés, mais il lui faudrait attendre lundi, tous les agents étant actuellement en week-end.

Il s'apprêtait à sortir du bureau quand un point qu'il avait jusque-là négligé lui revint. Et qu'en était-il des deux épouses qui se trouvaient toujours à Longyearbyen ? On ne les voyait plus depuis que l'expédition avait quitté la ville, elles étaient tellement discrètes que les journalistes avaient eux-mêmes fini par disparaître. Une fois leurs hommes partis, elles avaient déménagé de l'auberge de Nybyen pour s'installer au Polar Hotel. Il savait qu'un des agents les avait averties de l'hospitalisation de Svein Larsen. Quel idiot de ne pas y avoir pensé plus tôt ! Il fallait absolument qu'il s'entretienne avec elles, c'était évident, mais avant cela il devait déposer le chien à l'hôpital et parler au médecin chef.

Tom Andreassen gara sa voiture, il ne s'imaginait pas transporter le chien dedans. Il fit la grimace à la pensée de devoir nettoyer le vomi sur la banquette arrière. Un mauvais pressentiment le saisit dès qu'il entra dans la maison. Le vestibule était vide et la maison étrangement silencieuse. Une absence de bruits et de mouvements suspecte. Il grimpa l'escalier quatre à quatre et jeta un coup d'œil dans la cuisine. Il recula à la vue du carnage : l'animal avait réussi à ouvrir la porte du réfrigérateur et l'avait presque entièrement vidé. Des œufs cassés, des flaques de lait, des paquets mâchouillés de jambon, de salami et autres fromages en tranches jonchaient le sol avec des restes de nourriture non identifiés. Mais le chien, lui, n'était pas là.

Le chef de la police soupira et se dirigea vers le séjour. La bête, couchée sur le canapé de cuir noir, la tête sur les pattes, le regardait de ses yeux brillants et sombres. Il tenta de remuer la queue, provoquant au passage la chute d'une petite lampe sur la table basse derrière lui. Au premier abord, tout semblait relativement normal, mais quand il fit descendre l'animal, il découvrit que celui-ci avait complètement éventré la banquette. Au centre de cette dernière, une plaquette de beurre gisait au milieu des lambeaux de cuir noir et des tas de laine grise du rembourrage. Le chien avait essayé d'en manger, mais il avait presque tout régurgité derrière le dossier du canapé. Il avait certes massacré le canapé, mais pire encore : il y avait des caillots de sang dans la mare de vomi.

Chapitre 7
Le projet

On dit qu'il faut avoir accompli tous ses projets les plus audacieux avant quarante ans, mais Karsten n'avait pas encore trente-cinq ans qu'il paniquait déjà. Sans qu'il l'exprime ouvertement, il m'apparut peu à peu qu'il commençait à se sentir vieux. De par son statut d'enfant star, il s'était attendu à ce que la vie l'amène à jouer d'autres rôles importants, à être reconnu, même s'il ne savait pas exactement pour quelles raisons ni dans quel domaine, mais il se voulait unique.

Mads et Camilla ne comprenaient pas ce besoin impérieux chez Karsten de réaliser des exploits qui susciteraient l'admiration. Mads était, pour sa part, profondément satisfait de la vie confortable que lui assurait son statut d'associé adjoint dans le cabinet d'avocat de son père. En tant que grand reporter, Camilla faisait souvent ces choses dont rêvait Karsten. Il n'était donc pas si surprenant qu'elle ait été à l'initiative de notre première grande aventure – une randonnée en montagne comprenant une partie d'alpinisme.

Aucun d'entre nous ne pratiquant ce sport, Camilla nous avait inscrits à un cours pour débutants au club d'escalade Kolsås Klatreklubb. Très vite, Mads s'était révélé ne pas être fait pour l'alpinisme. Il était corpulent et solidement charpenté. Il avait beau s'entraîner comme un fou à soulever des poids, il pesait tout simplement trop lourd. Karsten, en revanche, était beaucoup plus léger et plus adapté physiquement aux ascensions difficiles et aux descentes en rappel.

Notre première excursion nous amena dans le massif de Bjørnefjell aux abords du parc national de Femunden. Celle-ci n'offrait aucune réelle difficulté du point de vue de l'escalade, même si les cinquante derniers mètres jusqu'au sommet le plus haut se révélèrent relativement raides, ce qui nous obligea à nous séparer en deux cordées, l'une des deux devant attendre au pied de la paroi à la verticale que la seconde soit redescendue. Après de longs pourparlers animés, il fut décidé que Camilla et Mads monteraient en premier, mais Karsten était fortement contrarié de devoir attendre le retour des deux autres avant de pouvoir lui-même se lancer à l'assaut du sommet.

Mads et Camilla abandonnèrent à mi-parcours. Mads avait cédé à la panique quand un de ses points d'ancrage s'était décroché. Karsten, intérieurement, jubilait. Furieuse qu'il ait renoncé aussi facilement, Camilla se montra impitoyable envers Mads. Assise au bord d'une corniche, elle resta sourde à ses arguments : n'avait-elle pas jugé elle-même qu'il risquait d'être trop lourd pour elle en cas de problème ?

Mads semblait à la fois malheureux et soulagé d'être redescendu. Il fit donc le dos rond en attendant que passe la mauvaise humeur de Camilla et plaisanta avec nous en savourant un café.

Je levai la tête et regardai la paroi à la verticale s'élevant au-dessus de nous. D'où nous nous trouvions, nous ne pouvions pas voir le sommet. Étaient-ils montés suffisamment haut pour apercevoir le cairn qui signalait le point culminant ? Manifestement non, car ni Mads ni Camilla ne me répondirent.

Les deux équipes montèrent sans pouvoir utiliser de corde au-dessus d'elles. Aucun d'entre nous n'était suffisamment expérimenté pour grimper en escalade libre afin de l'installer. C'est pourquoi nous avions décidé d'être deux par cordée et de miser sur un assurage depuis le bas et les relais. Karsten montait en tête et posait les points d'assurage avant qu'à mon tour j'entame l'ascension. Au quatrième relais peut-être, alors que nous nous trouvions à environ cent mètres au-dessus du sol, j'ai commencé à me demander si nous ne nous étions pas trompés un peu plus bas. Peut-être ne suivions-nous pas la bonne voie ? Karsten grimpait lentement et plaçait les relais aussi loin que possible les uns des autres, mais soudain je l'entendis crier qu'il voyait le sommet du Bjørnefjell. Il fixa de nouveaux ancrages, et je m'empressai de le rejoindre.

Peu après, nous nous tenions côte à côte sur une minuscule corniche qu'il serait plus juste de qualifier de ressaut, tellement l'endroit était étroit et irrégulier. Sous nos pieds, la montagne grise et noire chatoyait, ceinturée de vert par la forêt. Dans le soleil bas de l'après-midi, des petits lacs scintillaient entre les troncs des pins. Au-dessus de nous trônait le sommet, noir, comme une mise en garde.

Karsten se retourna et me regarda avec des yeux brillants d'un bleu intense. Sa bouche était crispée dans une étrange grimace. Ce n'était pas un sourire, mais autre chose. J'avais l'impression qu'il tremblait.

Étonnée, je lui ai demandé s'il avait froid. C'était une belle journée d'été de la fin août. On ne pouvait pas vraiment dire qu'il faisait chaud, mais on devait quand même approcher les 20° C. Il secoua la tête. Une lueur indéfinie s'était insinuée dans ses yeux.

Je m'apprêtais à continuer à grimper pour aller installer un point d'assurage intermédiaire. J'étais bien partie pour atteindre le sommet. Il n'était pas impossible que nous y soyons déjà au prochain relais. Un frisson de fierté me parcourut la colonne vertébrale, mais Karsten m'attrapa le bras et m'arrêta. Il voulait lui aussi grimper en tête et il avait l'impression que mes gestes manquaient d'assurance. De plus, il y avait une sacrée distance jusqu'au prochain point d'ancrage et le plateau était étroit.

Je ne comprenais pas ce qu'il voulait dire. Je me sentais parfaitement sûre de moi et j'étais impatiente de poursuivre l'ascension. Mais il ne voulut pas en démordre et ce fut tout juste s'il ne me poussa pas au bord du ressaut pour passer devant moi. J'en demeurai presque sans voix, Karsten ne se montrait pas aussi injuste d'ordinaire. Croyait-il vraiment que j'avais peur ?

Face à la paroi, la tête levée, il avait le regard rivé vers le sommet. Il avait déjà détaché sa corde. Un aspect de sa personnalité semblait avoir pris le dessus, un aspect que je ne connaissais pas. Je penchai la tête. Au fond, cette excursion ne représentait pas grand-chose pour moi et qu'importe si je n'atteignais pas l'objectif que nous nous étions fixé. Mon Dieu, qu'il grimpe en tête s'il y tenait tant ! J'étais néanmoins un peu surprise qu'il ne soit pas au moins légèrement gêné d'agir ainsi, mais il était tellement concentré sur la dernière étape qu'il entendait à peine ce que je disais.

Il s'écoula une demi-heure avant qu'il ne redescende. L'autre Karsten. Joyeux et heureux de sa prouesse, attentif et tendre à mon égard. Il me proposa de grimper à mon tour tandis qu'il m'assurerait depuis le bas. Il me fit l'éloge de la vue fantastique et déclara qu'il était dommage que nous n'ayons pas monté la dernière partie ensemble.

Le soir approchait. Les ombres s'allongeaient dans la forêt à nos pieds. Mads et Camilla attendaient sûrement avec impatience de retourner au chalet. Je secouai la tête, je ne ferais pas la dernière partie. Tout à coup, je ne trouvai plus aucun plaisir à cette randonnée en montagne.

Nous étions rentrés de cette excursion depuis quelques semaines seulement quand les parents de Karsten périrent dans un accident de voiture. Depuis cet épisode dans la montagne, je songeais sérieusement à rompre. J'avais compris entre-temps qu'au fond, la seule chose que je souhaitais, c'était repartir vivre dans le Finnmark. J'étais jeune et je ne me sentais pas prête à m'engager. De plus, ce que j'avais découvert de la personnalité de Karsten à l'occasion de cette ascension m'effrayait. Après l'accident de voiture, cependant, j'écartai toutes ces pensées et restai à ses côtés afin de l'aider à se remettre, tandis que Mads et Camilla lui étaient d'un grand soutien. Leur sollicitude se concentrait uniquement sur lui, j'y assistais en spectatrice. La mort de ses parents l'affecta profondément. Je n'avais encore jamais été aussi intimement impliquée dans un deuil d'une telle violence et je fis ce que je pus pour le consoler.

Quelques mois plus tard, Karsten me passait la bague au doigt. Il pleura à notre mariage. Mads et Camilla aussi. Aucun discours ne fut prononcé sans être entrecoupé de longs silences accompagnés de sanglots réprimés. Je portais pour ma part la belle robe de mariée de ma grand-mère et j'avais l'impression d'être là en invitée. Mes parents semblaient perplexes. Avant de partir, ils murmurèrent qu'ils apprécieraient beaucoup que nous leur rendions visite, mais je savais qu'il s'écoulerait un long moment avant que je ne les revoie.

Juste après le mariage, nous avons emménagé dans la maison des parents de Karsten.

De l'extérieur, les gens ont dû croire que l'expédition au pôle était mon idée – d'autant que Karsten n'arrêtait pas de la ressasser. Il racontait en effet à qui voulait l'entendre que j'avais toujours été un peu bizarre, qu'à cause de mon enfance dans le Finnmark, j'avais toujours eu un rapport particulier à l'hiver. Que je m'étais sentie bien seule quand, à l'âge de douze ans, j'avais déménagé à Nordstrand. Il se plaisait à répéter que j'avais sauvé la vie de notre petite bande dans l'Østmarka en cassant la fenêtre d'un chalet dans lequel nous n'avions aucun droit d'entrer. Mais que l'on se rassure, ses parents s'étaient ensuite chargés de dédommager les propriétaires ! Toutes ces exagérations me remplissaient de honte, j'avais l'impression d'être un objet qu'il exhibait.

Ce rêve que j'aurais eu de me rendre dans les régions polaires collait parfaitement à l'image que Karsten se faisait de moi. J'essayais de protester, mais comment nier ce qui aurait pu être vrai ? Car, effectivement, je mourais d'envie de retourner chez moi, dans le Nord, dans le Finnmarksvidda. De retrouver la lumière hivernale vaporeuse de ces hauts plateaux, entre les brins d'herbe gelés et les petits buissons couverts de givre ; les lignes lointaines formées par les rennes lors de leur migration vers de nouveaux pâturages, cette forêt mouvante constituée par leurs bois et surmontée des nuages exhalés par leur souffle glacé. Le crissement des motoneiges sur les chemins entre les modestes maisons de bois. Tout ce qui avait disparu depuis que je vivais dans la capitale.

Mais les régions polaires, non, je n'y avais pas pensé. C'est en réalité Mads qui, un soir, apporta à Karsten de vieux ouvrages parlant des expéditions polaires. Il les avait découverts en rangeant le grenier de ses parents. Les livres, des premières éditions, valaient sûrement cher, mais Karsten se jeta dessus comme s'il s'agissait des derniers best-sellers en date. Il brandit fièrement un vieux livre usé en anglais. Doucement, il caressa du bout des doigts la première de couverture et lut le titre lentement, d'un ton solennel : Robert Peary. *The North Pole. Its Discovery in 1909 under the Auspices of the Peary Arctic Club.* Première édition, 1910.

Aucun d'entre nous ne savait que les parents de Mads nourrissaient un tel intérêt pour les expéditions polaires, mais il nous expliqua que son père avait hiverné quelques années en Antarctique au début des années 1950. D'où cet intérêt de collectionneur. Mads était incroyablement fier des prouesses de son père, comme il disait, et se délectait de l'enthousiasme et de la curiosité qu'il avait réussi à susciter chez Karsten et Camilla. Ce soir-là, c'est à peine si l'un d'entre eux remarqua que je m'étais endormie dans mon fauteuil et que je me trouvais à mille lieues de là. Une fois seuls, Karsten m'informa qu'en mon absence, ils avaient décidé que, pour notre prochain voyage dans des contrées sauvages, nous partirions au Svalbard.

Et pourquoi n'envisageaient-ils pas une expédition au pôle Nord tant qu'ils y étaient ? avais-je répliqué, sarcastique. Karsten m'avait alors regardée avec une sincère admiration. Ses yeux brillaient de fierté. Et c'est ainsi que je devins l'instigatrice de cette expédition au pôle Nord.

J'assistai alors à un étrange phénomène : la lente construction d'un château de cartes. Mads avait enfin réussi à devenir le point de mire du groupe. Il écumait les bouquinistes et les librairies anciennes d'Oslo et n'en finissait plus de nous rapporter des vieux livres sur les expéditions polaires. Jusqu'ici, il s'était toujours montré plutôt économe et à cheval sur le fait que chacun d'entre nous paie sa part lors de nos activités communes. À présent, toutes ces considérations semblaient s'être envolées ; on pouvait dire, en quelque sorte, qu'il s'achetait un statut de chef pour ce projet.

À la fin de ce premier automne, l'organisation de l'expédition commença pour de bon. Je tentai de mettre le holà en arguant qu'il nous fallait plus de temps pour couvrir les dépenses. Les autres ne m'écoutèrent pas. Camilla sourit d'un air bienveillant en disant qu'il était trop tard. La machine était lancée et nous ne pouvions plus revenir sur notre décision. Comme certains de ses articles avaient été publiés sous forme de livres et avaient reçu de bonnes critiques, de sa propre initiative elle était allée voir son éditeur et lui avait vendu le sujet de son prochain livre. À savoir l'expédition au pôle Nord, ce qui ne manqua pas d'exaspérer Karsten. Camilla tenait pour acquis qu'elle en ferait partie.

Mads travaillait de façon systématique, il faisait de beaux tableaux Excel où il indiquait toutes les étapes à suivre et les dates à respecter pour l'entraînement, les préparatifs et la recherche de sponsors. Il ne lui avait pas traversé l'esprit que nous n'aurions peut-être pas terminé les préparatifs à temps. Nous compulsions des livres sur l'histoire des expéditions polaires, consultions d'anciens explorateurs et contactions des spécialistes de ce type de raids. Karsten parlait beaucoup de Robert Edwin Peary, qu'il admirait énormément. L'explorateur américain avait mené des expéditions au Groenland pendant vingt-trois ans dans le but de se rapprocher à chaque fois un peu plus du pôle Nord. À la neuvième expédition, il avait réussi. Le 6 avril 1909, d'après son propre journal de bord, il avait enfin atteint le pôle.

Je n'en croyais pas mes oreilles. Karsten, si fine gueule et amateur de grands crus, nous parlait à n'en plus finir des conditions de vie primitives au Groenland, du froid extrême et de la nuit polaire, de la fatigue, de l'effort, des maladies. Mais je m'abstenais de tout commentaire, je savais que cela ne servirait à rien. À force, le poids de tous les non-dits entre Karsten et moi devenait de plus en plus lourd. J'avais beau n'intervenir que rarement, le moindre de mes propos l'agaçait. Pourquoi étais-je si négative, alors que c'est moi qui étais à l'origine de ce projet ? Je ne devais pas me mêler des questions de logistique, l'Arctique, ce n'était pas le Finnmark. Il s'investissait à fond dans cette grande entreprise et faisait tout pour la mener à bout. Le matériel et les techniques de navigation étaient cent fois meilleurs aujourd'hui qu'à l'époque de Peary. Pour peu que nous soyions suffisamment bien organisés, ce serait un exploit dont on parlerait dans les livres d'histoire.

Les amis et les familles furent rapidement informés de ce qui se tramait. À ma grande surprise, ils semblaient fiers de ce que nous entreprenions, d'autant plus quand l'objectif prévu fut annoncé officiellement. Dans la presse, Karsten, l'ancien enfant star chéri, devint naturellement le principal héros de cette aventure. Il se prêtait volontiers au jeu des interviews, souriait timidement aux photographes. Grâce à lui, notre expédition se distingua de tous les autres projets similaires menés à la même époque.

L'absence de critiques dans les médias ne pouvait pas durer, c'était trop beau. Par la suite, les aspects controversés de l'expédition furent pointés du doigt : notre manque d'expérience, le départ du Svalbard qui, d'après les experts de toutes sortes qui nous mirent en garde par voie de presse interposée, était absolument impossible. Le financement de ce projet paraissait aussi beaucoup trop fragile. Cette expédition aurait-elle vraiment lieu ? Et puis qui était censé partir ? Toutes ces questions, Karsten réussissait à les éluder. Curieusement, lui et Mads n'avaient pas encore annoncé publiquement que Camilla et moi ne participerions pas à l'expédition. Karsten expliqua qu'il serait mal venu de le faire à un stade si précoce du projet, le défi perdrait de son éclat.

L'expédition devint de plus en plus importante aux yeux de Karsten. Le besoin de se mettre en avant et d'être admiré était comme un poison à effet lent dans son sang. À chaque interview, à chaque conférence où les gens faisaient la queue pour lui dire combien ils le trouvaient audacieux et courageux, il semblait grandir un peu. Il se tenait plus droit, pointait le menton vers l'avant, s'exerçait dans son futur rôle d'explorateur polaire. À la maison, dans la cuisine, il était devenu méconnaissable. Il faisait preuve d'une amabilité jusqu'alors inimaginable, il se montrait d'une courtoisie et d'une éloquence qui me laissaient pantoise.

Puis les journalistes devinrent de plus en plus pressants, ils voulaient savoir qui seraient les deux autres participants. La crise nous guettait. Nous étions sur le point de nous ridiculiser en public. Ce fut Camilla qui trouva Svein Larsen. De son propre chef, elle contacta le club de chiens d'attelage d'Asker et demanda s'ils connaissaient quelqu'un susceptible de participer à l'expédition, s'ils avaient un nom à nous proposer. Un soir, elle le ramena et nous le présenta. Et brusquement, sur un coup de tête ou presque, l'expédition à ski se transforma en une expédition avec chiens de traîneau.

Svein était tout ce que Mads et Karsten n'étaient pas : jeune, beau sans chercher à l'être, il respirait la vitalité, le naturel. C'était un homme habitué à vivre en extérieur, un passionné des expéditions polaires. Une encyclopédie ambulante qui pouvait vous citer tous les exploits et les erreurs commises par les explorateurs d'autrefois. Il était menuisier de formation, ce qui tombait plutôt bien. Son esprit pratique et carré se révéla précieux. Rapidement, ce fut comme s'il avait toujours été là, affalé sur sa chaise. Le visage couvert de taches de rousseur, les cheveux châtain clair, ébouriffés. Son rire et sa voix pleine d'entrain.

L'arrivée d'un nouveau participant déplut fortement à Karsten. Peut-être se sentait-il un peu éclipsé, en tout cas elle le chagrinait profondément, même s'il le cachait bien. Il faisait profil bas et se montrait évasif à chaque fois que quelqu'un demandait des nouvelles des explorateurs polaires.

Le plus grand problème de tous restait néanmoins l'aspect économique, il hantait nos jours. Nous n'avions pas l'argent nécessaire pour procéder à des achats absolument indispensables si nous voulions continuer à aller de l'avant. Mads refusait désormais d'avancer les sommes voulues, il estimait qu'il avait déjà bien assez investi dans le projet. Karsten démarchait désespérément toutes les entreprises privées, les banques et les rédactions. Il était incroyablement doué pour obtenir des rendez-vous avec d'éventuels sponsors, mais ses efforts ne rapportaient pas suffisamment d'espèces sonnantes et trébuchantes dans les caisses de l'expédition.

Il y avait aussi un autre problème : les ambitions de l'expédition manquaient de cohérence. Les gens découvrirent peu à peu que Karsten servait aux sponsors le discours qu'ils voulaient entendre – en tout cas, ce qu'il croyait être celui qu'ils voulaient entendre. Quel était le réel objectif de l'expédition ? Était-ce un voyage à la mémoire des exploits accomplis par les grands explorateurs polaires ? Ce voyage se voulait-il plus ou moins politique, puisque Karsten insistait lourdement sur l'importance de leur départ du territoire norvégien, du Svalbard ? Ou alors était-ce la collecte de données scientifiques qui leur importait ? Il était inévitable qu'à force, les sponsors finissent par s'apercevoir que le discours de Karsten changeait en fonction de son interlocuteur.

Chapitre 8
L'attente

Il était tôt le matin. Douze heures auparavant, l'hélicoptère avait laissé les quatre hommes, seuls, sur la banquise. Knut ne se souvenait pas avoir éprouvé un tel sentiment de découragement depuis très longtemps. Manifestement, les trois membres restants de l'expédition avaient toujours la ferme intention de poursuivre leur route vers le nord. Rien n'avait été préparé en vue d'un éventuel retour vers Longyearbyen. Au contraire, ils avaient même empaqueté tout leur barda et l'avaient chargé sur la pulka pour continuer leur périple. À l'exception de la tente pyramidale, qu'il n'avait pas démontée. Si les sacs de couchage avaient été rangés, les matelas isolants, eux, en revanche, avaient été conservés afin de pouvoir s'asseoir un peu plus confortablement sur le sol glacé. Mais il ne restait ni réchaud ni gamelle pour faire fondre la neige et préparer un café.

Karsten Hauge proposa à Knut d'emprunter leur téléphone Iridium afin d'appeler le bureau du gouverneur pour savoir quand approximativement l'hélicoptère était censé arriver. À cette heure, le chef de la police avait certainement été mis au courant de la situation par Tor Bergerud, pensa Knut, et son supérieur n'était probablement pas ravi d'avoir un de ses agents bloqué sur un floe dérivant dans l'océan glacial Arctique. La voix de Tom Andreassen était parfaitement nette, c'était presque à croire qu'il se trouvait derrière la crête de compression la plus proche.

« Bonjour, Knut. Tout se passe bien pour toi ?

– Oui, très bien. Et Svein Larsen, comment va-t-il ?

– Il est à l'hôpital, entre de bonnes mains. Tore Dahl est venu le chercher en personne hier soir à l'aéroport. »

Dans le dos de Knut, les trois membres de l'expédition marmonnèrent de le saluer de leur part.

« As-tu discuté de la situation avec le gouverneur ? Et le chien, est-il toujours en vie ?

– Pour répondre à ta dernière question : oui, il est en vie. Il a même défoncé la banquette de notre vieux canapé en cuir dans le séjour et je dois te transmettre le bonjour de Nina qui te remercie d'avoir veillé à ce que nous en achetions enfin un nouveau. Et puis, oui, j'ai aussi discuté avec Ole.

– Nous sommes sous la tente pyramidale, tous les quatre. Les autres voudraient savoir à quelle heure revient l'hélicoptère. »

Knut espérait que Tom avait compris qu'il devait faire attention à ce qu'il disait. Les membres de l'expédition entendaient probablement une bonne partie de ses propos.

Le chef de la police chercha ses mots. « Comment... qu'ont-ils décidé ?

– A priori, ils n'ont pas changé d'avis, ils estiment être en mesure de continuer.

– OK. Le gouverneur Hareide a décidé de leur donner son autorisation. Qu'ils soient bien conscients cependant que si nous sommes obligés de lancer une opération de sauvetage – quels qu'en soient la raison et le moyen de transport utilisé –, ce sera à leurs frais. »

Knut se tourna vers les trois autres hommes sous la tente. « Un instant, Tom. Je leur transmets le message. Au cas où ils voudraient réagir. »

Les membres de l'expédition se regardèrent. Knut trouvait que Mads et Terje avaient l'air soucieux, mais Karsten secoua la tête. « Nous n'avons rien à ajouter. Cette décision tombe sous le sens. Le gouverneur ne peut pas nous forcer à revenir contre notre gré. »

Knut transmit sa réponse à Tom. Il était soulagé que le gouverneur décline toute responsabilité en cas de problème. Mais Tom n'avait pas fini.

« Ça, c'était la bonne nouvelle. Malheureusement, je crains d'en avoir aussi une mauvaise à vous annoncer. Un chalut s'est pris dans l'hélice du *Polarstern.* Ce qui a endommagé l'arbre de transmission. Les gardes-côtes vont remorquer le navire jusqu'à Longyearbyen et les réparations risquent de demander plusieurs jours. Sachant que le dépôt de Verlegenhuken n'a pas suffisamment de Jet A-1 pour un aller-retour, vous allez sans doute devoir patienter un peu avant que l'hélicoptère puisse venir te chercher. Ce ne sera pas pour aujourd'hui, quoi qu'il en soit.

« Ce sera quand dans le meilleur des cas ? » demanda Knut.

Tom hésita. « Sincèrement, ce n'est pas facile à dire à l'heure qu'il est. Mais comptez au moins deux ou trois jours de retard. »

Knut rendit le téléphone satellite au chef de l'expédition. À ce moment-là seulement, il se rendit compte combien il avait été tendu lors de cette discussion avec son supérieur. Il était frigorifié, il régnait un froid glacial sous la tente. La toile les protégeait du vent léger, mais la température intérieure demeurait la même qu'à l'extérieur. Les trois membres de l'expédition gardèrent eux aussi le silence pendant quelques minutes, jusqu'à ce que Karsten ne parvienne plus à contenir sa colère.

« Nom de Dieu, et qu'est-ce que t'as l'intention de faire ? Tu n'espères tout de même pas qu'on va rester là avec toi à jouer les baby-sitters ?

– Karsten, calme-toi ! » Mads saisit son camarade par le bras. « Ce n'est pas de sa faute. »

Le chef de l'expédition se dégagea. « Bien sûr que si que c'est de sa faute ! Il aurait pu repartir en hélicoptère hier. Et voilà qu'on se retrouve là, comme pris en otage, à cause du coup de tête de monsieur. Si tu crois qu'en agissant ainsi tu réussiras à nous faire changer d'avis, laisse-moi te dire que tu te trompes lourdement. »

Knut secoua la tête. Qu'aurait-il pu répondre de toute façon ? L'ambiance était telle sous la tente qu'il valait mieux se taire, les réactions étaient par trop imprévisibles. Terje se faufila devant Knut et sortit, pour revenir quelques minutes plus tard muni de la caisse du réchaud. « Ce n'est pas une raison pour rester là à se geler pendant que nous discutons de ce que nous allons faire, non ? » dit-il.

Karsten ignora Knut, sortit une carte de l'océan glacial Arctique et la déplia sur ses genoux. Il se pencha vers Mads. L'expédition se situait à 87 degrés 18 minutes de latitude nord selon le GPS, indiqua-t-il en montrant du doigt les différents points. La longitude était d'environ 22 degrés est – à une distance aussi infime du pôle, la précision n'était pas primordiale. Ils se trouvaient donc à quelque sept cents kilomètres à vol d'oiseau des Sjuøyene, le point le plus septentrional du Svalbard.

Si l'expédition faisait demi-tour et repartait vers le sud, il leur faudrait tenir compte des chenaux et des crêtes de compression qu'ils ne manqueraient pas de croiser et qui les obligeraient à faire de longs détours. Plus ils se rapprocheraient des terres, plus le phénomène empirerait, car à cette période de l'année la banquise commençait à se disloquer. Il ne fallait pas non plus négliger les déplacements imprévisibles des floes, à cause du vent et du courant. Karsten estimait à dix pour cent la distance en plus qu'ils auraient à parcourir. Il leur faudrait donc plus de vingt jours pour le retour. Dans le meilleur des cas.

Knut l'interrompit, il ne fallait pas oublier que l'hélicoptère viendrait les chercher bien avant qu'ils n'aillent aussi loin. Trop incertain, jugea Karsten. Il leur exposa alors un plan qu'il devait mûrir depuis un moment. La distance jusqu'à la base touristique russe temporaire de Barnéo, juste à côté du pôle Nord, dépassait à peine trois cents kilomètres. Sachant qu'à une telle latitude, la banquise était sans doute plus compacte et les chenaux plus étroits, ils devraient pouvoir atteindre la base russe en dix jours, selon lui.

Knut ne remettait pas en cause les calculs de Karsten, qui lui paraissaient justes, toutefois il lui semblait plus sûr de ne pas bouger en attendant l'hélicoptère.

« Et on va devoir l'attendre combien de temps cet hélicoptère ? Il l'a dit, ton chef ? »

Knut choisit soigneusement ses mots pour répondre. S'il se fiait à ce qu'il avait vu lors de précédentes opérations de sauvetage sur la face nord du Svalbard, il n'était pas rare que cela prenne deux ou trois jours, déclara-t-il, mais ce n'était bien sûr qu'une estimation. Il se pouvait aussi qu'il faille patienter jusqu'à dix jours.

« Il serait absurde de rester au même endroit alors que la banquise dérive avec le courant et le vent, argua Karsten. Rien que depuis hier, nous nous sommes peut-être déplacés de plusieurs kilomètres. Au moins, en partant dès maintenant vers Barnéo, nous nous rapprocherons d'une base importante. Je propose que vous appeliez votre chef et que vous lui exposiez la situation. La seule chose raisonnable à faire est de demander l'aide des Russes. »

Tout ce que disait Karsten était logique. Ses camarades hochèrent la tête. Ils laissèrent Knut étudier tranquillement la carte. Bien sûr qu'il connaissait Barnéo. La station russe datait de l'année précédente. Elle était installée au début du mois de mars et évacuée plus tard au printemps. D'énormes transporteurs Antonov décollaient alors des anciens aéroports de la Nouvelle-Zemble et de l'archipel François-Joseph et atterrissaient sur une piste reconstruite tous les ans sur la banquise. L'endroit était bien équipé, avec plusieurs tentes hangars, des bulldozers, des générateurs alimentant la structure en électricité et chauffage et deux hélicoptères rapides de type MI-8 à demeure. Il servait de camp de base aux touristes souhaitant aller au pôle Nord, mais aussi aux chercheurs russes qui travaillaient à proximité.

Les trois membres de l'expédition observaient Knut avec attention. L'air qu'ils expiraient se condensait au-dessus de leur tête dans des nuages d'aiguilles de glace scintillants. Mads soufflait sur ses doigts et se frottait les mains l'une contre l'autre. Aucun d'entre eux n'avait enlevé ses bottes. Ils attendaient qu'il se décide. Knut se pencha sur la carte pour mieux voir. En rejoignant Barnéo, ils se rapprocheraient sacrément du pôle Nord, qui se trouvait peut-être à une demi-journée de marche de la base dérivante. Était-ce ainsi que Karsten avait pensé s'assurer que l'expédition atteindrait son but ?

« Nous attendons une journée de plus, annonça-t-il. Si nous n'avons aucune nouvelle d'ici demain midi, j'appellerai le chef de la police sur le téléphone satellite pour discuter avec lui de la possibilité de nous rendre à Barnéo. »

Karsten émit un léger sourire, comme s'il venait de remporter une victoire. « Nous sommes si près du but, dit-il. Ne nous chamaillons pas. Attendons une journée supplémentaire afin de donner le temps à Knut de réfléchir. Il y a beaucoup de choses que nous pouvons faire pendant ces vingt-quatre heures, comme l'inventaire du matériel et des vivres, par exemple, ou le tri des vêtements sales et abîmés. »

Ils passèrent la journée à faire l'inventaire du matériel. Knut leur prêta main forte. Les caisses et les sacs étaient lourds à transporter sur la glace, mais l'effort lui procurait aussi un étrange sentiment de satisfaction. Au bout de quelques heures, ils avaient déjà un bon aperçu de l'équipement et des stocks restants, et celui-ci le laissait perplexe.

« Vous aviez vraiment pensé aller jusqu'au pôle Nord avec aussi peu de provisions ? » demanda-t-il tout bas à Terje.

C'étaient eux qui effectuaient les tâches les plus pénibles : ils portaient les caisses jusqu'à la tente et les ramenaient au traîneau une fois leur contenu passé en revue. À cause de l'eau qui remontait à la surface de la glace et à force d'aller et venir dans la neige, celle-ci s'était transformée en une sorte de gadoue glissante. Karsten et Mads, pour leur part, se trouvaient devant la tente pyramidale, chacun assis sur une caisse en bois isolée du sol par une grande bâche en plastique. Une caisse en aluminium leur servait de table. Toutes les provisions étaient étalées devant eux, réparties en différentes catégories. Mads inscrivait les détails dans un gros bloc-notes, tandis que Karsten contrôlait qu'il ne se trompait pas. De temps en temps, il protestait. Il semblait de plus en plus irritable.

Le temps était beau comme seul peut l'être un jour au début du printemps dans l'océan Arctique. Il n'y avait pas de vent, le soleil était bas au-dessus de la glace, mais sensiblement plus haut que deux jours auparavant. Où était-ce l'imagination de Knut ? Juste au-dessus d'eux, le ciel d'un bleu profond était bordé à l'horizon de nuages qui ressemblaient à des couettes blanches et moelleuses. Combien de fois Knut avait-il vécu cela lors de ses missions sur le terrain au Svalbard, cette douce idylle ? Mais curieusement, dans ces instants de paix, jamais il ne se rappelait qu'en général, à ces moments de répit succédaient la tempête et les problèmes.

Terje et Knut montèrent la tente tunnel, déposèrent les sacs de couchage et les matelas isolants à l'intérieur, devant l'entrée, se préparant à passer une soirée et une nuit supplémentaires sur le floe labouré par leurs pas.

Ils n'avaient pas encore terminé l'inventaire et le tri que c'était déjà l'après-midi. Les ombres derrière les crêtes de compression s'étaient allongées et assombries dans la lumière déclinant rapidement. Un souffle glacial imprégnait désormais l'air autour d'eux. Il était trop faible pour être qualifié de vent, mais suffisamment important pour qu'ils soient transis de froid. Ils ne distinguaient plus qu'à peine les silhouettes de Karsten et Mads devant la tente pyramidale. Il était temps de se réfugier à l'intérieur, de boire quelque chose, de se réchauffer.

Soudain Karsten explosa de colère. Peut-être la dispute couvait-elle déjà depuis un moment. Knut s'était habitué à entendre la voix basse de Mads en train de s'excuser et celle irritée de Karsten, mais il n'avait pas remarqué que le ton était monté.

« Où est donc passée la trousse à pharmacie rouge ? Elle est censée se trouver dans la caisse contenant le matériel de premier secours et ne doit pas être ouverte sans mon autorisation. Où est-elle ? » Karsten se leva, arpenta la bâche verte sans regarder où il mettait les pieds, puis shoota dans une boîte grise qui valdingua sur la glace dans un bruit de ferraille.

« Mais je n'y ai pas touché à ta trousse rouge, moi ! On sait tous que c'est toi qui t'occupes des médicaments, Karsten. Et attention ! Ne donne pas de coup de pied dans la boîte contenant les pièces de rechange des réchauds. » Mads s'était lui aussi levé. Il alla récupérer la petite boîte en aluminium qui avait roulé sur la banquise et la rangea dans la caisse sur laquelle il était assis jusque-là.

Knut les rejoignit en trottinant. Qu'est-ce qui avait disparu ? Karsten était devenu incontrôlable. Il fallait tout fouiller, maintenant, tout de suite : les tentes, le matériel qui avait déjà été remis dans la pulka, les caisses de vivres incluses. Il y passerait la nuit si besoin, mais ils devaient absolument retrouver la fameuse trousse rouge.

Terje alla chercher sur le traîneau la grande caisse contenant tout le matériel de premier secours. L'expédition était plutôt bien équipée en la matière, remarqua Knut. Il y avait des bandages, des attelles, des pommades et des pansements contre les brûlures. Mais aucune trace de la trousse à pharmacie rouge. Terje et Mads échangèrent un regard inquiet. Karsten sortit de ses gonds. « Qui l'a prise ? Le coupable a tout intérêt à avouer. Nous ne partirons pas d'ici tant que cette affaire ne sera pas réglée ! »

Les tentes furent démontées et retournées sans qu'aucune trousse rouge ne soit trouvée. Ils cherchèrent dans la neige, en vain. Vu que personne ne semblait l'avoir vue depuis la chute de Svein dans le chenal, elle était peut-être sur l'autre traîneau, celui qui avait sombré au fond de l'eau, suggéra Mads. Non, ce n'était pas possible, protesta Terje, il avait administré des analgésiques à Svein après la disparition de la pulka. Sans parler du cognac qu'il lui avait donné et qui était lui aussi rangé dans cette trousse.

Ils finirent par fouiller les affaires personnelles des membres de l'expédition. Knut se souciait assez peu que son petit sac à dos soit vidé. Il était sûr que qu'il ne contenait rien d'intéressant. C'est pourtant là que la boîte à pharmacie fut découverte.

Karsten lança autour de lui un regard étrange. Il insista pour que l'on passe en revue le contenu de la trousse en présence de tout le monde. Au cas où il manquerait quelque chose. Afin qu'ils en soient tous témoins. Ce qui se révéla être une perte de temps : d'une part, il faisait trop sombre pour que quiconque puisse lire la liste de ce que contenait la trousse ou les étiquettes sur les flacons et les boîtes ; d'autre part, Karsten était probablement le seul à se souvenir de ce qui avait déjà été utilisé. Ils purent néanmoins constater que la petite flasque de vingt-cinq centilitres de cognac était toujours dans la trousse, mais vide.

Knut s'attendait à une nouvelle explosion de colère de Karsten, mais celui-ci se contenta de le regarder froidement.

« Si tu n'y vois pas d'inconvénient, à partir de maintenant c'est moi qui suis responsable des médicaments », lui dit-il.

Knut manqua d'éclater de rire tellement l'accusation lui semblait ridicule. « Je peux t'assurer que je n'ai pas pris la trousse à pharmacie. Je ne savais même pas où elle se trouvait, et quand en aurais-je eu l'occasion ?

– Aucune importance. C'est du passé. Mais à partir de maintenant, je mettrai les choses importantes sous clé dans ma caisse personnelle. Cela pose un problème à l'un d'entre vous ? »

Personne n'émit la moindre objection. Ils étaient trop épuisés, trop gelés… et il était aussi probable qu'aucun d'entre eux ne comprenait vraiment où Karsten voulait en venir avec ce ton suspicieux. Knut n'avait même pas la force d'essayer de deviner qui pouvait bien avoir mis la trousse dans son sac, en ayant conscience du bazar que créerait un acte aussi innocent.

Ils se réunirent sous la tente pyramidale pour un dîner rapide. Ils commençaient à trouver leurs marques et un semblant de routine s'installait peu à peu. Karsten voulait faire cuire de la viande de chien pour le repas, mais Knut l'en dissuada. À la place, Terje prépara une épaisse soupe à base de pois, de beurre et de viande lyophilisée, qu'ils accompagnèrent de quelques tranches de biscottes et de fromage. Knut fit un rapide calcul de tête et constata qu'ils n'avaient pas consommé suffisamment de calories au cours de la journée, mais il garda cette information pour lui. Du moment qu'ils se sentaient repus et buvaient suffisamment... Il se chargea d'aller nettoyer la gamelle et partit chercher de la neige propre là où personne n'avait marché. Quand il revint dans la tente, les autres se turent, comme s'ils étaient justement en train de parler de lui.

Quant à savoir ce qui était ressorti de cette conversation, ce n'était pas facile à dire. Aucun d'entre eux non plus ne prit l'initiative de relancer la discussion entamée le matin sur ce qu'ils feraient si le retard de l'hélicoptère dépassait une à deux journées. Karsten s'efforçait de se montrer agréable et racontait des anecdotes tirées de ses rencontres avec d'anciens explorateurs polaires, dont Bjørn Staib, un Norvégien qui, dans les années 1960, avait tenté d'atteindre le pôle Nord en partant d'Alert, une petite ville dans le nord du Canada, mais qui avait abandonné à 86 degrés et quelque.

« Quoi qu'il en soit, nous serons allés plus loin que lui », déclara Terje, dont on n'apercevait que la silhouette sombre tout au fond de la tente.

Karsten émit un rire condescendant, puis il vida sa pipe en la cognant au-dessus de la poubelle par terre, avant de la remplir lentement de tabac frais. « Il faut dire que notre expédition et la sienne n'ont pas grand-chose en commun, répliqua-t-il sans aucune agressivité dans la voix. Nous sommes partis du territoire norvégien, nous sommes en bonne forme physique et à mille lieues de devoir être évacués.

– C'est dommage ce qui est arrivé à Staib », intervint Mads. Pour une fois, il avait l'air de prendre plaisir à la conversation, il avait enlevé ses chaussures et tendait un de ses pieds vers le réchaud.

« Fais gaffe à ce que tu fais. Ne renverse pas le réchaud. » Karsten avait dit cela gentiment, à voix basse, mais en fronçant les sourcils.

Mads, à présent totalement absorbé par son récit, semblait ne pas l'avoir entendu. « Staib a été traité de façon injuste, il a essuyé toutes sortes de critiques, à commencer par le fait d'avoir voulu rallier le pôle Nord ou encore d'avoir utilisé pour cela le matériel d'une autre époque.

– Mais c'était au milieu des années 1960, ajouta Karsten. Le début de la guerre du Vietnam, la fin de la guerre froide, les hippies, les contestataires et tout ça. Bjørn Staib était en avance sur son temps, tout simplement. Mais ses conseils nous ont été bien utiles, n'est-ce pas les gars ? Sans lui, nous serions partis plus tard. Dans une interview télévisée, il a en effet affirmé qu'une des principales raisons de son échec était due au fait qu'il n'était parti à l'assaut du pôle que début avril.

– N'était-ce pas plutôt fin mars ? » Le pied de Mads se rapprocha dangereusement du réchaud.

« Et dans une autre interview, à son retour, il a répondu à toutes les critiques qui lui avaient été faites dans la presse.

– Mais on devrait quand même pouvoir éviter ce genre de bêtises, l'interrompit Terje. Avec Camilla qui travaille pour *Dagbladet*.

– Ce que je veux dire, si vous voulez bien me laisser finir, c'est que nous sommes partis plus tôt à cause de ce que Staib a dit. Le 3 février, donc. Même si un départ aussi tôt nous a valu nombre de critiques, notamment de la part des habitants de Longyearbyen et des agents du service de l'environnement au bureau du gouverneur. » L'irritation était perceptible dans la voix de Karsten, elle bouillonnait comme de la lave.

Pendant quelques secondes, aucun d'entre eux n'ajouta quoi que ce soit, mais Mads brûlait d'envie de continuer à parler de l'expédition de Staib. « N'empêche, c'est triste ce qui s'est passé avec Torstein Raaby. Décoré à la fin de la Seconde Guerre mondiale, il participe à l'expédition du *Kon-Tiki*, et puis voilà qu'il meurt à quarante-quatre ans seulement, sur la banquise, lors d'une expédition polaire. Pourquoi est-il même parti ? Il était déjà tellement célèbre et admiré.

– Torstein Raaby est mort d'un infarctus, répliqua Karsten sèchement. Ça peut arriver à n'importe qui. On ne peut tout de même pas reprocher à Bjørn Staib qu'un des membres de son expédition soit décédé de mort naturelle ?

– Il n'avait que quelques années de plus que toi, Mads, nota Terje. C'est ça, t'as bientôt quarante ans ? C'est pour ça que tu penses à Torstein Raaby ? »

Sa remarque fut suivie d'un nouveau silence. « Je me demande comment va Svein », finit par murmurer Terje, si bas que sa question semblait presque plus s'adresser à lui-même qu'aux autres.

Il était plus de minuit quand Mads et Knut rampèrent hors de la tente pyramidale et se traînèrent péniblement dans la neige jusqu'à la tente tunnel avant de se glisser dans leurs sacs de couchage.

Une nouvelle nuit silencieuse. Froide et étoilée.

Chapitre 9
Les symptômes

Tom Andreassen descendit de Blåmyra jusqu'à la rue Hilmar Rekstens vei avec le chien en laisse, puis il prit le sentier piétonnier passant devant le jardin d'enfants de Kullungen. Il avait mauvaise conscience et les grands soleils jaunes en carton accrochés à ses fenêtres n'arrangeaient rien. À cette heure, il aurait dû lui aussi se trouver sur la piste de ski alpin avec Nina et les enfants. Au milieu des familles et des vêtements colorés. Mais il n'avait même pas le temps de s'arrêter pour parler avec tous ceux qui tentaient de le retenir. Il accéléra le pas, le chien sur les talons. La neige crissait en cadence sous ses pieds. L'animal trottinait à ses côtés, le souffle lourd ; il s'arrêta deux ou trois fois en chemin. Tom était lui-même essoufflé en arrivant à l'hôpital. Peut-être qu'avoir un chien ne serait pas une si mauvaise idée, après tout ?

Turid à l'accueil le regarda entrer dans l'hôpital avec des yeux ronds de stupéfaction, mais avant même qu'elle ait eu le temps de réagir, il montait l'escalier menant au bureau de Tore Dahl. Le médecin était au courant qu'il viendrait avec le chien. Il demanda si l'animal avait vomi, s'il saignait de la bouche et du nez. Quand Tom répondit par l'affirmative, Tore Dahl se renversa sur sa chaise et passa ses deux mains sur son visage.

« Aïe, dit-il. Je vais faire quelques prélèvements, mais il semblerait que la source de l'empoisonnement soit la même pour le chien que pour Svein Larsen. Leurs symptômes se rejoignent.

– Et les autres chiens ? Ceux qui sont morts sur la banquise.

– J'enverrai sur le continent par avion cet après-midi ce que Knut nous a transmis. » Tore soupira, légèrement découragé. « Je pense qu'il faudra au moins une semaine avant qu'on reçoive les résultats. Je peux toujours essayer de deviner, mais sincèrement, je ne suis pas sûr que cela en vaille la peine. Le patient est très faible. »

Tom connaissait suffisamment bien le médecin chef de l'hôpital pour savoir qu'il ne dirait rien tant que son diagnostic ne serait pas confirmé. Il lui fit part, en revanche, des symptômes. Des hémorragies internes des muqueuses. Le malade paraissait aussi avoir des étourdissements, il était épuisé, confus. Il souffrait également d'une infection pulmonaire, en tout cas il avait du mal à respirer normalement.

« Je cherche un contrepoison, dit-il, mais pour cela, j'aurais évidemment préféré savoir ce qu'il a avalé.

– Leur état est-il critique ? Leurs jours sont-ils en danger ? » Tom redoutait la réponse.

À cette question, une nouvelle pensée sembla surgir dans l'esprit de Tore : « Pourquoi *ils* ? demanda-t-il. T'as parlé à Knut ? Un des autres membres de l'expédition serait-il malade ?

– Non, je pensais au chien, répondit le chef de la police, légèrement gêné.

– Essaie de le maintenir en vie aussi longtemps que possible, répliqua Tore. Nous n'avons pas la place de le garder ici. Si tu le ramènes chez toi, nous pourrons toujours essayer différents traitements sur lui. Le patient est trop faible pour cela.

– Tu dois bien avoir une idée de quoi il s'agit quand même. Vers quelles pistes t'orientes-tu ? Le scorbut ? Une intoxication au plomb ? Une sorte de virus ? »

Tore secoua la tête. Le scorbut était une maladie terrible, mais à évolution lente, qui provenait d'un manque de vitamine C. Il était aujourd'hui quasiment inimaginable que l'on puisse le contracter dans une société civilisée et par conséquent hautement improbable que l'expédition ait attrapé quelque chose de ce genre. Ils n'étaient guère partis que depuis quelques semaines. Les symptômes présentaient néanmoins quelques similitudes avec ceux de Svein Larsen et du chien.

Au Svalbard, un habitant sur deux était un historien amateur. Dès lors, les anciens récits relatant ce qui se passait quand les gens contractaient le scorbut ne manquaient pas, comme celui de l'hiver 1871-1872 où dix-sept hommes avaient péri dans l'Isfjord. Le spectre de cet hivernage atroce hantait encore les mémoires. Tore Dahl connaissait bien cette vieille histoire. Des navires de pêche s'étaient retrouvés pris dans les glaces d'un fjord et les équipages s'étaient réfugiés sur le cap Thordsen, dans cette bâtisse qu'on appelait la Svenskehuset, sachant qu'ils trouveraient là de quoi manger. Malheureusement, les vivres, constitués en majeure partie de conserves, ne contenaient que très peu de vitamine C et les aliments étaient contaminés par le plomb des boîtes en fer.

Inéluctablement, les uns après les autres, les hommes étaient morts du scorbut et du saturnisme, dans d'atroces souffrances. Lorsque le campement avait été retrouvé l'année suivante, il ne restait aucun survivant. Les auteurs des journaux de bord découverts sur place avaient décrit ainsi l'évolution de la maladie : « Courage et efficacité disparaissent, les dents se déchaussent, le malade a de la fièvre et des douleurs articulaires – et finit par mourir d'une hémorragie cérébrale ou du myocarde. »

Le chien se tenait tellement tranquille derrière la chaise de Tom qu'il l'avait presque oublié. Mais voilà qu'il bougeait maintenant, il se dressa sur ses pattes tremblantes. Puis il expectora des crachats sur le sol.

« Ne touche pas ! » intima Tore à Tom quand ce dernier fit le geste de vouloir essuyer les saletés avec un sac en plastique que, par précaution, il avait emporté dans la poche de son blouson. Les crottes de chien le long des routes et dans les rues de Longyearbyen agaçaient beaucoup de gens et il ne voulait pas s'attirer de critiques durant le peu de temps que le chien demeurerait chez eux.

Tore alla chercher un sachet en plastique et mit ce qu'avait recraché le chien dedans. « Une petite analyse de plus ne peut pas faire de mal, dit-il, même s'il va falloir l'envoyer sur le continent pour avoir un résultat précis. Malheureusement, celui-ci risque de se faire un peu attendre. » Il alla leur chercher un café et ils continuèrent à discuter des vieilles expéditions polaires à l'issue fatale.

« Et André, l'ingénieur suédois, ainsi que les deux autres hommes qui l'accompagnaient lors de son périple en ballon au-dessus du pôle Nord en 1877 ? demanda Tom. Se pourrait-il que la cause de leur décès soit une intoxication à la vitamine A ? »

Le sort de l'expédition suédoise était longtemps resté un mystère, jusqu'à ce qu'on retrouve leur campement plus de trente ans après sur l'île déserte de Kvitøya, au nord-est du Svalbard. L'un d'entre eux avait été tué par un ours polaire. La cause de la mort des deux autres n'avait jamais été établie avec certitude. Peut-être avaient-ils été victimes d'une intoxication à la vitamine A après avoir mangé le foie de l'ours. Celui-ci en contenait en effet une forte concentration.

De fait, cette possibilité avait effleuré l'esprit de Tore. Se pouvait-il que les membres de l'expédition aient consommé du foie d'ours ? Le tableau clinique de Svein Larsen présentait des symptômes correspondant à ce type d'intoxication : la fatigue, les douleurs musculaires, la confusion. Tom savait-il si l'expédition avait tué un ours polaire ? Peut-être avaient-ils donné le foie aux chiens après l'avoir abattu ? Le problème était le mode de propagation : pourquoi un seul des membres de l'expédition avait-il été touché alors que tous les chiens étaient morts ?

Tom sentit une sueur froide courir le long de sa colonne vertébrale. « Nous avons peut-être trouvé la cause, déclara-t-il. Une des raisons pour lesquelles le gouverneur a accepté d'envoyer un hélicoptère alors que la mission se trouvait à une telle distance du Svalbard, c'est justement parce qu'ils ont signalé la présence d'un ours polaire qui les aurait attaqués. »

Beaucoup d'éléments en leur possession concordaient et semblaient pouvoir confirmer cette hypothèse. Les griffes d'un ours pouvaient être à l'origine des déchirures dans la toile que Knut leur avait renvoyée. Cette même toile était une partie de la tente pyramidale qui aurait été attaquée deux jours auparavant d'après ce qu'affirmaient les membres de l'expédition. D'autres détails, toutefois, ne collaient pas. Une intoxication à la vitamine A ne se déclenchait pas aussi brutalement. Les premiers symptômes n'apparaissaient qu'au bout de quelques jours. Knut avait examiné le campement avant que l'hélicoptère atterrisse. Il n'avait pas aperçu la moindre empreinte d'ours aux alentours. Auraient-ils abattu un ours polaire lors d'une précédente étape et passé ce fait sous silence ?

« Espérons que ce n'est pas une intoxication à la vitamine A, déclara Tore. Il n'existe pas de remède. Si Svein Larsen a mangé du foie d'ours, il ne nous reste plus qu'à attendre et à espérer que son état s'améliore. Cela dit, si c'est bel et bien le cas, il aurait dû avoir la diarrhée et non vomir.

– Hektor aussi vomit, et lui non plus n'a pas la diarrhée.

– Hektor ?

– C'est Arve qui a trouvé ce nom. Je suppose qu'ils ont dû étudier la mythologie grecque à l'école. Peux-tu m'expliquer ce qu'il y a de si drôle dans le fait que nous ayons désormais un chien ? Pas que ce soit vraiment le cas d'ailleurs, mais si ça l'était ? »

Tore se détourna, mais Tom vit qu'il souriait. « Probablement parce que jusqu'ici tu t'es montré relativement intransigeant sur la question de la présence d'animaux domestiques sur l'archipel, répondit-il. Ce n'est pas toi qui as renvoyé sur le continent le chat de la nouvelle institutrice ?

– Nous ne pouvons pas avoir de chats sur l'archipel », bougonna Tom.

Tore connaissait bien ces arguments. Le débat durait depuis des années. Si les chiens, les hamsters et les oiseaux étaient autorisés, arguaient les gens, pourquoi pas les chats ? La raison en était simple, expliquait le service de l'environnement. Les chats se promenaient en liberté. Or les petites boules de poils étaient de véritables machines à tuer. Si les chats étaient autorisés au Svalbard, il ne resterait plus un oisillon en vie sur les rivages. Mais les gens ne voulaient pas en démordre, bien sûr. Et les renards polaires alors ? rétorquaient-ils. Ce en quoi ils avaient raison. Le renard mangeait lui aussi un tas d'oisillons, mais il faisait partie de la faune locale et avait lui-même des ennemis qui veillaient à ce que sa population reste limitée. Alors que les chats n'avaient qu'à se réfugier auprès de leurs maîtres, à l'abri entre quatre murs, après leurs expéditions meurtrières.

Tom changea de sujet et essaya de raisonner autrement. « Se pourrait-il que Svein Larsen ait été malade en arrivant ici, avant même de partir vers le pôle Nord ? Il n'existe pas un virus du nom de parvovirus félin qui est transmissible aux humains ? Et il n'y en a pas un qui s'appelle le parvovirus canin ?

– Jamais entendu parler. De plus, tous les chiens venaient de Longyearbyen. Ils étaient en bonne santé quand ils sont partis sur la banquise, répondit Tore. Mais je vois où tu veux en venir. Tu te demandes si Svein Larsen n'aurait pas apporté une maladie contagieuse du continent. Et comme c'est lui qui s'occupe des chiens… Mais nous avons vérifié tout ce qui est virus et bactéries. Or nous n'avons rien trouvé de spécial, si ce n'est l'*Herpes simplex*, mais c'est un virus latent chez la plupart d'entre nous. Et jusqu'ici personne n'est encore décédé d'un bouton de fièvre !

– Et si c'était le contraire ? S'il s'agissait d'Hektor ? » demanda Tom. Le doute s'insinua en lui, une pensée désagréable. « Se pourrait-il qu'il soit à l'origine de la maladie ? Nous n'arrivons pas à savoir d'où il vient. Aucun des chenils ne l'a élevé ou vendu à l'expédition. C'est comme s'il n'avait pas de propriétaire, ce que j'ai du mal à croire. »

Le chien vivait chez eux depuis la veille. Tous les enfants avaient joué avec lui. Il n'en avait mordu aucun, mais il avait léché la main d'Arve. Et si ce dernier s'était essuyé la bouche juste après ? La rage pouvait être transmise par les muqueuses.

« Vous avez vérifié que ce n'était pas la rage ? Quels sont les premiers symptômes ? »

Tore hésita légèrement. « Seule une autopsie permet d'établir un diagnostic formel, répondit-il. Es-tu prêt à ce qu'on pique le chien ? Ce qui ne serait peut-être pas plus mal au final, vu qu'il s'agit d'une maladie vraiment grave.

– Mais qu'en penses-tu, toi ? » Tom s'imagina rentrer à la maison et annoncer aux enfants que le chien avait été piqué sur ses ordres. Et s'il s'avérait que celui-ci, malgré tout, n'était pas malade ?

La rage était une véritable hantise au Svalbard. Les derniers cas observés sur l'archipel ne remontaient pas plus tard qu'en 1980, où la maladie avait été découverte chez un renard polaire. Vu que ces animaux parcourent de très grandes distances et qu'ils sont même capables de traverser la banquise en hiver, que ce soit depuis le Groenland ou la Sibérie, cela n'avait été qu'une question de temps avant que la maladie n'apparaisse chez eux. Les gens redoutaient d'être contaminés. Les symptômes étaient violents et l'évolution de la maladie atroce. Des rennes à demi domestiqués, d'ordinaire paisibles, pouvaient devenir agressifs et s'attaquer aux gens quand ils atteignaient les derniers stades de la maladie, celui des convulsions.

« J'ai une suggestion qui nous emmène dans une tout autre direction, déclara le médecin chef. Mais je ne veux pas que tu en parles encore à qui que ce soit. Se pourrait-il qu'un des membres de l'expédition soit sous anticoagulant ? En tant que médicament, ce n'est pas toxique, mais la warfarine devient dangereuse si on en prend des doses trop importantes. Tu crois que tu pourrais essayer de mener une petite enquête de ton côté ? »

Tom secoua lentement la tête. « D'accord, mais pourquoi les chiens seraient-ils malades ? » murmura-t-il. Il n'y avait absolument aucune logique dans ce qui était arrivé à l'expédition. Tore et lui avaient peut-être en leur possession quelques pièces du puzzle, mais elles n'allaient pas ensemble et ils n'arrivaient pas à reconstituer ce dernier.

Le médecin tambourinait sur le bureau avec son crayon. « Je mise sur le fait que la source du problème est bien la warfarine, finit-il par dire. Nous lui injectons des piqûres de vitamine. Nous devons absolument agir ou nous le perdrons. Si je me trompe, ça va faire du bruit. Tu es bien conscient que nous l'enverrons dès que possible sur le continent par l'avion-ambulance ? Le CHU de Tromsø vient juste de m'avertir : l'avion décolle de Langnes demain à la première heure. En espérant que le temps se maintienne.

– Son adresse est à Oslo, mais il dépend aussi plus ou moins d'Asker, à cause du club de chiens d'attelage. Je vais vérifier à quel secteur il est rattaché pour le médecin traitant. »

Tore se leva. « Je suppose que tu brûles d'interroger le patient ? demanda-t-il. Mais je crains que tu sois encore obligé d'attendre un peu. Il est trop malade. Reviens demain.

– Et que fait-on pour Hektor ? » Le chien était couché par terre. Il s'était endormi et ronflait bruyamment.

« Je vais lui faire une piqûre. »

Le chef de la police sursauta sur sa chaise.

Le médecin sourit. « Une piqûre de vitamine E. Je peux quasiment te garantir qu'il n'a pas la rage. Ce serait marrant de voir s'il va s'en sortir. Il a l'air plus en forme que Svein Larsen. »

« Marrant » n'est pas vraiment le mot que Tom aurait employé.

Chapitre 10
L'interview

Elle pénétra dans l'entrée de la maison de Nordstrand à la manière d'un bélier humain, passant en flèche devant moi et fonçant droit dans le séjour, où elle serra la main de Mads et Karsten avant même qu'ils aient eu le temps de se lever de leurs fauteuils. Anne Wiborg, journaliste pour la revue de sports et loisirs *Sport & Fritid.*

Karsten fondit comme une noisette de beurre dans une poêle chaude. La presse venait nous voir. Il adorait ça. Peux-tu aller chercher le café, s'il te plaît ? demanda-t-il sans me regarder. Mads et Karsten avaient soigneusement préparé l'interview, ils avaient même longuement discuté de leur tenue. Pas trop sportive, un jean et un polo arborant le logo de l'expédition. Ils ne s'attendaient pas être interviewés par une femme. Cela les déstabilisa.

Elle entra dans le vif du sujet, sans s'embarrasser d'aucun préliminaire. Elle voulut savoir ce qui avait bien pu pousser deux avocats dans la force de l'âge à partir en expédition au pôle Nord. Dormir dans une tente à l'ancienne par −40° C, tirer de lourdes pulkas pour franchir des crêtes de compression et des chenaux. Était-ce vraiment un rêve qui datait de leur adolescence ? Elle s'assit dans le canapé à côté de Mads et lui adressa un sourire désarmant. Si elle continuait sur cette lancée, elle allait les dévorer tout crus, pensais-je nerveusement alors que j'observais la scène de loin.

Ils étaient convenus que Mads serait le premier à prendre la parole – et qu'il la reprendrait ensuite pour répondre aux questions d'ordre plus factuel. Et pourtant Karsten fut le premier à se lancer. Il se pencha vers la journaliste, capta son regard, et enchaîna directement sur l'introduction qu'il réservait d'ordinaire aux sponsors les plus importants quand il souhaitait les convaincre de les soutenir. Le pôle Nord n'était pas un cliché. C'était un des plus grands défis que l'homme pouvait tenter de relever. Bien sûr, ils savaient qu'il était possible de l'atteindre par avion en passant par une base russe sur la banquise, mais ce n'était en rien comparable au fait de se rendre là-bas à ski.

Anne Wiborg ne semblait pas impressionnée, elle n'en retourna pas moins son sourire à Karsten. Puis elle insista sur ce que moi-même j'estimais être un des plus gros points faibles de l'expédition : pourquoi celle-ci partait-elle du Svalbard, quand la plupart des explorateurs expérimentés affirmaient que cet itinéraire était beaucoup plus difficile que celui partant du Canada.

Karsten prit sous la table basse la grande carte qu'il avait préparée à cet effet. Il avait déjà répondu à cette question maintes fois auparavant. Je me retirai dans la cuisine, mais quoi que je fasse, j'entendais la voix de Karsten en mode conférence. À la fin du XIXe siècle, on pensait qu'il y avait principalement trois manières de rallier le pôle Nord, disait-il. En passant par le Groenland, par le Svalbard ou en partant de Russie. Nombreux étaient ceux à avoir essayé de l'atteindre en empruntant ces trois routes. Quant à savoir ceux qui y étaient réellement parvenus, la question faisait encore débat. Les Norvégiens pensaient naturellement que Roald Amundsen était le premier à avoir réussi, lorsqu'en reliant le Svalbard à l'Alaska à bord du *Norge*, son zeppelin, il avait survolé l'océan glacial Arctique. On ne pouvait toutefois pas ignorer l'expédition de Robert E. Peary depuis le Groenland. Celui-ci affirmait en effet avoir atteint le pôle le 6 avril 1909, après avoir traversé la banquise à ski, avec des attelages de chiens. Personne, cependant, n'était encore parti à ski du territoire norvégien, et donc du Svalbard, expliqua Karsten. Ils seraient par conséquent les premiers, en tout cas si l'expédition était couronnée de succès.

La journaliste tapotait avec son stylo-bille sur le bloc-notes qu'elle avait posé sur la table. Puis elle le feuilleta avec impatience et demanda pourquoi le chef de l'expédition était désormais Karsten et non plus Mads, comme au début. Elle abordait là un autre sujet délicat. Je m'étonnai de son agressivité. Camilla nous avait présenté *Sport & Fritid* comme un mensuel destiné aux hommes qui s'intéressaient aux sports extrêmes et à la vie de plein air. Elle avait assuré à Mads et Karsten qu'ils n'avaient rien à craindre d'Anne Wiborg, elle ne leur poserait aucune question difficile. Or, depuis le début, elle appuyait systématiquement là où cela faisait mal.

Karsten s'ébroua d'étonnement. Il choisit de poursuivre sur le ton de la conversation entre hommes que Mads et lui étaient convenus d'adopter avant l'interview. À vrai dire, cela s'était fait très naturellement, sans créer la moindre dissension, déclara-t-il. Mads s'était juste avéré être le plus efficace d'entre eux pour la mise en place du projet, alors que son esprit analytique à lui avait permis de mieux appréhender les phases suivantes.

Comme si Mads avait eu le choix ! pensai-je. S'il avait osé protester, il n'y aurait jamais eu d'expédition. Depuis que je les connaissais, l'amitié entre Mads et Karsten avait toujours fonctionné ainsi. Les opérations de provocation et de retraite suivaient un schéma établi de longue date. L'un prenait ce qu'il voulait. L'autre récupérait les restes en s'imaginant et en tentant de convaincre son entourage que cette situation lui convenait parfaitement. N'allez pas croire pour autant que Mads était une chiffe mole. Ce n'était que face à Karsten qu'il capitulait sans opposer la moindre résistance.

Mads affichait un calme étonnant, il souriait d'un air viril et condescendant. Il vanta les qualités de Karsten en tant que meneur de troupe, sa capacité à pousser tout le monde dans le même sens. Il était bon pour motiver une équipe et l'amener à se surpasser. Et puis il était plus photogénique ! En plus, il avait vraiment l'air d'un explorateur polaire ! plaisanta-t-il en passant la main sur son crâne dégarni.

J'aurais pu hurler de colère. Était-il réellement nécessaire de s'humilier ainsi ? Elle n'était qu'une journaliste parmi d'autres et il ne s'agissait que d'un article dans un magazine.

Anne Wiborg passa à l'autre sujet noté sur son carnet. Juste avant de partir, l'expédition avait décidé de modifier ses plans. Ce changement de dernière minute n'était-il pas un peu risqué ? Fallait-il s'attendre à ce que le départ de l'expédition soit repoussé ?

Karsten eut l'air choqué. Non, il n'était aucunement question de repousser le départ ! assura-t-il. Mais la journaliste insistait. Elle se pencha de façon persuasive vers Karsten. Une expédition avec des attelages de chiens devait demander un tout autre type de logistique que celle prévue à l'origine, souligna-t-elle.

Karsten adressa un hochement de tête à Mads, décidant que c'était à lui de se coller à la question. Aucun des deux ne savait quoi répondre, car en vérité la journaliste avait parfaitement raison : les préparatifs étaient devenus un véritable cauchemar, les coûts augmentant de toutes parts avec les attelages. D'un ton professoral, Mads se lança dans de longues explications fumeuses sur les traîneaux lourds au commencement qui s'allégeraient à mesure qu'ils approcheraient du pôle.

J'arrivai dans le séjour avec le café au mauvais moment. Anne Wiborg braqua son regard laser sur moi. N'étais-je pas déçue de ne pas être des leurs ? Et qu'en pensait Camilla Friis ? De nos jours, il était devenu très courant que des femmes participent à de tels raids et qu'elles soient considérées comme les égales de leurs collègues masculins. Pourquoi Camilla et moi ne faisions-nous pas partie de l'expédition alors même que nous consacrions tellement de temps et d'énergie à son organisation ?

Je remarquai que mes mains tremblaient en servant le café. Tant bien que mal, j'ai tenté d'expliquer que partir avec eux ne m'intéressait pas, et je le pensais sincèrement. Mes propos, cependant, semblaient agacer Karsten. Tous les arguments que j'utilisais pour me justifier retiraient une grande partie de l'éclat qu'il s'était appliqué à donner à l'expédition. Nous n'étions pas assez fortes, dit-il. Chaque pulka pesait bien dans les trois cents kilos.

Les yeux de la journaliste s'étrécirent de mépris réprimé. Mais Camilla n'était pas là, et elle se doutait qu'il n'y avait aucune réaction à espérer de ma part. Elle jeta un coup d'œil à son bloc-notes et passa au point suivant. Si l'expédition devait être secourue sur la banquise avant d'avoir atteint le pôle, qu'adviendrait-il de l'argent que nous attendions des sponsors ? Il s'agissait là d'une question à laquelle Karsten s'était soigneusement préparé. L'expédition était bien assurée, déclara-t-il, un des postes les plus importants dans le budget étant justement celui des assurances. Celles-ci incluaient une garantie assistance qui leur permettrait d'être évacués en hélicoptère si jamais les choses tournaient mal. Sauf que nous n'avions pas encore demandé cette garantie, ni payé la moindre assurance, mais ça, il se garda bien de le dire. Là-dessus, Mads ajouta qu'il n'y avait aucune raison que les choses tournent mal, dans la mesure où les membres de l'expédition étaient tous parfaitement entraînés.

Pourquoi avaient-ils choisi de partir avec un équipement aussi peu moderne, à l'instar des réchauds à pétrole ou des tentes pyramidales en toile ? Ils avaient volontairement choisi un équipement proche de celui utilisé par les grands explorateurs du début du XXe siècle, répondit Mads avec fierté.

Il était prévu qu'un hélicoptère vienne les chercher au pôle Nord. N'était-ce pas un peu lâche ? Autrefois, le retour à la civilisation en bonne santé ne représentait-il par la partie la plus difficile de l'expédition ? Karsten rit de bon cœur à cette question. Il était bien d'accord avec elle, déclara-t-il en se penchant d'un air complice vers la journaliste, mais ce n'était pas notre cas, à Camilla et moi. Il parlait comme si je n'étais pas là. Lui et Mads auraient volontiers effectué l'aller-retour à ski, mais l'expédition aurait alors été bien différente de celle qu'ils avaient organisée. Plus dangereuse, moins sûre. Mais c'était un exploit qu'il aurait volontiers accompli. Karsten se redressa et regarda par la fenêtre, nous offrant alors son profil. Il réussissait à paraître à la fois mélancolique et héroïque. Comme s'il était prisonnier d'un mariage qui l'empêchait de révéler son véritable potentiel.

Peut-être la journaliste comprit-elle qu'elle n'obtiendrait rien de lui. Elle termina donc en leur demandant quels étaient les dangers auxquels l'expédition serait confrontée. Que craignaient-ils le plus ? Karsten répondit d'un ton catégorique que rien ne leur faisait peur, qu'ils se sentaient prêts à relever tous les défis. Ils s'étaient bien préparés. Néanmoins, s'il lui fallait vraiment citer quelques dangers, il y avait bien sûr le froid extrême, les tempêtes de neige et l'éventuelle perte de matériel. Et puis, évidemment, la plus grande menace qui soit dans ces régions : l'ours polaire.

Je commençai à débarrasser les tasses à café. En les rapportant dans la cuisine, je me sentis soudain gagnée par la peur. Tous les propos de Mads et Karsten sonnaient tellement creux.

L'interview dans *Sport & Fritid* eut des conséquences que Karsten n'avait pas prévues. Par l'intermédiaire du courrier des lecteurs, des gens expérimentés intervinrent dans la discussion portant sur la logistique de l'expédition et il finit lui-même par comprendre qu'ils n'étaient pas prêts. Cela ne servirait toutefois à rien de retarder le départ de quelques semaines seulement. Il fallait carrément le repousser à l'année suivante, ce qui affecta profondément Karsten et Mads qui envisagèrent un moment de renoncer à leur grand projet.

Pour Mads, le plus grand souci était de trouver comment justifier cet ajournement. Nous n'étions quand même pas amateurs au point de nous être fourvoyés ? Il craignait que l'on se moque de lui et d'être publiquement humilié. Un après-midi juste avant Noël, nous étions de nouveau tous réunis dans notre cuisine à Karsten et moi, Svein étant venu d'Asker dans une vieille camionnette Toyota.

J'essayai de convaincre les autres que nous ferions mieux de dire la vérité : que nous manquions d'argent. Mads et Camilla parurent choqués par cette suggestion et ils s'employèrent à nous expliquer que les problèmes d'argent étaient une chose dont on ne parlait jamais dans leurs milieux respectifs. De plus, ajouta Camilla, la somme manquante n'était pas insignifiante. Il fallait que je comprenne qu'en choisissant d'utiliser des chiens, nous avions doublé les frais de transport au Svalbard. Nous avions prévu à l'origine de nous débarrasser de tout le matériel lourd au pôle Nord afin de n'occuper que quatre places dans l'hélicoptère qui nous ramènerait à Longyearbyen et de vendre celles restantes à des journalistes. Or à cause des chiens, désormais, il faudrait au moins deux vols pour rapatrier tout le monde.

Quelle était la personne qui avait proposé de partir en attelage ? demanda Mads avec aigreur en me regardant. L'accusation était tellement injuste que j'en restai sans voix. Camilla, Mads et Karsten, les vieux amis d'enfance, étaient en train de réécrire l'histoire sous mes yeux.

Svein Larsen fut sans doute celui qui sauva l'expédition du fiasco lorsque, après une longue réflexion et des raclements de gorge répétés, il annonça qu'il avait peut-être une solution susceptible de résoudre le problème financier. Karsten et Mads l'écoutaient en rongeant leur frein, les mâchoires crispées. Ils avaient compris qu'ils devaient parfois lui donner la possibilité d'exprimer son point de vue, mais il mettait un temps fou à en venir au fait.

Il était conscient qu'il n'avait pas la même place qu'eux dans cette expédition. Il était plutôt pragmatique comme gars et il ne s'y entendait guère en politique ou dans le domaine de la recherche scientifique. Ce qu'il voulait dire, c'est juste qu'il se sentait aussi engagé que nous dans ce projet. Car célébrer les anciens comme Nansen et Amundsen, ça, ça lui parlait.

Camilla posa une main sur son bras et lui lança un coup d'œil accompagné d'un sourire encourageant. Il m'apparut alors que c'était son idée. Elle avait tout manigancé. Il lui retourna un sourire hésitant, puis expliqua que conduire des attelages de chiens était beaucoup plus qu'un passe-temps à ses yeux.

Karsten l'interrompit, en s'adressant à lui d'un ton plus tranchant que d'habitude. Qu'il en vienne au fait, bon sang ! s'exclama-t-il. Svein sursauta et regarda autour de lui. Il bégaya un peu, mais finit par réussir à leur soumettre sa proposition. Il avait fait quelques recherches sur Longyearbyen et s'était rendu compte que l'on y pratiquait un tourisme moderne. En fait, il s'était dit qu'il pourrait peut-être financer lui-même l'achat des chiens et tout le matériel les concernant. Ce qu'il proposait, en somme, c'était de leur prêter l'argent et qu'en échange, il puisse garder les bêtes et l'équipement au retour de l'expédition. Il envisageait en effet de s'installer au Svalbard, en tout cas une partie de l'année. De louer un endroit où il pourrait s'établir avec ses chiens d'attelage afin d'y offrir des prestations touristiques en saison.

Mads et Karsten échangèrent un sourire, un sourire que seuls les initiés pouvaient comprendre, et peut-être Svein l'interpréta-t-il mal. Il continua à parler d'un débit rapide et nerveux. Il pensait tracer des pistes juste à l'extérieur de Longyearbyen. Emmener des gens à la journée dans un endroit dénommé « la zone calme ».

Il avait éveillé mon intérêt et je l'interrogeai davantage sur son projet. La zone calme, c'était un beau nom. C'était quoi au juste ? Svein se tourna vers moi, tout feu tout flamme. Il m'expliqua que cet endroit ne se situait pas très loin de Longyearbyen. C'était une zone protégée au milieu des montagnes, des glaciers, des vallées où la neige profonde était encore intacte. Aucun moyen de transport motorisé n'était autorisé dans la vallée de Foxdal et il était interdit d'y faire du bruit. Les seuls sons audibles sur place étaient ceux de la nature. Les craquements des glaciers, le vent soufflant sur les longues étendues enneigées.

Mon Dieu, constata Camilla avec une pointe d'irritation, elle ignorait que Svein pouvait être aussi lyrique ! Mads nous interrompit. C'était d'accord, dit-il, mais à condition seulement qu'il paie aussi le vol du retour pour les chiens.

Svein pâlit, avant que ses joues ne deviennent rouge écrevisse. Il mourait d'envie d'accepter, je le voyais bien. Ma foi, cela représentait une sacrée somme, mais il allait essayer de se débrouiller. Peut-être pourrait-il faire un emprunt ? S'il l'obtenait, lui garantissait-on qu'il participerait à l'expédition ? demanda-t-il.

De nouveau, cet échange de regards furtifs. Mads et Karsten assurèrent que c'était prévu depuis le début. Il était la personne tout indiquée pour ce projet. Ils saluèrent son implication et le fait qu'il réponde présent quand on avait besoin de lui. La loyauté était une qualité rare.

Je regardais Svein se repaître des louanges des autres. Malgré moi, je frissonnai, mais je gardai le silence alors que j'aurais dû protester. Était-ce ce soir-là que nous avions mis le doigt dans l'engrenage qui allait déboucher sur un véritable aveuglement et une tragédie ?

Chapitre 11
La tempête

Knut se réveilla en sentant que les piquets de la tente étaient sur le point de se décrocher. La toile au-dessus de son sac de couchage se gonflait comme une voile. Il se redressa et jeta un coup d'œil à l'extérieur : un vent d'est glacial, des bourrasques de neige et une visibilité zéro. Il réveilla Mads. Ils quittèrent leurs sacs de couchage, enfilèrent tant bien que mal leurs vêtements et leurs bottes, et sortirent dans la tempête de neige. La première chose à faire était de bien arrimer la tente, de façon à ce que celle-ci ne s'envole pas.

Puis ils rampèrent plus qu'ils ne marchèrent jusqu'à la tente pyramidale. Terje était toujours couché dans son sac de couchage, mais Karsten, lui, ne dormait plus. Il se tenait à genoux devant le réchaud et leva les yeux quand Mads passa la tête à l'intérieur.

« Entrez et refermez derrière vous, ou la tente va être pleine de neige, lança-t-il.

– Bonjour », répondit Mads qui pénétra plus avant dans la tente afin que Knut puisse se glisser derrière lui.

Ils veillaient à observer les règles de rigueur sous une tente : ne pas amener de neige à l'intérieur, bien secouer ses vêtements et ses bottes à l'extérieur, ne pas s'asseoir les jambes tendues, ne pas s'étaler sur le sac de couchage des autres. Tous semblaient avoir trouvé leur place sous la tente pyramidale. Knut avait pris l'habitude de s'asseoir à gauche de l'entrée. Ce qui n'était pas le meilleur choix : ils avaient beau serrer le cordon de nylon au maximum, la toile laissait passer un courant d'air à ce niveau-là.

« C'est bien l'Arctique, ça ! constata-t-il. On se couche sous un temps calme et un ciel clair, et on se réveille sous une tempête de neige. C'est une des raisons pour lesquelles on ne peut jamais être sûr à cent pour cent de pas être pris au dépourvu.

– N'importe quoi ! grogna Karsten. Anticiper permet de faire face à ce genre de situations. »

Mads hocha la tête. « Il faut toujours rester sur le qui-vive », dit-il.

Knut jeta un coup d'œil à Terje, croisa son regard. On ne

pouvait pas anticiper l'imprévu, c'était dans la nature des choses, mais il renonça à poursuivre le débat. Il ne souhaitait pas s'enferrer dans des discussions vaines sans fin.

Grâce à la chaleur du réchaud et au mètre supplémentaire de hauteur de toit, l'atmosphère sous la tente pyramidale paraissait plus douillette que sous la tente tunnel. Karsten versa le porridge dans leurs tasses et le saupoudra généreusement de sucre. Selon lui, le vent ne tarderait pas à tomber. Près de cinq semaines s'étaient écoulées depuis qu'ils avaient quitté le Svalbard, et le mauvais temps n'avait jamais duré.

« Dans ce cas, vous avez eu de la chance », constata Knut.

Le petit déjeuner était étonnamment savoureux. Knut sourit en pensant qu'il devait avoir une sacrée faim. Il ne prenait pas de petit déjeuner chaud d'habitude, fit-il remarquer, il avalait juste une tasse de café, et éventuellement une tartine. Mads soupira. Il se réjouissait à l'idée de retrouver la civilisation, dit-il. Une des premières choses qu'il ferait serait de s'offrir une copieuse portion d'œufs au bacon.

« Pense plutôt à ce qu'ils mangeaient autrefois pendant les expéditions », intervint Terje du fond de la tente. Il était en partie caché par le dos de Karsten qui, de toute évidence, quittait rarement sa place devant le réchaud. « Des biscuits de mer et du thé, d'après ce que j'ai lu. Et du pemmican, aussi. Ce qui est vraiment dégueulasse.

– Tu en as déjà mangé du vrai ? » demanda Knut. Il se pencha en avant afin de voir Terje.

« Oui, mon père est un passionné d'histoire. Ce qui n'est pas tellement étonnant vu son parcours. La chasse aux phoques, les bateaux, et tout ça. Cela fait des années qu'il soutient financièrement le Musée polaire. Il est aussi membre d'honneur de l'association de l'Arctique. Je suis fils unique et j'ai bien évidemment eu droit à tout ça, y compris au pemmican fait maison. » Terje fit une grimace et sourit.

« Ça n'a rien de spécial, répliqua Karsten. Nous en avons préparé à Nordstrand l'an dernier. Ce n'est presque que du gras. On a utilisé du saindoux. La recette indiquait d'ajouter de la viande séchée en poudre, mais on a mis un truc qu'on a acheté dans une supérette… du Beef Jerky, un produit canadien. Et puis diverses sortes de baies séchées.

– Tous les grands explorateurs d'antan mangeaient du pemmican, ajouta Mads. Peary, Amundsen, Scott.

– Quel goût ça a ? » Knut estima qu'il se devait de poser la question pour être poli, bien qu'il en ait déjà mangé lors d'une rencontre au musée du Svalbard.

« Ce n'est pas si mal, répondit Karsten, puis il se pencha en arrière pour prendre la boîte contenant sa pipe et son tabac dans la caisse du réchaud. C'est relativement compact comme truc, avec quelque chose comme 60 à 70 % de matière grasse, autant vous dire qu'avec ça, personne n'a de problème de constipation.

– Je ne suis pas si sûr, en fait. » Mads jeta un regard de biais à Karsten. « N'oublie pas que Scott se plaignait de problèmes intestinaux lors de son expédition au pôle Sud. Il en parle un peu dans son journal de bord, lorsqu'il dit qu'il devait sortir de la tente et se promener sur la banquise pour digérer.

– Mais ça, c'est à cause des biscuits de mer. Ils en consommaient tellement. De la farine, de l'eau et du sel. Des trucs durs comme de la pierre qu'ils devaient tremper dans du thé pour pouvoir les manger. S'il y a bien quelque chose qui te bloque le transit, c'est ça ! Il n'y a que les Anglais pour avoir l'idée d'avaler un machin pareil…

– Peary aussi en consommait, or il était américain », rétorqua Mads d'un ton hargneux. Il refusait de s'avouer vaincu.

« C'est du pareil au même ! répliqua Karsten, aussi buté que lui.

– En tout cas, le pemmican, ce n'est vraiment pas bon. » Terje se renversa en arrière sur son sac de couchage, sortit son journal et commença à le feuilleter. Pour sa part, la discussion était close.

Supporter de telles conversations pendant cinq semaines, je n'aurais jamais pu, pensa Knut. Il sentait la claustrophobie s'insinuer en lui, comme une démangeaison.

Une bourrasque s'abattit sur la paroi de la tente avec une telle force que le piquet derrière Knut s'arqua. Il desserra légèrement les cordons autour de l'entrée et se pencha à l'extérieur. Le tourbillon de neige le frappa comme une gifle, lui brûlant les joues et les yeux. On ne devait pas voir à plus d'un ou deux mètres. La neige ne dépassait guère les deux ou trois mètres de haut, mais tant que le vent soufflerait, ils n'avaient rien à faire à l'extérieur.

« Referme-moi ça, s'exclama Karsten, on caille à l'intérieur !

– L'hélicoptère peut voler par un temps pareil ? demanda Mads.

– Ce n'est pas sûr qu'il fasse le même temps à Longyearbyen, répondit Knut. Il vaudrait mieux que nous avertissions les pilotes de la situation ici, de façon à leur éviter un déplacement pour rien et qu'ils gaspillent du carburant inutilement.

– Je ne vois pas l'intérêt, rétorqua Karsten. Tromsø envoie quotidiennement au météorologue de l'aéroport de Longyearbyen un bulletin météo mis à jour. A priori, ils savent aussi bien que nous quel temps il fait ici. Et puis, de toute façon, ils ne viendront pas aujourd'hui. »

Karsten s'étira. Ils pouvaient se reposer jusqu'au déjeuner, annonça-t-il. Il avait mis de l'eau à bouillir. L'odeur du café en poudre se répandit sous la tente, intense et sombre. Les membres de l'expédition tournaient la cuiller dans leur tasse, en écoutant la toile de la tente claquer contre les mâts, tandis que le toit s'inclinait.

« Que s'est-il passé exactement avec les chiens ? » demanda Knut.

Ils n'avaient aucune réponse, aucune autre information à lui fournir que celles qu'ils lui avaient déjà données. Les bêtes étaient sans doute déjà malades avant que l'attelage ne tombe dans le chenal. Si Svein avait été là, peut-être aurait-il eu sa propre idée sur le sujet.

« Tu t'y connais en chiens de traîneaux ? » demanda Karsten.

Knut secoua la tête. « Pas vraiment. Il m'est déjà arrivé de conduire un attelage, mais c'était pour rigoler et toujours en présence de quelqu'un d'expérimenté, que ce soit le maître des chiens ou un guide.

– Nous avons passé plusieurs semaines dans un camp pour apprendre le travail de musher, on a fait ça au chenil de Johan Vik », l'informa Mads.

Terje leva les yeux de son journal. « On est resté tout ce temps-là ? Je croyais que ça avait seulement duré quelques jours ?

– Svein, en tout cas, y a passé plusieurs semaines, et Karsten y est aussi resté plus longtemps que nous. À cause de toutes les séances photos et des interviews pour *Sport & Fritid*. Nous, on a dû rentrer à Oslo quand Camilla s'est cassé le bras.

– Vous avez acheté les chiens auprès de Johan Vik ? » Pourquoi Karsten ne l'en avait-il pas informé plus tôt ? songea Knut.

« Non, pas tous. » Karsten hésita. « Certains chiens venaient de chez lui, mais il nous en fallait dix, et Vik ne pouvait pas nous en fournir autant. C'est Svein qui s'est occupé de tout cela. Il a écumé Longyearbyen pour en trouver d'autres. Il est resté au Svalbard quand nous sommes repartis. Tout le matériel a été acheté en Norvège. »

Leur façon d'éluder ses questions et de se dégager de toute responsabilité agaçait Knut, mais il espérait qu'on ne le voyait pas. « Aucun d'entre vous n'a la moindre idée de ce qui a pu arriver aux chiens, de la raison pour laquelle ils sont tombés aussi gravement malades ? »

Karsten se pencha en avant, l'air tellement sincère qu'on lui aurait donné le bon Dieu sans confession. « Ça va peut-être te sembler un peu brutal, mais nous étions tellement inquiets pour Svein : les chiens n'étaient pas notre priorité. Nous n'en avions pas la force. Et toi, tu as une idée de ce qui a pu se produire ? »

Knut se rendit compte que lui et Mads ne pouvaient décemment pas rester assis à parler de tout et de rien sous la tente pyramidale. Ils empêchaient Terje et Karsten de s'allonger dans leurs sacs de couchage. À contrecœur, ils affrontèrent le vent jusqu'à leur tente tunnel. Au moment où ils allaient se glisser à l'intérieur, Knut constata que les piquets de l'entrée ne tenaient plus, et que celle-ci était pleine de neige. Mads fit le tour de la tente pour vérifier tous les tendeurs et les sardines, pendant que Knut dégageait la neige avec les mains. Quand il eut fini, les genoux de son surpantalon étaient tout mouillés. D'où venait donc cette eau ? Knut n'avait vu aucune mare à la surface de la banquise autour de la tente.

Il faisait sombre à l'intérieur, froid, ce n'était pas vraiment le genre d'endroit qui donnait envie de s'attarder. Pour se remonter le moral, ils sortirent un réchaud de réserve encore non utilisé qu'ils eurent un peu de mal à allumer. Leurs tasses étaient restées sous la tente pyramidale, mais ils trouvèrent des gobelets en plastique dans la caisse de vivres. Mads demanda à Knut s'il voulait du thé.

« On n'aurait pas de la soupe ? » Knut avait encore faim après le petit déjeuner. « Je n'aurais rien non plus contre un peu de pemmican ou quelques biscuits de mer ! »

Il plaisantait, bien sûr, mais Mads paraissait particulièrement grognon. « On ne peut pas puiser dans les réserves comme ça. »

Il devrait donc se contenter de thé. Knut mit autant de sucre qu'il l'osa dans le sien, mais veilla à ne pas s'attirer d'autre critique de la part de Mads. « Tu es bien conscient que tu t'es incrusté parmi nous ? On ne doit pas toucher aux réserves. Celles-ci sont destinées aux dernières étapes de l'expédition au cas où nous nous retrouverions dans une situation critique. » Puis il sortit son journal de bord de son sac et commença à écrire – le signal qui, parmi les membres de l'expédition, indiquait qu'ils souhaitaient qu'on les laisse tranquilles.

Knut, couché sur son sac de couchage, regardait le toit. Il n'aurait jamais cru qu'une expédition au pôle Nord puisse être aussi ennuyeuse, ni que la distance puisse être aussi grande entre deux personnes qui, physiquement, étaient situées à moins d'un mètre l'une de l'autre.

À l'heure du déjeuner, Mads refusa de retourner sous l'autre tente. Il faisait mine d'avoir l'air fatigué, mais il semblait plutôt agité. Ses yeux étaient brillants et il avait des plaques rouge vif sur le visage. Knut lui demanda si tout allait bien, s'il souhaitait qu'il lui ramène quelque chose à manger. Ce n'était pas nécessaire, répondit Mads. Il n'avait pas faim, il voulait juste dormir un peu.

Sous la tente pyramidale, Karsten était penché au-dessus de la carte et du GPS et s'inquiétait du mouvement des glaces. Au cours de la journée, ils avaient, selon ses calculs, dérivé de plus de huit kilomètres vers le sud-est. Comment était-ce possible avec un vent d'est ?

« À chaque heure qui passe, nous nous éloignons du pôle Nord, constata-t-il.

– Par ce temps, vous n'auriez pas pu continuer de toute façon. » C'était une évidence qu'émettait Knut, mais Karsten lui affirma qu'ils avaient fait des étapes correctes sous un temps pire que celui-ci. Ils étaient malgré tout bien entraînés et bien préparés.

Knut expliqua pourquoi il était venu seul. Mads ne voulait pas déjeuner. Karsten rangea à contrecœur les cartes et le GPS. Le menu était simple. De la soupe, du beurre et du pain azyme. Pas très nourrissant. Knut se sentait toujours aussi affamé quand les couverts et les tasses furent débarrassés – autre signal indiquant que le repas était terminé.

« Mads m'inquiète, ajouta-t-il. Vous lui avez demandé si vous pouviez vérifier qu'il n'avait pas d'orteils gelés ?

– Non, répondit Karsten, mais Mads nous l'aurait dit s'il y avait un problème. »

Terje s'activait au fond de la tente. Il sortait et reposait différentes choses dans sa caisse. Enfin, il trouva ce qu'il cherchait. Son journal de bord. Il l'ouvrit à une page, s'assit et sourit. Knut se demanda s'il ne commençait pas à souffrir de l'enfermement.

« Qu'est-ce que tu dis, Terje ? » demanda-t-il. C'était l'une de ces phrases idiotes que l'on utilise pour inclure quelqu'un dans la conversation. Terje sourit vaguement, mais ne répondit pas.

Knut se sentait comme un intrus, mais il ne pouvait pas retourner dans sa propre tente. Mads lui avait clairement fait comprendre qu'il souhaitait être seul. Et il ne se sentait pas particulièrement bienvenu non plus sous la tente pyramidale, alors qu'il était assis au pied du sac de couchage de Terje et l'empêchait d'étendre ses jambes. Peu à peu, Karsten avait mis fin à son éternel monologue sur la dérive des glaces, leur position, et les différentes distances. Il n'arrêtait pas de regarder l'heure.

« Pourquoi n'utilisez-vous pas la radio ? demanda Knut. Ça serait beaucoup moins cher que le téléphone Iridium, non ? »

Karsten expliqua qu'ils avaient passé un contrat avec un de leurs sponsors stipulant que celui-ci devrait être le premier informé de toutes les nouvelles importantes. Or s'ils utilisaient la radio, chaque nouvelle se répandrait comme une traînée de poudre sur tout l'archipel.

« *Sport & Fritid* », déclara Terje en levant les yeux de son journal.

Knut avait conscience qu'il n'agissait ainsi que par pure provocation, mais il ne put s'empêcher de demander s'ils avaient fait part des événements des deux derniers jours à leurs sponsors.

Karsten leva les yeux. Son regard était froid et dur. « Bien sûr que non, répondit-il. Notre priorité actuellement est de repartir au plus vite. Le principal intérêt des sponsors est que nous atteignions le pôle Nord. C'est pour cela qu'ils nous ont donné de l'argent. »

Soudain Terje se redressa. « Vous ne pouvez pas arrêter de vous disputer, un peu ? » Il avait l'air plus éveillé tout à coup.

« C'est moi ou ce floe se balance plus que d'habitude ? J'ai à moitié le mal de mer pour tout vous dire. »

Ils se turent et tendirent l'oreille, puis se regardèrent. Terje avait raison. Maintenant que plus personne ne parlait, Knut percevait à travers le vent un bruit sourd et répétitif, comme si on broyait quelque chose. Pour sa part, il aurait parlé d'oscillations plutôt que de balancements. Des mouvements lents, paresseux. Knut étant assis le plus près de l'entrée, ce fut lui qui rampa à l'extérieur pour voir ce qui se passait.

Le vent lui cingla le visage. En un instant, ses joues furent couvertes d'une fine couche de givre. Il se lécha les lèvres. C'était salé. Il plissa les yeux, il pouvait à peine tenir debout, mais il tenta néanmoins de faire le tour de la tente en marchant avec le vent dans le dos.

Il ne comprit pas sur-le-champ, puis brusquement il se rendit compte du danger qui les guettait. Le vent avait réussi à creuser un grand chenal au milieu du campement. La tente pyramidale se trouvait sur un floe qui s'était détaché d'une plaque plus petite où se tenait la tente tunnel. Les deux floes dérivaient sur une mer de gadoue. Il glissa la tête à l'intérieur et cria à Karsten et Terje de sortir immédiatement.

Le chenal qui s'était ouvert dangereusement près de la tente tunnel n'était probablement qu'à quelques mètres, mais il fallut bien dix minutes à Knut pour les parcourir. Il se traîna à quatre pattes jusqu'à celui-ci. Devait-il prendre le risque de l'enjamber d'un saut ? Il était presque impossible d'évaluer les distances avec la neige qui lui martelait le visage, comme un nuage d'aiguilles qui s'abattraient sur lui.

Knut ne perdit pas de temps en tergiversations : il prit son élan avant de sauter et d'atterrir avec une bonne marge de sécurité sur la berge opposée. Il rampa jusqu'à la tente tunnel. Le floe bougeait lentement, en se balançant, mais de temps en temps un bruit sourd faisait vibrer la glace et se répandait à travers elle. Knut plissa les yeux pour mieux voir. L'obscurité derrière la tente était impénétrable. Puis pendant une seconde d'accalmie, il découvrit ce qu'il avait d'abord pris pour un manque de visibilité dû à la tempête : une haute paroi de glace se dirigeait sur eux à travers les rafales de neige. Lentement, mais sûrement. Mètre après mètre, elle se frayait un chemin parmi les floes. Un iceberg.

Peut-être celui-ci ne s'élevait-il pas à plus de dix mètres au-dessus d'eux, mais il descendait certainement à quatre-vingt-dix bons mètres au-dessous de la surface de l'eau. Des milliers de tonnes de glace d'eau douce dure comme du béton s'étaient détachées des glaciers sur la terre ferme. La banquise ne représentait absolument pas un obstacle pour ce monstre.

Ils devaient partir de là au plus vite. Il faisait sombre et froid à l'intérieur de la tente tunnel. Knut distinguait à peine la silhouette immobile de Mads dans le sac de couchage. Son bonnet en laine avait glissé sur son visage. Comment était-il possible de dormir au milieu de ce vacarme, avec le vent, l'iceberg se cognant à répétition contre le floe et les embruns qui s'abattaient sur la tente ? Knut le secoua en lui criant à travers le bruit de mettre ses vêtements les plus chauds et de prendre tout ce qui lui semblait le plus essentiel. Ils n'avaient pas le temps de démonter la tente et de rassembler le matériel. Ils devaient passer par-dessus le chenal avant que celui-ci ne s'élargisse encore.

Knut ressortit, mais Mads tardait à le rejoindre. Bon sang, mais ce n'est pas vrai, il était en train de ramasser toutes les affaires ! Il finit par sortir à reculons en tirant la caisse de vivres. Toute trace de passivité en lui avait disparu. Il était hors de question d'abandonner le matériel ! Puis il repartit à l'intérieur chercher les pochettes étanches des sacs de couchage. À quatre pattes, il courait dans tous les sens sur le floe détrempé que l'eau de mer rendait glissant, et tout cela pour défaire les piquets. Et voilà qu'il commençait à démonter la tente !

Karsten et Terje étaient passés de l'autre côté du chenal. Ils n'étaient plus que deux ombres sans visage dans les rafales de neige alors qu'ils criaient dans leur direction. Knut fut horrifié de voir combien la cassure dans la glace s'était élargie. La mer avait presque réussi à se frayer un passage jusqu'à leur tente. Il ne se faisait aucune illusion : aucun d'entre eux ne parviendrait à l'enjamber. Le bord du floe était immergé et la partie gisant hors de l'eau ne ressemblait plus qu'à une fine corniche.

Il regarda autour de lui en quête d'une solution, il repensa alors à cette histoire qu'on lui avait racontée à propos de ce qu'avaient fait des gens de Ny-Ålesund le jour où ils s'étaient retrouvés bloqués quand la débâcle dans le fjord s'était transformée en une forte tempête de vents d'ouest. Il secoua Mads par le bras.

Avaient-ils des cordes dans les caisses ? Non, aucune. Des vêtements en rab ? Oui, un pull et quelques surpantalons dans ses affaires à lui. Plus la combinaison de survie dans le sac de Knut. Mais oui, bon sang, songea Knut, pourquoi n'y avait-il pas pensé plus tôt ?

Il s'assit sur une des caisses, enfila à grand-peine la combinaison en caoutchouc. Elle était complètement rigidifiée par le froid, et cela n'aidait pas que ses bottes et ses vêtements soient imbibés d'eau de mer. Knut perdit un temps précieux à se débattre pour rentrer dedans, puis il enfonça ses mains dans les gants glaciaux et demanda à Mads de l'aider à remonter la fermeture Éclair de la capuche étanche bordée de caoutchouc.

Enfin Mads comprit ce qu'il voulait faire. Ensemble, ils attachèrent le pull et le pantalon coupe-vent à un anorak, avant que Knut ne noue l'extrémité de cette corde improvisée autour de la taille de Mads et ne l'agrippe fermement à l'autre bout. Puis il avança d'un pas vers le chenal et plongea dedans.

Chapitre 12
Reculer pour mieux sauter

Karsten réussit à retourner la situation et à faire passer l'ajournement de notre projet pour une décision positive, héroïque. Il expliqua à la presse et aux sponsors qu'une expédition au pôle Nord en attelage n'avait rien à voir avec le voyage initialement prévu. Les participants avaient besoin de plus de temps pour se préparer. C'est pourquoi, notamment, nous avions décidé de tous partir dans un centre d'entraînement au Svalbard et de profiter de ce séjour pour acheter les chiens. Même si tout le monde depuis des mois ne cessait de souligner notre manque de préparation et d'entraînement, il nous prit totalement de court avec cette histoire de chiens. Mais aucun d'entre nous ne lui en fit la remarque ni ne lui demanda d'explications.

Il parvint à convaincre un magazine de couvrir notre séjour en centre d'entraînement et à lui vendre l'exclusivité des droits. Camilla fut déçue : elle pensait depuis le début que c'était elle qui écrirait ces reportages. Pour ma part, je n'en revenais toujours pas de la somme d'argent que *Sport & Fritid* était prêt à dépenser pour cela. Du jour au lendemain, l'expédition se retrouva avec sur son compte en banque une somme d'argent qu'il faudrait justifier, notamment auprès de l'administration fiscale, et qui nécessiterait un bilan financier. Je résolus provisoirement le problème en me dévouant pour devenir trésorière et tenir les comptes que l'expert-comptable du cabinet d'avocat de Mads vérifierait et validerait. De cette façon, j'avais moi aussi des responsabilités au sein de l'équipe. C'est en tout cas ce que je croyais.

Les préparatifs pour le centre d'entraînement revitalisèrent aussi l'organisation de l'expédition. C'était comme si Karsten s'apercevait seulement maintenant que ce voyage au pôle Nord devait être mené à terme. Les billets d'avion et la réservation de notre séjour au Svalbard creusèrent un gros trou dans nos finances, mais ils nous donnèrent à tous l'impression d'avancer.

Par un beau jour de la fin du mois de février, de bonne heure le matin, nous sommes partis d'Oslo avec des sacs et des caisses remplis à bloc de vêtements de sport, de matériel et de provisions. Svein venant d'Asker, nous étions convenus qu'il nous rejoindrait directement à l'aéroport de Gardermoen. Afin de ne pas grever davantage notre budget, *Sport & Fritid* finançait le voyage du reporter et du photographe qui ne devaient arriver au Svalbard que quelques jours plus tard. Notre expédition n'était pas la première que le magazine sponsorisait et il savait sans doute que la période précédant le départ était régulièrement critique du point de vue financier.

L'escale à Tromsø offrit à Karsten un premier aperçu, pas forcément très agréable, de ce que pouvait devenir la vie d'un explorateur polaire. Les deux journaux locaux nous attendaient à la descente de l'avion et le correspondant de NRK sur place demanda à nous interviewer pour la radio. Karsten se porta volontaire. Il imaginait que les journalistes lui poseraient les mêmes questions complaisantes que ceux de la presse nationale à Oslo. Quelle ne fut donc pas sa surprise ! Ne savait-il pas que Tromsø était, en Norvège, la spécialiste de l'Arctique ? Les journalistes lui demandèrent pourquoi ils n'avaient pas prévu de passer au moins quelques jours en ville – afin de visiter les musées, l'Institut polaire norvégien et l'Institut météorologique du Nord qui gérait quand même toutes les stations météo de l'océan glacial Arctique ?

Karsten répondit au débotté. Bien sûr que l'expédition avait déjà sondé le terrain et il ne demandait pas mieux que de nouer des contacts avec le milieu de la recherche et celui des expéditions polaires. Il espérait aussi pouvoir passer plus de temps à Tromsø au retour. Mads et Svein l'écoutaient, les yeux ronds d'étonnement. Rien de ce qu'il déclarait à la presse n'avait été discuté au préalable. On naviguait ici entre des désirs que Karsten prenait pour des réalités et des mensonges purs et durs. Et grâce à son art d'éluder les questions embarrassantes, il nous restait encore un semblant d'honneur en montant à bord de l'avion pour le Svalbard.

Si nous ne nous doutions pas de l'intérêt suscité par l'expédition à Tromsø, l'indifférence avec laquelle nous fûmes accueillis à Longyearbyen nous surprit plus encore. Personne ne nous attendait dans le hall des arrivées de l'aéroport. Parmi la foule autour de nous, nous avions l'air de gamins en voyage scolaire un peu perdus alors que nous regardions tous ces gens se saluer chaleureusement et prendre leurs bagages sur les tapis roulants avec des gestes habitués. Nous avons rassemblé tous nos sacs et nos caisses par terre, puis nous sommes partis à la recherche de chariots afin de transporter tout notre attirail à l'extérieur. Il devait bien y avoir un taxi ou un bus susceptible de nous emmener jusqu'au centre d'entraînement ?

Enfin, un policier en uniforme s'avança vers nous. Il travaillait pour le bureau du gouverneur, nous annonça-t-il. Il voulait savoir si nous connaissions la réglementation que les visiteurs se devaient de respecter au Svalbard. Karsten se présenta lui aussi et expliqua que tout le groupe était en route pour un centre d'entraînement à l'extérieur de la ville. Et bien sûr qu'il connaissait la législation relative à l'environnement sur l'archipel, répondit-il avec assurance.

Pouvions-nous lui donner le nom du propriétaire du centre où nous allions ? Il nous regardait avec des yeux gris tranquilles. J'éprouvais un profond embarras et espérais que celui-ci ne transparaissait pas sur nos visages. Ce fut Svein qui nous tira d'affaire. On ne l'avait guère entendu depuis notre départ d'Oslo, mais maintenant que nous étions à Longyearbyen, il donnait l'impression d'en imposer davantage. Il expliqua au policier où nous devions loger, le nom du propriétaire, la raison de notre présence au Svalbard. Joyeux et sûr de lui. C'était lui qui avait trouvé le centre d'entraînement à travers ses contacts au club de chiens d'attelage d'Asker.

Le policier nous observa d'un air sceptique. Le Polar Kennel n'était qu'un élevage canin. La maison elle-même était plutôt en piteux état et le confort basique. Nous comptions vraiment loger là-bas ? Karsten dut se sentir éclipsé, car il s'avança à côté de Svein et déclara que, dans la mesure où nous organisions une expédition au pôle Nord durant laquelle nous dormirions dans des tentes à l'ancienne, nous devrions pouvoir supporter de passer quelques nuits dans une cabane, même rudimentaire. Le policier esquissa un sourire prudent. C'était à nous de voir, mais au cas où nous changerions d'avis, l'auberge de Nybyen n'était pas trop chère et ils avaient de nombreuses chambres libres à cette époque-là de l'année.

Il nous demanda ensuite si nous savions qu'il nous fallait soumettre notre projet au gouverneur et que celui-ci devait être approuvé pour que nous puissions partir en expédition l'année suivante. Si nous passions au bureau dans la semaine, il nous montrerait comment remplir les différents formulaires. Sur ce, il nous adressa un sourire un peu lointain et neutre puis s'en alla. Je me sentais profondément humiliée. Le policier nous avait percés à jour, pensai-je. Il avait compris que nous n'avions pas de quoi nous loger à l'hôtel. En même temps, j'aurais souhaité que l'un d'entre nous ait la présence d'esprit de le solliciter pour qu'il nous aide à trouver un endroit sûr et confortable. En tout cas pour une nuit ou deux, afin de nous familiariser avec les lieux. Au fait, demandai-je, quelqu'un avait-il retenu le nom du policier ? Oui, répondit Mads, il s'appelle Knut Fjeld.

Le grand hall des arrivées était pratiquement désert quand le propriétaire du Polar Kennel passa la porte et se dirigea droit sur notre petit groupe en vêtements de sport neufs. Un homme barbu particulièrement grand, aux cheveux foncés, vêtu d'un énorme anorak et d'un pantalon de bure qui un jour avait dû être noir. Sa femme nous attendait dans la voiture où elle veillait à ne pas laisser tourner le moteur au ralenti, dit-il, à cause d'un problème de pompe à carburant. On ferait donc mieux de ne pas traîner. Il empila deux des plus grosses caisses et les porta jusqu'à la voiture, une Toyota antédiluvienne avec une grande benne. Nous l'avons suivi comme nous pouvions avec le reste du matériel. Svein se présenta comme étant celui avec lequel il avait traité pour l'organisation du centre d'entraînement. Résultat : il fut considéré comme le chef de l'expédition pendant tout le séjour. Nous avons salué son épouse et sommes montés dans la voiture.

La femme de Johan Vik était un véritable moulin à paroles qui parlait un dialecte du Trøndelag presque incompréhensible alors que nous cahotions en direction du centre-ville. Une fois quitté la zone de l'aéroport, la route donnait l'impression de n'être qu'un long tunnel sombre sans fin. Les lampadaires étaient peu nombreux, et à bonne distance les uns des autres. Après avoir dépassé Longyearbyen, ils disparurent tout à fait. C'était à peine si on voyait l'ombre des montagnes et des glaciers de l'autre côté de la route. Le trajet jusqu'au chenil me parut durer une éternité.

Là-bas, nous fûmes accueillis par les aboiements et les hurlements d'un nombre indéterminé de chiens d'attelage. Johan nous expliqua qu'ils attendaient d'être nourris. Normalement, c'était à cette heure-là qu'il leur donnait à manger.

Le policier avait raison : la cabane que nous avions louée était simple, mais Anne et Johan l'avaient aménagée pour nous. Cinq lits de camp couverts de peaux de rennes étaient alignés le long du mur, tandis qu'une longue table et des tabourets grossièrement taillés dans des morceaux de bois gris occupaient le centre de la pièce. Ils avaient même réussi à caser une vieille commode basse, sur laquelle était posé un énorme jerrican équipé d'un petit robinet avec, à côté, une bassine en plastique et un pichet.

Je chuchotai à Svein de demander où se trouvaient les toilettes. Sans un mot, Johan me montra la porte du doigt. Ce qui restait très vague comme indication, mais je sortis à leur recherche. Notre cabane se situait entre la route et une grande plaine qui semblait se prolonger à l'infini, jusqu'à ce qu'elle bute contre le pied des montagnes. Le terrain très étendu était idéal pour conduire des chiens d'attelage, pensai-je. Beaucoup de neige, la pente douce. Les congères hautes et abruptes permettraient quant à elles de s'entraîner en prévision des crêtes de compression et des chenaux qu'il y aurait à franchir dans l'Arctique.

Je ne vis rien qui ressemblât à des toilettes extérieures, je fis donc mes besoins derrière la cabane. Accroupie, les fesses nues, dans un courant d'air glacial, je contemplais le paysage irréel autour de moi : la large vallée enneigée, le ciel bleu nuit éclairé par la lumière blanche intense de la nouvelle lune et des étoiles. Le chenil lui-même se trouvait de l'autre côté de la route. Il était divisé en plusieurs enclos pourvus de petites niches en bois perchées sur des poteaux eux aussi en bois, à environ un mètre au-dessus de la neige. Je m'approchai à pas lents, je ne pouvais résister à la tentation d'aller voir les chiens.

À l'exception du bruit des pattes crissant sur le gravier et la neige sale, l'endroit était parfaitement silencieux. Un léger cliquetis se fit entendre dans les chaînes. Des chiens sautèrent de leur niche et sortirent de l'ombre à pas de loup. Des yeux en amande m'observaient alors que je m'approchais furtivement. Certains d'entre eux grognèrent. Ces bêtes étaient bien différentes des chiens parfaitement dressés avec lesquels nous nous étions entraînés à Asker. Je tendis une main et touchai le grillage de l'enclos. Un gros mâle noir à la démarche raide et méfiante s'avança vers moi.

Soudain Johan surgit à mes côtés, aussi imposant qu'une statue de pierre dans l'obscurité. Je sursautai, en m'étonnant de ne pas l'avoir entendu arriver. Vous feriez mieux de retirer votre main, murmura-t-il à mon oreille. Il fallait se méfier de Satan, il était capable de me mordre à travers les fils de fer et de m'arracher un ou deux doigts. Je ne pus m'empêcher de lui demander pourquoi il gardait un chien dangereux. Johan hésita légèrement. Disons que Satan n'était pas à proprement parler dangereux. Et puis, il était foutrement bon comme chien d'attelage. Il pouvait aussi bien occuper la place de leader, en tête d'attelage, que celle à l'arrière pour tirer les traîneaux les plus lourds. Avec Satan à l'avant, aucun des autres ne mouftait, dit-il en passant sa propre main à travers le grillage et en caressant de l'index la truffe noire que le chien pressait contre la clôture. Je constatai alors qu'il lui manquait la troisième phalange.

L'expédition était arrivée au Svalbard en plein dans une période de grand froid. Les températures en journée ne dépassaient pas les −20°. Et la nuit, le mercure tombait encore plus bas. Nos sacs de couchage étaient collés au mur par le gel pendant que nous dormions.

Chaque matin, sous la direction de Svein, nous commencions par nous entraîner à passer et à enlever les harnais aux chiens, puis à les attacher au traîneau et à avancer à côté d'eux à ski tout en gardant le contrôle de l'attelage. Les pulkas étaient chargées de nourriture et de matériel, comme ils le seraient pendant l'expédition, le poids tracté était néanmoins loin d'être aussi important. Ce qui, contrairement à ce que l'on pourrait penser, ne facilitait pas la tâche, nous consolait Svein en voyant à quel point nous manquions encore d'adresse. Il était en effet plus facile de garder le contrôle d'un attelage de chiens tirant des traîneaux très lourds que l'inverse.

Toutefois, le troisième jour, nous nous sentîmes suffisamment sûrs de nous pour parcourir une longue distance avec une nuit en bivouac. Tout se passait étonnamment bien, jusqu'au moment où l'attelage de Mads et Camilla aperçut des rennes au loin et partit en trombe. Camilla perdit l'équilibre : dans une pente, elle tomba et se cassa le bras.

Je me trouvais juste derrière eux avec Johan et ensemble nous avons ramené Camilla au chenil avant qu'il ne la conduise à l'hôpital. Je décidai de les accompagner pour ne pas la laisser seule. Elle gémissait à chaque cahot sur la route, mais la douleur s'estompa rapidement dès que le médecin chef lui injecta un antidouleur et la plâtra jusqu'au coude.

Après l'accident de Camilla, nous n'eûmes d'autre choix que de déménager à l'auberge de Nybyen que le policier à l'aéroport nous avait chaleureusement recommandée. Johan comme Anne comprenaient fort bien que Camilla ne puisse pas habiter dans la cabane primitive alors même que celle-ci offrait pour seul confort des toilettes extérieures situées à côté du chenil. Svein leur dit de garder l'argent que nous avions déjà versé. Cette somme lui paraissait tellement dérisoire comparée à ce que nous allions devoir débourser en logeant à Nybyen ! J'en fus tellement atterrée que je n'eus pas le courage de protester. C'était à croire qu'aucun d'entre eux ne m'écoutait quand je leur faisais part du triste état de nos finances.

Le lendemain, les gens de *Sport & Fritid* arrivèrent. Karsten et Mads allèrent les accueillir à l'aéroport. En revenant, ils nous annoncèrent un nouveau changement de programme : nous allions devoir retransférer tout le matériel et nos affaires dans la cabane à côté du chenil et aménager celle-ci comme si nous habitions là-bas. Le photographe pensait que ce serait mieux pour les photos. Ensuite la journaliste, Anne Wiborg – celle-là même qui avait précédemment interviewé Karsten et Mads – et le photographe nous accompagneraient dans une longue sortie en attelage, puis ils feraient le tour de quelques lieux clés de Longyearbyen, avec notamment une visite au bureau du gouverneur, à l'Institut polaire norvégien, à l'aéroport et à Svalbard radio, situé dans la tour de contrôle de ce dernier.

Karsten avait loué une voiture, un petit 4x4. Sans broncher, nous avons commencé à transporter le matériel jusqu'à la voiture garée devant la réception. Karsten et Anne Wiborg papotaient en riant, ils marchaient sans arrêt sur les talons l'un de l'autre et s'éloignaient dès que quelqu'un s'approchait d'eux. Quand enfin, pendant quelques minutes, je me retrouvai seule avec Karsten, je lui demandai à quoi il jouait. Il prit la mouche. Non, mais je devenais complètement paranoïaque ! s'exclama-t-il. Il valait mieux par ailleurs que je reste à l'auberge pour tenir compagnie à Camilla, m'annonça-t-il, car il ne voyait franchement pas l'intérêt qu'elle apparaisse sur les photos : le plâtre ferait vraiment bête.

L'auberge ne servant qu'un en-cas léger en soirée, Camilla et moi avons pris un taxi pour descendre en ville où nous avons dîné en tête à tête dans l'élégant restaurant du Polar Hotel. Et si l'expédition payait l'addition ? proposa Camilla. On l'avait bien mérité !

J'étais encore furieuse du flirt servile de Karsten avec la reporter de *Sport & Fritid*, et je brûlais d'envie de demander à Camilla ce qu'elle pensait du fait qu'aucune de nous deux ne les accompagne jusqu'au pôle Nord. Puis je laissai tomber, peut-être parce que je savais qu'elle se cramponnait encore à l'idée qu'ils finiraient peut-être par changer d'avis. Bien que nous nous fréquentions depuis des années, nous n'avions développé aucune relation de confiance et n'étions pas devenues intimes.

Nous avons bu du vin pour combler les blancs dans la conversation. Ensuite nous sommes allées au pub de l'hôtel, où Camilla obtint du barman et de quelques clients qu'ils lui écrivent un mot sur son plâtre. Il était tard quand nous sommes rentrées à l'auberge. Cela ne nous avait pas effleuré l'esprit que les autres ne seraient peut-être pas là. C'était pourtant bel et bien le cas. Camilla ressortit dans le couloir et me fit signe de la rejoindre. Elle avait une bouteille de vin rouge que nous pouvions partager en les attendant. Nous l'avions presque entièrement bue quand du bruit nous parvint de la chambre voisine, où logeait Anne Wiborg. L'auberge était un baraquement des années 1940 ayant appartenu à la mine avant d'être reconverti en hébergement touristique. Les murs étaient peu épais, et les chambres mal insonorisées. Nous n'arrivions pas à saisir tout ce qui était dit, mais nous n'entendîmes que trop bien une partie des propos échangés.

La voix de Karsten était basse et profonde, celle de la journaliste rieuse et bruyante. Peu à peu, je compris qu'ils discutaient de la possibilité qu'Anne Wiborg les accompagne dans une expédition qui compterait alors cinq membres. Il lui demanda en effet ce qu'elle était prête à endurer comme entraînement pour être des leurs pendant ce dur périple et je ne voyais pas comment interpréter autrement une telle question. Sa voix jeune et aiguë n'était pas difficile à entendre. Elle pourrait prendre des photos, répondit-elle. Ses chefs accepteraient certainement de revoir à la hausse leur soutien financier si elle partait avec eux. Elle n'excluait pas qu'ils soient prêts à débourser un million de couronnes supplémentaire si *Sport & Fritid* pouvait couvrir l'expédition en exclusivité.

Puis le silence se fit, seuls ne nous parvenaient plus que des chuchotements et des rires étouffés. Il leur était peut-être apparu que les murs pouvaient avoir des oreilles. Peu à peu, cependant, ils recommencèrent à parler fort. La journaliste demanda si nous ne risquions pas de mal le prendre. Karsten avait beau s'exprimer d'une voix basse et pressante, ce qu'il disait était parfaitement audible depuis la chambre voisine, et nous n'entendîmes que trop bien sa réponse. Il ne fallait pas qu'elle s'inquiète pour moi, vu que de toute façon je n'avais même pas envie de les accompagner. Quant à Camilla, elle en était physiquement capable, dit-il, mais elle manquait d'adresse. Le bras qu'elle venait de se casser en était bien la preuve et il voyait mal comme elle pourrait s'entraîner dans le mois à venir avec son plâtre.

Les derniers mots furent noyés dans leurs rires. Un froid intérieur m'envahit. Épouvantée, je jetai un coup d'œil à Camilla. À quoi Karsten jouait-il ? Camilla avait détourné le visage. Elle saisit la bouteille de vin, mais elle se contenta de la laisser tomber par terre, où elle s'échoua avec fracas. Un grand silence s'abattit dans la pièce voisine.

Chapitre 13
Restrictions

Nous avions réservé la dernière journée de notre séjour à Longyearbyen aux rendez-vous avec les agents du bureau du gouverneur. Nous avions tous la gueule de bois, mal dormi et mauvaise conscience. Le policier qui nous avait accueillis à l'aéroport nous servit un café et, gentiment, nous exposa les difficultés que nous allions rencontrer. Peut-être comprit-il à quel point nous étions insuffisamment préparés en nous voyant feuilleter les pages de tous les formulaires à remplir et lire toutes les conditions à respecter. C'était dans ces moments-là que Karsten révélait sa vraie personnalité : celle d'un champion de la manipulation, un funambule capable de passer au-dessus d'un gouffre de données manquantes, le roi des châteaux en Espagne.

Je le connaissais désormais depuis si longtemps que je pensais savoir comment il fonctionnait. Dans son esprit, la réalité ne se limitait pas au temps présent, elle s'étendait jusque dans le futur. En effet, dès lors qu'il croyait savoir comment accomplir une tâche ou un devoir, ceux-ci devenaient réalité. À ses yeux, par conséquent, ce n'était pas mentir que de dire que l'expédition avait obtenu l'autorisation de partir du nord du Svalbard. On n'en était pas encore là, c'est tout, ce qui expliquait que les papiers ne se soient pas matérialisés sur le bureau du gouverneur.

Knut Fjeld, l'agent qui nous recevait, était accompagné de l'un de ses collègues du service de l'environnement. Il demanda si nous avions choisi de présenter notre raid comme une expédition à caractère scientifique. Là, Karsten perdit légèrement contenance. Il avait pensé le faire inscrire dans la liste des projets indiqués sur le Svalbard Science Forum, répondit-il, dans la mesure où nous étions censés recueillir en chemin des échantillons de neige pour un professeur anglais. Il pâlit légèrement quand le policier nous montra les pages Internet où nous pourrions déposer une demande pour obtenir le statut de projet scientifique.

Il ne lui fallut cependant qu'un instant pour retrouver son aplomb. Le professeur Andrew Hodson de Sheffield l'avait déjà fait, bien sûr, répliqua-t-il. Effectivement, le professeur apparaissait dans de nombreuses missions de recherche effectuées ici et là sur l'archipel, mais l'expédition n'était mentionnée nulle part. Karsten hocha la tête, oui, oui, cela correspondait tout à fait à ce dont ils étaient convenus. Mais si Knut Fjeld le souhaitait, il pouvait lui en dire davantage sur le travail scientifique à proprement parler que l'expédition se proposait d'accomplir. Ce qu'il fit, et de manière circonstanciée.

L'expédition n'avait pas besoin de remplir les formulaires le jour même, les rassura Knut Fjeld. La date de départ de l'expédition étant repoussée au début du mois de février de l'année suivante, nous avions tout notre temps. Il voulait cependant revenir avec nous sur deux ou trois points. Ceux-ci pourraient se révéler déterminants quant à l'acceptation ou non de notre projet. Je remarquai que le jeune agent du service de l'environnement écoutait attentivement. Il semblait lui aussi découvrir certains éléments abordés par Knut Fjeld.

L'expédition avait-elle prévu de séjourner sur l'archipel des Sjuøyene ? Si c'était le cas, il nous le déconseillait. Les dépôts d'Airlift étaient approvisionnés un an en amont par voie maritime, le transport étant assuré par le bateau du bureau du gouverneur. Si Karsten souhaitait que le carburant prévu pour l'expédition soit acheminé à ce moment-là, il fallait qu'il se décide rapidement, car on était en train de régler les derniers détails pratiques avant le départ du navire. Du reste, avaient-ils signé un contrat avec Airlift ? Sincèrement, il leur recommandait plutôt de partir de l'endroit où le bureau du gouverneur avait son propre dépôt.

Karsten tenait absolument à ce que l'expédition parte de l'archipel des Sjuøyene, mais il évita de se lancer dans une longue discussion. Il décrivit le campement tel qu'il l'envisageait ; celui-ci avait été baptisé « la Petite Norvège », un nom très symbolique, n'est-ce pas ? J'étais effarée par ce que j'entendais. Quand avions-nous décidé d'inviter les sponsors ? Apparemment, Karsten et Mads avaient décrété de leur propre initiative que l'on établirait un camp de base à même d'accueillir une vingtaine de personnes. Les tentes, les poêles à pétrole, le carburant pour chauffer les tentes, les lits de camp, les provisions. Avec l'équipement des chiens, cela ferait des tonnes de matériel à transporter.

Mads, qui faisait bonne impression avec sa connaissance de l'histoire des expéditions polaires et sa probité très vieille école, étaya les arguments de Karsten. Svein, quant à lui, était plongé dans la lecture de toutes les pages relatives aux attelages de chiens dans les espaces protégés du Svalbard. Ce qui ne nous concernait pas vraiment, dans la mesure où les chiens de l'expédition iraient au pôle Nord et seraient ensuite renvoyés par avion à Longyearbyen. Il me fallait pourtant admettre que nous donnions l'impression de savoir ce que nous faisions.

Knut Fjeld semblait songeur. Étions-nous bien conscients qu'il nous faudrait débarrasser tout le matériel et faire place nette en partant ? demanda-t-il. Alors que si nous établissions notre camp de base au nord de Verlegenhuken, nous pourrions peut-être nous arranger pour que l'été suivant un bateau vienne tout récupérer. En tout cas, nous pouvions toujours déposer une demande allant dans ce sens auprès du gouverneur, même s'il ne pouvait pas non plus nous garantir qu'elle serait acceptée.

Karsten se redressa sur sa chaise, nous envisagions d'offrir tout le matériel de notre camp de base aux habitants de Longyearbyen, déclara-t-il. L'idée avait semblé bonne à Nordstrand, mais ainsi énoncée dans la salle de réunion du bureau du gouverneur, elle paraissait soudain naïve. Je gardais les yeux rivés sur la table.

L'agent Fjeld secoua la tête en souriant. Nous n'étions malheureusement pas les premiers à avoir cette idée, répondit-il. Or le gouverneur refusait que la question du rapatriement du matériel et des déchets soit ainsi résolue. Nous devrions donc prévoir de tout débarrasser nous-mêmes, et ce par hélicoptère, surtout si nous persistions à vouloir prendre l'archipel des Sjuøyene comme camp de base.

Karsten et Mads échangèrent un regard où se lisait un entêtement mal dissimulé. Ils avaient monté en épingle le fait que l'expédition partirait du point le plus septentrional du Svalbard. Ils avaient sans doute aussi promis à certains sponsors un départ spectaculaire plein de symboles nationaux. S'il y avait bien une chose susceptible de faire échouer l'expédition au dernier moment, c'était cette tendance qu'avait Karsten à vouloir jouer les héros. Le caractère unique et important de l'expédition se devait à chaque instant d'être souligné. Je me tortillais sur ma chaise en songeant à ce que toutes ces futilités allaient nous coûter. Il fallait absolument que nous convenions d'un rendez-vous avec Airlift pour avoir une idée du budget en jeu. Et si la compagnie n'avait pas la capacité d'assurer le transport d'un chargement aussi important, pensais-je soudain, et s'ils refusaient ? Je levai les yeux et croisai le regard grave de l'agent Fjeld.

Avant de passer au second point que le policier voulait évoquer avec nous, nous prîmes le temps de déjeuner et de visiter les lieux. Le bâtiment était récent, il avait été construit à la suite d'un incendie quelques années auparavant et son architecture était loin de faire l'unanimité. Sa façade, notamment, avait soulevé un certain nombre de critiques acerbes, nous expliqua l'agent du service de l'environnement. Les gens trouvaient que la bâtisse ressemblait à une forteresse, qu'il en émanait un sentiment d'autorité, qu'elle avait l'air menaçant. Pensait-il que c'était là l'effet recherché par l'architecte ? demandai-je. À qui devait-on ce bâtiment, d'ailleurs ? Il ne se souvenait plus de son nom.

Un des murs de la grande réception était une immense baie. Elle offrait une vue fantastique sur le fjord. Il y avait une longue-vue mobile devant. Knut Fjeld me montra comment la régler et la tourner. Ils n'avaient pas vu d'ours polaire depuis plusieurs jours. Il arrivait de temps en temps qu'un de ces gros nounours se balade sur la banquise. La longue-vue leur permettait de suivre ses déplacements et de voir s'il se dirigeait vers le centre-ville.

Je lui demandai s'il était possible d'apercevoir la zone calme d'ici. Il sourit, un peu surpris. Malheureusement, cet endroit se trouvait dans l'autre direction, dit-il. Il avait lui-même l'habitude de randonner à ski par là-bas. Le lieu n'était pas facile d'accès, mais ça valait vraiment la peine, tellement c'était beau. Il me conseillait d'y aller si j'avais le temps. Tout à l'heure, avant de partir, il fallait que je lui fasse penser à me donner une carte des pistes.

Karsten, Mads et l'agent du service de l'environnement se tenaient un peu plus loin, à côté d'un ours polaire empaillé. Karsten tapota la fourrure de l'animal. Celui-là n'avait pas dû représenter un grand danger, déclara-t-il. Je sentis Knut Fjeld se crisper, mais il répondit sans se départir de son ton aimable. Il s'agissait d'un ourson d'un an qui pesait environ deux cents kilos quand on l'avait abattu. Tuer au moins l'un d'entre nous ne lui aurait probablement posé aucune difficulté si nous l'avions croisé sans être armé. Karsten répliqua qu'ils ne manqueraient pas de partir avec une arme, bien sûr. Sur ce, Knut Fjeld tendit la main vers la salle de réunion, c'était justement un des sujets qu'il voulait aborder avec nous, annonça-t-il.

L'agent du service de l'environnement distribua des formulaires et des brochures. Karsten les connaissait déjà, mais il s'était dit qu'il ferait la demande d'autorisation pour louer un fusil plus tard, estimant, après avoir étudié le formulaire sur Internet, qu'il n'aurait aucun mal à le remplir, qu'il s'agissait d'une simple formalité. Il était membre du club de tir d'Ekeberg. Ce serait son permis de port d'armes qui serait utilisé pour la demande. Mads n'avait jamais utilisé le moindre fusil ou pistolet de sa vie et il n'avait aucunement l'intention de le faire pour les besoins de l'expédition, expliqua-t-il. Du reste, il avait l'impression qu'on exagérait quelque peu le danger représenté par les ours polaires. N'était-il pas écrit dans la brochure de l'Institut polaire norvégien qu'un pétard était en général aussi efficace qu'un fusil pour chasser un ours ?

Knut Fjeld leur expliqua combien il était important d'avoir un minimum de connaissances sur les ours et de s'être déjà servi d'une arme à feu. Il n'y alla pas par quatre chemins. Peut-être les membres de l'expédition auraient-ils la chance de ne croiser aucun ours. Mais si jamais ils se retrouvaient nez à nez avec l'une de ces grosses bêtes, ils étaient en danger même si celle-ci semblait calme. Il nous regarda tous tour à tour pour souligner ses propos. Un mâle adulte pouvait peser plus de huit cents kilos. Malgré son corps imposant, l'animal était affreusement rapide. Il était capable de faire des bonds de dix mètres ou plus – et ce, en partant d'une position allongée.

Karsten appréciait l'atmosphère virile qui régnait autour de la table. Assis jambes écartées sur sa chaise, il se pencha en avant et demanda à l'agent Fjeld si lui-même avait déjà tué un ours polaire. Knut Fjeld secoua la tête : par bonheur, jusqu'ici il avait échappé à cela, répondit-il, mais il souhaitait nous raconter ce qui était arrivé à l'un de ses collègues afin que nous comprenions bien de quel genre d'animal on parlait.

Nous connaissions sûrement la cité minière de Svea ? Elle employait quelque deux cents personnes qui faisaient les postes, vivaient dans des baraquements et travaillaient soit directement à la mine soit à l'acheminement du charbon jusqu'au quai d'expédition sur le port. Svea avait un réfectoire et une pièce de vie commune ainsi que quelques logements individuels pour les employés venus là avec leur famille.

Quelques années auparavant, ils avaient rencontré des problèmes avec un ours qui avait pris l'habitude de s'installer au bord d'une des routes en périphérie de la bourgade. Ces bêtes étant plutôt curieuses de nature, il n'était pas inhabituel qu'elles viennent fureter là où il y avait des gens. Mais cet ours se comportait de façon étrange. Il attendait en embuscade au bord des fossés et attaquait tout ce qui bougeait, y compris les voitures.

On ne pouvait pas rester sans rien faire. Les agents du bureau du gouverneur commencèrent par essayer de le chasser. Sans y parvenir. À chaque fois, l'ours revenait. Pour finir, il fut décidé de l'abattre. Un agent du service de l'environnement et un policier se rendirent sur place. Erlend Folstad se chargea de cette tâche – il s'agissait de l'un des meilleurs agents du bureau du gouverneur et aussi de l'un des plus aguerris. Au départ, Erlend pensait sincèrement que tuer l'ours serait une simple mission de routine.

À Svea, les deux agents louèrent une voiture et roulèrent jusqu'à l'endroit où l'ours avait été aperçu pour la dernière fois. Ils se placèrent à une certaine distance l'un de l'autre et de façon à ce que le premier puisse lui tirer dans l'épaule et le second dans la poitrine. Tous deux étaient équipés d'un fusil de calibre 30-06. Ils n'eurent pas à attendre bien longtemps avant que l'ours ne passe à l'attaque.

Erlend Folstad racontait qu'il avait été surpris par l'agressivité de l'ours. Cela aurait pu très mal tourner, en réalité. L'animal était rapide comme l'éclair, il partit comme une flèche en direction de Folstad. Les deux agents se tenaient prêts, et tous deux tirèrent. Mais l'ours ne s'écroula pas, au contraire. Il bondit vers les deux hommes. Une ou deux secondes de plus, et il était sur eux. Les agents durent tirer plusieurs fois avant que l'ours ne finisse par s'effondrer, juste aux pieds de Folstad.

Knut Fjeld avait terminé son histoire et les scrutait du regard. Ce fut l'agent du service de l'environnement qui finit par rompre le silence. Il demanda si cela arrivait souvent que l'on doive abattre des ours de cette manière. Knut Fjeld esquissa un sourire. D'ordinaire, les ours polaires n'étaient pas aussi agressifs, répondit-il. Sinon, les gens au Svalbard auraient été bien plus souvent attaqués. Les ours dangereux étaient surtout ceux d'un ou deux ans qui avaient été séparés de leur mère avant d'avoir appris à chercher eux-mêmes leur nourriture. Les ours polaires étaient des animaux marins. Ils se nourrissaient principalement de phoques, mais pour peu qu'ils aient faim, ils étaient capables de manger n'importe quoi. Les vieux ours ou les ours malades pouvaient aussi se révéler dangereux, mais ces bêtes étaient globalement des animaux relativement pacifiques.

Il était peu probable qu'ils croisent un ours aussi près du pôle Nord, déclara Karsten, mais Knut Fjeld ignora son commentaire et poursuivit. Ils devaient aussi veiller à ne pas se retrouver entre une ourse et ses petits. Le mieux était tout simplement d'éviter d'approcher ces gros mammifères. Nous trouverions un certain nombre de conseils utiles dans la brochure de l'Institut polaire – comme entourer la tente d'un fil de protection ou ce qu'il convenait de faire avec les restes de nourriture, par exemple. Karsten hocha la tête, regarda Mads et sourit. Tous deux brûlaient de photographier les ours qu'ils pourraient rencontrer.

L'agent du gouverneur les regarda tous deux d'un air soucieux. Il ne suffisait pas d'avoir une autorisation de port d'arme. Il fallait aussi qu'ils sachent s'en servir. Il leur faudrait penser à s'entraîner en conditions réelles.

Nous partîmes déjeuner au café du Næringsbygg, où Camilla nous rejoignit. Elle s'était ennuyée à l'auberge et le fait de ne pas avoir pu nous accompagner l'avait mise de mauvaise humeur. Karsten lui résuma ce qui avait été dit. Les discussions l'avaient manifestement galvanisé. L'agent du gouverneur pourrait éventuellement être le quatrième membre de l'expédition, estimait-il. Cela nous épargnerait toute la paperasserie, et ces tonnes de formulaires à remplir. Car nous étions bien conscients, n'est-ce pas, que les locaux bénéficiaient d'un traitement de faveur pour les excursions dans le parc national ? Knut Fjeld pourrait nous aider à résoudre une bonne partie des problèmes épineux – les dépôts de carburant, le démontage du camp de base. Peut-être obtiendrions-nous même une réduction sur les transports en hélicoptère.

Svein n'aimait pas contredire Karsten, mais cette fois-ci il protesta, même s'il le fit à sa manière habituelle, en cherchant ses mots et en balbutiant. Selon lui, Karsten devait s'estimer heureux que Knut Fjeld ne fasse pas partie de l'expédition. À ce qu'il avait entendu dire, ce n'était pas toujours un homme facile. Comme d'habitude, Karsten n'accorda que peu d'attention aux objections de Svein et le traita de haut. Qu'entendait-il exactement par « difficile » ? Il ne voulait pas démordre de son idée.

J'étais tout à fait d'accord avec Svein. Partir avec l'agent Fjeld serait une mauvaise idée. Deux visions du monde risquaient de s'affronter à la première difficulté qui surgirait sur la banquise. De plus, j'étais pratiquement sûre qu'il refuserait. C'était un policier. Longyearbyen lui offrait sans doute déjà son lot d'expériences fortes. Nous avions tous entendu cette histoire d'ours polaire qu'il avait racontée.

Bien sûr, mes remarques agacèrent Karsten. Je ne pouvais pas exprimer le moindre désaccord sans qu'il le prenne mal. De toute façon, dit-il, même si l'expédition avait été mon idée, je n'avais jamais compris ce qui les fascinait, lui et Mads. Ce voyage au pôle Nord n'était pas qu'une simple rando. C'était un défi qu'ils se lançaient, pour lequel ils devraient repousser leurs limites, déployer leur courage. Ce policier-là n'était probablement pas assez combatif pour relever un tel pari. Il passait sans doute la plupart de ses journées à s'ennuyer derrière son bureau. À verbaliser des chauffeurs de motoneige pour conduite illégale et à accueillir les touristes.

Je tentai de faire revenir Karsten sur terre mais cela ne servait à rien. Il continuait à dénigrer Knut Fjeld. Et puis comment aurait-il les moyens de participer avec le salaire de misère d'un policier ? Je me sentais presque offensée pour lui. Puisqu'on parlait d'argent, je rappelai à Karsten qu'il serait peut-être temps de négocier un tarif auprès d'Airlift pour les transferts en hélicoptère.

Karsten avait discrètement essayé de convaincre les compagnies assurant le transport des employés des plateformes pétrolières en mer du Nord de sponsoriser l'expédition. Sans succès. Toutes répondirent sans exception qu'elles seraient heureuses de se charger de nous déposer sur place et de venir nous chercher, mais qu'elles exigeaient pour cela d'être payées. Karsten, par conséquent, ne pouvait que me donner raison : nous devions absolument négocier un accord avec Airlift. Malheureusement, son emploi du temps des jours à venir était trop chargé pour qu'il puisse prendre le moindre rendez-vous. Svein et lui devaient aller au Polar Kennel avec Anne Wiborg et le photographe de *Sport & Fritid*. Mais, promis, il veillerait à rencontrer la compagnie d'hélicoptère avant de quitter le Svalbard.

Mads et Camilla firent leurs bagages et partirent à l'aéroport. Ils rentreraient à Oslo par l'avion de l'après-midi. Je décidai de les accompagner jusqu'à Tromsø. De là, Karsten ayant prévu de rester à Longyearbyen pendant plusieurs jours, je prendrais un billet via Kirkenes pour rendre visite à mes parents. Malheureusement, au moment de payer mon billet à l'aéroport, je découvris que nous n'avions même pas de quoi couvrir cette modeste dépense sur le compte de l'expédition.

Chapitre 14
La débâcle

L'eau dans le chenal était aussi froide que l'eau de mer peut l'être, soit inférieure à – 1 ° C. À l'instant où Knut plongea dedans, il comprit qu'il avait surestimé le degré de protection que pouvait lui assurer sa combinaison de survie. Le froid l'étreignit d'une poigne assassine, tandis que des gouttes glaçantes s'infiltraient au niveau de ses poignets et de son cou. Il avait le souffle presque coupé et ne respirait plus que par petits hoquets convulsifs. L'adrénaline le sauva. Il n'était pas question de nager sur les deux ou trois mètres le séparant de l'autre moitié du floe. Il pataugea dans la gadoue jusqu'à l'endroit où Karsten et Terje tendaient les mains pour l'attraper. Le temps semblait s'être arrêté.

Ils le hissèrent sur la glace. Il resta couché, haletant, pris de tremblements incontrôlables. Il tenta de parler, agita les bras, se redressa à quatre pattes, mais heureusement, les deux autres comprirent ce qu'il essayait en vain de dire. Terje détacha la corde improvisée que Knut avait nouée autour de sa taille et s'arc-bouta contre une crête de compression, puis il se mit à tirer avec précaution mais constance. De l'autre côté du chenal, Mads l'imita.

« Attention, réussit à articuler Knut. La corde n'est pas très solide. »

Aussi incroyable que cela puisse paraître, cela fonctionnait. Il ne restait plus grand-chose du floe sur lequel se tenait Mads et le bloc de glace commença lentement à bouger, centimètre par centimètre, bien qu'il doive bien peser plus d'une tonne. Au bout de quelques longues minutes, Terje put enjamber l'espace le séparant de Mads et il y eut ainsi deux hommes de part et d'autre du chenal à tirer sur la fragile corde de fortune.

Pour finir, la distance fut si réduite que les floes se touchaient presque. Mads aurait pu sauter par-dessus l'eau, mais il tenait absolument à sauver la tente tunnel et le matériel. Ils entreprirent donc de tout remorquer et terminèrent avec des vêtements imbibés d'eau de mer. Knut transpirait dans sa combinaison en caoutchouc étanche. Il était urgent de s'éloigner du petit floe qui n'allait pas tarder à être écrasé par l'iceberg, mais ils devaient d'abord se changer. Karsten insista aussi pour qu'ils prennent le temps de réorganiser le chargement sur la pulka et de se débarrasser du matériel qu'ils n'auraient selon lui ni la force ni le temps de tracter.

Ils s'activaient comme ils pouvaient dans des conditions cauchemardesques. Le temps ne s'était pas amélioré, bien au contraire. Ils parvenaient à peine à rester debout et devaient se déplacer dos au vent. Knut croisa le regard de Terje quand ils se prêtèrent main forte pour arrimer le chargement au traîneau. Il était sans conteste le plus costaud d'entre eux. Ce qui n'était pas flagrant au premier abord. Il paraissait presque maigrichon à côté d'un Mads costaud et trapu et de l'athlétique Karsten. Mais quand ils passèrent les harnais et commencèrent à tirer, là ce fut autre chose. Il y avait une force brute dans ses épaules et ses bras.

Les traits étaient attachés en éventail à la pulka, en un point central renforcé. Mads demeurait au milieu, tandis que Terje et Knut alternaient entre le côté droit et gauche. Les cordes entre eux et le traîneau mesuraient de trois à quatre mètres. Il n'en fallait pas moins pour éviter qu'ils ne prennent le chargement dans les jambes à chaque fois qu'ils dévalaient une crête de compression. Il arrivait souvent que la pulka reste coincée. L'un d'entre eux devait alors revenir sur ses pas et la soulever pour la faire passer au-dessus de l'obstacle. Karsten avançait en tête pour choisir un itinéraire correct, sans un regard ou presque pour ses camarades derrière lui. Rien ne semblait pouvoir l'arrêter. Il escaladait les crêtes de compression comme un forcené, obligeant les autres à le suivre au même rythme.

Après s'être échinés sur la glace pendant une heure, le danger paraissait désormais suffisamment loin derrière eux pour que Knut lève la tête et regarde les autres. Terje avançait, dos voûté, en plantant mécaniquement ses pieds dans la glace, comme des pilons. Mads, en revanche, trébuchait sans arrêt et gênait presque plus qu'il n'aidait. Il boitait fortement et donnait l'impression d'avoir le plus grand mal à garder ne serait-ce que l'équilibre, jusqu'à ce qu'il s'effondre et reste couché sur la glace, immobile. Terje, qui marchait devant lui, ne s'en rendit compte qu'au bout d'un moment. Knut fut par conséquent le premier sur place. Mads était allongé sur le dos, le regard fixe. Un instant, Knut crut qu'il était mort, mais Mads éclata de rire quand il se pencha sur lui. Un rire malsain, songea Knut inquiet.

« Tu as vu les étoiles ? demanda-t-il. On a vraiment l'impression qu'elles se moquent de nous. On doit avoir l'air rudement petits sur la banquise. » Knut s'agenouilla et vérifia sa respiration, puis son pouls. Il posa sa main sur son front. Il était bouillant.

« Que se passe-t-il ? » Terje se tenait derrière lui.

« Il faut le mettre sous la tente. Il a de la fièvre. Va voir Karsten. La distance parcourue doit être suffisante maintenant. On n'a pas croisé le moindre chenal depuis une heure. »

Ils s'arrêtèrent là où Mads s'était effondré. L'endroit n'était pas pire qu'un autre. La glace y était relativement plate et lisse. Ils choisirent d'installer la tente entre deux crêtes de compression. Ils devraient se contenter de la pyramidale. En se serrant bien, ils pourraient y loger à quatre. Épuisés comme ils l'étaient, ils avaient du mal à trouver les objets de première nécessité. Après avoir tâtonné en vain un moment, ils réussirent à mettre la main sur les sacs de couchage et les tapis de sol, et surtout sur la caisse du réchaud et quelques provisions. Le matériel n'était pas correctement rangé, fit remarquer Terje, agacé. Et pour cause, les caisses avaient simplement été entassées en pagaille sur la pulka.

Mads rampa en premier dans le tunnel de l'entrée, suivi de près par Karsten. Knut hésita légèrement, mais Terje, occupé à ranger le matériel, ne semblait pas avoir besoin d'aide. Quand Knut entra à quatre pattes dans la tente, Karsten et Mads, penchés l'un vers l'autre, discutaient à voix basse. Ils s'interrompirent en apercevant Knut, mais pas assez vite pour qu'il n'entende la fin de la phrase de Karsten : « ... qu'il reste ici, avec ses provisions et la tente tunnel. Nous trois on part au pôle Nord, s'il croit que je... »

C'était incroyable l'effet que pouvait avoir un réchaud allumé dans une tente. Terje, Mads et Knut étaient tous les trois assis sur leur sac de couchage, exténués, tandis que Karsten avait les yeux rivés sur le GPS. Ils attendaient en silence qu'il ait terminé.

« On s'en tire beaucoup mieux que je ne le pensais, finit-il par déclarer. Dix-sept kilomètres en direction du nord. Ce n'est pas loin de la distance parcourue en une journée normale, ça. Et toi, Mads, qui avais mal au pied. Bien joué. Tu t'es cogné ou quoi ? »

Knut avait sa petite idée et l'heure n'était plus à la politesse. « Tu peux enlever tes chaussures pour que je jette un coup d'œil à tes pieds, s'il te plaît ? demanda-t-il.

– Parce que t'es docteur maintenant ? » rétorqua Karsten d'un ton acide.

Mads tendit sa jambe vers le réchaud, le visage pâle sous son bonnet. C'était une pâleur maladive, tirant sur le gris. Sa peau luisait, comme s'il transpirait. Les autres devaient quand même bien voir que ses chaussures étaient mouillées ? Et son pantalon aussi, bien qu'il se soit changé avant qu'ils partent à l'assaut de la banquise en pleine nuit. Probablement à cause de ses nombreuses chutes. La banquise était jonchée de petits trous remplis d'eau de mer, même par grand froid.

Knut était tenté de se laisser retomber en arrière et de fermer les yeux. Avec la chaleur venait aussi la fatigue. Au fond, c'était le problème de l'expédition, songea-t-il, tout en sachant qu'il devait insister. « Mads, il faut que tu enlèves tes chaussures. » Il parlait avec une assurance qu'il était loin de ressentir. « Je veux voir tes pieds. »

Terje – qui avait retrouvé sa place habituelle, au fond de la tente, derrière Karsten qui trônait, comme toujours, à côté du réchaud – se pencha en avant. « Vous deux qui vous intéressez tant à Peary… vous ne vous souvenez pas de ce qui lui est arrivé lors de sa troisième expédition au Groenland, celle où, pour la première fois, il s'était fixé comme objectif d'atteindre le pôle Nord ? »

Knut avait espéré trouver un allié en Terje, peut-être parce qu'ils étaient plus jeunes que les deux autres. Il avait espéré qu'il le soutiendrait en exigeant lui aussi que Mads enlève ses chaussures. Mais non, Terje préférait leur raconter des histoires relatives aux expéditions polaires du début du siècle ! Karsten, lui, semblait satisfait. Il sortit la pipe de la poche de son anorak, la nettoya, la remplit de tabac neuf et l'alluma. Puis il rejeta la fumée et se pencha en arrière. Le petit moment de réconfort, le rituel du soir. Non, mais c'est vrai ça, tout était normal, qu'est-ce qu'il venait nous embêter avec le pied de Mads ?

« Mais si, rappelez-vous, c'est le voyage qu'il a fait avec Henson et le médecin allemand, ajouta Terje. Le 24 décembre 1898, par –40° C, dans la nuit noire, après être arrivés dans la vieille baraque en rondins de Fort Conger, ils ont allumé les deux poêles. Peary s'est alors plaint d'avoir perdu toute sensation dans le pied droit. Avec son couteau, Henson a donc découpé les bottes en peau de phoque de son patron et les jambes de son pantalon. Les chaussons en peau de lapin étaient collés à ses pieds par le gel. Quand ils ont tiré dessus, plusieurs orteils de Peary ont suivi, en tout cas la troisième phalange. Ses jambes étaient blanches et dures, gelées jusqu'aux genoux... »

« Merci pour cette histoire, Terje, l'interrompit froidement Karsten. Grâce à toi, Mads est maintenant terrorisé. »

Aucun d'entre eux ne prononça le moindre mot pendant un moment. Tous étaient plongés dans leurs pensées, sensibles aux sifflements du réchaud et au bruit de la toile de tente qui, sous l'effet du vent, venait cogner contre les mâts.

« Vous savez quoi ? » finit par dire Mads sans les regarder. Il parlait si doucement que sa voix tenait plus du chuchotement. « Je n'ai jamais entendu parler de cette histoire auparavant. Et toi, Karsten ? Il n'y a rien à ce sujet dans les propres récits de Peary. Ni dans ses livres ni dans ses journaux de bord. Et je peux vous le garantir, vu que je les ai lus plusieurs fois. Tu sors ça d'où, Terje ? »

Terje sourit. « Qu'est-ce que tu crois ? Que je l'ai inventée ? Eh bien non ! Tu n'as qu'à lire le livre de Wally Herbert. C'est dedans. La scène était décrite dans le journal de bord de Henson. » Il se pencha en avant. « Pourrais-je avoir un peu de café, s'il vous plaît ? J'ai la bouche sèche à force de parler. »

Karsten secoua la tête. Pourquoi Terje avait-il raconté cette anecdote affreuse ? Si c'était pour choquer Mads, c'était cruel. Ce dernier était quand même assez grand pour savoir s'il souffrait ou non de gelures aux pieds.

Mads abdiqua. Sans autre protestation, il enleva ses bottes avec précaution. Il était manifeste à ses grimaces que ce geste était douloureux. Les épaisses chaussettes de laine étaient tachées de noir aux orteils.

« Attends ! » s'exclama Knut quand Mads fit le signe de les enlever. L'histoire de Peary l'avait secoué. « On n'est jamais trop prudent. »

Sans rien demander à Karsten, il retira la marmite d'eau bouillante du réchaud et la posa sur la caisse contenant les vivres.

Il jeta dedans quelques poignées de neige afin de la refroidir un peu. La température au sol ne devait guère dépasser les quelques degrés. Il sortit un cache-col en laine de la poche de son pantalon et le plongea dans l'eau chaude, avant de l'enrouler délicatement autour des pieds de Mads pour assouplir les chaussettes. Une expression béate ne tarda pas apparaître sur le visage de ce dernier.

« C'est divin, dit-il. J'aurais dû t'écouter avant, Knut. »

Mais ce moment de béatitude ne dura pas. Quand Knut, au bout de quelques minutes, réussit à lui enlever ses chaussettes sans qu'il gémisse trop, une odeur douceâtre et fétide à vous soulever le cœur se répandit sous la tente. Une odeur qui remontait à la nuit des temps et reconnaissable entre toutes : celle de la chair putréfiée.

Chapitre 15
La gangrène

« Tu as des gelures au pied, déclara Knut en croisant le regard de Mads. Et celles-ci se sont infectées.

– Gangrenées, tu veux dire ? Ça ne peut quand même pas être aussi grave. Je ne sens rien, répondit Mads, les yeux écarquillés.

– C'est parce que les tissus sont morts. Il n'y a plus d'irrigation sanguine. L'infection risque de se transformer en septicémie, il va falloir qu'on fasse quelque chose. »

Knut choisissait volontairement des mots neutres, mais il aurait souhaité être seul avec Mads, car les expressions peintes sur le visage de Karsten et Terje donnaient une version plus affreuse encore de la réalité. Le petit orteil et les deux doigts de pied voisins étaient recouverts d'une sorte de peau desséchée noire, comme celle que l'on pourrait s'imaginer trouver sur une momie. Par endroits, les orteils étaient humides et quand Knut pressa ce qu'il restait des ongles, une substance visqueuse oscillant entre le vert et le jaune s'en échappa. L'odeur était épouvantable, mais il serra les dents et essaya de n'en rien laisser paraître. Il allait leur falloir prendre des décisions difficiles, et rapidement.

« Comment est-ce arrivé ? » Mads avait le visage livide. Assis adossé à son sac de couchage, il ne regardait pas son pied, mais fixait Knut d'un air suppliant. « Je croyais que c'étaient des ampoules. Je n'ai vraiment pas pensé à regarder de plus près. Tu sais comme moi qu'avec les deux derniers jours qu'on vient de passer, on avait autre chose en tête. »

Il plaisantait ? Quoique... en réfléchissant bien, Knut dut reconnaître qu'ils n'avaient guère eu l'occasion de se laver depuis qu'il les avait rejoints.

« Tu as probablement attrapé des gelures sans t'en rendre compte. L'irrigation sanguine s'est arrêtée, et alors les douleurs sont apparues.

– Mais aussi rapidement ? Jusqu'à hier, je ne sentais absolument rien.

– La gangrène peut se propager en l'espace de quelques heures. » Knut redoutait de lui annoncer ce qui l'attendait. Il ne voyait aucune autre solution que de l'opérer. Il essayait de continuer à entretenir la conversation afin d'éviter que Mads ne cède à la panique. « Moi aussi j'ai eu des gelures aux pieds. On a dû m'amputer la troisième phalange à deux orteils. » Ce qu'il ne disait pas, c'est que l'opération s'était déroulée à l'hôpital de Longyearbyen sous anesthésie générale et dans un environnement stérile.

Mads semblait à deux doigts de s'évanouir. Il posa la tête sur son sac de couchage et ferma les yeux. Knut profita de cette apparente apathie pour sortir son couteau de poche multifonction et couper la jambe du pantalon avec les petits ciseaux de piètre qualité. La peau autour de la cheville et sur la jambe était rouge, mais parsemée de taches gris-bleu. Le moment était malvenu de pousser un coup de gueule, mais il avait bien envie d'expliquer aux trois membres de l'expédition combien ce qu'ils prenaient pour de l'héroïsme était en réalité un comportement dangereux. La plupart des gens vivant au Svalbard avaient assez de bon sens pour éviter les gelures aux pieds et aux mains. Quand on est dehors dans le froid, on prévient quand on est glacé, il n'y a pas pire idiotie que de se taire. Il arrivait que des accidents se produisent, bien sûr. C'était même loin d'être exceptionnel. Une motoneige qui se renverse, une chute au fond d'une crevasse sur un glacier. Knut en avait lui-même fait l'expérience.

« Karsten, peux-tu prendre la marmite et aller la remplir de neige, s'il te plaît ? Nous avons besoin d'eau bouillante. Et de la trousse à pharmacie. Il faut absolument donner des antalgiques et une bonne dose d'antibiotiques à Mads. »

Aucun de ses compagnons de route ne broncha. Knut sourit à Mads d'un air qu'il espérait rassurant. Il glissa à reculons vers le fond de la tente et accrocha le regard de Karsten. « Il se peut qu'on soit obligé de demander conseil à Tore Dahl à l'hôpital pour savoir quoi faire, jusqu'où je dois couper par exemple. Ou si je dois garder de la peau pour la replier sur les extrémités et recoudre le tout ou si la plaie doit rester à l'air libre. Vous avez bien un kit de réparation avec des aiguilles et du fil ? Tu peux sortir le téléphone Iridium, s'il te plaît ? »

L'étui noir et étanche du téléphone satellite demeurait introuvable sous la tente. Dès le départ, Terje avait affirmé que celui-ci était, a priori, rangé dans une des caisses à l'extérieur, mais Karsten avait insisté pour inspecter minutieusement tout ce qu'ils avaient rentré à l'abri. Pourtant impossible de mettre la main sur le téléphone. Ils n'avaient d'autre choix que d'enfiler des vêtements chauds et d'aller fouiller dans les caisses et les sacs restés sur la pulka.

Mads ne semblait pas conscient de ce qui se passait autour de lui. Peut-être valait-il mieux. Il se rendrait compte bien assez tôt de ce qu'il aurait à endurer au cours des heures suivantes. Pour le moment, il avait l'esprit confus à cause de la fièvre et de la douleur et paraissait obnubilé par l'infection et son origine.

« OK, j'ai attrapé une gelure, dit-il. Mais d'où vient l'infection ? Je n'ai pas buté dans quoi que ce soit, je ne me suis pas blessé. Et qu'est-ce qui empeste comme ça ? J'arrive à peine à respirer. Faut que je prenne l'air. »

Sur ce, il se redressa et tenta de ramper vers la sortie, mais Knut le repoussa. Il n'avait pas le cœur à lui expliquer la gravité de la situation.

Karsten et Terje rampèrent à l'intérieur de la tente. Ils prirent le temps de s'asseoir et d'étendre leurs jambes dangereusement près du réchaud, avant de finir par avouer qu'ils n'avaient pas trouvé le téléphone.

« Il était dans la tente tunnel. C'est vous qui en aviez la responsabilité, dit Karsten. Quand l'avez-vous vu pour la dernière fois, Knut ? »

Il avait raison, le téléphone Iridium dépendait d'eux. Il aurait dû être rangé dans la caisse du réchaud dont ils se servaient tous les soirs. Knut se rappelait l'avoir aperçu à deux reprises ; à chaque fois il était posé sur le sac de couchage de Mads, au pied de celui-ci. Or, demander à ce dernier semblait inutile : il avait fermé les yeux et ne participait pas à la conversation.

« Et la radio ? Vous l'avez trouvée ? »

Ils secouèrent la tête. Le visage épuisé et soucieux. Ni l'un ni l'autre ne s'était découvert depuis leur retour sous la tente. Le dos voûté, ils étaient assis sur les duvets, les mains appuyées sur les genoux. Terje portait une casquette de toile fourrée avec des rabats sur les oreilles et Karsten un énorme bonnet en laine autrefois vert. Si quelqu'un avait pris une photo d'eux en noir et blanc à cet instant-là, personne n'aurait songé qu'il s'agissait d'une expédition moderne se déroulant au début du XXIe siècle, constata brusquement Knut. Les rides profondes aux coins des lèvres, la barbe, la gravité qui se lisait dans leurs yeux : peut-être ne savaient-ils pas vraiment en quoi consistait une gangrène, mais ils n'en avaient pas moins compris qu'elle pouvait se révéler mortelle.

Knut sentit une vague de colère monter en lui et déferler dans son corps. Comment avaient-ils pu laisser et la radio et le téléphone satellite au camp précédent ? Non, mais ce n'est pas vrai, il avait affaire à une bande de guignols ! Oups, il avait manifestement dit tout haut ce qu'il pensait tout bas, car Karsten lui répondit en rougissant. « J'ai fait un choix, et c'est de ma faute si on a laissé la radio là-bas. Si tu avais soulevé cette caisse, tu aurais compris pourquoi. Elle pesait au moins trente kilos. Je ne pouvais pas non plus m'imaginer que vous égareriez le téléphone Iridium ! »

Mads, les paupières toujours closes, appuya sa tête contre la toile de la tente. Knut retint sa respiration et se pencha vers lui ; il se força à examiner de plus près son pied en piteux état.

« Quelques conseils d'un médecin n'auraient pas été de trop, c'est le moins qu'on puisse dire. Dans l'absolu, il faudrait retourner chercher le téléphone, sauf que cela nous prendrait des heures. Or, sincèrement, je doute que nous en ayons le temps si nous voulons sauver le pied de Mads. Une septicémie est capable de se propager à une vitesse effroyable, comme vous pouvez vous-même le constater. Nous allons devoir faire de notre mieux avec le matériel dont nous disposons. »

Terje leva les yeux et croisa le regard de Knut. « J'ai peut-être une description susceptible de t'aider, dit-il en hésitant. C'est une vieille histoire que mon grand-père m'a racontée. »

Karsten haussa les épaules. « Pour ma part, je ne vois pas comment je pourrais vous être utile : ce sont Svein et Mads qui ont suivi la formation aux premiers secours à l'hôpital d'Asker, et je doute qu'on leur ait appris à amputer des orteils. Et quand bien même, je nous imagine mal demander conseil à Mads. Ce serait vraiment trop cruel.

– Mon grand-père avait un ami trappeur qui a hiverné à plusieurs reprises dans le sud du Svalbard, poursuivit Terje sans prêter la moindre attention au commentaire de Karsten. Ce dernier a dû amputer un de ses doigts qui était gangrené. Ses camarades n'ayant pas le courage de lui prêter main forte, il a dû se débrouiller tout seul. L'opération est pas mal détaillée dans un des journaux de bord de mon grand-père. Je les ai tous lus dans mon enfance. Je ne sais pas combien d'heures j'ai passées à essayer de déchiffrer son écriture torturée et ses notes pas très lisibles prises au crayon à papier.

– Vous ne pourriez pas discuter de tout ça dehors ? demanda Karsten, avec un regard noir. Moi je reste ici et je m'occupe d'administrer des calmants à Mads et de lui donner à boire. Heureusement pour lui que la trousse de secours, elle au moins, on ne l'a pas oubliée. »

Knut avait bien envie de lui dire ce qu'il pensait de son ton offusqué, mais il se contenta de lui délivrer un conseil. « Ne lui en donne pas trop. De plus, il lui faut absolument des antibiotiques. Je propose de doubler la dose indiquée sur la boîte. »

Terje était appuyé aux caisses sur le traîneau quand Knut sortit à quatre pattes de la tente. Le vent avait baissé et le temps s'était éclairci, mais encore refroidi. Le ciel était un abîme de bleu et les étoiles le long de la voie lactée formaient comme une procession de petites bougies. À l'est, une bande violette rougeoyante annonçait l'aurore. Juste au-dessus de l'horizon, la lune flottait, telle une bulle de verre ; la lampe de l'explorateur par nuit noire, le miroir de l'océan glacial Arctique.

« Calme-toi, mon bonhomme. » Une fois encore, Knut devait avoir parlé tout haut sans s'en rendre compte, car Terje émit un petit rire.

« Que c'est poétique ! Certains d'entre nous font cela pour l'expédition elle-même, tu sais. L'esprit de camaraderie, l'épreuve physique, les ragoûts chauds le soir sous la tente.

– La célébrité, les interviews télé, les dédicaces et les revenus rapportés par les conférences. » Knut lui retourna son sourire.

« Oui, tu as tout compris. Personnellement, je n'ai pas investi beaucoup d'argent dans cette expédition. Mon père tenait absolument à payer. À ses yeux, je ne suis qu'une mauviette qui ne trouve même pas drôle d'aller tuer à coups de gourdin des phoques en mer du Groenland. Alors que l'on pourrait presque dire que cela fait partie des traditions familiales de se rendre là-bas avant la vingtaine. Mais moi j'ai préféré partir étudier la musique à Trondheim. T'imagines un peu la déception ! Les pères, tu sais.

– “Mauviette” n'est pas vraiment le mot que j'aurais employé pour parler de toi, répliqua Knut.

– Bon, tu veux que je te la raconte cette petite histoire de gangrène ? »

Knut hocha la tête.

« Mon grand-père avait un ami d'enfance du nom de Kvive Andersen. Ils étaient ensemble à l'école primaire à Tromsø et, par la suite, ils sont toujours restés en contact. L'un et l'autre étaient des passionnés absolus de l'océan Arctique. En 1936, à seize ans tout juste, mon grand-père a acheté son premier navire phoquier : un vieux rafiot datant du siècle précédent. Ce bateau à vapeur marchait encore au charbon. Puis peu à peu, sa flotte s'est agrandie, jusqu'à ce qu'il commande un navire spécialement conçu pour l'Arctique. Quand mon père lui a succédé dans les années 1950, la compagnie de navigation Kræmer & Sønn était importante et prospère. Mais tu sais ce qu'on dit : une entreprise familiale n'est jamais aussi forte qu'à la génération suivante. Tu imagines un peu la déception que je leur ai causée ! Mon souhait de devenir musicien a été mieux pris par mon grand-père que par mon père.

– Tu joues de quel instrument ? » demanda Knut. Il allait et venait sur la banquise, nerveux ; il voyait le temps filer.

« À la base, je suis bassiste. Mais en ce moment, j'enseigne la musique dans un collège. »

La tente pyramidale ne se trouvait qu'à quelques mètres d'eux. Des voix s'entretenant avec animation leur parvenaient de l'intérieur. Knut aurait été curieux de savoir ce qui se disait, mais il resta avec Terje.

« Et c'était quoi alors cette histoire de gangrène ?

– Ah oui, donc, Kvive. Il bossait pour Johan Hagerup, un commerçant de Tromsø. Pendant de nombreuses années, chaque automne, il partait dans le Nord en tant que chef d'expédition pour chasser l'ours. À l'époque, ils faisaient ça avec un système de piège où le fusil se déclenchait automatiquement. Je ne sais pas si tu vois de quoi je parle. »

Knut hocha la tête. Bien sûr qu'il voyait de quoi il parlait ! Il y avait un de ces pièges exposés à Ny-Ålesund, devant le petit musée. Il s'agissait en réalité d'une simple caisse en bois, longue et étroite, posée sur quatre pieds. Le fusil installé dans la trappe arrière était relié à un appât et à un déclencheur. De nombreuses histoires circulaient sur des personnes mortes en manipulant ces deux derniers.

« Eh bien, notre fameux Kvive a réussi l'exploit de déclencher son propre piège non pas une, mais deux fois ! Je ne te raconterai pas la première, ce serait trop long. La seconde fois, cela s'est produit au début de l'année 1920, devant la cabane où ils hivernaient au Sørkapp, tout au sud du Svalbard. Kvive était là-bas avec deux autres chasseurs expérimentés. Par un jour d'hiver glacial, tous les trois sont sortis vérifier que tout allait bien avec les pièges installés ici et là. L'un d'entre eux étant rempli de neige, Kvive a introduit la main dans la caisse pour la nettoyer, et là, boum ! ça a explosé. Son auriculaire a été réduit en lambeaux.

La situation n'était pas aussi grave que lors de son accident précédant, l'année d'avant, où il s'était tiré une balle dans la cuisse alors qu'il était seul, loin de ses camarades et de la cabane où ils hivernaient, à Hornsund. Cette fois-là, il avait bien failli y passer. Tandis que dans le cas présent, il s'agissait juste de sauver son auriculaire qui pissait le sang. Kvive a bandé son doigt avec son foulard, en le serrant fortement. La cabane où ils vivaient n'était pas très loin, mais, étonnamment, ses camarades ont refusé de l'aider.

Kvive a donc dû se recoudre le doigt tout seul. Il a dénoué le foulard et désinfecté la plaie à l'eau bouillante, tâche pour laquelle ses copains ont quand même accepté de lui prêter main forte en allumant le poêle et en posant dessus une marmite pleine de neige. Dans la plaie, Kvive a découvert des fragments d'os qu'il a remis en place comme il a pu. Son auriculaire saignait toujours méchamment, mais en serrant bien le bandage autour de son doigt, il a réussi à endiguer le flot de sang.

Puis, dans les trois jours qui ont suivi, toute sa main a commencé à lui faire bigrement mal, écrit Kvive dans son journal. Jusqu'à ce qu'il craque et qu'il enlève le bandage : son auriculaire était devenu tout noir. Kvive a compris que la plaie s'était gangrenée. Par contre, il ignorait jusqu'où dans la main l'infection s'était propagée.

Il s'agissait d'agir vite et bien. Devait-il amputer sa main entière pour ne pas prendre de risque ? Mais bon, c'était sa main droite quand même, or Kvive avait une bonne femme et des gosses à nourrir. De quoi vivrait sa famille s'il devenait infirme ? Un manchot aurait toutes les peines du monde à trouver du travail. Kvive finit par décider qu'il ne couperait que son petit doigt. Cette fois-ci, il fit bouillir le couteau, les ciseaux et la scie dans la marmite. Il n'y avait bien sûr aucun anesthésiant dans la cabane, mais il se débrouillerait sans.

De nouveau, ses deux camarades l'ont supplié de leur épargner un tel spectacle. Kvive allait donc devoir s'atteler à l'opération seul. Il a commencé par couper la peau et la chair au-dessus de la deuxième phalange. Puis il a repoussé ce qu'il en restait vers la main, avant de scier l'os de son auriculaire. Il écrit dans son journal que cette tâche n'était pas aussi aisée qu'on pourrait le penser. Il a terminé en suturant la chair et la peau au-dessus du bout d'os avec du fil à coudre noir. »

Knut soupira. « Ce que tu es en train de me dire, c'est que l'opération va être difficile ? Je n'ai jamais cru le contraire.

– Non, ce n'est pas ça. » Terje donnait des coups de pied dans une petite crête de compression devant lui.

« Tu penses qu'il faut amputer Mads jusqu'à la cheville ? Sincèrement, ça, je doute que j'en sois capable. Il y a de fortes chances qu'il faille suturer de nombreuses veines à ce niveau-là et il est hors de question que je me lance dans une opération de ce genre.

– Il se peut que nous n'ayons pas le choix. Comme tu l'as dit toi-même : une septicémie se propage vite et il avait déjà des taches grises sur le pied.

– C'est pourquoi il est primordial de retrouver le téléphone satellite. Il faut évacuer Mads au plus vite.

– Mais tu as dit toi-même que…

– Cela prendrait au minimum vingt-quatre heures avant qu'ils puissent venir nous chercher. Mais disposons-nous d'autant de temps ? » La question de Knut était plutôt d'ordre rhétorique, mais Terje ne s'en rendit pas compte.

« Ne me demande pas. Je n'ai jamais vu de gangrène de ma vie. » Il avait l'air d'en avoir honte, comme si c'était un défaut. « Je n'en sais que ce que j'ai lu dans le journal de bord de Kvive. »

Knut geignit tout haut. « Je ne peux pas vraiment dire que cette perspective me réjouisse. On a une petite scie ? »

Terje secoua la tête.

« Un couteau vraiment tranchant ? De grands ciseaux ?

– Mouais, mais j'ai autre chose que tu pourrais peut-être utiliser à la place. Un de ces outils de poche avec des couteaux pliables et différents trucs. Il y a notamment une pince universelle. Assez grande, mais sera-t-elle assez coupante ? »

Les deux hommes se regardèrent, ils n'avaient aucun besoin de dire à voix haute qu'ils redoutaient profondément ce qui les attendait. Puis tous deux remarquèrent que plus aucun bruit ne leur parvenait de l'intérieur. La première chose que Knut vit en entrant sous la tente fut Mads. Il avait enlevé son bonnet. Ses cheveux étaient humides et emmêlés, la sueur luisait sur son front. Son visage livide était parsemé de taches rouge vif. Il tourna vers Knut de grands yeux suppliants.

L'odeur sous la tente était indescriptible. Knut devait serrer les dents pour ne pas vomir. Il se détourna et croisa le regard de Terje qui arrivait derrière lui.

« Tu voudras bien m'aider ? »

Terje hocha la tête.

Chapitre 16
Le quatrième

Karsten revint du Svalbard en ayant signé un contrat avec Airlift, qui, au total, s'élevait à plus de huit millions de couronnes. Autant que je sache, nous n'avions aucun nouveau sponsor en vue, ni aucune entrée d'argent prévue. Après avoir réglé la facture de l'auberge de Nybyen, le compte de l'expédition était à découvert de trois mille couronnes. Je m'assis à la table de la cuisine et fondis en larmes. Aucun des arguments de Karsten ne parvint à me calmer. Je ne me laissai pas convaincre, pour une fois. C'est à ce moment-là que j'aurais dû me lever et déclarer que je n'en pouvais plus, que je les quittais, lui et l'expédition.

Les autres ne réagirent pas comme moi. Camilla et Mads répétèrent ce que Karsten avait dit, qu'il était impossible de trouver des sponsors tant que la question logistique ne serait pas réglée, tant que l'expédition n'aurait rien de tangible à proposer. Nous devions être en mesure de prouver que nous avions trouvé un moyen de rejoindre le point de départ de l'expédition, que nous avions des chiens et tout le matériel nécessaire, ainsi qu'une solution concrète pour revenir du pôle Nord. Svein s'occupait des chiens et des pulkas, l'équipement de chacun et les vivres nous avaient été promis par plusieurs sponsors. Le transport en hélicoptère était le dernier élément manquant pour que tout puisse se mettre en place. Sans contrat avec Airlift, nous ne pouvions pas déposer les demandes d'autorisation auprès du gouverneur, or celles-ci étaient indispensables. Je ne comprenais pas que signer ce contrat était essentiel ?

Ce à quoi je répondis que je ne comprenais pas qu'on puisse signer un contrat de huit millions de couronnes alors que nous ne les avions pas. La compagnie d'hélicoptère s'était-elle réellement contentée d'une simple signature, sans même exiger un acompte ou une garantie bancaire ?

Karsten regarda autour de lui, un peu gêné. Lui et Airlift étaient convenus que nous verserions un acompte correspondant au quart de la somme totale. Nous devrions virer cette somme trois mois maximum avant le départ. Mais maintenant que l'aspect logistique était réglé, nous étions presque assurés de trouver d'autres sponsors. Et si l'un d'entre eux appelait Airlift pour vérifier, la compagnie confirmerait qu'un contrat avait bien été signé entre eux et nous. Avec ça, les autorisations du gouverneur étaient pratiquement dans la poche.

Mads se pencha en avant, en tentant de saisir mon regard. C'était ça le courage, affirma-t-il. C'était dans ces moments que Karsten montrait de quel bois il était fait. C'est pourquoi il avait été choisi comme chef de l'expédition. Lui-même n'aurait jamais eu l'audace d'agir ainsi, il aurait réagi comme moi et n'aurait pas osé franchir le pas. « Sache que je fais entièrement confiance à Karsten », déclara-t-il. Jusqu'ici, ce dernier était venu à bout de toutes les difficultés. Et il était persuadé que cette fois-ci encore, ce serait le cas.

J'étais effarée. Je repensais à d'autres décisions que nous avions prises depuis le début.

Vint l'été, puis l'automne. Le temps à Oslo persistait à demeurer gris. Svein était parti entraîner les chiens dans le parc national du Femundsmarka, tandis que Mads et Karsten couraient sur les sentiers de l'Østmarka, en périphérie d'Oslo. Bien avant la date butoir pour le paiement du premier acompte, nous reçûmes un courrier d'Airlift. Ils nous envoyaient ci-joint le descriptif indiquant comment ils souhaitaient que le matériel soit rangé, ainsi que les consignes de sécurité à respecter et la liste des produits interdits. Les dépôts de carburant étaient en place à Vesle Tavleøy. Ils nous rappelaient aussi poliment la date limite pour le paiement des arrhes.

Septembre passa, sans qu'aucun nouveau sponsor ne se manifeste. Octobre et novembre apportèrent le froid et les premières chutes de neige. Le ton des courriers en provenance du Svalbard devenait de plus en plus sec. Karsten n'avait réussi à trouver personne acceptant d'injecter de l'argent liquide dans l'expédition. Cela ne suffisait pas que les fournisseurs et autres sponsors contribuent avec des billets d'avion, du matériel électronique et des appareils photo. D'une certaine manière, leur enthousiasme et leurs attentes rendaient la situation encore plus difficile. Avec toute la publicité qu'ils nous faisaient, il y avait maintenant des photos de l'expédition dans plein d'annonces et de brochures. Tout le monde – et notamment nos familles – s'attendait par conséquent à ce que toute notre entreprise soit bien préparée et solide. Karsten arborait en permanence un petit sourire figé, comme sur une affiche publicitaire, il s'attirait tous les éloges et l'admiration. Mais ses yeux le trahissaient. Il avait peur.

Au dernier moment, juste avant que Karsten ne doive mettre cartes sur table et avouer à Airlift qu'il n'avait pas l'argent, il reçut une lettre d'un certain Terje Kræmer de Tromsø. Ce dernier avait lu un reportage sur l'expédition dans un magazine et il se portait candidat comme éventuel participant. Karsten se leva de la table du petit déjeuner et commença à faire les cent pas en s'arrachant les cheveux d'enthousiasme. Ce Kræmer proposait de payer sa part des dépenses, s'exclama-t-il. Mon Dieu, c'était un pur miracle !

Était-il réellement si facile de devenir membre d'une expédition censée rallier le pôle Nord à ski ? protestai-je mollement. Je n'avais pratiquement plus la volonté ni l'énergie de me battre pour défendre mes opinions. La nuit, je dormais d'un mauvais sommeil, j'avais mal au ventre en permanence. Chaque matin, je comptais le nombre de jours restants, non pas jusqu'au départ, mais jusqu'au moment où, dans le meilleur des cas, l'expédition atteindrait le pôle Nord. Alors seulement, je recommencerais à vivre.

Karsten ne comprenait pas à quel point les soucis financiers me minaient. C'était comme s'il se protégeait en affichant une belle assurance qui aveuglait aussi bien Camilla que Mads. Et voilà que, tout à coup, les événements lui donnaient raison, à la dernière minute, juste avant que le scandale n'éclate, l'expédition avait enfin trouvé un financeur qui semblait prêt à injecter de l'argent dans le projet. Ce retournement de situation me déstabilisa plus encore. Était-ce moi le problème ? Étais-je la seule à ne pas faire confiance à Karsten ? Qui était ce Terje Kræmer ? Aucun d'entre nous ne le connaissait. Je suppliai les autres de le rencontrer avant de prendre la moindre décision.

Pour la première fois depuis plusieurs mois, nous étions tous réunis – les trois membres de l'expédition, Camilla et moi. Nos maisons à Nordstrand étaient remplies de la cave au grenier de matériel et de vivres qui, pour la plupart, heureusement, nous venaient de nos sponsors. Au total, nous en avions pour une valeur que j'avais estimée à près de deux millions de couronnes. Malheureusement, seule une part réduite serait monnayable en cas de faillite. Nous n'avions toujours aucune liquidité. Nous ne disposions même pas de l'argent nécessaire pour payer le billet d'avion Tromsø-Oslo à celui qui se portait candidat pour devenir le quatrième membre de l'expédition.

Svein descendit de Femunden. Il avait laissé les chiens chez un camarade de Sølenstua, mais il brûlait de repartir. Il nous montra des photos des séances d'entraînement, avec une fierté manifeste. Et à juste titre, car pour le coup, cette partie de l'expédition dépassait toutes nos espérances. Les bêtes paraissaient en forme. Elles obéissaient au doigt et à l'œil, c'était un véritable plaisir de les conduire, disait Svein. Il serait néanmoins mieux, selon lui, d'acheter des chiens dans un chenil au Svalbard. Sans doute pour des raisons de coût, pensai-je.

Quand Terje Kræmer entra dans le séjour de notre maison, j'eus l'impression de voir un changement s'opérer en Mads et Karsten, comme si, enfin, le tableau était complet. Il avait un côté rassurant, il inspirait confiance, il émanait de lui un calme discret. Il était grand et sec, une sorte de force naturelle se dégageait de ses mouvements. Il n'était pas facile de deviner son âge, mais le courant passa instantanément entre lui et Svein. Je fus très surprise en apprenant que Mads était en réalité plus jeune que lui.

Terje Kræmer. Quarante-deux ans, prof et musicien. Un gars de Tromsø de filiation polaire, comme le présenta Mads, ce qui nous fit tous rire de bon cœur. Il existait peu d'explorateurs de la trempe du père de Terje, ajouta-t-il. La richesse de cette famille de Tromsø s'était construite au fil de plusieurs générations. Fredrik Kræmer avait hérité deux vieux navires de pêche de son père – si vieux que l'un d'entre eux était encore à vapeur. Lui-même avait fait construire trois autres bateaux modernes. À partir des années 1950, la chasse aux phoques avait représenté une véritable manne, puis faisant preuve d'une grande sagacité, à laquelle s'ajouta une bonne part de chance, il avait investi l'argent gagné en mer du Groenland dans les industries du Nord.

L'histoire familiale de Terje semblait comme taillée sur mesure pour l'expédition. Il expliqua ainsi qu'un grand-oncle – qui était brouillé avec son père depuis des années, soit dit en passant – avait pris part aux opérations de recherches de Roald Amundsen en 1928. Au cours de la soirée, les grandes expéditions polaires furent analysées en détail. Terje paraissait impressionné par l'organisation de notre expédition. Karsten et Mads étaient manifestement flattés et on ne parla guère des compétences de Terje. Svein finit tout de même par lui poser quelques questions. Avait-il déjà conduit des attelages de chiens ? Avait-il déjà participé à de longs raids ou ce genre de choses ?

Il avait essayé, répondit-il. Chez un copain habitant à Karasjok. Ce qui ne faisait pas de lui un expert, loin de là. Était-ce une invitation à faire un galop d'essai ? Avant que Svein ait eu le temps de réagir, Karsten intervint, ce n'était pas bête comme idée, dit-il. Mads et lui pourraient les accompagner. Après tout, Terje Kræmer venait juste de s'ajouter à la liste des participants et il était important que les quatre membres de l'expédition fassent connaissance dans des conditions réelles.

Soudain, Karsten, Mads, Svein et Terje se rendirent compte que l'expédition était désormais au complet. Les yeux de Karsten se mirent à briller. Il se leva et alla chercher dans la cuisine une bouteille de cognac. Un toast s'imposait ! Des liens devaient être noués entre les hommes. De manière presque imperceptible, Camilla et moi étions en train d'être reléguées au second plan.

Un sujet ne fut guère abordé ce soir-là, et pourtant je savais que la question taraudait Karsten. À quelle hauteur Terje avait-il pensé contribuer ? Avait-il l'intention de payer cash ou leur garantirait-il de verser la somme proposée uniquement en cas de succès ? Quand pouvions-nous espérer toucher l'argent promis ?

Aucun d'entre nous ne pouvait imaginer que Karsten refuserait une offre généreuse. Le lendemain, Terje exposa plus en détail en quoi consisterait sa contribution. Ce n'était pas lui, mais son père, le vieux loup de mer de l'Arctique, qui serait le sponsor officiel. Il ne souhaitait pas, pour sa part, que l'on puisse l'accuser de s'être acheté une place dans l'expédition, déclara-t-il. Non qu'il en ait les moyens, d'ailleurs. Le jour où son père viendrait à disparaître, il se verrait léguer une fortune, car Fredrik Kræmer s'était marié sur le tard et n'avait qu'un seul héritier. Pour le moment, cependant, Terje ne vivait que sur son salaire de prof.

Pour une raison connue de lui seul, Karsten insista pour que l'identité du quatrième participant ne soit divulguée que très peu de temps avant notre départ pour le Svalbard. Je le soupçonnais d'avoir fait miroiter cette dernière place à tellement de gens qu'il voulait éviter au maximum d'avoir à justifier pourquoi il avait choisi un candidat que nous ne connaissions ni d'Ève ni d'Adam.

J'acceptai à contrecœur de partir à Tromsø dans le plus grand secret pour recevoir la contribution de la famille Kræmer. Ni Mads ni Camilla ne devaient avoir vent de ce voyage. Il voulait leur faire la surprise. Karsten m'assura qu'en tant que trésorière de l'expédition, il était assez logique que je me rende seule sur place et qu'on ne me demanderait en aucun cas de signer des engagements que l'expédition ne pourrait pas tenir. Qu'en savait-il ? pensai-je. Y aurait-il des détails que j'ignorais ?

Le 15 janvier, en fin d'après-midi, je m'envolai pour Tromsø. Je me sentais nerveuse. Qu'est-ce qui m'attendait ? Je croisais les doigts pour que cette visite ne soit pas trop pénible. Terje m'accueillit à l'aéroport. Il semblait tellement grand parmi tous les autres passagers dans le hall des arrivées ; on ne voyait que lui. Je lui trouvais l'air rassurant et il me paraissait déjà, d'une certaine manière, très familier. Il me sourit, comme à une vieille amie. Il était venu me chercher parce que son père voulait me parler au plus vite, dit-il. De plus, il avait organisé un dîner le soir même, auquel étaient conviés tous les gens liés au milieu polaire – du moins tous ceux avec lesquels il n'était pas fâché ! Il n'y aurait aucune femme, bien sûr. Sauf moi, donc.

Je ne connaissais pas spécialement bien Tromsø, mais j'eus l'impression que nous roulions vers le sud. La maison trônait sur les hauteurs, entre de grands sapins sombres ; elle jouissait d'une vue fantastique sur toutes les lumières de la ville. C'était une demeure cossue de deux étages en rondins de bois teintés au brou de noix. Qui n'était pas sans rappeler celle de ma grand-mère, bien que complètement différente. La maison baignait dans les ténèbres. Les fenêtres étaient plongées dans l'obscurité. On avait probablement tiré les rideaux. La seule source lumineuse était celle d'une grande lampe en fer forgé qui se trouvait devant l'entrée surdimensionnée.

J'avais imaginé que je logerais à l'hôtel, mais Terje prit ma valise sur la banquette arrière. Il ouvrit la porte d'entrée et ce fut comme si on m'introduisait à l'intérieur d'une montagne. Un escalier colossal partant de part et d'autre du vestibule projetait son ombre sur tous les meubles dont je ne distinguais que le contour. Une énorme cheminée en pierre noire de suie occupait un coin de la pièce. Une armoire de bois sombre aussi haute que moi s'étendait sur tout un pan de mur, tandis qu'ailleurs était accroché un immense miroir entouré d'un cadre imposant, lui aussi de bois sombre.

Terje me dit que je n'avais qu'à enlever mon blouson et le poser sur la chaise. Son père attendait dans son bureau ; il fallait nous dépêcher. Il me précéda dans l'escalier qu'il grimpa d'un pas rapide.

Avec l'âge, Fredrik Kræmer s'était voûté, mais il était toujours plus grand que son fils. Large d'épaules, sec, des mains de boxeur. Malgré ses quatre-vingt-sept ans, son épaisse chevelure châtain foncé n'était striée que de quelques cheveux gris. Si sa voix était profondc, ses yeux l'étaient plus encore et ombrés de sourcils blancs broussailleux. En serrant la main qu'il me tendait, j'eus l'impression que la mienne disparaissait dans une racine d'arbre noueuse.

Jusque-là, mon regard était resté rivé sur le père. Je n'avais pas prêté la moindre attention au fils, ni à la pièce dans laquelle j'étais entrée. En découvrant ce qui m'entourait, je hoquetai de surprise. J'étais cernée par des yeux de verre scintillants et des animaux empaillés : des phoques, des pingouins ; un ours polaire adulte était dressé sur ses pattes arrière dans un coin, tandis qu'un ourson trônait au sommet de l'immense bureau. La pièce mal éclairée au mobilier foncé avait une bibliothèque remplie de livres à reliure de cuir. De lourds rideaux allant du sol au plafond dissimulaient en partie les grandes fenêtres. Cela sentait la poussière ancienne, et une autre odeur que je ne parvenais pas à identifier.

À l'extérieur, la nuit polaire se pressait contre les carreaux. Ce n'était pas une pièce de travail, c'était un antre. Comment Terje avait-il vécu de grandir dans cette demeure plongée dans l'obscurité, parmi tous ces vieux souvenirs de l'Arctique ?

songeai-je. Il me regarda avec son petit sourire en coin. Fais le tour des lieux, prends ton temps, me dit-il. Rares étaient les gens à être invités dans ce qui était l'ancien bureau de son grand-père, peu ou prou resté en l'état depuis sa mort.

Son père, lui, n'avait pas de temps à perdre en politesses. D'un pas lourd, il passa derrière le bureau, puis leva les yeux et m'observa. Il tanguait légèrement, comme un mât de bateau. Aurait-il bu ? me demandai-je subitement, mais aussitôt je repoussai cette idée : quelque chose dans son regard pénétrant et d'un bleu de glace me laissait croire qu'il pouvait lire sur mon visage ce que je pensais.

Il voulut savoir si j'étais venue encaisser la somme qui permettrait à Terje d'obtenir la dernière place de l'expédition. Il avait mené sa petite enquête sur l'expédition, figurez-vous. Pourquoi Karsten n'avait-il pas lui-même fait le déplacement et honoré un vieux chasseur de phoques du Nord de sa visite ? Mais peut-être avait-il d'autres raisons de m'envoyer ? J'étais effectivement une jolie fille, respirant la santé. Forte aussi, semblait-il. Fredrik Kræmer lâcha un rire bref étonnamment aigu.

Que répondre ? J'ignorais moi aussi la raison de cette visite en catimini. Mais Kræmer père ne paraissait pas escompter de réponse. Il poursuivit sur sa lancée. Notre situation financière était mauvaise, avait-il entendu dire. Se trompait-il ou, sans sa petite contribution, l'expédition ne pourrait pas partir ? Je hochai la tête. En espérant que l'on n'attendait rien de plus de ma part. Mais Kræmer avait découvert que sa contribution ne suffirait pas. Or il refusait de financer plus que le quart du coût de l'expédition. Nous devions nous aussi mettre la main à la poche. Le jeune homme en charge des chiens avait contracté un emprunt. Il nous fallait faire de même. Il était hors de question de se lancer dans une telle aventure sans avoir de quoi couvrir tous les frais supplémentaires en cas de pépin.

J'étais mortifiée, j'en avais la nausée. Que répondraient Karsten et Mads à cela ? Mais Fredrik Kræmer n'avait pas fini. Nous étions certes bien préparés et bien équipés, affirmaient les gens qu'il avait contactés. Et il était raisonnable de prendre deux attelages. Nous avions, en revanche, mal choisi notre route, lui avait-on dit à l'Institut polaire, à cause de la dérive des glaces. Il était toutefois sensible à l'argument de Karsten, à son souhait de partir du sol norvégien. Afin de nous mettre en garde et de bien nous faire comprendre que le vieux Kræmer ne plaisantait pas, qu'il ne se laisserait pas berner par de beaux discours, il avait ajouté une clause au contrat : si jamais Terje n'atteignait pas le pôle Nord et ne revenait pas indemne auprès de son vieux père, nous devrions lui rembourser l'intégralité de la somme qu'il nous avait versée.

Je signai le contrat sans le lire. À quoi bon ? Je n'avais de toute façon pas d'autre choix que d'accepter les conditions posées par le vieux Kræmer. Ce dernier sourit d'un air satisfait. Terje attendait, les yeux brillants. Son père s'adressa à lui pour la première fois depuis que nous étions entrés dans la pièce, en lui déclarant qu'il espérait que j'avais autre chose à me mettre pour le dîner, que je n'allais tout de même pas arriver en jean.

Le discours de Kræmer pendant le dîner fut bref et sans cérémonie. Il parla des véritables traditions polaires, celles forgées par des hommes qui avaient gagné leur vie dans le Grand Nord. Il affirma sans détours que ces traditions étaient tombées en désuétude. La pêche dans l'océan Arctique et la chasse aux phoques et aux renards au Svalbard n'existaient plus aujourd'hui que dans les musées, dit-il, ce qu'il regrettait. L'unique manière désormais de se mesurer aux forces de la nature était de partir dans des régions du globe encore sauvages où un homme était un homme et la société des femmes en gros inutile.

Le vieux capitaine redressa autant que faire se peut son dos voûté, et savoura les applaudissements. Longtemps, il avait cru que son fils ne nourrissait pas le moindre intérêt pour les régions polaires, confia-t-il une fois le silence à peu près revenu dans la grande salle à manger sombre. C'est pourquoi il avait vendu les navires, arrêté la chasse aux phoques et fait don de tout un stock de matériel et de journaux de bord au Musée polaire de Tromsø. Et qu'il avait confié la direction de ses affaires à un PDG.

Ce n'était un secret pour personne que Terje était un bon skieur, que ce n'était pas une mauviette, même s'il avait choisi de devenir professeur – professeur de musique qui plus est ! Or un jour, son fils lui avait montré un article sur une expédition au pôle Nord qui cherchait un équipier. Quelques mois plus tard seulement, Terje avait pu lui annoncer qu'il avait été choisi comme quatrième membre de cette expédition.

Applaudissements, toasts en l'honneur des traditions polaires d'hier et d'aujourd'hui. Le discours de Kræmer n'était cependant pas terminé. Il avait une surprise, un cadeau pour l'expédition : un chèque comme au bon vieux temps, un chèque de deux millions de couronnes.

Je téléphonai à Karsten de mon portable quand je me retrouvai enfin seule au deuxième étage, dans la grande chambre sombre réservée aux invités. Il me cria dans l'oreille, la voix tremblant d'impatience. Cela faisait une éternité qu'il attendait mon appel. Deux millions ! Il n'en espérait pas tant. À vrai dire, il n'avait misé que sur un seul. J'étais soulagée, mais n'éprouvais aucune joie. J'étais plutôt inquiète de savoir comment nous allions réussir à respecter les nouvelles clauses du contrat. J'avais peur aussi. Une peur froide s'était insinuée en moi, au moindre bruit devant ma porte je sursautais. Qu'avait-il promis en sous-main au vieux Kræmer ? demandai-je. Karsten me répondit de ne pas me tracasser avec ça. Il n'avait rien promis d'important. Terje devrait être le premier à atteindre le pôle. Être celui qui, officiellement, consulterait le GPS et annoncerait que l'expédition avait atteint son but.

Je doutais que Karsten ait réellement envisagé de tenir cette promesse, je connaissais son besoin impérieux d'être vu. Mais je gardai pour moi mes pensées. Sa voix était douce comme du velours. Ce genre de choses était impossible à contrôler, dit-il. Et puis, sincèrement, je ne trouvais pas que Mads mériterait d'être le premier au pôle ? Mais bon, plutôt que de m'inquiéter, je ferais mieux de me réjouir des deux millions que nous allions pouvoir déposer sur le compte de l'expédition. Du reste, comment cela se passait avec le vieux Fredrik Kræmer ? Le bruit courait qu'il se montrait très entreprenant avec les femmes quand il avait un verre dans le nez.

Je n'eus pas le courage de lui parler des deux nouvelles clauses du contrat. Je lui dis juste que je l'avais signé et qu'il pourrait le regarder à mon retour. Notre conversation terminée, je restai assise au bord du lit, je me sentais avilie. Je passai une mauvaise nuit. Dans une chambre pleine d'ombres et de honte.

Chapitre 17
L'opération

Mads, adossé à son sac de couchage, avait le visage livide et marqué par la souffrance. Il ouvrit les yeux et croisa le regard de Knut. Mais ce fut le chef de l'expédition qui parla pour lui.

« Il ne veut pas être opéré », déclara Karsten. Assis à côté de Mads, il avait passé un bras autour de ses épaules. « Il a décidé de tenir jusqu'au retour de l'hélicoptère. Je lui ai donné des antalgiques.

– Il peut s'écouler de nombreux jours avant qu'on vienne nous chercher. » Les yeux rivés sur Karsten, Knut secouait la tête pour montrer qu'il déconseillait cette solution. « Nous n'avons aucun moyen non plus de leur indiquer notre position. Nous n'avons pas de radio. »

Terje contourna le réchaud et pompa fortement pour augmenter la pression. La gamelle était à moitié remplie d'eau. Il en sortit une autre, plus petite, et disposa à côté un T-shirt propre et son couteau multifonction. Puis il attendit que l'eau bouille.

« Aucun d'entre vous n'a jamais pratiqué une telle opération. » La voix de Mads était faible. « Je risque de mourir si vous commettez une erreur ou coupez une veine. »

Knut se fit violence et s'approcha de Mads. L'odeur de chair putréfiée avait envahi la tente, mais elle était tellement affreuse à proximité du pied de Mads qu'il parvenait à peine à respirer. « Nous n'avons pas le choix, dit-il. L'infection peut se propager jusqu'à la jambe. Et crois-moi, si pareille chose venait à se produire, je ne me risquerais pas à essayer de t'amputer !

– Knut. » D'un geste, Terje lui demanda d'approcher. « Il va horriblement souffrir, murmura-t-il. Karsten lui a déjà donné des comprimés et il est toujours réveillé. Que fait-on ?

– Je ne sais pas. Il vous reste de l'alcool quelque part ?

– Non, il n'y avait que cette demi-bouteille de cognac Braastad – je crois qu'ils nous sponsorisent. Elle devait servir à une cérémonie un peu potache quand nous arriverions au pôle Nord. Karsten a pratiquement tout donné à Svein pour qu'il se réchauffe.

– Dans ce cas, nous n'avons pas le choix. On lui administre deux comprimés de morphine supplémentaires, mais après il faut y aller. Je n'ose pas attendre plus longtemps. Personne n'est encore mort de douleur, je crois. Dieu merci, d'ailleurs. »

Knut appréhendait tellement l'opération à venir qu'il se sentait physiquement mal. Alors qu'il attendait que les cachets de morphine agissent, il consacra chaque minute restante à passer en revue les alternatives. Pour aboutir à la conclusion qu'il n'y en avait pas. Enfin, Mads parut s'endormir. Sa tête retomba en arrière sur le sac de couchage. Un mince filet de salive coulait sur sa joue.

Karsten souleva le flacon de médicaments et regarda dedans. « Il n'en reste plus que la moitié, annonça-t-il.

– Combien lui as-tu donné de comprimés ?

– Quatre au cours de la dernière heure, deux ou trois ces deux derniers jours. Peut-être trois. »

Karsten secoua légèrement le flacon. « Il doit en rester dix-quinze.

– Ce ne sera pas de trop, dit Knut. Prends-en bien soin. »

Terje aida Knut à dénuder le pied de Mads. Quand ils enlevèrent les derniers lambeaux de tissus collés à celui-ci, Terje recula d'un bond, il fallait qu'il sorte vomir. Karsten maintenait Mads par les épaules ; ses yeux étaient sombres et grands dans son visage pâle. L'odeur était pestilentielle, Knut en avait les larmes aux yeux, il ne savait plus par où tourner la tête. La dernière épaisseur d'étoffe était humide à cause de la chair morte noircie et le pus qui s'en écoulait. Il s'en fallut de peu qu'il ne dût lui-même se précipiter hors de la tente.

Il plaça le T-shirt propre sous le pied de Mads, lui jeta un rapide coup d'œil. Il ronflait tout bas, toujours inconscient. Il frémit intérieurement, saisit le couteau et ouvrit la pince. Il prit le talon dans une main, approcha l'outil du petit orteil, inspira profondément. Il comprit alors que ça n'irait pas. Il devait étudier le pied de plus près et évaluer si l'ouverture de la pince était suffisamment grande pour qu'il puisse couper en une seule fois. Il avait peine à croire qu'il était réellement en train d'accomplir une telle tâche, il n'en gratta pas moins la substance gélatineuse autour de l'orteil et essuya l'instrument sur un foulard en lambeaux.

Terje était revenu sous la tente. « Les mots me manquent tellement c'est abominable ! s'exclama-t-il. Je ne vois qu'une seule chose qui pourrait être pire. »

Il pinça les lèvres, secoua la tête, sans révéler quelle était cette chose qu'il redoutait plus que l'amputation d'un orteil gangrené. Knut saisit le couteau, posa la pince sur le pied et coupa. Le bruit du métal broyant l'os lui retourna l'estomac.

La réaction fut immédiate. Mads hurla. Un son rauque horrible provenant des tréfonds d'une souffrance effroyable. Il redressa le torse, échappa à Karsten, et donna un coup de pied dans le réchaud qui se renversa sur le sac de couchage de son camarade. Une fraction de seconde plus tard, la tente était illuminée par les flammes s'élevant à l'endroit où le réservoir de paraffine s'était déversé avec, au milieu, le pied de Mads qui fixait ses orteils avec des yeux effarés.

Tous réagirent en même temps. Karsten se jeta sur Mads et le força à se recoucher alors qu'il criait toujours. Terje balança l'eau de la gamelle sur le duvet en feu. Le réchaud s'éteignit, mais le brûleur fut lui aussi arrosé. La tente se retrouva subitement plongée dans l'obscurité et l'air ambiant se refroidit. Le sac de couchage de Karsten avait désormais un grand trou bordé de tissu calciné tandis qu'une pellicule grisâtre de poussière de givre le recouvrait.

« Essaie de voir si tu réussis à sécher le brûleur et à le rallumer. » Mais Knut n'avait pas besoin de le dire, Terje était déjà à l'œuvre. « Et après cela, essore le duvet. »

Mads s'était évanoui de douleur. Son pied ne semblait pas avoir été brûlé, mais l'inflammation de la chair était telle que ce n'était pas facile à voir. Knut se tourna vers Karsten qui, les yeux écarquillés, maintenait toujours Mads au sol.

« Tu peux le relâcher maintenant. Il a perdu connaissance.

– Non, mais c'est quoi ce bordel ? Pourquoi tout cela nous arrive-t-il ? Il y a quelques jours encore, tout se passait bien. On se débrouillait comme des grands. Et puis voilà que tu arrives. C'est ça que tu appelles "porter secours" ? »

Knut comprit que Karsten était sous le choc. Il ne fallait pas qu'il demeure dans cet état. « Ne reste pas assis à t'apitoyer sur ton sort. On n'a pas fini. Dis-toi bien que ce n'est que le début. As-tu une écharpe ? Ligote ses deux cuisses ensemble, et tiens-le fermement cette fois-ci. »

L'écartement de la pince du couteau multifonction de Terje n'était pas assez grand pour couper en une seule fois les deux orteils suivants. Knut sortit les outils un à un et les examina. Un des couteaux avait une lame en dents de scie. Il lui semblait se souvenir que c'était le type d'outil utilisé pour tuer le petit gibier. Knut retint sa respiration, la puanteur lui vrillait les poumons. Il pressa la lame en dents de scie contre l'orteil voisin.

Pendant combien de temps Knut continua-t-il ainsi à scier en s'interrompant régulièrement pour essuyer la chair sur ses mains avant de repartir à l'attaque avec son petit couteau ? Il n'en avait aucune idée. Une fois tout terminé, il sortit à quatre pattes de la tente et vomit, puis se lava les mains dans la neige jusqu'à ce qu'elles rougissent de froid, avant de se frotter le visage et de découvrir qu'il pleurait. Derrière lui, la toile de tente s'éclaira soudain d'une faible lueur rouge. Terje avait réussi à rallumer le réchaud.

Quand il rentra à l'intérieur, Mads n'avait toujours pas repris connaissance. Dieu merci, songea Knut. Il était loin d'avoir fini, il devait encore veiller à ce que la blessure ne s'infecte pas. Il agissait à l'instinct, ne sachant pas d'où lui venaient ces connaissances. Il recousit à l'endroit où se trouvaient autrefois les orteils, lava le couteau de Terje dans l'eau bouillante, jeta l'eau sale hors de la tente, et en remit à bouillir. Il passa ensuite une des lames du couteau dans la flamme du réchaud et la chauffa à blanc, puis cautérisa la plaie.

Il était inévitable que Mads se réveille. Ses cris emplirent la tente, mais Karsten le maintint au sol cette fois-ci. Pour terminer, Knut jeta l'eau bouillante sur le pied opéré. Peut-être le torturait-il inutilement, mais mieux valait une brûlure qu'une infection, pensa-t-il. Enfin, il put enduire le pied de Mads d'une épaisse couche de pommade antiseptique et l'envelopper dans un tee-shirt propre avant de le glisser dans une chaussette de laine.

Il se laissa alors retomber en arrière sur le sac de couchage. Dans l'épreuve, ses muscles s'étaient contractés, il ne s'en rendait compte que maintenant. Il ferma les paupières et ses yeux douloureux le piquèrent pendant quelques secondes. Puis il s'endormit avec le long hurlement rauque de Mads dans les oreilles.

Knut fut tiré du sommeil par le froid et des douleurs mordantes dans ses mains. Sa peau était pâle et cireuse. Il cligna des yeux, il était perdu, puis il se souvint. Mads, couché sur le dos, ronflait doucement. Sa tête avait glissé d'un tas de vêtements que l'on avait mis sous son dos. De la bave ensanglantée dégoulinait de sa bouche ouverte. Avec précaution, Knut le réinstalla correctement et lui essaya le visage avec un chiffon propre. Mads gémit, mais ne se réveilla pas.

À l'extérieur de la tente, il entendait les voix de Karsten et Terje. Il passa la tête par l'ouverture ; l'air polaire, clair et âpre, lui coupa le souffle. Que faisaient-ils ? Et surtout : pourquoi le réchaud était-il éteint ?

« Il s'éteint sans arrêt, répondit Terje. Nous fouillons toutes les caisses à la recherche des pièces de rechange.

– Mais vous n'avez pas un réchaud supplémentaire ?

– Si, si. Mais Karsten estime qu'il vaut mieux commencer par essayer de rallumer celui-ci, histoire d'en garder un en réserve. Au cas où les choses tourneraient vraiment mal. »

Knut avait du mal à croire qu'ils puissent être aussi naïfs. « Les choses ont déjà "vraiment mal tourné". Pour que le corps de Mads puisse lutter contre l'infection, il faut qu'il reste détendu et donc qu'il soit bien au chaud. »

Sur ce, il se traîna jusqu'à une étendue de neige propre et intacte, en prit une poignée et se frictionna les mains. C'était l'astuce qu'on lui avait apprise pour relancer la circulation sanguine. Sa peau ne tarda pas à rougir et s'enflammer. Par précaution, il répéta l'opération sur ses avant-bras.

Quand il revint sous la tente, Karsten et Terje avaient allumé le réchaud de secours. Mads s'agitait en geignant, mais il dormait encore d'un sommeil lourd.

« Vous lui avez redonné des calmants ? demanda Knut.

– Un autre comprimé, mélangé dans un peu de chocolat chaud, répondit Terje. Pendant que tu dormais. »

Knut avait le sentiment de n'avoir fermé l'œil que quelques minutes, mais quand il regarda sa montre, il s'aperçut que plus de deux heures s'étaient s'écoulées. Elle indiquait 3 h 30 du matin.

« Vous auriez dû me réveiller, murmura-t-il.
– Et pourquoi donc ? » s'emporta Karsten.

Ils s'assirent sur les sacs de couchage. La lueur du réchaud éclairait leurs visages exténués et pas rasés. Aucun d'entre eux n'avait retiré son blouson. L'anorak de Knut était taché de sang. Il tendit les bras vers la source de chaleur. Ses doigts étaient toujours rouges et gonflés. Il avait sans doute relancé la circulation sanguine juste à temps avant que ceux-ci ne gèlent. Une douleur intense et lancinante dans ses ongles se répandit jusqu'à ses poignets. Il plia les mains et les rouvrit avec précaution plusieurs fois, mais finit par renoncer à les bouger. Cela faisait trop mal.

« Ce n'est pas un peu étrange tout ce qui nous arrive depuis que tu es parmi nous ? demanda Karsten en regardant Knut. Nous étions tout à fait en mesure de poursuivre l'expédition, mais voilà que tu débarques et tout à coup les chiens meurent, Svein est à l'hôpital, Mads a des gelures au pied. Tout ça nous tombe dessus en même temps.

– Tu sais très bien que ce n'est pas la faute de Knut. » Terje parlait d'une voix basse et calme, mais sans regarder Knut. « Bon, je sors chercher de la neige pour qu'on puisse manger un morceau. Vous pouvez profiter de mon absence pour vider votre sac. »

Les lèvres de Karsten s'étirèrent en un mince sourire sur ses dents serrées. « On a entendu parler de toi à Longyearbyen, tu sais. Un type qu'il vaut mieux ne pas se mettre à dos. Un homme intransigeant, nous a-t-on dit. »

Knut n'avait aucune envie de rester à l'écouter déblatérer sur son compte. « J'ai fait ce qu'il fallait pour éviter que l'infection ne se propage. Je te l'accorde, ce n'était pas beau à voir, mais nous n'avions pas le choix.

– Et jeter de l'eau bouillante sur son pied ? Était-ce bien nécessaire ? Il a certainement des brûlures sur la jambe maintenant.

– Peut-être pas, mais il fallait absolument endiguer la septicémie, et pour cela on n'avait pas grand-chose d'autre sous la main. »

Cette dispute était tout à fait inutile. Knut décida de laisser courir tandis que Karsten tenait des propos incohérents et l'accusait de cruauté gratuite et d'incompétence. Jusqu'à ce qu'il soit interrompu. Non pas par Terje, qui délayait en silence la soupe avec de l'eau tiède en les observant d'un regard sombre et brillant. Mais par Mads, qui s'était réveillé sans qu'ils l'aient remarqué.

« Je ne veux pas mourir, je veux rentrer auprès de Camilla. Je ne veux pas mourir dans cette tente horrible qui pue. Et putain, qu'est-ce que j'ai mal ! Karsten, s'il te plaît, donne-moi un autre comprimé. Fais quelque chose, je n'en peux plus. » Sa voix qui n'était au début qu'un murmure rauque s'était transformée en des gémissements incompréhensibles.

C'était à la limite de ce qu'ils étaient en mesure de supporter, pensa Knut. Il était temps de reprendre le contrôle de la situation. « Il faut absolument que nous contactions Longyearbyen. Mads doit être hospitalisé au plus vite. Notre stock d'antibiotiques et d'analgésiques ne suffira pas, il en a besoin de plus que ça. »

Karsten et Terje ne répondirent pas. Les yeux rivés sur Knut, tous deux attendaient qu'il poursuive. Il régnait un silence total dehors. Aucun vent, ni craquement de la banquise. Ici et là, le réchaud émettait quelques sifflements ou grésillements. Mads geignait, en murmurant des propos inintelligibles.

« Que suggères-tu ? finit par demander Karsten.

– Je propose que Terje et moi tentions de retourner au campement précédent en suivant nos traces de skis. Il ne doit pas être si loin que ça, quand même. Avec un peu de chance, nous réussirons à mettre la main sur le téléphone Iridium et la radio. Il faut absolument que nous contactions Svalbard radio. T'as le courage de m'accompagner, Terje ? »

Karsten protesta. Une véritable terreur se lisait dans ses yeux. « Et pendant ce temps, Mads et moi on vous attend ici ? Vous me laissez seul avec un homme mortellement malade ? Et qui prend le fusil ? Nous n'en avons qu'un. »

Knut hocha lentement la tête. « Il nous faut absolument retourner à l'ancien campement. La seule question est de savoir qui part chercher le téléphone. Le mieux pour Mads, à mon avis, est que ce soit toi qui restes ici. Il me paraît, en effet, préférable qu'il ait un ami pour veiller sur lui plutôt que quelqu'un qu'il ne connaît pas. Mais vas-y mollo avec la morphine ! »

Ils enfilèrent tous les vêtements, chaussettes et moufles secs qu'ils purent trouver, mais Knut dut se résoudre à garder son anorak répugnant à l'odeur infecte. Ils n'en avaient pas d'autre. Knut glissa quelques vivres dans ses poches. Il rechignait à aborder la question suivante qui ne manquerait pas de susciter de vives protestations de la part du chef de l'expédition.

« C'est toi qui gardes le fusil, mais il nous faut le GPS.

– Certainement pas ! Vous voulez que Mads et moi on reste ici, complètement démunis ? Et si jamais il vous arrivait quelque chose et que vous ne parveniez pas à retrouver le chemin du retour ?

– C'est justement pour cela qu'il nous faut le GPS. Sans lui, nous n'avons aucune chance de réussir à localiser l'ancien campement. »

Les arguments de Knut étaient tellement logiques que Karsten fut bien obligé de céder. Il ne sortit cependant le GPS qu'avec réticence et le lui tendit à contrecœur. L'appareil électronique représentait jusqu'à présent une certaine sécurité à ses yeux ainsi qu'un certain pouvoir : grâce à lui, il avait plus ou moins l'impression de garder le contrôle de l'expédition.

« Vous allez revenir, hein ? Vous n'avez pas l'intention de poursuivre vers le nord ? Tu ne manigances pas d'aller chercher de l'aide à Barnéo ou un truc de ce genre, j'espère ? »

L'idée n'avait même pas effleuré l'esprit de Knut. Rallier Barnéo prendrait tellement de temps que Mads avait de fortes chances d'être mort à leur retour, mais il préféra garder cette remarque pour lui.

Il n'y avait rien d'autre à ajouter. Terje et Knut sortirent de la tente. Ils chaussèrent leurs skis puis passèrent quelques secondes à regarder autour d'eux. Knut n'était pas habitué au GPS et celui-ci lui donna du fil à retordre pour définir un itinéraire jusqu'au campement précédent. Au-dessus d'eux, le ciel noir et dégagé était parsemé d'étoiles. À l'horizon, la lumière du jour s'élevait de plus en plus haut, telles les flammes d'un feu lointain, tandis que vers le nord, une pâle aurore boréale ondoyait dans les airs.

Chapitre 18
La radio

Knut s'écarta de la tente en quelques plantés de bâton. « C'est dans cette direction, je crois. Si nous avons de la chance, nous serons à l'ancien campement dans deux ou trois heures. Ça devrait aller plus vite cette fois-ci, sans la pulka à tirer. »

Mais à quelques kilomètres seulement de la tente, la situation se corsa. Si les chenaux au départ ne présentaient aucune difficulté – ils étaient si étroits que les skis glissaient dessus sans être mouillés par l'eau de mer – les crêtes de compression, elles, se révélaient plus problématiques. Elles n'étaient pas hautes, la plupart ne mesurant pas plus d'un mètre, mais elles n'en étaient pas moins difficiles à franchir. Ils dépensaient une énergie folle à les escalader en zigzaguant sur la glace inégale.

« Tu crois pas que ça irait plus vite à pied, en déchaussant nos skis ? demanda Terje quand après une deuxième chute, il se retrouva avec les deux mains et les deux genoux plongés dans la gadoue.

– Il me semble me souvenir que quelque part à mi-chemin, il y avait un floe plus important. Ça te rappelle quelque chose ? Nous avons avancé sans rencontrer presque aucun obstacle pendant un bon moment cette nuit. » Knut était déjà épuisé. Comment allait-il bien pouvoir aller jusqu'au bout ? La matinée était-elle déjà avancée ? Il n'avait pas la force de regarder l'heure. Cela ne changerait rien de toute façon. L'important était de mettre au plus vite la main sur le téléphone ou la radio afin de pouvoir appeler Longyearbyen.

À l'horizon, le jour se levait déjà. Juste au-dessus d'eux, l'Étoile polaire leur indiquait le nord. Knut n'en vérifiait pas moins régulièrement leur position sur le GPS, il ne voulait pas prendre le risque de se diriger en suivant la route géographique. La banquise était un tel labyrinthe et les crêtes de compression se ressemblaient tant qu'il n'osait pas se fier à son sens de l'orientation.

Ils skiaient côte à côte. Leurs conversations se résumaient surtout à des questions d'ordre pratique, même s'ils ne pouvaient pas s'empêcher de se demander ce qu'ils trouveraient en arrivant à l'endroit du campement précédent. Que resterait-il de tout le matériel qu'ils avaient abandonné sur place ? Les vivres, les nombreuses caisses de nourriture pour chien. Ils avaient laissé là une grande partie de leur chargement en un tas qui devrait être aisément repérable à distance. Tout dépendait de l'état du floe sur lequel ils s'étaient installés. S'il était toujours entier ou avait été morcelé. Quand ils l'avaient quitté, des forces importantes étaient en action, et le gros iceberg exerçait sur la glace une pression importante.

« Quel type de radio avez-vous emporté ? demanda Knut. J'espère qu'elle est facile à utiliser. Ces émetteurs haute fréquence peuvent être relativement compliqués à faire fonctionner. »

Terje s'essuya sous le nez avec sa moufle et s'arrêta. « Nous avons tous suivi un stage, auquel a aussi participé Camilla, mais je ne peux pas dire que je sois un expert. Mads étant la personne en charge des communications, c'est lui qui s'est vraiment penché sur le sujet. Il était en contact avec une bande de radioamateurs complètement obnubilés par les fréquences et les zones de couverture, mais je crois qu'ils lui ont donné plus d'infos qu'il n'était capable d'en digérer. »

Knut savait lui-même plus ou moins se servir des émetteurs haute fréquence. Cela faisait partie de la formation de base des inspecteurs en mission sur le terrain quand on travaillait au bureau du gouverneur. Tout en continuant à avancer, il se mit à penser à son premier été au Svalbard, à sa fascination d'alors pour la nature magnifique qui l'entourait. La côte ouest qui regorgeait de vestiges culturels laissés par plusieurs siècles de chasse, de pêche et de recherche scientifique. La baie de Sallyhamna dans le Krossfjord, le cap de Gravneset dans le Magdalenefjord, les îles de Danskøya et Norskøya. Ils avaient tout leur temps cet été-là. Lui et le conseiller pour l'environnement étaient alors basés à Ny-Ålesund. L'existence y avait été idyllique comparée aux missions qu'il avait dû accomplir par la suite à Longyearbyen en tant que policier.

Soudain, une de ses spatules s'enfonça dans un amas de neige et il tomba dans une flaque d'eau de mer. Les genoux de son pantalon et ses gants étaient trempés. Terje le regarda avec un léger sourire et sortit de la poche sur sa poitrine une paire de gants de rechange. Les mains de Knut étaient encore rouges et enflées. Il se demanda si elles avaient gelé sans qu'il s'en rende compte. Mais non, il avait trop mal aux doigts. Il enfila les moufles en laine, délicieusement chaudes après avoir passé un long moment contre Terje.

« Et ton ski, ça va ? » demanda Terje.

Knut avait de la chance. La spatule n'était pas abîmée. Il fallait qu'il fasse plus attention, qu'il y aille doucement. La situation deviendrait critique si l'un d'entre eux cassait un ski.

« La laine, il n'y a rien de tel dans l'Arctique, déclara Terje qui jusqu'ici avançait sans rien dire, perdu dans ses pensées. Lors d'un voyage en mer du Groenland auquel mon père m'a forcé à participer, il nous est arrivé de marcher toute la journée avec des moufles en laine trempées, mais qui, malgré tout, nous isolaient du froid. Cela valait aussi pour les sous-vêtements, quand on avait la malchance de tomber dans l'eau. Mais une fois les vêtements secs, le sel nous attaquait la peau. Un mal en remplaçait un autre.

– Ma parole, t'as un stock inépuisable d'anecdotes sur cette partie du monde. D'où les tiens-tu ?

– De la bibliothèque de mon grand-père. Les régions polaires me passionnaient quand j'étais petit, tu comprends. C'est juste que la chasse aux phoques, ce n'était pas mon truc. Moi ce qui me fascinait, c'étaient les exploits des grands explorateurs d'autrefois. »

Il faisait de plus en plus jour. Ils distinguaient davantage le paysage, mais la lumière intense leur brûlait les yeux. Le disque solaire d'un blanc laiteux était inhabituellement grand à travers la couche nuageuse. Knut avait l'impression d'avoir du sable sous les paupières. Les larmes coulaient sur ses joues. Il regarda en direction de Terje. Ses yeux étaient eux aussi injectés de sang. Aucun d'entre eux n'avait pensé à emporter ses lunettes de soleil. Knut enfonça la visière de la capuche de son anorak profondément sur sa tête, sans que cela change grand-chose. Peu après, Terje l'imita.

Knut s'arrêta et consulta sa montre. Il n'avait pas dormi depuis plus de vingt-quatre heures au moins et il le sentait. « Si on faisait une petite pause ? » cria-t-il à Terje devant lui.

Ils s'assirent côte à côte sur une crête de compression.

« Depuis combien de temps sommes-nous partis ? Deux ou trois heures ? » demanda Knut. Ni l'un ni l'autre n'avait songé à regarder l'heure quand ils avaient quitté la tente. « Avons-nous vraiment marché aussi longtemps que ça la nuit dernière ? J'avais l'impression d'avoir fait quelques kilomètres seulement... » Or d'après le GPS, ils venaient de parcourir quinze kilomètres vers le sud-est et il leur faudrait encore plus d'une heure pour atteindre la dernière position de leur ancien campement.

« Quelques calories ne nous feraient peut-être pas de mal ? » Terje sortit une tablette de chocolat au lait de la poche de son anorak, la déballa avec précaution et la partagea en deux. Knut ne se voyait pas refuser, même s'il hésitait. Après tous ces efforts, ils n'allaient pas tarder à avoir soif, et le goût sucré du chocolat dans la bouche accentueraient encore cette sensation.

Ils suèrent sang et eau pendant encore près de deux heures, avant d'arriver au campement. Celui-ci se situait toujours à peu près au même endroit, derrière la grande crête de compression. Ils se dirigèrent vers le tas de matériel et entreprirent de passer son contenu en revue. Ils avaient l'impression de fouiller les épaves d'un naufrage. Les affaires avaient été jetées pêle-mêle dans les caisses, sans aucun tri ni la moindre logique. Ils trouvèrent cependant sans mal la mallette de la radio. Elle était en plastique noir rigide avec de grandes charnières et deux fermoirs imposants. En la soulevant, Knut comprit tout de suite pourquoi Karsten avait décidé de l'abandonner sur place.

« Avez-vous déjà essayé de la faire fonctionner ? » demanda-t-il.

Terje secoua la tête. « Nous avions la liaison satellite, il n'y avait par conséquent pas vraiment d'intérêt. Mads a bien suggéré à plusieurs reprises qu'il serait peut-être pas mal de tester l'antenne, mais nous ne l'avons jamais fait. Nous étions trop crevés le soir une fois le camp monté. Et trop impatients le matin de repartir.

– Vous auriez pu installer le récepteur pour écouter les nouvelles. Ou vous mettre sur les fréquences des équipes de chercheurs bossant sur le terrain au Svalbard. Ce n'est pas triste en général.

– Ouais. » Terje jeta un regard sur la banquise, en direction de l'iceberg. « Mais le soir, on ne s'éternisait pas, tu sais. Fallait pas gaspiller le combustible.

– Crois-tu qu'on devrait ramener une bouteille de rechange ? Les gars en ont sans doute consommé pas mal depuis notre départ. » Knut ne put s'empêcher de sourire en s'entendant parler, de la facilité avec laquelle il avait commencé à employer le jargon de l'expédition. « Les gars » n'étaient pas vraiment le genre de terme normalement utilisé pour évoquer deux avocats d'Oslo d'une quarantaine d'années.

« Chut ! T'as entendu ? » Terje avait les yeux rivés sur la banquise.

Knut tendit l'oreille. Rien. À part la brise légère, il régnait un silence presque absolu. Seuls leur parvenaient de temps à autre le bruissement lointain de la neige et la glace qui dévalaient les crêtes de compression. « Qu'est-ce que tu as entendu ?

– Comme un long soupir, mais un peu plus rauque. Je ne sais pas comment te le décrire.

– C'étaient peut-être des mouettes. Il se peut qu'il y ait un grand chenal à proximité. » Mais Knut était sur ses gardes. Le son décrit par Terje ressemblait étrangement à un bruit qu'il connaissait.

« On jette un coup d'œil à la radio ? suggéra-t-il. On n'a peut-être pas besoin de prendre tout le matériel dans la mallette. »

Mais Terje ne quittait pas l'iceberg des yeux. « Il me semble avoir aperçu quelque chose.

– Je vais voir. Occupe-toi de la radio. La batterie est dans la caisse ? Si ce n'est pas le cas, essaie de la trouver. Et par pitié, vérifie que nous avons bien toute la connectique et les câbles. »

Knut fut saisi d'un mauvais pressentiment en se dirigeant vers l'iceberg. Le colosse avait continué à s'enfoncer dans la plaque de glace où se situait auparavant la tente tunnel. Il ne restait rien du matériel et des vêtements que Mads avait abandonnés à contrecœur. En tout cas, si le téléphone Iridium s'était trouvé parmi eux, il n'était plus là. Knut frémit à la pensée de ce qui se serait passé si l'iceberg avait broyé le floe alors que lui et Mads dormaient sous la tente. Ils auraient été écrasés et inexorablement entraînés vers le fond.

Qu'avait bien pu voir Terje ? Rien, sans doute. Knut allait et venait sur la banquise en scrutant les alentours. Le soleil lui brûlait les yeux. La sueur coulait sur ses tempes. Il régnait un tel silence autour de lui que le seul bruit perceptible était celui de ses skis raclant la neige et de ses chaussures grinçant dans leurs fixations. Il se redressa, tendit le cou vers l'endroit où les chiens étaient autrefois attachés. Ce fut là qu'il découvrit les traces.

Quelqu'un était passé là avant eux. Il ne restait pratiquement rien des carcasses de chiens qu'ils avaient dépecés. Si ce n'étaient des os parfaitement nettoyés et de légères taches de sang séché. Le tout entouré de grosses empreintes d'ours. Knut les suivit pendant un moment. Au bout de quelques centaines de mètres, celles-ci partaient en direction du nord-est, dans une ligne droite parallèle à leurs propres traces de ski.

Terje avait trouvé une bâche. Il avait enveloppé la mallette de la radio et sa batterie, puis noué autour d'elles une corde qu'il avait tressée en une sorte de harnais aux deux extrémités. Il avait aussi veillé à glisser des cartons à l'intérieur pour renforcer son traîneau improvisé. Il se retourna en entendant Knut approcher.

« On ne peut pas skier en portant la mallette comme une simple valise. Cela ira plus vite en la tirant. Il faut juste veiller à ce que le sac ne glisse pas dans un chenal. »

Knut lui parla des traces d'ours. « C'est sans doute le pépère que tu as entendu.

– Bizarre, non, qu'il ne s'en soit pas pris à nous ?

– Il n'avait plus faim », répondit Knut laconiquement.

Il fallait qu'ils se dépêchent de retourner à la tente où les attendaient Karsten et Mads. En même temps, ils devaient maintenir une distance suffisante entre eux et l'ours qui suivait la piste qu'ils avaient tracée précédemment. Knut pensait tout haut : le plus sûr serait de prendre une autre route que celle empruntée à l'aller et de rester au sud de celle-ci. Ce serait moins dangereux, mais aussi beaucoup plus long. Ou alors ils pouvaient reprendre le même itinéraire. Ce qui serait plus facile, car ils n'auraient plus besoin de s'arrêter aussi souvent pour consulter le GPS, et donc beaucoup plus rapide. Ce qui leur permettrait peut-être d'arriver à temps pour prévenir Mads et Karsten. Mais le risque de croiser l'ours polaire était aussi beaucoup plus grand.

« Ce sont eux qui ont le fusil, déclara Terje. Nous n'avons que des pétards pour nous défendre. Je choisis le détour. »

Ils passèrent la première heure à s'éloigner de la piste tracée à l'aller en escaladant des crêtes de compression difficiles à franchir, avant de changer de cap et de repartir en direction de la tente. La praticabilité de la glace était à peu près la même que plus tôt dans la matinée avec des crêtes de compression plus ou moins hautes et des chenaux suffisamment étroits pour qu'ils n'aient pas à les contourner. Le traîneau de fortune se révéla plutôt efficace au départ, même s'il avait tendance à se déporter brusquement. Mais à mesure que le carton s'abîmait, il devenait de plus en plus difficile à manier. Ils finirent par sortir la mallette de la bâche et par la porter à tour de rôle. Knut était exténué, il avait un goût de sang dans la bouche, mais le pire c'était la soif. Plus irritante qu'une démangeaison, impossible à ignorer.

« On peut manger de la neige. C'est ce que nous faisons depuis le début après tout, même si jusqu'ici nous l'avons toujours fait fondre avant. » Terje s'était arrêté. Penché au-dessus de ses bâtons de ski, il regardait Knut. « Mais il faut prendre la couche sur le dessus, et ne pas descendre trop profondément, sinon tu risques de tomber sur des poches d'eau saumâtre. »

Knut hocha la tête, gratta la neige dure en surface et la porta à sa bouche. Quel délice ! Mais au bout de quelques secondes seulement, sa langue devint tout engourdie à cause du froid. « Je rêve d'un Solo à l'orange ! avoua-t-il. C'est un peu bizarre, car je n'en bois pas en général. Mais à chaque fois que j'ai vraiment soif, je fais une fixation sur ce soda bien de chez nous. Un Solo tiède, à boire à même la bouteille, quand celle-ci a été légèrement secouée de façon à ce qu'il ne reste quasiment plus de bulles.

– Pour ma part, je crois que je pourrais boire de la pisse de cheval pour peu qu'elle soit servie fraîche dans un grand verre, avec des glaçons, répliqua Terje en souriant.

– Hum, mouais. Je ne sais pas. Je n'ai jamais goûté. »

Côte à côte, avec entre eux la mallette de la radio et le sac contenant la batterie, les antennes et les câbles, ils pouffèrent de rire. Un instant de joyeuse insouciance. Qui ne dura pas.

Knut s'arrêtait de plus en plus souvent pour vérifier qu'ils allaient dans la bonne direction. D'après le GPS, il leur restait encore une grande distance à parcourir avant d'arriver à la tente.

Chaque pas était devenu une torture. Ils titubaient de fatigue. Knut avait du mal à voir net. Les larmes coulaient et ses yeux lui brûlaient. Il tombait souvent. Son pantalon était imbibé d'eau de mer. Alors qu'ils se traînaient tant bien que mal sur leurs skis depuis une petite éternité, ils se retrouvèrent tout à coup face à une nouvelle difficulté, qui leur sembla insurmontable vu leur état d'épuisement : un chenal tellement large qu'il ressemblait à un petit lac. La berge s'étirait à l'infini qu'ils regardent vers la gauche ou vers la droite et l'autre rive était invisible. Il n'avait pas la moindre idée du chemin à suivre pour faire un détour aussi court que possible.

« Il faut qu'on se repose, on n'a pas dormi depuis bientôt quarante-huit heures, constata Knut. Continuer devient dangereux. »

Ils étalèrent la bâche sur la glace et rabattirent les bords sur eux. La dernière pensée de Knut avant de sombrer dans le sommeil fut pour l'ours qui errait quelque part à proximité. L'un d'entre eux aurait dû monter la garde, mais ni l'un ni l'autre n'aurait réussi à rester réveillé.

Le pâle disque solaire disparut derrière des nuages compacts, et un crépuscule argenté se répandit sur la banquise. Le vent se leva, en soufflant d'abord une fine poussière d'aiguilles de glace sur la bâche, avant qu'il ne se mette à neiger pour de bon. Knut fut réveillé par le crépitement des flocons de neige mouillée sur le plastique. Combien de temps étaient-ils restés ainsi, sans défense, sans penser un instant, de façon consciente en tout cas, à l'éventuelle visite d'un ours polaire ? Il s'assit et essaya de regarder l'heure. Il était quand même étrange qu'il fasse aussi sombre. Il passa ses mains sur ses yeux endoloris, mais l'impression de brouillard persistait.

« Terje ? Je... Je ne vois rien. Et toi ? »

Enfin Terje se réveilla, lui aussi. Il mit quelques secondes à comprendre que Knut avait un problème. « Tu ne vois absolument rien ? J'ai combien de doigts ? demanda-t-il en levant la main.

– Deux. Ce n'est pas à ce point-là, quand même ! Mais je n'arrive pas à garder les yeux ouverts. Ils me brûlent et ils coulent. Je ne perçois qu'une sorte de brouillard gris. Je distingue les contours de la banquise autour de moi, mais pas plus loin qu'à un ou deux mètres.

– Tu souffres d'une ophtalmie des neiges. J'ai mal aux yeux, moi aussi, mais je peux les garder ouverts. Allez, on remballe tout et on continue !

– Tu as une idée de l'heure ? Combien de temps avons-nous dormi ?

– Oh, la vache ! La nuit est déjà bien avancée. »

Ils choisirent de contourner le chenal en le longeant par le nord. Knut devait s'appuyer sur Terje qui portait aussi la mallette de la radio et la bâche contenant tous les accessoires. Une heure plus tard, une banquise compacte s'étendait de nouveau devant eux. Il s'écoula encore plusieurs heures avant qu'ils ne parviennent au campement. Ils l'atteignirent plus de vingt-quatre heures après en être partis.

Karsten faisait les cent pas devant la tente, bien emmitouflé dans ses vêtements, le fusil à l'épaule. Il les avait certainement entendus à distance. Son visage était déformé par la peur.

« Qu'est-ce que vous avez foutu ? Pourquoi êtes-vous partis aussi longtemps ? L'état de Mads a empiré. Ça pue sous la tente, je ne supporte plus de rester à l'intérieur. Il n'arrête pas de gémir, et nous n'avons plus que sept comprimés de morphine. »

Chapitre 19
La nuit du jour J

Le jour du départ, tôt le matin, Karsten et moi buvions notre café dans la cuisine. Ni lui ni moi n'étions en mesure d'avaler un petit déjeuner. Il faisait encore nuit dehors, un rai de lumière rouge de l'épaisseur d'un fil était apparu dans le ciel entre les grands arbres. Le temps était inhabituellement doux et humide pour la saison. Il n'y avait pas la moindre neige pour éclaircir un tant soit peu le paysage. Le sol nu était recouvert de feuilles glissantes en décomposition. Nous n'avions pas eu le temps d'entretenir le jardin à l'automne.

Pour une fois nous étions seuls, nous pouvions discuter en tête à tête et regarder la réalité en face. Enfin, j'avais une chance de l'atteindre. De contourner tous ses mécanismes de défense, les leurres. Il n'était pas trop tard pour renoncer, dis-je. Personne ne le comprendrait, certes, mais rien ne l'empêchait d'annoncer que l'expédition n'avait pas l'argent nécessaire pour tenir ses engagements, tout simplement.

Karsten leva les yeux et m'adressa un sourire patient. Nous ne pouvions pas renoncer, je le savais bien. Il nous fallait garder la tête haute, partir au Svalbard sans rien laisser paraître de nos difficultés. Les membres de l'expédition devaient tenter de rallier le pôle Nord. Personne ne nous reprocherait d'avoir échoué. Et puis il pouvait se produire un tas de choses en cours de route, et ce ne serait pas nécessairement de leur faute.

Soudain je pris peur. Qu'entendait-il par là ? Craignait-il qu'ils ne reviennent pas sains et saufs ? Il saisit ma main et la serra fort. M'assura que ce n'était pas ce qu'il voulait dire. Mais on n'était jamais à l'abri d'un accident. Un temps particulièrement rigoureux, des tempêtes de neige. Presque toutes les expéditions au pôle Nord parlaient d'un combat au corps à corps avec la mort. Ils ne partaient pas en vacances ! Ce voyage ressemblait plus à une descente aux enfers, déclara-t-il d'un ton soudain plus dur.

Il avait tourné la tête et regardait par la fenêtre les branches sombres et nues à l'extérieur. C'était comme si les arbres tendaient en l'air des mains noires aux longs doigts effilés, en un geste désespéré. Il ne m'avait pas parlé aussi franchement et sincèrement depuis des années. Il avait les larmes aux yeux.

Je serrai moi aussi sa main. Tout cela n'avait aucune importance, dis-je, tant qu'il revenait entier auprès de moi. Qu'il n'aille surtout pas croire que tous ces grands discours sur les exploits héroïques aient une quelconque valeur à mes yeux. Mon seul souhait était qu'il rentre à la maison, ici, à Nordstrand, et que nous retrouvions une vie normale. Si proches durant quelques minutes. Mais ce lien fragile fut rompu par le taxi qui klaxonna en pénétrant dans l'allée.

Lors de l'escale à Tromsø, une des hôtesses de l'air m'apporta une lettre. Elle venait de mes parents qu'ils l'avaient envoyée à l'hôtel Rica, en pensant que nous dormirions là-bas, mais au tout dernier moment, il en avait été décidé autrement. Svein avait en effet insisté pour que nous nous attardions le moins longtemps possible dans cette ville, il voulait récupérer au plus vite les chiens qu'il avait convenu d'acheter au Polar Kennel. Soit nous partions tous ensemble vers le nord, soit il poursuivait seul jusqu'à Longyearbyen. Il avait gagné en assurance au cours des dernières semaines et n'hésitait plus à contester les instructions ou propositions de Karsten.

Je m'assis avec la lettre non ouverte à la main et contemplai l'écriture familière de mon père. Je craignais que le contenu n'accroisse encore le sentiment de solitude que j'éprouvais. Or la dernière chose que je souhaitais était de pleurer devant tout le monde.

Terje et son père nous rejoignirent à Tromsø. L'équipe était par conséquent au complet lorsqu'elle descendit de l'avion à Longyearbyen. Les membres de l'expédition, les sacs, les skis, les caisses de vivres et l'équipement des chiens. Toute la horde de journalistes et de photographes. Les représentants des plus grands sponsors. J'avais l'impression d'avoir atterri au cœur d'une tempête. Bien que je ne l'aie jamais vécu, j'avais lu qu'il régnait un calme total dans l'œil du cyclone – et c'était aussi ce que je ressentais. Je levai la tête et attendis au pied de l'escalier, sur la piste enneigée. Il faisait un temps hivernal et un froid mordant, une nuit noire entourait l'aéroport, la seule zone éclairée à des kilomètres à la ronde.

Plus de la moitié des passagers avaient un lien quelconque avec l'expédition. Je suivis lentement le troupeau bavard et rieur. Personne ne tenait particulièrement à m'interviewer. Je ne participais pas, je n'étais que la femme de Karsten. Loyale, je posai cependant sur toutes les photos où devaient figurer les épouses. Ce que fit aussi Camilla. Cette dernière jouait néanmoins un rôle plus intéressant en tant qu'écrivain de l'expédition. Son éditeur avait décidé de nous accompagner jusqu'au Svalbard. Il était lui-même un homme qui aimait la vie de plein air et il s'impliquait avec une telle ferveur dans la vie quotidienne de l'expédition qu'il avait même commencé à dire « nous ».

L'adieu officiel de l'expédition à la civilisation se tint dans les locaux du restaurant le plus connu de Longyearbyen, le légendaire Huset. Avant d'abriter cet établissement prestigieux ainsi qu'un café traditionnel servant des repas bon marché, l'imposant cube de béton accueillait, entre autres, un centre d'animation, la poste et un cinéma. En le voyant, je trouvais difficile d'imaginer que cet endroit possédait une des caves les plus réputées de Scandinavie. Il m'évoquait davantage une maison de quartier établie en rase campagne. L'entrée était glaciale, mais des verres de cristal y étaient joliment disposés sur des nappes blanches amidonnées. C'est ici que les membres de l'expédition sablèrent le champagne et trinquèrent en l'honneur de l'expédition, avant de passer à table.

La salle du restaurant et tous les salons adjacents nous étaient réservés. Le gouverneur Ole Hareide avait accepté de se joindre à nous. Il nous souhaita la bienvenue à Longyearbyen dans une allocution qu'il avait probablement déjà prononcée de nombreuses fois. Nous étions plus de cent personnes au total. Karsten nous avait assurés que les sponsors régleraient l'addition. Bien sûr qu'ils le feraient, avait-il dit, car nous allions avoir besoin de toutes les couronnes que nous pourrions grappiller pour payer l'hélicoptère qui ramènerait l'expédition du pôle Nord.

Je n'ai pas grand souvenir de la soirée, à laquelle j'assistai passivement. J'avais l'impression d'être séparée des autres invités par un brouillard. Les bougies sur les tables, les plafonniers, les appliques aux murs ne m'éclairaient pas. Je n'avais qu'une seule pensée en tête : plus que trois mois maintenant, et tout cela serait terminé. Si seulement ils pouvaient partir, si seulement ils pouvaient arriver à destination. Un des sponsors se sentirait-il alors obligé de financer le vol du retour ? C'était certainement ce qu'avaient imaginé Karsten et Mads, car le compte en banque de l'expédition frôlait de nouveau le découvert.

La nourriture était bonne, les discours nombreux et solennels. Au café, une fois le cognac servi, l'ambiance devint plus gaie, plus insouciante. J'avais mal à la tête et je m'excusai auprès de Karsten. Bien sûr que je pouvais rentrer me coucher à l'auberge, m'assura-t-il, les yeux brillants d'excitation. Il ne fallait pas que je m'occupe de lui, à cette heure ma présence n'était plus nécessaire. Il préférait que je sois en forme pour le lendemain quand, au petit matin, tous les membres de l'expédition seraient photographiés et filmés à l'aéroport avant que toute la troupe et le cirque médiatique suscité par celle-ci ne partent pour l'archipel des Sjuøyene. Et nous ? avais-je envie de répliquer. Quand nous dirions-nous adieu, quand aurions-nous droit à un moment en tête à tête ?

Le restaurant Huset se dressait, seul, au milieu d'un terrain tout plat mais bordé, juste de l'autre côté de la route, par la paroi abrupte de la montagne. Au loin, sur les hauteurs, je pouvais entrapercevoir les vestiges des anciennes mines de charbon, de vieilles structures en bois en piteux état. La route continuait jusqu'aux ruines de Sverdrupbyen, une vieille cité minière détruite à plusieurs reprises – incendiée pendant la Seconde Guerre mondiale, nombre de ses maisons étaient ensuite parties en fumée lors d'un malheureux exercice d'évacuation dans les années 1980. Il ne restait pratiquement plus rien à présent, mis à part quelques bâtisses délabrées, dont les anciennes écuries des années 1930 et un édifice en brique.

En contrebas de Sverdrupbyen, la grand-route déblayée par les chasse-neige partait vers Nybyen, une cité située de l'autre côté de la vallée de Longyeardal. C'était là que se trouvait l'auberge. Celle-ci se situait, certes, à plusieurs kilomètres du restaurant et j'aurais pu appeler un taxi, mais je décidai de rentrer à pied. Le ciel s'était couvert. Sous les lampadaires, la neige était d'un blanc bleuté, mais tout autour la route bordée de congères baignait dans l'obscurité. Après quelques centaines de mètres seulement, j'étais déjà transie de froid, malgré ma longue doudoune épaisse sur la manche de laquelle figuraient les logos de tous nos sponsors et le drapeau norvégien. Il me vint soudain à l'esprit que je pouvais tomber sur un ours polaire. Knut Fjeld, du bureau du gouverneur, nous avait dit qu'on n'était jamais à l'abri de croiser un de ces énormes plantigrades qui se promenaient un peu partout, et voilà que je marchais seule dans la nuit hivernale sans aucune arme sur moi.

Au milieu du pont enjambant la vallée, je m'arrêtai et jetai un coup d'œil vers le glacier de Longyearbreen. Il s'élevait comme une gigantesque porte de glace, loin au-dessus de ma tête. Je me rendis alors compte que j'étais vraiment contente de ne pas faire partie de l'équipe qui partirait vers le nord le lendemain. Les récits héroïques et les histoires horribles sur les gelures et les explorateurs morts de froid dont on nous avait rebattu les oreilles ces derniers mois m'avaient ôté toute envie de participer à l'expédition. Je m'étonnais que Camilla brûle toujours autant de se joindre aux autres. Elle m'avait même demandé si nous avions de quoi financer son transport si un des quatre hommes tombait malade et qu'il fallait le remplacer. J'avais répondu par la négative. Elle avait alors commencé à se poser la question de savoir si les assurances prendraient en charge ce type de vol. Elle semblait presque obsédée par l'idée de trouver une solution pour être de ceux qui parcourraient la dernière partie du trajet jusqu'au pôle, rien ne paraissait plus pouvoir l'arrêter.

Quand j'arrivai enfin à l'auberge, j'avais le corps gelé et l'estomac dans les talons. Il faut dire que je n'avais guère touché à mon assiette ce soir-là. Offrir à tout le monde le célèbre menu du Huset, le « nature sauvage », partait peut-être d'une bonne intention et était tout à fait dans l'esprit de l'expédition, mais je n'aimais pas la viande de phoque. Je me dirigeai vers la cuisine. Après avoir fouillé dans les placards, je découvris des œufs dans le réfrigérateur et me préparai une omelette. Je pris du pain dans une énorme pile de tranches prédécoupées dans un carton, puis je me servis un verre de vin d'une bouteille déjà ouverte sur le plan de travail. Mis à part moi, l'auberge semblait déserte. Aucune lumière n'était allumée aux fenêtres des chambres.

J'allai chercher la lettre de mes parents dans la chambre que Karsten et moi partagions. Je me sentais enfin prête à la lire. Je savais que la missive serait à la fois tendre et sincère, et que j'allais me retrouver à pleurer toute seule dans mon coin. Le mal du pays s'abattit soudain sur moi, me coupant presque le souffle. Plus que trois mois, et l'expédition serait terminée. Quatre au maximum si l'on comptait la période chahutée qui risquait de suivre le retour à la maison. Mais peut-être moins, si Karsten et ses compagnons de route devaient, pour une raison quelconque, renoncer à aller jusqu'au bout. J'en étais arrivée au point où cette éventualité qui serait certainement une catastrophe aux yeux des autres ne m'apparaissait plus comme telle. Je repoussais cependant cette idée, je ne devais pas laisser le cynisme prendre le dessus. En caressant de telles pensées, j'oubliais tous ces pauvres gens qui nous avaient fait confiance en investissant de l'argent dans notre projet.

La lettre de mon père était brève, mais même dans mes pires moments de doute je n'aurais jamais pu imaginer ce qu'il m'écrivait. J'étais comme pétrifiée. Devant moi, l'omelette refroidissait lentement dans l'assiette. Quand, beaucoup plus tard, j'entendis un taxi s'arrêter devant l'auberge et les autres grimper bruyamment l'escalier en aluminium, j'avalai le vin restant dans mon verre en une seule et longue gorgée.

Ce que Karsten avait fait était si monstrueux que j'étais tétanisée de colère. Moi qui m'étais tant réjouie de lire la lettre de mon père trop crédule. Or celle-ci me révélait que Karsten avait menti à mes parents et réussi à les convaincre d'hypothéquer notre chère maison de famille, celle de ma grand-mère – tout cela sans même me consulter ! J'aurais évidemment dit non.

Je me tenais dans l'ombre alors qu'ils remontaient le couloir en riant haut et fort. Même quand la gérante, alertée par tout ce raffut, accourut en boitant dans la cuisine et tomba nez à nez avec moi, je ne prononçai pas un mot ni esquissai le moindre geste. La brave femme me fixa d'un air effrayé et repartit fissa dans sa propre chambre près de la porte de la réception.

Mads, Camilla et Karsten discutaient gaiement et entrèrent dans la cuisine sans me remarquer, alors que je me tenais toujours dans l'ombre. Ils se mirent à fouiller dans les placards. Ils chuchotaient à présent. Ils cherchaient sans doute quelque chose à grignoter avant d'aller se coucher, comme moi quelques heures auparavant. Je m'avançai de quelques pas et m'arrêtai dans l'embrasure de la porte, éclairée par la lumière du plan de travail. Il s'écoula quelques secondes avant que Karsten ne m'aperçoive. Il sentit aussitôt que je n'étais pas dans mon état normal. Ses yeux tombèrent sur la lettre que je tenais à la main. Malgré la pénombre, je le vis blêmir. Nos regards restèrent rivés l'un à l'autre.

J'avais reçu un mot de chez moi ? demanda-t-il. J'allai droit au fait : mes parents avaient hypothéqué la maison de ma grand-mère et lui avaient envoyé tout l'argent emprunté. Or aucune somme importante n'avait été déposée sur le compte de l'expédition. Où étaient passés les sous ? Karsten se racla la gorge, embarrassé. Il avait l'intention de tout me dire, mais j'étais tellement déprimée ces derniers temps. Sincèrement, il en était même arrivé à craindre pour ma santé mentale et il n'avait pas voulu me donner d'autres sources de tracas éventuels.

Ce fut Camilla qui m'expliqua à quoi avait servi le crédit. Mads et elle étaient au courant depuis plusieurs semaines, avoua-t-elle. Ils avaient payé le dépôt de garantie exigé dans le contrat passé avec Airlift pour le vol du retour. Ils n'avaient pas eu le choix, sinon la compagnie d'hélicoptère aurait refusé d'assurer leur transport.

Je ricanai d'un rire froid, dédaigneux. Airlift avait sans doute déjà eu affaire à des gens comme nous, répliquai-je. Ils étaient parfaitement conscients des conséquences désastreuses que cela pourrait avoir s'ils acceptaient de les déposer sur la banquise, et se retrouvaient obligés d'aller les récupérer gratuitement au pôle Nord parce que nous n'avions pas les moyens de les payer. Les mots franchissaient péniblement mes lèvres. J'avais l'impression d'avoir le visage paralysé, c'était bizarre. Et qu'en était-il de l'autre vol, celui pour venir rechercher les chiens ? Svein l'avait-il déjà payé ?

Aucun d'entre eux ne répondit. Mads s'avança vers moi avec empressement, en tendant la main, comme s'il voulait m'aider à monter un escalier raide en haut duquel les autres se tenaient déjà. Ils avaient discuté toute la nuit, déclara-t-il. Ils ne savaient pas quoi faire. Avais-je une idée à leur proposer ? Karsten s'interposa, il écarta la main de Mads. Qu'il la ferme, bon sang ! Il fallait qu'on arrête de me tourmenter. J'avais déjà plus qu'assez donné pour l'expédition. Sans l'offre généreuse de mon père, ils auraient dû renoncer à partir.

Ses yeux me suppliaient. Je ne les avais jamais vus aussi bleus. Il me demandait juste de lui faire un peu confiance, dit-il. Il promettait de réussir une fois encore à nous sortir de ce mauvais pas.

Lentement je reculai, je m'éloignai de cette noirceur inconnue que je voyais sur leur visage. J'articulai soigneusement chacun de mes mots en ne m'adressant qu'à Karsten. Ils tombaient un à un de ma bouche et roulaient sur le sol, tels des petits cailloux. Si jamais la maison de ma grand-mère était vendue aux enchères parce que l'expédition ne réussissait pas à tenir ses engagements, il pouvait faire une croix sur notre mariage, lui dis-je. Puis je leur tournai le dos et regagnai notre chambre.

Chapitre 20
Svein Larsen

Les journalistes appelaient plusieurs fois par jour pour prendre des nouvelles de Svein Larsen. La plupart d'entre eux étaient venus au Svalbard pour couvrir le départ de l'expédition, il était donc difficile de s'en débarrasser avec une réponse laconique. L'hôpital de Longyearbyen n'avait ni l'autorisation ni le personnel nécessaire pour faire face à ce type de demande. Tore Dahl renvoyait la presse vers la famille. Le père du malade était attendu d'un moment à l'autre au Svalbard. Dans l'intervalle, l'hôpital était en contact avec Camilla Friis, qui jouait le rôle d'intermédiaire entre l'expédition et le monde extérieur. Dans sa version des faits, Svein Larsen n'avait rien de grave, il souffrait juste d'un coup de froid et d'une grande fatigue. L'expédition ayant par ailleurs prévu une telle éventualité, ils avaient bien sûr un remplaçant, au cas où.

Le médecin chef de l'hôpital était d'ordinaire un homme de sang-froid. Depuis qu'il travaillait au Svalbard, il avait vu les pires accidents, des corps dans un état affreux, et il en fallait beaucoup pour le déstabiliser, mais là il était inquiet. Il téléphona au bureau du gouverneur de bonne heure le matin : s'ils voulaient interroger Svein Larsen, il fallait se dépêcher, annonça-t-il. Le patient faiblissait d'heure en heure et il délirait. Il n'était pas facile de démêler le vrai du faux dans ce qu'il disait. Le chef de la police avait-il des nouvelles de Knut ? D'autres participants étaient-ils tombés malades ?

Tom Andreassen était aussi inquiet que le médecin chef. Depuis vingt-quatre heures, le bureau du gouverneur n'avait plus aucun contact avec l'expédition, ni aucune nouvelle de Knut. Le chef de la police se rendrait en personne à l'hôpital, mais Tore pourrait-il arrêter d'appeler ça un interrogatoire ? Le terme « discussion » lui paraissait plus approprié. Il ne voulait pas dramatiser la situation.

« Il faut que je te parle, lui confia le médecin chef. Nous avons reçu le résultat des examens. Négatifs pour les chiens morts. Il n'y avait pas grand-chose à en tirer. Heureusement que Knut a eu la présence d'esprit de renvoyer celui encore en vie. Comment va-t-il, d'ailleurs ?

– Très bien. Les piqûres que tu lui fais semblent efficaces.

– Aucun saignement de nez ni traces de sang dans les excréments ?

– A priori, non, je n'ai rien remarqué de tel. Il faut dire que je ne les examine pas non plus à la loupe, mais il semble se porter de mieux en mieux.

– Viens me voir quand tu auras fini avec Svein Larsen. Je crois que j'ai ma petite idée sur ce qui est arrivé. Ce n'est pas beau, Tom. Si j'étais toi, après notre entretien, j'essaierais coûte que coûte de joindre Knut. »

Le médecin chef était à l'accueil quand Tom pénétra dans l'hôpital. Il lui fit signe de passer devant un bon nombre de personnes qui fixaient patiemment le plafond. Tore Dahl voulait que les gens présents prennent le temps de réfléchir aux aléas de la vie et de se demander s'il leur était vraiment nécessaire de consulter le médecin pour un petit rhume. C'est pourquoi il refusait que l'on mette à leur disposition des magazines ou toute autre sorte de divertissement. Les murs nus et les grandes surfaces aseptisées de la salle d'attente n'incitaient pas non plus aux débordements ou aux discussions à la légère. La présence soudaine du chef de la police à l'hôpital tombait donc à point puisqu'elle leur donnait l'occasion de s'interroger à voix basse sur la raison de sa venue.

Le médecin chef attrapa Tom par le bras et l'entraîna un peu plus loin. « Il y a une chose que j'ai oublié de te dire au téléphone. Nous n'avons pas informé le patient de la mort de ses chiens. Nous ignorons s'il l'a deviné ou pas. Il doit bien se douter aussi qu'il ne souffre pas d'une simple pneumonie. Essaie de lui soutirer des informations sur ce que les membres de l'expédition ont mangé dans les vingt-quatre heures qui ont précédé son évacuation.

– On parle bien d'un empoisonnement ? » Tom scrutait le médecin du regard.

« Oui, les analyses le confirment. Et ce n'est pas non plus accidentel. » Le médecin chef hésita légèrement. « Les rumeurs vont bon train en ville. Tu n'as eu vent de rien, par hasard ?

– Non, à quel propos ?

– OK, je vois, va parler à Svein Larsen. Et puis passe me voir dans mon bureau quand tu auras terminé. »

L'hôpital était propre et calme. L'odeur de détergent ne parvenait néanmoins pas à masquer celle aigrelette du vomi. L'homme dans le lit avait la base du nez marquée de rides profondes et des lèvres légèrement bleues. Il ne reconnut pas le chef de la police. Pas étonnant, pensa Tom, il ne l'avait rencontré que deux ou trois fois. Knut avait été le principal interlocuteur de l'expédition. Il prit le risque d'aller droit au fait, en demandant à Svein Larsen s'il se souvenait des dernières vingt-quatre heures sur la banquise avant son évacuation.

Une expression de soulagement passa sur le visage défait du malade. Oui, il fallait qu'il lui parle, il avait quelque chose d'important à lui révéler. Un instant ses yeux exprimèrent l'incertitude, puis il se reprit. Il n'avait jamais été dans leur intention de ramener les chiens à Longyearbyen, murmura-t-il. Ils avaient décidé de les abandonner sur place. Il se projeta en avant dans le lit, les larmes aux yeux. Les salauds ! s'exclama-t-il. S'il avait su ce qu'ils manigançaient quand ils se trouvaient encore à Longyearbyen, il aurait tout révélé à la presse.

« Qui ça “ils” ? demanda Tom.

– Camilla. » Le simple fait de parler l'épuisait.

« Mais elle est restée à Longyearbyen. » Tom insistait, par crainte qu'il ne perde le fil. « Camilla Friis n'était pas avec vous sur la banquise. »

Svein Larsen soupira lentement. La légère odeur douceâtre qui s'échappa de sa bouche suscita un léger mouvement de recul de la part de Tom. « C'étaient mes chiens, vous comprenez. J'avais écrémé tous les chenils de la ville pour acheter ceux qui, à mes yeux, seraient capables de partir plusieurs fois en expédition. Je les ai payés de ma poche, j'ai fait un emprunt. Je rêvais de monter mon propre élevage au Svalbard. D'organiser des excursions pour les touristes. Cette expédition aurait été une bonne publicité. Les photos d'attelages de chiens sont vendeuses. »

Il ferma les yeux et se tut pendant quelques minutes. « Il y a vraiment des manipulateurs. Des gens qui ne pensent qu'à la manière d'atteindre les objectifs qu'ils se sont fixés. Qui complotent dans votre dos.

– Quel type de complot ?

– Le dernier soir avant notre départ pour la banquise. L'ambiance était détestable. Une violente dispute a éclaté. Terje et moi sommes rentrés à l'auberge bien après les autres. Nous étions sortis avec les gens du Polar Kennel.

– Savez-vous pourquoi ils se disputaient ?

– Pour une question d'argent. Karsten avait été chargé de trouver le dernier million manquant. Il nous avait assuré que l'affaire était dans le sac, or il s'est avéré que la somme réunie ne pouvait payer qu'un seul voyage en hélicoptère. L'idée était de se débarrasser des chiens et du matériel avant d'arriver au pôle Nord. Voilà ce qu'ils manigançaient.

– Qui ça "ils" ? » répéta le chef de la police. Il commençait à s'impatienter.

« Camilla, Mads et Karsten. L'expédition était la leur, d'une certaine manière. Ils prenaient toutes les décisions. Terje et moi n'avions pas notre mot à dire, nous n'avions fait qu'acheter notre place, en quelque sorte. »

Le chef de la police garda le silence. Il secoua la tête. Il ne voyait pas le lien entre ces informations et ce qui s'était produit sur la banquise. « Que s'est-il passé exactement lors de votre chute dans le chenal avec les chiens ? »

Le malade regarda le chef de la police avec des yeux injectés de sang. « C'était tellement étrange. Tout à coup, j'ai complètement perdu le contrôle de l'attelage. Les chiens sont partis dans plusieurs directions différentes, comme s'ils avaient vu quelque chose qui les effrayait. J'ai essayé de les retenir, mais ils ont foncé droit dans la gadoue.

– Vous est-il arrivé de vous disputer pendant l'expédition ?

– Non, jamais. Les premières semaines, tout allait bien. Les chiens remplissaient parfaitement leur rôle. Il a pu y avoir quelques petites tensions, mais rien de grave. »

L'infirmière passa la tête par la porte. « Comment ça va ? »

Chaque minute pendant laquelle il pourrait s'entretenir en tête à tête avec Svein Larsen était importante. Seul ce dernier était susceptible de lui donner des informations sur le déroulement de l'expédition avant que celle-ci ne lance un appel de détresse. Tom craignait qu'on lui demande de partir.

« Écoutez, il me semble lucide et plutôt calme. »

L'infirmière hocha la tête et referma doucement la porte derrière elle. Le médecin chef lui avait donné l'ordre de laisser le chef de la police tranquille pendant qu'il discutait avec le malade – tant que cela restait justifiable d'un point de vue médical. Si cela n'avait tenu qu'à elle, elle n'aurait jamais autorisé cet interrogatoire. Le patient devait se reposer. Il s'énervait et imaginait toutes sortes de choses. Il était en permanence sous oxygène à présent. La perfusion était exclue. Elle ne pouvait la lui faire que quand elle demeurait à ses côtés pour lui maintenir le bras. Les antibiotiques lui étaient administrés par piqûre. La pneumonie lui pompait le peu d'énergie qui lui restait.

Tom Andreassen soupira. Il décida de changer d'angle d'attaque. « Je n'ai jamais participé à une expédition à une telle distance du Svalbard. Je serais curieux de savoir comment ça s'est passé au début. Ça vous embêterait de me raconter un peu ? »

L'ombre d'un sourire de contentement glissa sur le visage de Svein Larsen. « C'était comme dans un rêve. L'ambiance fébrile. L'atterrissage de l'hélicoptère. Terje, Mads, Karsten et moi courions partout, il fallait décharger les caisses. On a tendu la chaîne et attaché les chiens qui n'arrêtaient pas de bondir dans tous les sens et d'aboyer, je ne vous dis pas le bazar ! Et puis tout à coup quand l'hélicoptère est parti, plus un bruit. Même les chiens se sont couchés sur la banquise. Ils se sont léchés, ont nettoyé leurs pattes.

– Tout se déroulait donc parfaitement au départ ?

– Quel calme sur la banquise, c'en était presque irréel. Et puis toute cette blancheur, cette pureté. Il faisait noir, certes, et froid aussi. La nuit polaire, quoi. Nous avons monté les deux tentes, rangé le matériel. Allumé les réchauds et mangé, puis un peu papoté avant de nous coucher. Le lendemain matin, les mains de Karsten étaient toutes gonflées. Il n'avait pas fait attention : il les avait gardées hors de son sac de couchage en dormant. L'hélicoptère est revenu nous apporter les pulkas et le reste du matériel. Il y avait aussi tous les journalistes et les photographes à bord. Karsten nous a dit qu'ils avaient payé cher pour ça. J'ai attelé une partie des chiens et j'ai emmené tout ce beau monde faire un petit tour en traîneau. Karsten ne pouvait pas nous accompagner à cause de ses mains. Les journalistes étaient tellement emballés que la moitié d'entre eux s'est portée volontaire au cas où nous aurions besoin d'un équipier supplémentaire. »

Tom Andreassen avait lu les reportages. Ils correspondaient à ce que Svein racontait. L'expédition était apparue comme professionnelle, voire même héroïque. La raison pour laquelle ils partaient aussi tôt, dès les premiers jours de février, était présentée comme un exemple d'audace. Une lutte contre le froid pour atteindre le pôle Nord avant que les conditions sur la banquise ne deviennent difficiles plus tard au printemps.

« Quand l'hélicoptère est reparti la seconde fois, nous nous sommes sentis soulagés. Enfin seuls et prêts à affronter la banquise. Nous nous entraînions pour cela depuis des années. »

Svein Larsen toussa et s'essuya la bouche, mais il insista pour continuer. « Qu'est-ce qu'on en a bavé, les premiers jours ! Fallait voir les ampoules qu'on avait. Nous avons aussi découvert que la banquise dérivait plus vite vers le sud que nous n'arrivions à avancer vers le nord. La deuxième semaine, un des attelages s'est détaché. La pulka s'est renversée et les chiens ont commencé à se battre. Karsten était furieux. Il a dit que c'était de ma faute, que les traîneaux étaient trop chargés. Nous nous sommes débarrassés d'une bonne partie du matériel et avons tout réorganisé, ce qui ne me semblait absolument pas nécessaire.

– Est-ce la raison pour laquelle vous vous êtes fâchés ? À cause de ces premières difficultés que vous rencontriez ?

– Non, tout allait bien. Trop bien, peut-être. Les semaines s'écoulaient. Les journées étaient éreintantes, mais on passait de bons moments sous la tente. On se racontait des histoires ayant trait aux expéditions polaires d'autrefois. Certaines manies, cependant, gâchaient un peu l'ambiance. Entre Mads et Terje, c'était à qui raconterait l'anecdote la plus savoureuse, par exemple. Et ça finissait par devenir un peu pénible à la longue. Le 6 mars au soir fut un très grand moment : Karsten nous a annoncé que nous avions dépassé les 87 degrés nord. Il refusait qu'on touche au GPS. Il était le seul à savoir précisément où nous nous trouvions. Après cela, lui et Mads ont fait légèrement bande à part. Ils restaient souvent devant la tente à discuter dans le froid.

– Mais à part cela ?

– Les chiens, ventre à terre, hissaient les pulkas au-dessus des crêtes de compression. Le vent avait tourné et nous ne dérivions plus aussi vite vers le sud. Quelques petites semaines encore et nous aurions atteint le pôle Nord.

– Et puis les problèmes ont commencé ? Vous avez atterri dans le chenal et les chiens sont tombés malades. Dès le lendemain, en fait.

– Non, c'est le contraire : les chiens sont d'abord tombés malades. Au début, je n'ai pas compris ce qui se passait. Puis j'ai repensé à la discussion que j'avais surprise la nuit avant notre départ de Longyearbyen. Je n'arrivais pas à croire qu'on puisse se montrer aussi cyniques. Les chiens vont bien, au fait ? Ils ont récupéré ? »

Le chef de la police regarda Svein Larsen. Il était manifestement épuisé, mais il luttait pour rester éveillé. Tom n'eut pas le cœur de lui annoncer que ses chiens étaient morts.

« Vous avez mentionné Camilla Friis tout à l'heure…

– Camilla. » Svein Larsen haleta, toussa. « Elle ne connaissait pas grand-chose aux chiens de traîneau. Je l'ai formée, je l'ai emmenée lorsque je partais en attelage. Elle n'en avait rien à fiche d'eux, elle ne les caressait jamais. Pour elle, ils n'étaient qu'un moyen de transport comme un autre. »

Le chef de la police se pencha vers le lit, avec la crainte d'en avoir trop demandé au malade. Il était temps de prévenir le médecin chef que l'entretien était terminé. Un entretien qui ne lui avait malheureusement pas appris grand-chose.

Svein Larsen lui fit signe d'approcher. « Non, ne partez pas. Vous comprenez, je croyais que j'étais important pour l'expédition. »

Tom Andreassen prit le risque de l'interrompre. « Est-ce pour cela que vous avez sauté dans le chenal pour sauver les chiens et la pulka ? Pour vous affirmer auprès de Karsten et Mads ? Ou alors parce que c'étaient vos chiens et votre matériel ? »

Svein Larsen hocha la tête, recommença à tousser. « Je n'avais pas compris que je n'étais qu'un idiot utile, dit-il. Ils se servaient de moi. Ils avaient tout prévu.

– Qui "ils" ? »

Mais Svein Larsen n'en pouvait plus. Il avait fermé les yeux. Quelques instants plus tard, il dormait profondément, un son rauque s'échappant de ses poumons à chaque respiration. Tom

Andreassen passa la tête dans le couloir et, d'un geste, indiqua à l'infirmière assise sur une chaise devant la porte qu'il avait terminé. Il n'avait pas obtenu de réponses aux questions les plus importantes. Peut-être Svein Larsen n'était-il pas la personne en mesure de les lui donner ?

Tore Dahl était assis dans son bureau. Il avait l'air épuisé. Il n'avait pas pris la peine d'allumer les lampes, et la lumière polaire à l'extérieur éclairait son visage d'une lueur froide.

Il leva les yeux quand Tom Andreassen entra. « As-tu réussi à en tirer quelque chose ?

– Il semblerait que l'expédition ait été constituée d'un noyau dur, et de membres utilisés en simple renfort pour ainsi dire. Manifestement Svein Larsen appartenait à cette dernière catégorie. » Le chef de la police se laissa lourdement tomber dans un fauteuil. « Je ne vois pas trop ce que je peux faire d'autre. Ma foi, ce n'est pas vraiment une affaire qui relève de la police même si, de toute évidence, ils ont empoisonné les chiens pour ne pas avoir à payer leur rapatriement en hélicoptère. Svein Larsen peut sans doute les attaquer en justice pour parole non tenue, en tout cas s'il est en possession d'un accord écrit stipulant qu'il garderait les chiens.

– Il ne s'en sortira pas. Je suis resté ici jour et nuit depuis son hospitalisation, j'ai tout essayé. Mais c'est un mélange diabolique qu'il a avalé. Voici les résultats du laboratoire de la police scientifique. Ils n'ont pas chômé. » Le médecin chef poussa une feuille de papier vers Tom Andreassen.

Ce dernier la lut à voix haute. « Trace de warfarine, importantes quantités d'alphachloralose… qu'est-ce que ça signifie ? Est-ce des produits qu'on peut se procurer facilement ? Tu ne sous-entends tout de même pas que, sous une tente paumée au beau milieu de la banquise, quelqu'un a mélangé des poisons dans l'intention de faire avaler cette mixture à un de ses équipiers ? Personne n'est givré à ce point quand même ! »

Tore Dahl redressa le dos, l'air blessé. « Ça, je n'en sais rien. Mon boulot à moi, c'est de te dire quelle substance ingurgitée par Svein Larsen l'a rendu malade.

– Excuse-moi, je ne voulais pas t'offenser. Mais peux-tu m'expliquer quels sont les effets de ces produits ?

– La warfarine favorise les hémorragies. Après son absorption, toutes les muqueuses du corps se mettent à saigner. Les anciens raticides en contenaient. Ils provoquaient une mort douloureuse. Il existe de meilleurs produits aujourd'hui. L'autre substance mentionnée, l'alphachloralose, est aussi un poison que l'on retrouve dans les mort-aux-rats actuelles. Il est vendu sous le nom de Black Pearl. D'après la publicité, ce serait beaucoup moins douloureux, mais aussi beaucoup plus efficace. »

Le chef de la police frémit. « Quels sont les symptômes d'un empoisonnement à la warfarine ou à l'alphachloralose ?

– L'alphachloralose stoppe la régulation de la température corporelle. Résultat : les rats meurent de froid. Il a aussi un effet narcotique. Quand un humain avale cette substance, il devient apathique, confus.

– Et tu dis que Svein Larsen a absorbé un cocktail de ces deux produits ? Comment est-ce possible ? Ont-ils un goût particulier ?

– Non. Ils ne sentent rien non plus. Sinon, les rats ne les mangeraient pas. La warfarine ressemble un peu à des flocons d'avoine, le second produit se présente sous forme de granulés, le poison y est enrobé d'une substance qui lui ôte tout goût ou toute odeur. Par ailleurs, ce n'est pas moi qui affirme que Svein Larsen a absorbé ce mélange. C'est le laboratoire de la police scientifique. Les analyses de ton chien révèlent la même chose, mais lui, apparemment, aurait surtout consommé de la warfarine. »

Tom secoua la tête, incrédule. « Non, mais c'est complètement dingue ! J'ai vraiment du mal à comprendre qu'une telle chose soit possible.

– Tu peux d'ores et déjà exclure, me semble-t-il, que Svein Larsen soit mêlé à cette histoire d'empoisonnement. D'une part, il n'aurait jamais donné de poison à ses chiens. D'autre part, il est lui-même persuadé de souffrir d'une pneumonie. »

Les deux hommes échangèrent un long regard. « Quel est le pronostic ? » finit par demander Tom Andreassen.

Tore Dahl se renversa sur sa chaise. « Selon toute probabilité, il ne s'en sortira pas. Les piqûres de vitamine K ne font pas vraiment effet. Je le répète, ce mélange est diabolique.

– Si je comprends bien, tu es en train de me dire que si Svein Larsen ne s'en sort pas, c'est un meurtre ?

– Ce n'est pas moi qui le dis. Je te laisse le soin de tirer toi-même les conclusions qui s'imposent. »

Le chef de la police s'apprêtait à partir quand on frappa doucement à la porte. L'infirmière qu'il avait vue dans la chambre de Svein Larsen entra. Elle regarda le médecin chef en secouant la tête.

« Il est mort il y a quelques minutes », annonça-t-elle.

Chapitre 21
L'interrogatoire

Pendant près de cinq semaines, tout s'était plus ou moins déroulé comme prévu. L'expédition avait bien connu quelques revers. Les chiens s'étaient ainsi révélés ne pas être aussi efficaces sur la banquise que nous l'avions cru. Sans doute à cause des obstacles formés par les crêtes de compression et les chenaux, mais peut-être surtout à cause de leur nourriture qui prenait énormément de place sur les traîneaux. Les premiers jours, ils n'avaient parcouru que de courtes distances afin de s'habituer au froid et à l'effort physique intense, leur avait expliqué Karsten. De sa chambre d'hôtel, Camilla transmettait ces informations aux sponsors, aux amis et, bien sûr, aux médias. L'ambiance était bonne. Tous se montraient optimistes. J'étais probablement la seule à penser avec horreur au montant des factures de téléphone que nous allions recevoir.

Informer la presse représentait moins de travail que Camilla ne l'avait imaginé. Il arrivait que Karsten soit si peu loquace sur l'expédition, qu'elle inventait, carrément. Les journalistes demeurèrent pendant quelques jours à Longyearbyen, puis voyant que tout semblait se dérouler comme prévu, ils regagnèrent le continent. Camilla tenta en vain de les convaincre de rester encore un peu.

Je lui proposai moi-même de déménager au Polar Hotel. Grâce à son atmosphère anonyme et à la plus grande distance qui séparait les chambres, Camilla et moi aurions ainsi peut-être une chance de pouvoir continuer à entretenir des rapports amicaux pendant les semaines que durerait l'expédition. Avec ses pièces vides et sombres, l'auberge nous rappelait trop la vilaine dispute survenue le dernier soir. Je n'arrivais pas à oublier ce que j'avais vécu, ni ce que j'avais fait.

Ce jeudi soir, nous étions allées manger un hamburger au pub de l'hôtel. Nous ne nous étions pas attardées. Les autres clients nous dévisageaient, et ce n'était qu'une question de minutes avant que l'un d'entre eux ne vienne nous parler. Nous avions envisagé de partager une bouteille de vin dans le salon de l'hôtel pour fêter la progression de l'expédition qui avait franchi les 87 degrés nord. Nous ne sommes jamais parvenues jusque-là.

À la réception, nous avons été arrêtées par un agent de police qui nous annonça assez laconiquement que Mads Friis avait appelé sur la liaison satellite et demandé de l'aide. L'hélicoptère partirait le lendemain. L'expédition serait probablement de retour à Longyearbyen dans la soirée. L'heure précise de leur arrivée dépendrait du temps. On nous préviendrait le moment venu, mais nous devions par conséquent rester dans nos chambres. Camilla, épouvantée, demanda si l'expédition allait être évacuée. Quelqu'un était-il blessé ? Pourquoi ne nous avaient-ils pas appelées ?

Nous avons planté là le policier et couru dans la chambre de Camilla. Le téléphone Iridium n'indiquait aucun appel manqué. Ils n'avaient même pas essayé de nous joindre. J'en restai sans voix. Était-il arrivé quelque chose à Karsten ? Pourquoi était-ce Mads qui avait appelé le bureau du gouverneur ?

Camilla prit un taxi et partit à la pêche aux informations. Je restai à l'hôtel, au cas où nous recevrions un appel de la banquise. Mais quand le téléphone sonna enfin, l'appel ne venait ni d'un membre de l'expédition ni de Camilla, mais du rédacteur en chef du *Svalbardposten*. Il souhaitait que nous commentions l'affirmation selon laquelle l'expédition allait à présent se retrouver dans une situation économique compliquée. Lors d'une interview, Karsten Hauge lui avait en effet expliqué qu'une grande partie de nos financements dépendait de la réussite de l'expédition, et que ceux-ci ne nous seraient pas versés s'ils n'atteignaient pas le pôle Nord.

Camilla revint en roulant des yeux. C'était Svein qui était tombé malade, m'annonça-t-elle. Ce n'était sans doute pas grave, mais il ne pourrait pas continuer jusqu'au pôle Nord. Et presque dans la même phrase, elle ajouta que certains chiens n'étaient pas non plus très en forme. Mais que je n'aille pas aussitôt m'imaginer le pire ! s'empressa-t-elle de dire. Au bureau du gouverneur, ils lui avaient expliqué que le campement avait été attaqué par un ours polaire. Leurs agents étaient sans doute partis sur place pour l'abattre. Quand ce genre de bête commençait à vous rôder autour, en général elle ne vous lâchait plus.

Voilà que Camilla Friis était maintenant une experte en ours polaire !

Elle commença à sortir des vêtements de ses valises, à étaler le tout sur le lit et par terre, les yeux brillants et les joues rouges d'excitation. Elle avait l'intention de rejoindre l'expédition avec l'hélicoptère. Pouvait-elle m'emprunter mon nouvel appareil photo qui coûtait une fortune ? Ils auraient besoin d'un quatrième coéquipier sur la banquise. Or elle était malgré tout parfaitement légitime depuis le début comme membre de cette expédition qu'elle connaissait jusque dans ses moindres détails.

Je secouai la tête, incrédule. Comment pouvait-elle croire qu'ils l'autoriseraient à monter à bord ? Si le bureau du gouverneur finançait ce vol, c'est qu'il s'agissait d'une opération de sauvetage. Ils n'allaient certainement pas, dans ce cas, embarquer des gens qu'ils risquaient de devoir évacuer par la suite !

Elle ne m'écoutait pas. L'équipe avait anticipé ce genre de situation. Et je devais bien me douter qu'ils l'avaient choisie comme première suppléante. Si quelqu'un tombait malade, Camilla devait sauter dans l'hélicoptère pour remplacer celui qui abandonnait. Une promesse de Karsten, probablement. Je soupirai en pensant à toutes les autres personnes à qui il avait dû tenir le même discours. Mais c'était le bureau du gouverneur qui payait le vol, répétai-je. Ils refuseraient à coup sûr de la laisser monter à bord. Cette dernière remarque la mit hors de ses gonds, elle jeta ses vêtements par terre. Non mais bordel, j'avais bien l'argent qu'il fallait sur le compte de l'expédition pour prendre ça en charge ? Sinon, je n'avais qu'à demander à Airlift qu'il nous fasse crédit ! C'était moi la trésorière, non ?

Avant que l'expédition ne rejoigne la banquise, il avait été convenu que Camilla et moi nous chargerions d'organiser leur retour du pôle Nord ainsi qu'un éventuel vol supplémentaire. Les contacts avec le reste du monde devaient aussi transiter par nous, même si Karsten et Mads étaient bien sûr libres de contacter qui bon leur semblait. La raison de ce choix était simple et d'ordre purement pratique : il fallait épargner aux gars tout ce qui pourrait les perturber. Au moment de partir, ils n'avaient plus qu'un seul but en tête : atteindre le pôle Nord en un minimum de temps. J'étais la trésorière et ce serait à moi de payer les factures et de négocier les crédits. Camilla devait être la voix de l'expédition à Longyearbyen. Tous les échanges se feraient soit entre Karsten et moi, soit entre lui et Camilla. Cette façon de procéder avait fait l'unanimité. Karsten gardait ainsi son rôle de chef et le contrôle de l'expédition.

C'est pourquoi l'appel de détresse lancé par Mads avait de quoi nous surprendre, mais Camilla ne parlait plus que de son rôle de suppléante. Il était impossible de lui faire entendre raison, il lui avait manifestement échappé que, selon le policier, toute l'expédition allait être évacuée. Au bout d'un moment, je finis par renoncer à la ramener sur terre et retournai dans ma chambre.

Camilla partit à l'aéroport avant que je ne sois levée, en me laissant un message glissé sous la porte. Il ne contenait rien de nouveau, uniquement ce qu'elle n'avait cessé de répéter la veille au soir : qu'elle rejoignait l'expédition. Quelques heures plus tard, elle revint à l'hôtel, déconfite et en colère. Le seul passager autorisé à bord de l'hélicoptère était Knut Fjeld, le policier qui nous avait aidés à remplir toutes les demandes d'autorisation. Il lui avait parlé comme à une idiote. Qu'allait-elle faire maintenant ? Elle avait déjà téléphoné à Anne Wiborg de *Sport & Fritid* pour lui annoncer un changement d'équipe sur la banquise.

Elle me parut soudain complètement épuisée. Régler les problèmes de transport, c'était mon boulot. Il fallait que j'aille voir le directeur d'Airlift pour tenter d'organiser un vol de façon à ce qu'ils aient une chance d'atteindre le pôle Nord. À ce moment-là, je ne me suis pas senti le cœur de lui dire qu'a priori aucun membre de l'expédition n'atteindrait le pôle.

Quand l'hélicoptère revint tard le soir du campement situé à 87 degrés nord, personne ne nous appela avant minuit. Camilla, hystérique, incendia le chef de la police au téléphone. Les accusations volaient dans tous les sens, mais son principal reproche portait sur son manque d'égards envers nous alors que nous attendions au Polar Hotel en redoutant le pire. De plus, elle tenait le gouverneur pour responsable de ne pas avoir eu le droit de monter à bord de l'hélicoptère. Son monologue terminé, je lui demandai si elle avait des nouvelles de Svein. Comment allait-il, et où se trouvait-il à présent ? Camilla se calma aussi vite qu'elle s'était emportée. Svein avait quitté l'aéroport en ambulance.

Il était hospitalisé. Elle s'assit dans le seul fauteuil de ma chambre et regarda par la fenêtre le vent qui fouettait la neige et la rabattait sur le sol en des tourbillons serrés.

Il était arrivé un accident, expliqua-t-elle. Svein avait glissé dans un chenal avec un des attelages. Les autres avaient réussi à les extraire de là, lui et les chiens. Mais l'eau était tellement glaciale qu'il était tombé malade. Ces derniers temps, le mercure avoisinait les –30° C sur la banquise. Elle se rongeait les ongles en m'observant à travers ses yeux plissés. Elle essayait de jouer la fille en colère, mais je voyais bien qu'elle avait peur.

Svein Larsen était méconnaissable, allongé sur le lit d'hôpital. Il dormait, le corps maigre et mal en point, le visage marqué et les traits tirés. Camilla s'avança vers lui et lui toucha doucement le bras. Il sursauta, nous regarda, l'air perdu, avec des yeux injectés de sang. L'infirmière qui nous avait suivies dans la chambre s'avança elle aussi vers lui. Il la connaissait apparemment, car il essaya de sourire. Puis ses paupières se refermèrent et il se rendormit.

L'infirmière nous demanda de l'accompagner dans le couloir. Elle secoua la tête, l'air inquiet. Ils faisaient leur possible pour le malade, nous assura-t-elle, mais il était très faible. Nous pouvions revenir le lendemain. Ils nous téléphoneraient aussitôt si jamais son état empirait.

Camilla avait l'air effrayé. Elle ne s'était pas imaginé que l'état de Svein serait aussi grave, elle croyait qu'il s'agissait d'une simple pneumonie. On ne mourait pas de ce genre de maladie quand on était jeune et robuste ! L'infirmière nous chassa presque du hall d'accueil, mais Camilla l'arrêta juste avant qu'elle ne disparaisse dans l'escalier. Ils ne laissaient personne d'autre entrer dans la chambre de Svein, dites ? Tous les appels de la presse devaient être redirigés vers elle, ajouta-t-elle d'une voix nerveuse. Les yeux de l'infirmière s'étrécirent d'irritation. Elle pouvait déjà nous informer qu'un représentant du bureau du gouverneur viendrait le voir plus tard dans la journée. Ils étaient curieux de savoir comment il avait pu tomber malade à ce point, sans parler de la mort de tous les chiens.

Les chiens étaient tous morts ? Je m'assis au milieu de l'escalier, sans me rendre compte que je pleurais jusqu'à ce que Camilla me crache de me reprendre. Les gens nous dévisageaient.

La journée fut longue à l'hôtel. Camilla enregistra un message automatique sur son téléphone portable, rédigea sur son ordinateur le communiqué de presse officiel annonçant l'accident de Svein et l'envoya aux contacts de l'expédition. La missive aux familles était à peine plus circonstanciée. À la suite d'un accident, un des membres de l'expédition se trouvait à l'hôpital. Il était en voie de guérison. Pas un mot sur les chiens.

Dans la soirée, l'hôpital nous téléphona. L'état du patient était stationnaire. Ils cherchaient à joindre la famille de Svein. Aurions-nous une adresse et un numéro de téléphone à leur communiquer ?

Camilla avait cessé de me harceler pour que je lui organise un vol en hélicoptère afin qu'elle puisse rejoindre les autres sur la banquise. Pour la dixième fois au moins, elle tenta de les appeler sur la liaison Iridium. Pourquoi ne répondaient-ils pas ? Dans cette situation qui nous maintenait dans une incertitude épouvantable, je trouvais réconfortant de savoir que Knut Fjeld était désormais sur place. Le policier m'avait paru si rassurant et si compétent.

L'attente insoutenable se poursuivit le lendemain. L'hôpital nous appelait à intervalles réguliers. L'état de Svein était toujours stationnaire. Par crainte d'être embêtées par des locaux curieux, nous avons décidé de manger au restaurant de l'hôtel, bien que la nourriture y soit beaucoup plus chère qu'au pub. Mais peut-être nous inquiétions-nous pour rien. Les gens nous traitaient avec compassion, comme si c'étaient nous les malades.

Puis nous sommes remontées dans nos chambres. Et avons continué à attendre. La compagnie de Camilla était encore préférable à la solitude alors que j'étais rongée par le doute. Le doute qui ne se concentrait plus désormais que sur un seul point. J'étais incapable de penser à ce que nous aurions dû ou pu faire, ou aux nouvelles surprises que le futur pouvait nous réserver. Nous étions prisonnières d'une situation impossible et on ne peut plus floue. Pourquoi Mads et Karsten ne nous téléphonaient-ils pas ? Les seules informations en provenance de la banquise nous venaient du chef de la police. Or ce dernier nous avait juste signalé que les autres membres de l'expédition allaient bien, rien de plus. Nous balancions entre l'optimisme et le désespoir.

Camille appela le père de Svein. La conversation fut houleuse. Pour la toute première fois depuis que je la connaissais, je l'entendais exprimer des regrets et avouer sa détresse.

Au troisième jour d'hospitalisation de Svein, le chef de la police nous appela en fin d'après-midi et nous demanda de venir à son bureau. Il souhaitait nous parler, mais il ne nous dit rien des raisons qui l'incitaient à vouloir s'entretenir avec nous. La perspective de cette entrevue me glaçait le sang et il en était sans doute de même pour Camilla. Nous n'échangeâmes pas un mot dans le taxi. Le chef de la police nous attendait dans le hall d'accueil et d'un geste, il nous invita à entrer dans son bureau. Il nous proposa un café, mais il ne faisait aucun doute que sa question était d'ordre purement formel. Un autre policier présent dans la pièce consignait tous nos propos.

Le chef de la police s'assit lourdement dans son fauteuil. Savions-nous qu'une sale rumeur au sujet de l'expédition circulait dans Longyearbyen ? Cela ne ferait certainement pas notre affaire si celle-ci arrivait aux oreilles de la presse. Nous échangeâmes un regard. Camilla se redressa et affirma que jusqu'ici, nous étions plutôt restées dans notre coin. Que disait cette rumeur ?

Il nous regarda, l'air un peu sceptique, avant probablement de conclure qu'après tout, cela n'avait rien d'un secret, puisque la moitié de la ville en parlait. Du poison avait disparu de l'auberge de Nybyen durant notre séjour sur place. Deux types de raticides différents, plus précisément. Le pot de confiture dans lequel l'un des deux était conservé avait été retrouvé sur le plan de travail de la cuisine. Vide. Cela nous évoquait-il quelque chose ? Dans ce cas, il nous conseillait de l'en aviser dès maintenant.

Camilla était devenue écarlate, mais le pire nous attendait. Le chef de la police nous informa que cinq jours auparavant, les chiens avaient été empoisonnés sur la banquise. Peu de temps avant l'arrivée de l'hélicoptère. Il tenait ce renseignement de Svein Larsen. La tête me tournait. Camilla se taisait, les yeux rivés sur ses mains. Svein Larsen lui avait aussi confié, et d'autres témoignages corroboraient ses dires, que plusieurs membres de l'expédition s'étaient violemment et bruyamment disputés le soir précédant leur départ pour la banquise. Le chef de la police nous regarda tour à tour.

J'avais sans doute pâli, car il demanda à l'agent d'aller me chercher un verre d'eau. L'heure n'était plus à la plaisanterie, conclut-il. Un meurtre était un délit très grave. Camilla l'interrompit d'une voix stridente. Un meurtre ? Avant qu'il ait eu le temps d'ajouter quoi que ce soit, elle lui rappela que rien n'interdisait de tuer ses propres chiens tant que c'était fait avec humanité. Il ne parlait pas des chiens, répondit le chef de la police. Svein Larsen était mort quelques heures auparavant.

Chapitre 22
Le choc

L'odeur était tellement intenable sous la tente qu'il était presque impossible de rester à l'intérieur, mais cela ne semblait pas déranger Mads. Knut se força à sourire en s'asseyant à côté de lui.

« Comment ça va ?

– Je ne me sens vraiment pas bien, c'est atroce.

– T'as mal ?

– Je ne te le fais pas dire ! Surtout dans le pied, mais ça me picote partout. Ce n'est pas vraiment douloureux, ça ressemble plutôt à une démangeaison. Comme si j'avais des colonies de fourmis sur la peau.

– Karsten a-t-il changé le pansement ? »

Mads secoua la tête, les yeux brillants. « Il passe la plupart du temps dehors devant la tente. Il monte la garde, à cause de l'ours polaire. C'est en tout cas ce qu'il affirme… mais je crois plutôt qu'il n'a pas le courage de rester avec moi. Il s'est toujours défilé devant la maladie. Face à elle, il est aux abonnés absents. »

Knut lui parla des traces qu'ils avaient observées autour de l'ancien campement, au final Karsten n'avait peut-être pas tort de se méfier, constata-t-il. À partir de maintenant, ils feraient le guet à tour de rôle. Karsten assurerait le premier tour de garde, car il fallait que Terje et lui dorment un peu. Mais d'abord, il serait bien que tous les quatre mangent un vrai repas chaud. Et avant cela, encore, il allait changer son pansement. Knut sortit la tête de la tente et appela les deux autres.

« J'ai besoin d'un peu d'aide, tu comprends, expliqua-t-il à Mads. J'ai contracté une ophtalmie en route, à cause de la neige. Je n'y vois pas grand-chose pour le moment, mais ça devrait aller mieux dans quelques heures. »

Il n'obtint aucune réponse de la part de Mads : ce dernier avait fermé les yeux et s'était laissé retomber sur son sac de couchage ; il avait déjà suffisamment de problèmes comme ça sans devoir en plus se soucier de ceux des autres. Knut ne se sentit pas le courage de reprocher vertement à Karsten de ne pas avoir changé le bandage en leur absence. Terje l'aida à enlever ce qui était autrefois un pansement tout blanc autour du pied de Mads. Même Knut pouvait voir que ça n'allait pas.

« C'est mes yeux ou il y a des taches bleuâtres sur la jambe ?

– Non, je confirme. » Terje serrait les dents en nettoyant avec précaution les plaies à l'endroit où se trouvaient autrefois les trois orteils de Mads. Puis il appliqua de la pommade sur son pied avant de l'envelopper d'un nouveau linge propre. Alors seulement, il se redressa. Lui et Knut échangèrent un regard.

Mads le remarqua. Il saisit le bras de Terje. « Quelqu'un a appelé Camilla ? »

Il avait oublié qu'ils avaient perdu le téléphone Iridium. Knut le lui rappela et l'informa par la même occasion qu'ils avaient retrouvé la radio à l'ancien campement. « Dès que nous aurons contacté Longyearbyen et expliqué la situation, je pense qu'ils devraient activer l'allure. » Il soupira, il aurait donné cher pour manger un bout et dormir quelques heures bien au chaud dans son sac de couchage.

« Avant toute chose, il faut qu'on essaie d'établir une liaison radio », dit-il à Terje.

Ils installèrent celle-ci devant l'entrée, branchèrent le récepteur, la batterie et l'antenne fouet. Le froid était encore préférable à l'odeur sous la tente. Knut avait mal aux yeux et il était incapable de déchiffrer ce qui figurait sur l'écran. Terje lui lut les chiffres à haute voix et tourna la mollette pour régler la fréquence.

« Icom, constata Knut avec satisfaction. Une très bonne radio. Mais le fouet ne suffit pas à cette latitude. Il va probablement nous falloir sortir l'antenne long-fil. »

Ils étaient à genoux à côté du récepteur. Karsten se tenait plus loin, le fusil à l'épaule. Il n'avait encore vu aucun ours à l'horizon. Et pourtant Knut était certain qu'il rôdait à proximité.

« Fais-moi confiance, il ne va pas tarder à pointer son nez, dit-il. En général, tu tombes dessus au moment où tu t'y attends le moins. Je ne sais pas combien de fois je suis resté là sans me douter de rien, avant d'apercevoir soudain l'animal, juste en face de moi. Il fait partie de l'Arctique, il se fond dans le paysage.

– Mais tu ne nous avais pas dit qu'on le repérait facilement ? Que sa fourrure presque jaune ressortait sur la neige blanche ? » Karsten jetait des regards nerveux autour de lui.

« Si, effectivement. Sauf que… c'est difficile à expliquer. Tu comprendras ce que je veux dire en le voyant.

– Mais qu'est-ce que je dois chercher ?

– Guette toutes sortes de mouvements ou sa grosse truffe noire à l'aspect un peu caoutchouteux. » Knut sourit mais s'abstint de préciser que s'il apercevait le museau de l'animal, c'est qu'il était déjà trop près. « Et fais le tour de la tente à intervalles réguliers. »

La radio crachota. Terje colla son oreille à la petite enceinte. « Chut ! J'ai l'impression d'entendre des voix. » Il tourna très légèrement la molette pour ajuster la fréquence, puis essaya en appuyant sur les boutons de la commande automatique de fréquence. Le léger bruit disparut. Il continua à tâtonner, et le bruit revint. « On dirait que… je crois que c'est quelqu'un qui parle russe. »

Knut soupira. La plupart des stations radio se situaient à une très grande distance de là. « C'est peut-être une station de la côte sibérienne, mais nous sommes quand même plus près de la base de Barnéo. Se peut-il que cela vienne de cette dernière ? »

Terje renonça à trouver la fréquence en question et partit plus loin. Des interférences, des grésillements. « Il doit bien y avoir quelqu'un qui cherche à nous appeler, quand même. Depuis combien de temps n'avons-nous pas été en communication radio ? Quarante-huit heures ?

– Presque trente-six, répondit Knut. Essaie d'ajuster sur les fréquences qui vous ont été attribuées par les Télécoms. Puis donne l'indicatif de l'expédition et envoie un message bref. Du type “Demandons évacuation immédiate”. Ou quelque chose de ce genre.

– LA5CJ. C'est notre indicatif, répondit Terje. Je vais d'abord essayer de diffuser un message oral. Par contre, je ne sais pas télégraphier. C'est Mads qui a appris l'alphabet morse. Si on lui demandait ? »

L'idée qu'il puisse être utile revigora Mads. Il sortit avec précaution de son sac de couchage et s'assit dans l'entrée de la tente. Son visage était si pâle qu'il faisait mal à voir. Il ressemblait à une tête de mort. À sa grande déception, aucun de ses appels en morse ne reçut de réponse.

« Déjà, nous avons envoyé des messages, le consola Knut. Il se peut que quelqu'un nous ait entendus et essaie de répondre sans que cela parvienne jusqu'à nous. »

L'antenne filaire mesurait vingt-quatre mètres de long et ils passèrent une éternité à essayer de la tendre correctement, en prenant les bâtons de ski comme mâts. Karsten montait la garde sur la banquise entre la tente et l'antenne. Il était manifestement soulagé de ne plus être seul. Quand ils eurent enfin terminé le montage, Knut recula de quelques pas pour contempler leur installation.

« Elle aurait dû être plus haute, mais on fera avec pour le moment. Si nous n'obtenons toujours rien, nous nous mettrons sur les fréquences de détresse et nous nous relaierons pour écouter. Mads pourrait peut-être nous aider. Terje et moi avons absolument besoin de dormir un peu. »

À plusieurs reprises, des voix leur parvinrent, sans qu'ils réussissent à distinguer la langue ou les mots prononcés. Knut secoua la tête. Il n'avait même plus faim tellement il était épuisé. Ses yeux le faisaient souffrir, il n'arrivait pas à les garder ouverts plus de quelques secondes d'affilée. Karsten fouilla dans la trousse à pharmacie et en sortit des gouttes ophtalmiques aux antibiotiques. Il éprouva une sensation de brûlure, puis les larmes jaillirent et roulèrent sur ses joues. Il se coucha tout habillé sur son sac de couchage, sans même prendre la peine de se glisser dedans. Quelques secondes plus tard seulement, il dormait. Ses dernières pensées furent pour l'ours rôdant sur la banquise. Il lui paraissait hautement improbable que celui-ci ait pu renoncer à les suivre.

Knut se réveilla en sentant une odeur de ragoût. Pendant un instant, il crut qu'il rêvait. Mais non, Karsten, devant le réchaud, avait mélangé plusieurs sachets de nourriture lyophilisée. Une délicieuse vapeur s'échappait de la gamelle en aluminium de plus en plus noire.

Knut s'assit. « C'est Terje qui monte la garde ? demanda-t-il.

– Chut ! murmura Karsten en levant les yeux vers lui. Ne parle pas si fort. Mads dort encore.

– Aucune liaison ?

– Non, rien. On a légèrement baissé le son. »

Knut enleva les croûtes de pus de ses yeux, sortit et se frotta le visage avec de la neige propre. Terje était assis sur une crête de compression quelques mètres plus loin.

« T'as vu quelque chose ? lui cria Knut.

– *Niet*. Se pourrait-il qu'il ait renoncé à nous suivre ?

– Non, malheureusement. Il y a du vent et l'ours n'a jamais rien dû sentir d'aussi fort que l'odeur infecte de cette tente. Il se dirige certainement vers nous. S'il n'est pas déjà arrivé et caché derrière une crête de compression.

– Il n'y a pas grand-chose à faire, je suppose. Tu crois qu'on aurait intérêt à bouger ?

– Éventuellement, mais ça ne va pas être facile. Mads ne peut pas marcher, avec son pied. Je mange, et puis je te remplace. T'as réussi à dormir un peu ? »

Terje soupira. « Non, pas vraiment. Je n'arrête pas de songer à Mads. C'est horrible ce qui lui arrive. Il n'arrête pas de gémir, même quand il dort. Il est terrifié, il a peur de ne pas s'en sortir. Mais je pense que tu l'avais compris. »

Knut avala rapidement son repas, s'habilla et retourna dehors. Terje entra sous la tente avec un sourire reconnaissant. Pour la première fois depuis plusieurs jours, Knut se retrouvait complètement seul. À l'exception des murmures qui lui parvenaient de la tente éclairée, il était entouré du silence le plus total. Ce devait être le beau milieu de la nuit, les étoiles scintillaient dans le ciel. Après la tempête, le temps s'était révélé étonnamment doux. Les températures demeuraient, certes, négatives, mais le froid n'était plus aussi pénible qu'au début. Peut-être était-il en train de s'habituer ?

Il se mit à marcher autour du campement, il avait besoin de rester en mouvement à cause du froid, mais aussi de sa vue défaillante. Il se rapprochait, puis s'éloignait de la tente, faisait demi-tour, repartait dans la direction opposée. Il veillait à ne suivre aucun schéma, à agir de la façon la plus imprévisible possible afin que l'ours ne puisse pas anticiper ses déplacements. Peut-être se montrait-il trop prudent, mais au fil du temps il avait fini par éprouver un profond respect pour ces grosses bêtes et leur esprit extrêmement rusé.

Soudain, comme surgi de nulle part, le timbre clair d'une voix féminine se fit entendre devant la tente. Knut sursauta, pendant une fraction de seconde il crut qu'il hallucinait. Puis il comprit. Un des trois garçons, probablement Terje, avait réglé la fréquence du récepteur et ils recevaient un appel. Knut se précipita vers la radio et se jeta à genoux devant celle-ci.

« Ici DJ8PV, ici DJ8PV. Quelqu'un me reçoit ? »

Qui était DJ8PV ? La voix de la femme était si nette qu'elle aurait pu être assise à côté de lui. Elle parlait danois. « DJ8PV de LA5CJ, de LA5CJ. Parlez. » Longue pause. Seul le crépitement des parasites était audible.

« Mayday, Mayday. Ici DJ8PV. Assistance demandée. Si quelqu'un me reçoit, appeler la station Zackenberg. Notre position : 76°20' de latitude nord et 18°20' de longitude ouest. Nous sommes pris dans une tempête sur le glacier. Nous avons perdu les deux tentes. Plusieurs blessés graves. Situation critique. Assistance demandée. » Cette douce voix de femme qui parlait danois semblait si fluette, si désemparée. Où se trouvait-elle donc ?

Karsten et Terje étaient sortis de la tente.

« Bon sang ! s'exclama Karsten avec le GPS à la main. Elle est au Groenland, sur l'Inlandsis. Beaucoup plus au sud par rapport à nous. C'est bizarre qu'on l'entende aussi bien. »

Mads était lui aussi apparu dans l'ouverture de la tente, il écoutait la liaison avec des yeux brillant de fièvre. « Ce n'est pas si étonnant, murmura-t-il d'une voix rauque. Les ondes radios sont renvoyées par les couches supérieures de l'atmosphère. »

Il ne connaissait probablement pas grand-chose aux transmissions radio, si ce n'est ce qu'il avait appris lors de son stage, songea Knut. Mais c'était bien qu'il pense à autre chose qu'à son pied et à la douleur. « Que suggères-tu, Mads ?

– A priori, ils ne nous entendent pas alors que nous, nous les entendons. Les pauvres !

– Lançons, nous aussi, un appel », proposa Karsten. La situation désespérée des Danois semblait lui avoir redonné courage tout à coup. « Sur nos propres fréquences. Quelqu'un va bien finir par le capter ? »

Mais les minutes s'écoulaient et personne ne répondait à leurs appels. La voix de la Danoise finit elle aussi par disparaître. C'était comme si le silence sur toutes les fréquences faisait ressortir le caractère désespéré de leur situation.

Knut proposa que trois d'entre eux retournent sous la tente, et que toutes les trente minutes, la personne en faction à l'extérieur envoie de brefs messages sur les fréquences de l'expédition. Son tour de garde durait encore une heure. Il se dirigea vers l'antenne et tenta de changer son orientation en redressant les bâtons de ski. Il finit par réussir à faire tenir ces derniers de façon à ce qu'ils forment une ligne à peu près droite.

Knut s'assit à côté du récepteur et tourna avec précaution le bouton pour régler la fréquence. Alors qu'il ne s'y attendait absolument pas, Svalbard radio fut soudain en ligne. La communication n'était pas aussi nette qu'avec l'émetteur danois, mais c'était compréhensible.

« LA5CJ, de Svalbard radio, réception force 5. How you* ?

– Svalbard radio, de LA5CJ. Je vous reçois assez clair. Avez-vous eu nos messages précédents ?

– Non, aucun. Ils s'inquiètent au bureau du gouverneur.

– Nous avons eu un accident. Nous avons été pris dans une tempête de neige il y a quelques jours. Nous avons perdu une des deux tentes et une partie du matériel. Un des membres a le pied gangrené. Nous devons être évacués au plus vite. Je vous envoie notre position.

– Euh...oui. » L'opérateur de Svalbard radio semblait hésiter, mais peut-être la liaison n'était-elle plus aussi bonne.

« Svalbard radio, vous avez entendu ? Nous devons être évacués au plus vite.

– Je vous mets en communication avec le chef de la police. Il a demandé à vous parler de toute urgence. »

De la friture, des sifflements. Quelques secondes plus tard, la voix de Tom se fit entendre dans l'enceinte.

« Knut ? » Sans s'embarrasser de la procédure radio, il alla droit au but. « Nous avons reçu vos messages concernant les Danois en détresse. C'est une équipe de chercheurs sur l'Inlandsis dans le nord du Groenland. La station Zackenberg a été prévenue. Ils envoient des attelages de chiens de la patrouille Sirius. Tu m'entends ?

– Oui, reçu. Mais Tom...

– T'es sur haut-parleur ?

– Oui.

– Tu peux passer sur le casque ? »

Knut comprenait où il voulait en venir. Le chef de la police avait certaines informations à lui transmettre qui n'étaient pas destinées aux oreilles des autres. Le casque aurait effectivement résolu le

* Équivalent en langage radio de « How are you ? », soit « Comment ça va ? » (N.d.T.)

problème. Malheureusement si l'expédition en avait emporté un, ils ne l'avaient pas pris en allant rechercher le matériel au campement précédent.

« Je n'en ai pas. »

Des grésillements, des parasites. Un long silence.

« Knut ? J'ai quelques très mauvaises nouvelles. À toi de voir ce qu'il convient de faire. La première : on a reçu le résultat des analyses. Elles sont positives et formelles : les chiens ont été empoisonnés.

– Et celui que j'ai renvoyé en hélicoptère ? Il est mort lui aussi ? » Knut revoyait le gros chien roux qui s'était battu comme un beau diable contre la mort quelques jours auparavant.

« Non. Il est presque guéri. Malheureusement… » Le reste de sa phrase se perdit dans des crachotements.

« Tom, tu peux répéter ?

– Svein Larsen est mort. Je dois aussi vous transmettre le bonjour des deux épouses. L'une, Camilla, est rentrée à Oslo pour annoncer le décès à la presse. La seconde attend à Longyearbyen. »

Pendant un instant, Knut ne sut quoi dire, il était sous le choc. Derrière lui, il régnait un lourd silence sous la tente. Il hésitait presque à poser la question.

« De quoi est-il mort ? »

– Il est mort empoisonné. Comme les chiens. Il s'agit d'un mélange de deux types de raticides… deux raticides qui ont disparu de l'auberge de Nybyen dans la nuit précédant le départ de l'expédition. »

La tête lui tournait, mais les spéculations attendraient. Il avait lui aussi de très mauvaises nouvelles à lui annoncer. « Quand serons-nous évacués ? Mads a attrapé des gelures à un pied qui est maintenant gangrené. Nous avons dû amputer trois orteils hier. Il faut absolument qu'il voie un médecin. » Il espérait qu'à son ton de voix, Tom comprendrait à quel point c'était urgent.

« C'était l'autre mauvaise nouvelle, répondit Tom. Il y a une tempête de neige à Longyearbyen, du même acabit que celle qui s'est abattue sur les Danois pris au piège au Groenland. Ils n'ont aucun hélicoptère de disponible à Zackenberg, et ici à Longyearbyen, Airlift est cloué au sol jusqu'à nouvel ordre. Le météorologue n'ose pas se prononcer sur la durée de la tempête.

Il se peut qu'elle soit terminée d'ici deux ou trois jours… comme dans une semaine.

– Tom, nous ne tiendrons pas une semaine.

– Je comprends. Je suggère que vous commenciez à vous diriger vers Barnéo. J'ai contacté les Russes pour lancer une opération de sauvetage de là-bas. Leur rayon d'action ne leur permet pas de vous atteindre en quelques heures sans être obligés de refaire le plein de carburant en cours de route. Les conditions météo devraient être meilleures à cette latitude et il semblerait que la tempête ne montera pas jusqu'à vous. »

Ils se turent pendant quelques secondes. Les interférences renforçaient le sentiment d'impuissance que tous deux éprouvaient.

« Knut ?

– Oui.

– N'entreprends rien à ce sujet. Ne fais rien de plus que le strict nécessaire. Nous sommes en contact avec la Kripos.

– Merci du conseil. Au fait, j'oubliais : nous avons un ours polaire qui nous suit. Il flaire notre piste depuis au moins vingt-quatre heures. »

Chapitre 23
La zone calme

Comme anesthésiée, j'avais le regard rivé sur le paysage gelé qui défilait derrière la vitre de la voiture. J'avais l'impression d'évoluer dans un monde peuplé d'ombres. Les maisons, les constructions métalliques, le funiculaire avec ses câbles en acier et ses bennes suspendus loin au-dessus de nos têtes, les vieilles citernes immenses. Une neige sale recouvrait le sol taché par la poussière, s'envolant des camions qui transportaient le charbon de la montagne jusqu'au quai d'expédition. Le futur s'avérait sans espoir. Avec le décès de Svein, l'expédition ferait inévitablement l'objet d'un scandale. Je m'imaginais une longue errance, en proie aux insultes et à l'opprobre. Nous serions brisés par les conséquences financières.

Nous rentrions à l'hôtel après notre entretien au bureau du gouverneur. Nous nous étions assises tout au fond du taxi, un de ces grands vans qui sillonnent Longyearbyen. Disions-nous quelque chose que le chauffeur ne savait déjà ? Karl du Polar Kennel avait essayé de nous avertir lors de notre séjour chez lui au printemps : il ne fallait surtout pas croire que l'on pouvait cacher quoi que ce soit dans une ville aussi petite que Longyearbyen, en tout cas dès lors qu'il s'agissait de l'expédition. Les gens étaient curieux, malgré leur air indifférent. Nous ne l'avions pas écouté, nous n'avions pas compris que tout le monde ici nous voyait, que partout des oreilles traînaient. Que la moindre information se répandait comme une traînée de poudre.

De retour à l'hôtel, Camilla exprima le souhait d'être seule. Elle n'en pouvait plus de tous ces soupçons qui pesaient sur nous, déclara-t-elle. Je la suspectais d'être déjà en train d'organiser son repli – et, notamment, de réfléchir aux meilleures manières de prendre ses distances avec l'expédition afin de sauver ses propres projets. Elle pourrait sans doute en tirer un livre, même si tout ce que l'expédition avait d'honneur et de crédit était en train de se perdre.

Je me retirai dans ma chambre, amenai le fauteuil près de la fenêtre et éteignis les lumières. Il fallut peu de temps à mes yeux pour s'habituer à l'obscurité. Le vent qui soufflait fort plus tôt dans la journée avait faibli et la neige vaporeuse formait comme un tapis de soie sur le sol. L'aurore boréale et un pâle voile de lumière ondoyaient dans le ciel vespéral. Où Svein se trouvait-il à présent ? Était-il encore à l'hôpital ? Y avait-il quelqu'un en faction devant son corps ? Ni Camilla ni moi n'avions demandé à le voir. La première chose à laquelle nous avions pensé était l'expédition.

Je n'en pouvais plus de rester assise à me tourner les pouces, il fallait que je parle à quelqu'un. Je me glissai dans le couloir et allai toquer chez Camilla. Aucune réponse. Je frappai de nouveau, ouvris la porte et jetai un coup d'œil à l'intérieur. Camilla, assise par terre, avec sa valise entrouverte à côté d'elle, faisait ses bagages. Elle avait jeté devant la porte un tas de vêtements sales et du matériel de sport usagé, dans l'intention sans doute de les laisser là. Son ordinateur, lui, était posé à côté de sa valise, rangé dans sa sacoche. La poubelle près du bureau était pleine de feuilles de papier déchirées en tout petits morceaux. Elle préparait sa retraite.

Elle changeait de chambre ? J'étais à la fois troublée et inquiète. Non, elle prendrait l'avion pour Oslo le lendemain matin. Il fallait que quelqu'un mette de l'ordre dans tout ça, déclara-t-elle. Je n'arrivais pas à croire qu'elle parte avant que Mads soit revenu de la banquise. Et la famille de Svein ? Son père était en route pour Longyearbyen. Nous ne pouvions pas fuir de la sorte ! Je n'avais qu'à m'en charger, répondit-elle. De plus, le père de Mads était d'accord avec elle : les réponses aux questions de la presse concernant la mort de Svein devaient venir de son cabinet d'avocat, or pour cela il avait besoin de son aide. C'est pourquoi elle rentrait avant le retour de Mads.

Je n'en revenais pas qu'elle puisse être aussi lâche. Je regardai autour de moi. Que faire ? Je ne savais pas trop. Il m'apparut cependant que demeurer dans le couloir silencieux où chaque porte close pouvait avoir des oreilles n'était peut-être pas une très bonne idée. Sans lever les yeux, Camilla murmura que je devrais peut-être moi aussi consulter un médecin. Je n'avais pas l'air très en forme. Et il n'y avait aucune trace de sollicitude dans sa voix froide.

Le lendemain, Camilla quitta le Polar Hotel avant même que le petit déjeuner soit servi. Sans aucun mot glissé sous ma porte, ni aucun message laissé à mon intention à la réception. Le personnel de l'hôtel parlait à voix basse et évoluait autour de moi sur la pointe des pieds. Je lisais de la pitié dans leurs regards. Elle avait emporté le téléphone jusqu'ici réservé aux liaisons avec l'Iridium de l'expédition. À partir de maintenant, pour tenter de me joindre, Karsten serait obligé de passer par le standard.

Quoi qu'il en soit, l'un d'entre nous devait réagir et aller voir ce qu'il en était du corps de Svein. Je ne pouvais pas continuer à me terrer dans ma chambre. Je sortis de l'hôtel à pas de loup, en ignorant les regards discrets, et me retrouvai dans la lumière éclatante du jour. Je pris la direction du chemin piétonnier menant à l'hôpital. À la réception, on m'informa que Svein était à la chapelle funéraire au bas de l'église, qu'il avait été transféré là-bas au petit matin. Ils téléphonèrent au pasteur. Ce dernier proposa de me rejoindre directement sur place. L'hôpital m'appela un taxi. Le médecin chef descendit du premier étage pour me serrer la main.

C'était comme si je m'engageais dans un tunnel. Pas à un instant, il ne me vint à l'esprit que je pouvais me soustraire à cette épreuve. Et soudain j'étais arrivée, je me trouvais devant la modeste bâtisse en bois qui faisait office de chapelle funéraire. La dernière demeure des morts au Svalbard avant qu'on ne les renvoie sur le continent. Le pasteur, transi dans son blouson léger, m'attendait devant l'entrée. Il donnait des coups de pied dans la neige amassée autour du perron.

Avec son doux dialecte de Kristiansand, les mots simples qu'il prononçait semblaient exprimer une plus grande compassion encore. Il nous plaignait. Quelle fin tragique pour notre belle expédition ! Il me prit par le bras et monta avec moi les marches étroites du perron : il avait sans doute remarqué que mes jambes tremblaient. J'avais raison de faire mes adieux au défunt, me dit-il. Je m'en féliciterais par la suite.

L'intérieur de la chapelle funéraire était on ne peut plus simple : des murs gris en bois, décorés d'une simple croix. Le cercueil trônait au milieu de la pièce glaciale, sur une table basse, le couvercle relevé contre un des murs. Svein portait les vêtements de l'expédition, probablement ceux dont il était vêtu lors de son évacuation du campement à 87 degrés nord. Une attention délicate de la part de l'hôpital, pensai-je. Son père serait fier.

J'aurais voulu pleurer, mais j'en étais incapable. Je le regardai longuement avant de finir par m'approcher de la bière et de lui caresser la joue, chose que je n'aurais jamais faite de son vivant. Mais l'homme pâle et rigide allongé sous mes yeux n'était pas non plus Svein. Ce n'était que l'enveloppe corporelle qu'il avait quittée.

Le pasteur resté sur le seuil de la porte se taisait, il ne voulait pas me déranger. Au bout d'un moment, cependant, il dut trouver inquiétant de me voir demeurer ainsi devant le cercueil car il s'avança vers moi et me toucha le bras, comme pour me réveiller. Ce n'était pas raisonnable de m'attarder aussi longtemps en ces lieux. Que dirais-je de l'accompagner à l'église ? Nous pourrions y discuter avant que je rentre à l'hôtel.

Je restais imperméable à ses propos. Il avait beau faire de son mieux, le sentiment de culpabilité ne voulait pas me lâcher. Au final, on ne peut pas décider à la place des autres, m'assura le pasteur, convaincu de la portée de son message. Je ne devais plus y penser. Bientôt mon mari et les autres reviendraient de la banquise. Il serait alors temps de faire mon examen de conscience.

Nous étions assis côte à côte dans le canapé devant la cheminée. Il tenait mes mains entre les siennes, le visage froncé par l'inquiétude. Je voyais bien que, sous son calme apparent, le doute commençait à le ronger. Et mon absence de réponse accentuait encore son incertitude. Je ne devais pas endosser les fautes des autres, insista-t-il. Je leur retirais alors la possibilité de regretter leurs propres actes.

Son discours bien intentionné finit par me devenir insupportable. Je me redressai, j'avais besoin d'être seule, déclarai-je, pour remettre un peu d'ordre dans mes pensées. Une sortie à ski étant la dernière chose à laquelle je pensais à cet instant-là, je fus sincèrement surprise de m'entendre dire qu'une promenade me ferait certainement du bien. Le pasteur me regarda, indécis, mais je devais avoir l'air convaincant, car il me prêta les skis et l'équipement d'un de ses collègues chaussant plus ou moins la même pointure que moi. Il proposa de m'accompagner. Peut-être ne connaissais-je pas très bien les environs de Longyearbyen ?

Knut Fjeld m'avait expliqué la manière la plus facile d'aller dans la zone calme. Sur une carte, il m'avait montré où se trouvaient les plus beaux coins, mais aussi les plus dangereux. Sur la façade sud du Foxfonna, un glacier abrupt en forme de dôme, de larges et profondes crevasses étaient en partie cachées par des ponts de neige peu solides. Il ne fallait surtout pas m'aventurer par là, avait-il dit. Si je tombais, il n'était pas sûr que j'en ressorte vivante. Peut-être ne me retrouverait-on même jamais.

Sur la façade nord, en revanche, il y avait une montagne escarpée que les randonneurs n'avaient ni le temps ni la patience d'explorer. Un versant de celle-ci était pourtant accessible, même à ski. En passant par là, on pouvait rejoindre un plateau à proximité du sommet. Celui-ci offrait, à ses yeux, une des plus belles vues du Svalbard. De plus, la montagne de ce côté-ci avait une forme incurvée, si bien que pratiquement aucun bruit ne parvenait jusque là-haut où, même quand il ventait dans la vallée, il n'y avait pas le moindre souffle d'air.

La sueur dégoulinait sur mes tempes et le long de ma colonne vertébrale tandis que je terminais mon ascension. Knut Fjeld n'avait pas exagéré. Les montagnes s'étendaient devant moi, blanches dans le crépuscule bleu. La lumière des glaciers étincelait sous mes yeux. Aucun bruit ne me parvenait. Il régnait un silence total. J'entendais même le sang battre dans mes oreilles.

Je ne sais plus dans lequel de tous nos livres sur les expéditions polaires j'avais lu que mourir de froid n'était au fond pas si terrible. On glissait en effet dans une sorte de léthargie où tout paraissait soudain harmonieux et paisible. Il était bien pire, semble-t-il, d'être retrouvé en vie, car les douleurs dans les mains et les pieds se révélaient alors insupportables. Mais pas plus que la douleur qui me tenaillait, pensai-je. Cette certitude que jamais ma vie ne pourrait redevenir normale, que jamais je ne pourrais oublier la faute commise par Karsten, ni celle dont je m'étais moi-même rendue coupable.

Je m'assis dans la neige, tout au bord de la corniche. J'enlevai mon anorak, le pliai en deux et le posai derrière moi. Peut-être aurais-je dû écrire un mot à mes parents ? Mais à cette heure, je n'avais même plus la force d'y penser. Peu à peu, je sentis la douleur se dissoudre dans ma poitrine.

Au final, seule une pensée me sauva : le Finnmark, Sør-Varanger et ma famille ne se trouvaient qu'à quelques heures de vol de là.

Chapitre 24
La traque

Le silence émanant de la tente paraissait presque menaçant. Knut ne se faisait aucune illusion : il était inimaginable que les autres n'aient pas entendu les propos tenus par Tom. Il appréhendait de les rejoindre, il ne savait pas du tout de ce qui l'attendait à l'intérieur, dans la pénombre.

Comme convenu avec Tom et l'opérateur de Svalbard radio, il régla le récepteur sur la fréquence de détresse, 2182 kHz. Ces derniers lui avaient assuré que les chercheurs sur le terrain, les particuliers et les différentes stations du Svalbard l'écoutaient en permanence depuis le premier appel lancé par l'expédition. Si Knut éprouvait de nouveau le besoin de contacter le bureau du gouverneur, il n'aurait qu'à diffuser son message sur cette fréquence.

Les trois coéquipiers, assis à leur place habituelle, le regardaient fixement. Leur expression oscillait entre le choc et l'épouvante. Mads paraissait le plus troublé. Il avait l'air presque fou, adossé à son sac de couchage, les yeux écarquillés. Dans la lumière du réchaud, sa barbe et ses cheveux clairsemés qui partaient dans tous les sens formaient comme une auréole autour de sa tête.

Knut rampa à l'intérieur et s'installa près de l'entrée. « Toutes mes condoléances pour votre camarade. Peut-être avez-vous entendu ce qu'a dit le chef de la police ?

« Svein est mort ? » C'était Karsten qui avait fini par se racler la gorger et articuler ces quelques mots.

– Oui. Tout laisse à penser qu'il a ingéré du poison.

– Mais comment ? » Mads avait toujours le regard rivé sur Knut, comme s'il espérait avoir mal entendu. Soudain il se tourna vers Karsten et s'écria, furieux : « Karsten ! Qu'est-ce qui s'est passé ? »

Karsten jeta un coup d'œil incrédule à son camarade, le visage raviné par l'inquiétude. « Tu ne crois tout même pas que j'ai quoi que ce soit à voir là-dedans ? s'exclama-t-il.

– Écoutez, les gars. » Terje était le seul des trois à sembler à peu près maître de ses nerfs. « Je ne connaissais pas très bien

Svein, sa mort n'en est pas moins très triste. Quelle qu'en soit la cause, ai-je failli dire. On ne pourrait pas se calmer et se donner le temps de digérer la nouvelle avant de commencer à s'accuser mutuellement ? »

Malheureusement, son appel à l'apaisement resta sans effet. « Mais c'est affreux ! » Karsten s'arrachait les cheveux, en se balançant d'avant en arrière. « Que vont écrire les journaux sur l'expédition quand le gouverneur répandra la nouvelle qu'un de ses membres est mort empoisonné ?

– Personne au bureau du gouverneur ne répandra quoi que ce soit, répondit Knut calmement. Vous ne l'avez peut-être pas entendu, mais ta femme est retournée à Oslo, Mads. Elle se charge de répondre à toutes les questions depuis le cabinet de ton père. De ce côté-là, l'affaire est donc entre de bonnes mains, a priori.

– Et Karin ? » Karsten détourna les yeux pour ne pas qu'on voie qu'ils étaient brillants.

« Elle s'occupe du père de Svein qui se trouve à Longyearbyen à cette heure. Elle fait probablement ce qu'elle peut pour calmer le jeu. Elles ont toutes les deux demandé à ce qu'on vous transmette le bonjour.

– Il ne peut pas s'agir d'une intoxication alimentaire ? » Terje jeta un regard oblique à Karsten. Il était parmi eux celui qui préparait le plus souvent les repas.

Il n'en fallait pas plus pour que la tension sous la tente remonte d'un cran. Karsten se pencha vers l'avant pour établir un contact visuel avec Terje. « Insinuerais-tu que je vous ai volontairement servi de la nourriture avariée ?

– Peut-être devrions-nous suivre le conseil de Terje, intervint Knut. Je comprends que ce soit difficile, mais essayez d'éviter les spéculations. Le bureau du gouverneur a ouvert une enquête policière. Nous ferions mieux de réfléchir à notre propre situation. Le chef de la police propose que nous partions en direction de Barnéo. C'est jouable, d'après vous ? »

Aucun d'entre eux ne lui répondit dans un premier temps. Chacun semblait perdu dans ses pensées. Puis Karsten se ressaisit et reprit la direction des opérations, comme l'avait espéré Knut, qui n'avait guère envie de se retrouver à la tête de l'expédition.

« Nous nous situons à environ deux cents kilomètres du pôle

Nord. J'ai vérifié hier. Barnéo est juste à côté. Si nous réussissons à parcourir vingt kilomètres par jour, nous devrions atteindre le pôle dans dix jours.

– Notre objectif n'est pas le pôle Nord, répliqua Knut, mais la base russe. C'est là que l'hélicoptère viendra nous chercher. »

Karsten se redressa. « Tu n'as aucun de droit de nous imposer une destination. Nous ne sommes pas sourds non plus : le bureau du gouverneur ne t'a pas donné pour consigne de nous arrêter, ni rien de ce genre.

– Si nous réussissons à marcher un peu plus chaque jour, nous devrions pouvoir être là-bas dans une semaine », ajouta Terje.

Karsten tapa quelques chiffres sur le GPS. « Cela fait plus de trente kilomètres par jour, ce qui est limite quand même. Mais dis donc, voilà qui est curieux. La banquise est remontée de trois kilomètres vers le nord ces deux derniers jours. Il doit y avoir un vent monstrueux plus au sud.

– Cela n'a rien d'étonnant. » Terje avait l'air sceptique. « Quoi qu'il en soit, les étapes quotidiennes seront très longues.

– Oui, mais c'est déjà mieux que si nous dérivions dans d'autres directions. »

Mads, allongé sur son sac de couchage, les observait d'un œil découragé. « Je suis un boulet pour l'expédition, déclara-t-il. Sans moi sur le traîneau, vous iriez beaucoup plus vite. Vous pourriez atteindre le pôle Nord en quelques jours. »

Karsten se pencha vers Mads et lui posa la main sur l'épaule en le regardant droit dans les yeux. « Ne dis pas n'importe quoi, Mads. Toi et moi, nous sommes solidaires, et ce, depuis le début.

– Aucun d'entre nous n'ira au pôle Nord, Mads, annonça Knut calmement. Le chef de la police nous a demandé de nous diriger vers Barnéo. L'hélicoptère russe viendra nous chercher en chemin. Même si nous ne sommes alors qu'à un kilomètre du pôle. » Il avait peine à croire qu'ils puissent encore espérer réussir à atteindre ce fichu pôle. C'était comme une obsession.

Karsten se tourna vers Knut, les yeux rouges. « Quoi qu'il advienne, nous serons deux à le faire.

– Ou trois, répliqua Terje, sans regarder Knut, avec un petit sourire en coin.

– Ou quatre, ajouta Mads. Je suis peut-être incapable de skier, mais je peux faire plein d'autres choses ! »

Knut secoua la tête, incrédule. Ils étaient vraiment incroyables, tous autant qu'ils étaient. La tente étroite, les vêtements et les sacs de couchage sales. La puanteur émanant du pied de Mads. L'odeur lourde de la fumée dégagée par le réchaud, celle des vieux restes de nourriture. Ces visages butés, maigres et barbus, presque exaltés.

« Il est inutile de se disputer à ce propos dans l'immédiat, répondit-il, la direction à suivre étant la même pendant les cent premiers kilomètres. Or il peut se passer beaucoup de choses d'ici là. »

Il eut soudain comme l'impression de sentir un courant d'air froid dans la tente et sur son visage. Son sourire se figea.

« Il va falloir jeter une partie du matériel pour faire de la place à Mads dans la pulka », déclara Karsten. Sous l'effet de la colère, il avait retrouvé son ton assuré et traitait, une fois de plus, Knut en intrus.

Ce dernier sortit de la tente à reculons, se redressa et parcourut la banquise du regard. C'était l'heure où la nuit était la plus épaisse. La faible lumière émise par les parois de toile n'éclairait qu'à quelques mètres, tout au plus. Le récepteur radio était installé à côté de lui, sur la bâche. Mis à part les grésillements des interférences qui se faisaient entendre par intermittence, la fréquence de détresse demeurait muette. Il jeta un coup d'œil au ciel voilé. L'étoile polaire se trouvait presque juste au-dessus de la tente. Il souffrait toujours d'ophtalmie, mais il voyait un peu plus loin la nuit que dans la lumière crue du jour. Il n'avait par exemple aucun mal à distinguer le grand ours polaire dépenaillé et immobile au sommet de la crête de compression, dont la silhouette se découpait joliment sur le ciel.

Nous sommes chez lui, songea Knut, presque sentimental pendant un court instant. Nous autres ne faisons que passer, alors que lui parcourt des milliers de kilomètres sur la glace. Sûr de lui et imposant. Sans se soucier du froid glacial ni des tempêtes de neige.

Un ours polaire. À dix mètres de distance peut-être. Ce n'était pas la première fois qu'il observait cette étrange impassibilité chez un de ces animaux. À croire qu'ils se fondaient tellement dans leur environnement qu'ils en devenaient invisibles. Ce n'était pas non plus la première fois que Knut se laissait surprendre, et à chaque coup, il ne pouvait s'empêcher de se maudire. L'ours polaire est le carnassier le plus dangereux au monde, s'il juge bon d'attaquer. Alors qu'ils s'observaient mutuellement, Knut savait qu'il n'avait aucune chance vu la courte distance qui les séparait. Le plantigrade était un paquet de muscles. Malgré un poids pouvant s'élever jusqu'à huit cents kilos, il était capable d'exécuter des bonds de dix mètres.

Surtout ne faire aucun mouvement brusque, pensa-t-il. Il était en effet tentant de se retourner brutalement pour saisir le fusil appuyé contre la tente, juste derrière le récepteur radio, mais ce simple petit geste pouvait suffire à rompre l'équilibre extrêmement fragile qui s'était établi entre lui et l'ours et pousser ce dernier à passer à l'attaque. Il en serait alors fini de lui en une ou deux secondes. Knut sentit la peur s'immiscer en lui et courir le long de sa colonne vertébrale. Ses muscles se figèrent. Il mourait d'envie d'agir, mais il restait aussi immobile que possible. C'était à peine s'il osait respirer.

L'ours leva sa longue tête mince. Knut l'entendit renifler doucement alors qu'il flairait l'air en direction de la tente. Un instant leurs regards se croisèrent – ses yeux sensibles et dégoulinants entrèrent en contact avec ceux noirs et brillants du plantigrade.

Il ne semble pas agressif, juste un peu curieux, pensa Knut étonné.

Dans un mouvement souple, l'ours se dressa sur ses pattes arrière, tourna le haut du corps et s'élança dans la direction opposée. En un éclair, il avait disparu du paysage. Comme s'il n'avait jamais existé. Tel un mirage.

Knut s'efforça de respirer avec calme. Il tendit la main vers le fusil, parcourut sur des jambes vacillantes les quelques mètres qui le séparaient de la crête de compression. Aucun mouvement sur la banquise, aucun ours en vue. Les empreintes étaient en revanche assez nettes. Apparemment, il avait dû faire les cent pas, et même rester couché là pendant un moment. Il découvrit en effet une couche de longs poils sales jaunâtres au fond d'un creux dont la forme était clairement celle d'un ours polaire.

Il était inutile de suivre ces empreintes. Knut fit demi-tour et repartit en direction de la lumière diffusée par la tente. Il n'était probablement en vie que pour une seule et unique raison : cet ours n'avait pas faim après avoir dévoré les cadavres des chiens moins de vingt-quatre heures auparavant. Knut ne se faisait cependant aucune illusion : il n'était pas parti bien loin. Couché quelque part dans l'obscurité, il attendait.

Il voit probablement en la tente puante une sorte de garde-manger, songea-t-il.

Quand Knut retourna sous la tente, il trouva les trois membres de l'expédition penchés sur les listes de vivres. Malheureusement, un petit problème était apparu, expliqua Karsten. Ils avaient de quoi nourrir normalement quatre personnes pendant sept jours seulement. Ou alors pendant quatorze jours si l'on divisait chaque ration quotidienne par deux. Sachant que certaines d'entre elles n'étaient pas très excitantes. Des biscuits de mer, des sachets de soupe, du beurre. Alors que d'autres étaient des rations alimentaires de l'armée.

« Mais on s'en fout, ce sont les calories qui comptent ! s'exclama Terje. Divisons toutes les rations en quatre. » De toute évidence, ils s'étaient disputés en l'absence de Knut.

« Tu m'excuseras mais dans ce domaine, je m'y connais un peu mieux que toi, répliqua Karsten d'une voix contrariée. Trois d'entre nous vont être amenés à tracter un traîneau lourd. Or plus l'effort physique fourni est important, plus on a besoin de se nourrir.

– Et si on mangeait des rations entières des meilleurs produits pendant quatre jours, pour ensuite les réduire de moitié ? suggéra Knut. Nous aurions ainsi de quoi nous alimenter pendant dix jours. Et les Russes nous auront certainement récupérés d'ici là.

– Mais je vous ai dit que je pouvais dès à présent me contenter d'une demi-ration », murmura Mads. Il était couché sur son sac de couchage, les yeux fermés. « Ou d'aucune ration du tout. De toute façon, je ne vous suis d'aucune utilité. Je ne suis qu'un fardeau.

– Ne dis pas de bêtises, Mads ! » Mais la voix de Karsten manquait de conviction. Mads détourna le visage vers la toile de tente sans répondre.

« Qu'est-ce que tu as fait dehors durant tout ce temps ? » demanda Terje.

Knut leur parla de l'ours, mais les trois membres de l'expédition ne parurent pas aussi effrayés qu'ils auraient dû l'être.

« Nous avons ce qu'il faut contre les ours », assura Karsten. Malheureusement une partie du matériel était restée au campement précédant. Ils avaient néanmoins pris les fils de protection armés et les explosifs qui allaient avec.

Knut se sentit sincèrement soulagé. Il proposa qu'avant toute chose, ils commencent par installer ce système de protection. Terje et lui allèrent le chercher. L'expédition avait choisi un modèle différent et plus solide que celui vendu dans les magasins de sport de Longyearbyen, constata Knut. Les fils étaient plus épais, et des fusées éclairantes ainsi que des pétards trafiqués servaient de signaux de détresse. L'ensemble pouvait aussi être tendu grâce à des moulinets de pêche équipés d'une manivelle.

Par contre, de toute évidence, ils n'avaient pas pensé aux piquets sur lesquels les fils devaient être attachés, estimant sans doute qu'ils pourraient utiliser les bâtons de ski. Mais même avec la paire supplémentaire, il n'y en avait que douze au total. Avec un dans chaque coin et deux de chaque côté, cela faisait une distance de dix mètres entre les différents bâtons, et des fils situés à dix mètres seulement de la tente. Soit bien trop près. Ils pouvaient toujours tenter d'augmenter le périmètre, mais le poids des fils risquait de faire tomber les piquets. L'ours enjamberait alors sans aucune difficulté le système de protection.

Ce dernier n'ayant encore jamais été utilisé, il se révéla difficile à monter. Le mécanisme du pistolet de détresse en position armée était percé d'un trou étroit dans lequel il y avait une goupille munie d'un petit mousqueton. Mousqueton auquel était attaché le fil. En théorie, en trébuchant dans celui-ci, l'ours polaire devait tirer sur la goupille et déclencher le tir, mais Knut n'était pas sûr que cela fonctionne, à cause des bâtons de ski qu'ils n'arrivaient pas à enfoncer assez profondément dans la neige pour qu'ils restent droits.

Il fallut tellement de temps à Terje et Knut pour installer le système de protection que Karsten avait déjà presque fini de réorganiser le chargement de la pulka quand ils le rejoignirent.

« Il dort, Mads ? » Knut jeta un coup d'œil en direction de la tente autour de laquelle il ne restait plus rien. Tout avait été rangé, y compris la radio.

Karsten se redressa. « Non, il a horriblement mal au pied. Je lui ai donné un autre comprimé de morphine. Si bien qu'il ne nous en reste plus que cinq.

– Crois-tu qu'il s'en sortirait avec un seul par jour ?

– J'en doute. Jusqu'ici je lui en donnais trois ou quatre.

– Tu n'as rien d'autre qui pourrait remplacer la morphine ? »

Karsten soupira. « Rien d'aussi efficace. Quelques boîtes de paracétamol, qui devraient pouvoir nous faire plusieurs jours. Et on a bientôt fini les antibiotiques aussi. »

Terje les avait rejoints. « Cela ne va pas être facile de passer au-dessus des crêtes de compression en traîneau sans qu'il soit secoué dans tous les sens. Il va falloir mettre des sacs de couchage autour de lui pour le stabiliser et peut-être aussi l'attacher. »

Même s'ils le redoutaient tous les trois, le moment était désormais venu de transférer Mads sur la pulka. Karsten entra le premier sous la tente, mais soudain il s'immobilisa, à quatre pattes, les chaussures encore à l'extérieur.

« Karsten ? Il y a un problème ? » demanda Knut en le voyant se figer sur place.

Karsten sortit lentement, à reculons. Il se releva et les regarda, l'air perplexe. « Il n'est pas sous la tente. Il n'y a personne à l'intérieur. Mads a disparu.

– Mais ce n'est pas possible ! s'exclama Terje. On n'a pas bougé, on était tous là autour. »

Une pensée parfaitement incroyable traversa soudain l'esprit de Knut : « Se pourrait-il qu'il ait été tiré hors de la tente par-derrière ? »

Des histoires affreuses circulaient au bureau du gouverneur à propos de gens tués par des ours alors qu'ils dormaient sous leur tente.

« Sans qu'on n'entende rien ? Non, c'est juste pas possible. » Terje secoua la tête.

« Attendez-moi ici et faites le guet au cas où l'ours reviendrait ! »

À son tour, Knut rampa à l'intérieur de la tente. Comme Karsten l'avait dit, Mads avait disparu. Son sac de couchage était rejeté sur le côté et le réchaud éteint, renversé sur le sol. Knut s'avança un peu plus. Qu'avait-il bien pu se passer ? Il n'en avait pas la moindre idée. Il retourna les vêtements et les sacs de couchage. Vides, eux aussi, bien sûr. Il entreprit alors d'inspecter de plus près les cloisons et, devant celle du fond, il comprit enfin ce qui avait pu se produire.

La toile de tente était entaillée sur tout le long. Knut se faufila sans difficulté à travers celle-ci et se retrouva à l'extérieur.

« Qu'est-ce que tu fabriques là-dessous ? » demanda Karsten d'une voix dans laquelle perçaient à la fois la colère et la peur.

Knut se releva doucement et regarda autour de lui. Dans un premier temps, il ne vit rien. Des crêtes de compression, tout juste perceptibles dans l'obscurité, des ombres. Immobile, il tendit l'oreille. Le faible bruit d'un pas traînant lui parvint de la banquise. Peu après, une petite silhouette noire apparut au sommet d'une crête de compression. Dans la nuit, Knut distinguait à peine l'ombre de Mads qui, à quatre pattes, s'éloignait lentement et péniblement du campement.

Chapitre 25
Une affaire de police

Tout se bousculait. C'était lors de journées comme celle-ci que Tom Andreassen prenait conscience que le service de police n'avait pas le personnel nécessaire pour traiter des affaires de grosse envergure. Heureusement, celles-ci étaient rares au Svalbard. Avant de quitter l'accueil, il passa voir le gouverneur pour l'informer des derniers événements. La principale inquiétude de Hareide concernait Knut dont ils n'avaient plus aucune nouvelle ; une réaction, en soi, assez naturelle.

« Que pouvons-nous faire ?

– Pas grand-chose. C'est l'expédition qui a coupé le contact. Nous ignorons pourquoi, mais on envoie de brefs messages sur les fréquences qui leur ont été attribuées quand ils ont déposé une demande de licence radio. Les chercheurs de l'Institut polaire qui se trouvent actuellement dans un campement sur le glacier de Nordaustfonna ont été mis au courant de la situation et restent branchés dessus en permanence.

– Et l'hélicoptère ? Il est prêt à partir ?

– Oui. Airlift a effectué plusieurs voyages pour déposer du carburant au dépôt de Verlegenhuken. Mais on aurait préféré joindre Knut avant d'entreprendre quoi que ce soit. Il se peut que l'expédition ait bougé, et de toute façon nous ne les trouverons pas à l'ancienne position… à cause de la dérive des glaces. »

Le gouverneur se renversa en arrière dans son fauteuil et se frotta le visage des deux mains. « Nous voilà dans une situation bien compliquée… celle-ci aurait-elle pu être évitée ? Aurait-il mieux valu que Knut rentre à Longyearbyen ? Je m'en veux de lui avoir demandé de rester sur la banquise. »

Tom Andreassen détourna les yeux. Il ne voulait pas que le gouverneur puisse lire dans ses pensées. S'il y tenait vraiment, ce dernier pouvait croire qu'il était à l'origine de cette décision, mais tous ceux qui connaissaient Knut se doutaient qu'il n'en était rien. « Je ne sais pas, ça dépend. Il aurait mieux valu pour nous qu'il revienne, mais je pense que l'expédition est certainement plus en sécurité avec lui sur place », répondit-il.

Le gouverneur hocha la tête. Il avait obtenu la confirmation qu'il avait besoin d'entendre. Tom Andreassen regarda l'heure. Une demi-heure déjà s'était écoulée.

Tout le monde à Longyearbyen savait que Einar buvait, mais c'était son problème. Car cette faiblesse mise à part, il était un bon pasteur. Il aimait la vie de plein air et parlait avec tout le monde. Il comprenait parfaitement ce qu'impliquaient un long hiver et les problèmes susceptibles de survenir lors de celui-ci. Le chef de la police ne se faisait aucune illusion : jamais cet homme n'accepterait de révéler des confidences recueillies dans le cadre de ses fonctions.

Assis dans le séjour, Einar regardait dans le vide. Une tasse de café à moitié pleine et une assiette contenant une tartine à peine entamée étaient posées sur la table devant lui. Karin Hauge n'était pas là, elle avait déjà quitté l'église.

« Bonjour, Tom. Qu'est-ce qui me vaut l'honneur de ta visite ? » Son doux dialecte du Sud aux accents mélancoliques lui avait valu la réputation d'être un homme plus attentionné et délicat que la moyenne. Ce qui expliquait sans doute qu'il ait nettement plus de travail comme conseiller spirituel que son prédécesseur.

Le chef de la police alla droit au but, il n'avait pas de temps à perdre en circonlocutions : Karin Hauge lui avait-elle parlé ?

Ce dernier hocha lentement la tête. « Oui, Karin Hauge vit un moment difficile. Elle se trouve dans une situation pas facile. Mais, dis-moi Tom, tu n'espères tout de même pas que je vais te répéter notre conversation ?

– Et nous, sais-tu dans quelle situation nous sommes ? Il n'est pas impossible qu'elle soit encore pire que la sienne. »

Il détourna les yeux. « Je sais bien.

– Sa visite avait-elle un rapport quelconque avec la mort de Svein Larsen ? »

Le pasteur regarda autour de lui comme s'il voyait son propre séjour pour la première fois de la journée, puis il déplaça la tasse devant lui. « Puis-je t'offrir un café, Tom ? Une boisson chaude ne nous ferait peut-être pas de mal ? Ou un sandwich ? Ou une tartine ? » Il jeta un coup d'œil triste sur l'assiette posée sur la table.

Le chef de la police ne voulait pas le laisser se dérober. « Si elle t'a raconté quoi que ce soit qui puisse aider l'enquête, il est très important que tu nous le dises. N'oublie pas que Knut est actuellement seul sur la banquise avec les autres membres de l'expédition.

– Il y a donc une enquête ? Ma foi, ça ne me surprend pas vraiment. » Le pasteur esquissa une grimace, se frotta le visage des deux mains. Il était évident qu'il ne souffrait pas que d'un simple mal de tête. « Je me sens tellement impuissant parfois. Assez souvent, en fait. Il se passe tellement de choses horribles dans ce bas monde. Les gens se portent préjudice, sans le savoir le plus souvent. Les gestes même les plus anodins peuvent vous conduire tout droit en enfer. »

Le pasteur refusait de lui révéler quoi que ce soit de concret à propos de Karin, si ce n'est qu'elle était très abattue et s'estimait coupable d'un acte répréhensible qui, selon elle, aurait été commis.

« Elle a dit ça ? Elle a dit que c'était elle ? »

Le pasteur n'irait jamais jusqu'à affirmer une telle chose. Lui, son problème, c'était l'âme de Karin Hauge, expliqua-t-il. Quel que soit l'acte commis, elle se trouvait à présent dans la détresse la plus profonde. Elle errait dans des ténèbres où personne ne devrait être seul.

Tom Andreassen ne se souvenait pas quand, pour la dernière fois, il avait éprouvé une telle envie de gifler quelqu'un. « Écoute, Einar. Je te repose la question : est-ce elle qui a mis le poison dans les caisses de l'expédition ? Comment a-t-elle fait ? Elle l'a mélangé à leur nourriture ? Tu dois me répondre, tu ne peux pas me dire une chose pareille et t'arrêter là. »

Tout à coup le pasteur parut comprendre ce qui était en jeu. « Si j'étais toi, j'irais parler à Irene Sæter, finit-il par ajouter. Peut-être pourra-t-elle t'en apprendre davantage.

– Irene Sæter ? La gérante de l'auberge de Nybyen ?

– Oui. Et il me semble également que tu devrais mettre la main sur Karin Hauge. Il se pourrait bien qu'elle ait, elle aussi, besoin de se confier à quelqu'un. Même si ce quelqu'un est un policier.

– T'a-t-elle dit où elle allait après avoir discuté avec toi ? »

Einar Prest regarda longuement Tom. Puis il soupira. « Elle a déclaré qu'elle avait besoin d'être tranquille, de faire le vide. Elle voulait réfléchir à sa situation et à celle des autres. Elle a emprunté les skis et les chaussures d'un de mes collègues. Elle avait l'intention de partir dans la zone calme. Tu comprends maintenant pourquoi je suis inquiet ?

– Dans la zone calme ? Elle ne pouvait pas trouver pire endroit ! Comment allons-nous faire pour la retrouver si nous n'avons pas le droit d'utiliser une motoneige ou l'hélicoptère ? Elle est partie depuis longtemps ?

– Une demi-heure peut-être. »

Pour la première fois depuis qu'il travaillait comme chef de la police au Svalbard, Tom Andreassen envisageait d'enfreindre la loi sur la protection de l'environnement. Préparer l'hélicoptère prendrait trop de temps. Karin Hauge avait décidé de rejoindre la zone calme, sans doute par la vallée de Bolterdal. Elle avait au moins une demi-heure d'avance sur eux. Il ignorait où elle se trouvait à présent, mais c'était un long trajet à ski, cela lui demanderait au moins deux ou trois heures. Il ne devrait pas être difficile de la rattraper : cette vallée était accidentée et difficile d'accès à cause des profondes congères de poudreuse sur les flancs de la montagne. Cela dit, ce ne serait pas non plus une mince affaire en scooter.

Une fois dans les bureaux, il se heurta à un autre obstacle incontournable qui le retarda encore : devant les grandes baies panoramiques de l'accueil, le gouverneur était en train de discuter avec le père de Svein Larsen.

« Ah, mais voici le chef de la police ! Il va pouvoir nous renseigner », déclara-t-il avec soulagement en apercevant Tom.

Ils pénétrèrent dans la salle de réunion. Tom Andreassen comprit qu'il ne pourrait pas couper à cette conversation. Il proposa donc un café au père de Svein Larsen et profita de l'occasion pour s'échapper pendant quelques minutes afin de demander à ce qu'on aille lui chercher l'équipement nécessaire au garage, puis il regagna la salle de réunion au pas de course. Hareide venait juste d'expliquer au père de Svein Larsen que son fils n'était pas décédé de mort naturelle.

Ce n'était pas la première fois que le chef de la police assistait à une telle conversation avec les proches d'une victime de meurtre. Il existait autant de types de réactions que de proches. Le père de Svein Larsen paraissait être un homme paisible. Le chagrin et la confusion ne suscitèrent aucun comportement agressif de sa part, ni envers le gouverneur ni envers l'expédition. Viendrait un jour où la colère exploserait, mais pour l'instant il pensait surtout aux problèmes pratiques.

« Qu'est-ce que je vais raconter à sa mère ? demanda-t-il. Elle était si fière, vous comprenez. Elle a toujours été persuadée que Svein accomplirait des choses extraordinaires. Il est important que la presse n'écrive rien de négatif sur lui. »

Dans ce domaine, Ole Hareide était bon. Il savait faire preuve d'une véritable sollicitude et de compassion. « Si vous le souhaitez, nous pouvons leur envoyer un communiqué officiel. Il fut un formidable musher pour l'expédition, c'est pourquoi nous insisterons sur l'aspect tragique que revêtent sa mort et celle des chiens. » Et ainsi de suite. Ne fais pas de grandes promesses que nous ne pourrons peut-être pas tenir ! pensait Tom Andreassen. Nous ignorons toujours ce qui s'est passé.

« Repartez-vous par le vol de demain ? demanda le chef de la police. Dans ce cas, un de nos agents vous accompagnera. »

Il intercepta le regard du gouverneur et secoua la tête pour le mettre en garde. Surtout, qu'il ne dise pas un mot de l'autopsie qui se révélerait probablement obligatoire. Chaque chose en son temps, et ce n'était pas le moment d'expliquer à cet homme abattu que l'enterrement de son fils devrait probablement être repoussé de plusieurs semaines.

Il s'arrêta mais laissa le moteur tourner. Devant lui, l'étroite vallée de Bolterdal montait vers le Foxfonna et les autres petits glaciers autour. Le paysage baignait dans un crépuscule bleu, tel un fleuve de lumière. Dans d'autres conditions, il se serait réjoui de cette escapade imprévue.

Il avait fallu un certain temps à Karin Hauge pour traverser la vallée. Ce qui n'avait rien d'étonnant, dans la mesure où elle ne connaissait probablement pas les environs. En observant les traces de ses skis, Tom Andreassen remarqua qu'elle semblait s'être assise par terre. Puis il l'aperçut : un point noir qui avançait lentement dans la montagne, en direction du plateau de l'autre côté de Bolterdal.

Bien qu'il soit désormais loin de la côte, il devait se méfier des ours polaires. Les gros plantigrades n'avaient rien à faire en pleine montagne : ce n'était pas là qu'ils trouveraient de quoi se nourrir et eux n'avaient besoin d'aucun refuge pour se cacher d'un éventuel ennemi naturel. Il arrivait néanmoins que certains d'entre eux s'aventurent jusqu'ici. Il existait d'innombrables histoires à propos d'ours ayant marché pendant des jours jusqu'à des refuges où ils s'étaient contentés de lacérer les selles des motoneiges, de casser une fenêtre ou deux et de mettre le bazar à l'intérieur en fouillant partout, avant de poursuivre tranquillement leur route. On avait déjà pu aussi observer des ours adultes escalader pendant des heures une montagne abrupte pour le seul plaisir de la redescendre en se laissant glisser sur le dos, et recommencer plusieurs fois le même manège. Le fusil, accroché à son épaule par une bretelle de cuir rigide, serrée et inconfortable qui cognait contre son dos, lui rappelait qu'il n'avait rien d'un bon tireur. Il fallait du courage pour tuer un ours polaire. Or il n'était pas sûr d'avoir ce courage.

Quand Tom Andreassen atteignit enfin l'autre rive de la Bolterelva gelée, la silhouette devant lui avait disparu. Soudain c'était l'après-midi et la lumière bleue s'obscurcissait rapidement. Il pensait savoir où se rendait Karin Hauge. Il n'existait pas beaucoup d'endroits au Svalbard où la vue égalait celle qui s'offrait à vous depuis le plateau situé de l'autre côté de la vallée. La difficulté de l'ascension était l'unique raison pour laquelle aussi peu de gens grimpaient jusque là-haut.

Il y avait deux façons de monter en scooter le flanc abrupt d'une montagne. Progresser en zigzag était la première d'entre elles, en espérant que la motoneige ne glisse pas et ne se renverse pas. La seconde technique demandait un courage à la limite de l'inconscience et consistait à foncer droit devant. Si c'était trop raide, le scooter pouvait faire la culbute et cinq cents kilos de métal risquaient alors de vous retomber dessus. Dans le cas présent, le terrain était tellement impraticable que Tom Andreassen opta quand même pour cette dernière solution. Il transpirait de peur dans sa combinaison en roulant à pleins gaz pendant ce qui lui parut être une éternité. Enfin il était au sommet. Il braqua à fond en arrivant sur l'étroite corniche et enfonça le bouton d'urgence rouge. L'engin s'arrêta à moins d'un mètre du bord du précipice du côté opposé.

Il regarda autour de lui avec étonnement. Il n'y avait personne. Les traces de ski récentes attestaient pourtant que quelqu'un était monté jusqu'ici. Elle devait bien être quelque part ? Et soudain il l'aperçut. Elle se redressa en position assise derrière une petite congère, juste au bord de la corniche.

« Karin ? Madame Hauge ? » Il essayait de parler avec naturel, mais lui-même pouvait entendre que sa voix était rauque d'angoisse.

Elle lui rendit son sourire, ce qu'il n'attendait pas. « Je ne pensais pas que la police avait le droit de rouler en scooter par ici. Ce traitement de faveur n'est-il pas un peu hypocrite ? »

La colère s'empara de lui. Il avait craint qu'elle ne se jette du haut de la corniche et voilà qu'elle trouvait le moyen de plaisanter ? « Il me faut discuter avec vous au plus vite de la situation sur la banquise. Suite au décès de Svein Larsen, nous avons ouvert une enquête pour homicide. Comme je vous l'ai déjà expliqué lors de votre interrogatoire à vous et Camilla Friis. »

Elle détourna le regard, son sourire avait disparu. « Je ne sais rien de ce qui se passe sur la banquise. Je pensais quitter le Svalbard demain.

– Et votre mari ? » demanda-t-il, étonné de la froideur de sa voix.

Elle secoua la tête sans rien dire, puis elle ramassa son anorak dans la neige.

Il s'approcha de quelques pas. « Vous allez être obligée de nous dire ce qui s'est passé. Je crois que vous nous cachez quelque chose. Nous avons besoin de ces informations. Vous devez nous expliquer comment vous vous êtes procuré le raticide, et qui parmi vous est responsable de l'empoisonnement des chiens et du meurtre de Svein Larsen. »

Enfin elle se tourna vers lui, le visage pâle. « Mais vous ne comprenez pas ? Je ne peux pas vous le dire. Je ne sais pas qui a empoisonné Svein ! »

Irene Sæter était la gérante de l'auberge de Nybyen. Ce n'était pas un travail facile, d'autant qu'elle était atteinte d'une sclérose en plaques et passait une partie de ses journées en fauteuil roulant. Le terrain en pente sur lequel étaient construits les baraquements était raide. Même dans ses bons jours, elle était incapable de gravir l'escalier en aluminium qui montait de la route 100 jusqu'à l'entrée. L'accès par-derrière avait été aménagé spécialement pour elle. L'hiver, elle pouvait garer la motoneige à quelques mètres seulement de la rampe légèrement inclinée. En été, ou en tout cas durant les quelques mois de l'année où le sol n'était pas recouvert de neige, elle avait obtenu l'autorisation de circuler en quad. Il était important pour Irene Sæter de ne pas être considérée comme une personne dépendante.

Quand, en fin d'après-midi, elle pénétra dans les locaux du bureau du gouverneur, elle se trouvait apparemment dans une phase de répit puisqu'elle pouvait marcher à l'aide d'une seule béquille.

Le chef de la police alla droit au but. Il lui parla du décès d'un des membres de l'expédition au pôle Nord, que l'on soupçonnait d'avoir été empoisonné. Et lui expliqua que, dans les circonstances actuelles, elle ne devait plus se soucier de faire preuve de discrétion à l'égard de ses hôtes et lui raconter tout ce qu'elle savait.

Irene Sæter regardait le sol. « J'aurais peut-être dû venir avant, mais je n'étais pas sûre, vous comprenez. J'ai cru que je commençais à perdre la tête.

– Les membres de l'expédition s'entendaient-ils bien ? Vous ont-ils donné cette impression ? »

Elle leva les yeux sur le chef de la police avec un petit sourire. « On ne peut pas vraiment dire ça, non. Ils étaient si différents. Le musher était sympathique. Le dernier soir avant leur départ, ils nous ont fait un de ces cirques. Ils avaient sans doute trop bu à la soirée d'adieu.

– Que s'est-il passé ? » Tom Andreassen était sur des charbons ardents.

« Je ne sais pas réellement ce qui s'est passé, mais une terrible dispute a éclaté dans la nuit. J'attendais tellement de monde le lendemain de bonne heure au petit déjeuner que j'avais décidé de coucher dans la chambre à côté de l'escalier. Mais je ne me sentais vraiment pas bien, j'avais mal partout, et je n'arrivais pas à dormir. Tous assistaient à la soirée d'adieux, il régnait donc le plus grand silence dans l'auberge vide. Puis vers minuit, Karin est rentrée. Elle est montée directement dans sa chambre, mais elle en est ressortie presque aussitôt. Elle s'est préparé un petit en-cas dans la cuisine avant de s'installer dans la salle de séjour. Une heure après, le chef de l'expédition et les autres sont arrivés. Ils avaient de toute évidence un petit coup dans le nez. Ils se sont dirigés droit vers la cuisine où ils ont commencé à fouiller partout en faisant un boucan d'enfer. Ils cherchaient probablement quelque chose à grignoter eux aussi, et soudain j'ai craint qu'ils ne me mangent les œufs prévus pour le petit déjeuner du lendemain. » Irene Sæter frémit. Elle avait vu quelque chose qui l'avait effrayée.

« Oui, et ?

– Elle se tenait là, immobile, dans l'ombre. Blanche comme un linge, elle n'a pas ouvert la bouche. Comme si elle avait entendu ou vu quelque chose qui l'avait pétrifiée. Elle m'a fait tellement peur que j'ai été incapable de prononcer le moindre mot. Et sans poser de question, je suis retournée dans ma chambre. Quelques minutes de silence se sont écoulées, avant que la dispute n'éclate. Des voix dures, froides, des pleurs. Des chaises et d'autres objets ont volé. Au moment où je commençais à envisager d'appeler la police, les journalistes sont rentrés eux aussi, bien remontés après une virée au pub. Puis le calme est revenu. »

Une dispute. Ce n'était pas grand-chose. Tom Andreassen était déçu. Ce ne devait pas être tout.

Irene Sæter hésita légèrement. « Il y a probablement une autre chose que j'aurais dû raconter à la police, mais imaginez que je me trompe ? Quelle honte ce serait ! J'ai donc préféré me taire. » Elle le regarda d'un air grave.

« Dites-moi. Laissez-m'en juge. »

La gérante de l'auberge soupira. « Les gens n'ont pas conscience que les bateaux de croisière nous ramènent plein de saletés : des mouches, des araignées, voire même des moustiques. Mais saviez-vous qu'il arrive aussi que des rats et des souris débarquent des navires ? Ils ne survivent évidemment pas à l'hiver, mais c'est répugnant de les voir traîner autour des poubelles pendant l'été. Une année, j'ai décidé de me procurer du raticide, qui m'a été envoyé par l'intermédiaire du vétérinaire de Tromsø. J'ai acheté un premier produit appelé Sawarin. C'était celui utilisé autrefois sur le continent. Ça ressemble à des flocons d'avoine. »

Tom hocha la tête, mais ne voulut pas prendre le risque de l'interrompre.

« Il provoque chez les souris et les rats des hémorragies de toutes les muqueuses. Ses fabricants affirment que le poison agit rapidement, mais la mort ne me semblait ni rapide ni indolore. J'ai donc acheté un autre produit, un raticide plus récent du nom de Black Pearl. Cent fois plus efficace que le premier, a priori. Il est indiqué sur la boîte que c'est un narcotique. Les rongeurs deviennent d'abord apathiques, puis ils ne parviennent plus à réguler leur température corporelle et finissent par mourir de froid.

– Vous stockiez des substances pareilles dans la cuisine ? » demanda le policier effaré.

Elle hocha la tête, l'air triste. « Oui, je les avais transférés dans des pots à confiture. Le poison que je recevais du continent était en sachets, et je me suis dit que ceux-ci risquaient de se percer. Mais attention, je l'avais bien marqué. J'avais même mis les étiquettes dans les pots.

– Et ?

– Et il va de soi que je ne les avais pas rangés au même endroit que la nourriture, répondit-elle, au bord des larmes. Les deux pots se trouvaient au fond du placard sous l'évier, derrière les produits d'entretien. Le lendemain du départ de l'expédition, alors que je m'apprêtais à faire le ménage, j'ai remarqué que les bocaux étaient vides. Il ne restait plus que les étiquettes.

– Savez-vous qui pourrait avoir pris le poison ? » C'était sa dernière question. La plus importante.

Elle secoua la tête, un peu gênée. « C'est peut-être injuste de ma part, uniquement parce que je ne l'aime pas. Mais elle est tellement malpolie et égocentrique. Si je devais parier, je dirais que c'est cette Camilla Friis. »

Chapitre 26
Vers le nord

Quand Mads les aperçut, il tenta d'abord de se cacher derrière la crête de compression en se laissant rouler jusqu'au bas de celle-ci. Puis quand ils arrivèrent plus près de lui, si près qu'ils pouvaient voir son visage épouvanté, il partit en courant à quatre pattes, mais n'alla pas bien loin. Karsten fut le premier à le rattraper. Mads se débattit et tomba dans une grande flaque de glace fondue. Ils l'aidèrent à s'en extraire, puis Karsten s'agenouilla à côté de lui.

« Pourquoi as-tu fait cela, Mads ? T'es devenu complètement cinglé ? »

Le regard de Mads fusait dans toutes les directions. Il semblait totalement retourné mais aussi en colère. « Vous auriez dû me laisser partir. Je vis un véritable enfer avec ce pied. Vous n'avez pas idée du mal que ça fait. » Il poussa un long soupir en tremblant.

Karsten le saisit par le torse et le redressa en position assise. Puis il passa son bras autour de ses épaules. « S'il te plaît, tiens bon ! Je te promets que bientôt toutes ces douleurs seront de l'histoire ancienne. À notre retour, nous irons au Theatercafé à Oslo et tous nos admirateurs se presseront autour de notre table. À ce moment-là, ce sera toi, Mads, qu'ils viendront voir et écouter. » Il était assis tout contre lui et lui murmurait des paroles réconfortantes au creux de l'oreille.

« Il faut le ramener à la tente », intervint Terje avec impatience.

Ils contournèrent la crête de compression avec Mads entre eux, Karsten et Knut le portant par les épaules et Terje par les pieds. Mads n'arrêtait pas de crier et de gémir. Ses vêtements étaient trempés et raidis par le froid. Ils rassemblèrent tous les vêtements secs qu'ils purent trouver sans plus se soucier de savoir à qui appartenait quoi. Ils sentaient qu'il fallait faire vite. Le réchaud fut installé à l'extérieur pendant qu'ils s'activaient, afin que Mads ne le renverse pas en s'agitant.

« Nous devons aussi veiller à ne pas trop gaspiller la paraffine », les avertit Karsten.

Knut faillit demander ce qu'il leur restait de combustible, mais il préféra s'abstenir. Quelle importance après tout ? Ils devraient se débrouiller avec ce qu'ils avaient sous la main jusqu'à ce qu'ils soient évacués. « Autant changer son pansement pendant qu'on y est », déclara-t-il.

Ils étaient désormais installés sur leurs sacs de couchage, avec le réchaud entre eux, tandis que Mads somnolait, bien emmitouflé dans son duvet. Ils lui avaient donné un comprimé de morphine qu'il avait avalé avec un café tiède conservé dans une des thermos. Les trois hommes étaient assis la tête penchée vers l'avant, leur tasse de café entre les mains et les yeux rivés sur le sol de la tente. Aucun d'entre eux n'était très bavard et leurs échanges se limitaient aux banalités d'usage. Ils étaient épuisés et assommés par tout ce qui leur arrivait. Et pourtant, de tous les problèmes que Knut aurait pu imaginer, ils n'en avaient rencontré que très peu au final.

« Peut-être sommes-nous trop pessimistes ? suggéra Karsten. Après tout, nous n'avons pas vu l'ours ces deux ou trois dernières heures et il n'a pas attaqué Mads. Se peut-il que nous exagérions le risque encouru ? » Cette dernière remarque s'adressait à Knut en sous-entendant : *Tu es le seul à l'avoir vu, et c'est toi qui n'arrêtes pas de nous seriner avec le danger que représente cet animal.*

Knut leva les yeux. « Je ne le répéterai jamais assez : les ours polaires sont extrêmement dangereux. Il est là quelque part, il attend. Pour le moment il n'a pas faim parce qu'il a mangé les dépouilles des chiens. Mais il reviendra.

– Mais je croyais que tu avais dit que les chiens avaient été empoisonnés, releva Terje. Si l'ours polaire a mangé ce qu'il en restait, il devrait être malade lui aussi, non ?

– Je ne sais pas, je me suis fait la même réflexion, répondit Knut. Mais c'est un gros ours. Il pèse au moins huit cents kilos, je pense. Peut-être n'en a-t-il pas absorbé suffisamment pour que cela ait le moindre effet sur lui.

– Ou… les chiens n'ont pas été empoisonnés et le laboratoire s'est trompé, répliqua Karsten.

– Arrête ! murmura Knut. Le laboratoire de la police scientifique se trompe rarement. » Il sentit l'ambiance se glacer sous la tente. De nouveau, un mur invisible d'hostilité s'était dressé entre lui et eux.

Ils démontèrent la tente et rangèrent les sacs de couchage, lentement et avec un sentiment de découragement. Ils soulevèrent Mads et le déposèrent avec précaution sur la pulka. Ils faisaient leur possible pour qu'il soit allongé dans une position confortable et stable, mais rien ne lui convenait. Il voulait être assis de façon à pouvoir voir ce qui se passait. Ils y parvinrent en déplaçant les caisses et en glissant plusieurs sacs de couchage derrière son dos et son cou. Cela alourdissait le traîneau et le rendait plus instable, mais Karsten finit par abdiquer. Il assumait la responsabilité de tout ce qui n'allait pas. La première fois que la pulka se renversa et que Mads roula sur la banquise, il voulut abandonner et monter le camp.

« Vous voyez bien que ça ne va pas. Il a besoin de repos. La douleur l'épuise. » Karsten avait déchaussé ses skis et s'était agenouillé à côté de Mads. Il les regardait d'un air accusateur.

Knut soupira, il était d'accord avec lui en réalité. Ils devaient trouver une autre manière de transporter Mads, ou alors il allait souffrir le martyre.

« S'il s'allonge et que nous le ligotons, ça ira beaucoup mieux, déclara Terje.

– Mais je ne suis pas un vulgaire paquet, putain ! s'écria Mads en essayant de se redresser.

– Il faut qu'on puisse avancer plus vite ou sinon je suis d'accord avec Karsten : autant abandonner. » Le visage de Terje était dur et complètement fermé. « Nous avons encore une chance de nous rapprocher grandement du pôle. Ce qui ne manquera pas de plaire aux sponsors, qui apprécieront de voir que nous continuons à nous battre même dans des conditions inhumaines. Mais pour cela, il faut que Mads accepte d'être ligoté. »

Le ton brutal parut faire son effet. Mads ne cessa pas de se plaindre pour autant mais il ne protesta pas quand ils réorganisèrent une fois encore le chargement du traîneau de façon à pouvoir l'allonger à plat. Ils nouèrent des cordes autour de son corps, mais en lui laissant la possibilité de bouger les bras.

« Promis, on ne lâchera pas le traîneau s'il glisse dans un chenal », plaisanta Terje avec un sourire en coin dans sa barbe hirsute.

Knut se garda de tout commentaire. Il prit place à gauche de Karsten et enfila le harnais. Ils comptèrent jusqu'à trois et se projetèrent vers l'avant. La pulka, qui s'était embourbée dans la neige et la gadoue, leur sembla bien lourde à dégager.

Quelle horreur, que c'était éreintant ! Knut avait pensé exactement la même chose trois jours auparavant lorsqu'ils avaient fui la banquise en pleine débâcle, mais ce qu'ils enduraient à présent était pire encore. Le harnais lui meurtrissait les épaules, ses muscles lui faisaient mal. Les skis avaient beau être plus courts que des skis de randonnée habituels, ils n'arrêtaient pas de se foncer dedans. Des « Garde tes distances ! » irrités volaient dans l'air. Si l'un d'entre eux trouvait un bon endroit pour passer au-dessus d'une crête de compression, cela pouvait s'avérer plus ardu pour le voisin quelques mètres plus loin. La pulka faisait des embardées d'un côté puis de l'autre, et dans les descentes elle filait sur la glace, ils ne maîtrisaient rien. Régulièrement, elle atterrissait dans des flaques d'eau ou des congères. À plusieurs reprises aussi, elle se renversa. Mads n'arrêtait pas de gémir, il hurlait de douleur à chaque fois que le traîneau se retournait.

Le jour se leva puis disparut. Il faisait nuit quand ils finirent par s'avouer vaincus. Depuis le matin, ils n'avaient pu avaler que des biscuits de mer accompagnés de thé très sucré. Ce soir-là, monter le camp leur demanda deux fois plus de temps que d'ordinaire. Ils durent décharger tout le traîneau pour accéder aux vivres. Mads était trempé et avait besoin de changer de vêtements. Il leur fallut tendre un filet sous le toit de la tente afin de mettre à sécher des tenues qui en avaient bien besoin. Cela ne servait à rien de les suspendre à l'extérieur. Le froid les rigidifierait complètement au cours de la nuit. Et quand elles dégèleraient, elles seraient froides et humides.

Les quatre hommes étaient installés chacun dans leur coin. Le réchaud grésillait. Avec la chaleur, l'odeur fétide du pied de Mads se répandait sous la tente. Ce dernier continuait à gémir. Il était dans une sorte d'état second depuis qu'on lui avait changé son pansement et donné un des précieux comprimés de morphine. Knut n'avait pas besoin de poser la question. Il n'en restait plus que trois. Suffisamment pour le lendemain, mais guère plus. Mads le vit lui aussi et il se mit à pleurer en silence.

« C'est insupportable », murmura Karsten.

Knut espérait qu'il était le seul à l'avoir entendu. « Où est la radio ? » demanda-t-il pour leur changer les idées.

« Devant la tente. » C'était Terje qui avait fini par lui répondre. « Dans la mallette. Tu ne l'as pas vue en entrant tout à l'heure ? »

Knut installa l'antenne seul. Il sortit la batterie de 12 volts, la brancha. Régla le récepteur. « Svalbard radio, Svalbard radio, de LA5CJ. Nous écoutons la fréquence de détresse. »

Des parasites. Aucune voix, pas même ce qui pourrait vaguement ressembler à des paroles compréhensibles. Il lançait son appel toutes les minutes, avec la régularité d'un métronome. Il entendait des chuchotements sous la tente. Ils étaient convenus que Terje assurerait le premier tour de garde. Pourquoi ne sortait-il pas avec le fusil ? Il finit par craquer et passa la tête à l'intérieur.

« Je ne peux pas m'occuper à la fois de la radio et guetter l'ours polaire.

– Nous parlions des conséquences de la mort de Svein, répondit tranquillement Terje. Si nous réussissons à atteindre le pôle Nord, nous souhaiterions marquer le coup en son honneur. Prendre quelques photos. Avec le temps, cela peut constituer un beau souvenir pour sa famille. »

Sans répondre, Knut ressortit le torse de la tente et reprit place à côté de la radio. Il ne les comprenait pas, mais vraiment pas. Cette obsession du pôle Nord. Un point fictif dans un paysage si uniforme que cela revenait presque à méditer sur le vide. Le chatoiement de la banquise et ses multiples nuances de blanc étaient, certes, fascinants, pensa-t-il, mais le pôle Nord, lui, était invisible. Il pouvait néanmoins concevoir que pour les trois autres, il n'y aurait point de victoire sans atteindre ce lieu abstrait.

Une nouvelle heure s'écoula. Il fallait se rendre à l'évidence : il avait beau essayer, il n'arrivait pas à établir la liaison avec Svalbard radio. Il vérifia que l'antenne était bien montée et le récepteur bien branché, avant d'examiner chaque centimètre du câble, même s'il ne s'attendait pas à trouver quoi que soit sur ce dernier. Il fut donc légèrement surpris de découvrir une entaille au milieu de celui-ci.

Il passa de nouveau la tête à l'intérieur de la tente. Cette fois-ci, ils parlaient de la mort. Mads était pâle, il semblait troublé et effrayé. Karsten avait l'air gêné et Terje demanda sur un ton d'excuse : « Tu as vu l'ours ? »

Knut renonça à tenter de leur expliquer la gravité de la situation. Peut-être l'avaient-ils déjà compris et était-ce là leur manière de surmonter l'épreuve ? Le câble de l'antenne est coupé, leur annonça-t-il sèchement. Auraient-ils du ruban électrique quelque part ? Non, mais ils avaient mieux, répondit Terje : ils avaient tout un rouleau de gaffer dans la caisse à outils. Ils l'avaient emporté au cas où la pulka aurait besoin d'être réparée ou renforcée. Or, ce type de ruban adhésif pouvait servir absolument à tout, ajouta-t-il, subitement très bavard. Pour la tente, les skis, les bâtons, les chaussures… il n'y avait rien que ce scotch ne puisse faire.

Terje accompagna Knut à l'extérieur et l'aida à réparer le câble de l'antenne. Quelques minutes plus tard, la voix de l'opérateur de Svalbard radio jaillit de l'enceinte. Indistincte, brouillée par les interférences, mais compréhensible.

« LA5CJ, de Svalbard radio. Quelle est la situation ?

– Svalbard radio, pourrait être mieux. Nous sommes… » Knut regarda autour de lui. Karsten était toujours sous la tente avec Mads. « Un instant, je vérifie notre position exacte. »

D'après le GPS, ils avaient sué sang et eau pour parcourir moins de treize kilomètres. Sachant que la dérive des glaces les entraînait maintenant vers l'est, ils ne s'étaient en réalité rapprochés du pôle que de sept kilomètres ; pas vraiment de quoi pavoiser, donc.

Svalbard radio avait de bonnes nouvelles. Le bureau du gouverneur avait réussi à contacter les dirigeants de la base de Barnéo. Dès le lendemain, les Russes enverraient un hélicoptère pour tenter de les retrouver. Knut et les autres membres de l'expédition pourraient-ils se tenir prêts à être évacués vers midi ?

Ils s'accordèrent un dîner généreux. Ils n'avaient plus aucune raison d'économiser sur la nourriture si on venait les chercher dès le lendemain, déclara Karsten. Il avait néanmoins une faveur à demander : Knut pensait-il qu'on pourrait les transporter jusqu'au pôle Nord afin d'observer ce petit moment de recueillement en mémoire de Svein ? Les sponsors comprendraient qu'ils aient dû interrompre l'expédition et accepter d'être secourus afin que Mads puisse être hospitalisé au plus vite. Karsten scrutait Knut du regard.

Le réchaud était au maximum, il crépitait et crachait dans l'air moite. Les vêtements mouillés étaient suspendus dans le filet, mais ils semblaient mettre du temps à sécher. Jusqu'ici, ils n'avaient fait qu'humidifier l'air ambiant et assombrir la tente.

« Il est hors de question que je sois tenu responsable de tout cela ! » La voix de Mads était si rauque qu'on entendait à peine ce qu'il disait.

« Non, bien sûr que non. Nous sommes tous responsables... » Karsten se pencha en avant.

« J'ai du mal à voir comment Knut et moi pourrions être impliqués dans cette histoire avec les chiens, répliqua Terje. Vous réglerez vos comptes entre vous.

– Demain nous serons en route pour Barnéo, lança Knut pour les réconforter, mais l'ambiance n'en devint que plus houleuse.

– Les Russes exigeront-ils d'être payés ? » Terje s'adressait à Karsten. « Vos assurances couvrent-elles une évacuation de ce genre ? »

Karsten évita son regard. « Si seulement nous avions atteint le pôle Nord, la situation aurait été complètement différente. Personne n'attend de nous que nous allions jusqu'au bout avec un homme malade dans la pulka. Mais abandonner maintenant, si près du but, c'est... je crois que je n'ai jamais connu de pire déception de ma vie.

– Sans parler des conséquences financières. N'allez surtout pas croire que mon père s'assoira sur le contrat que vous avez signé avec lui. Vous devrez lui rembourser jusqu'au dernier centime de la somme qu'il vous a versée. Alors que si nous avions rallié le pôle, ne serait-ce que pour quelques petites minutes, et avions pris quelques photos, il aurait certainement fait une croix dessus. »

Mais qu'il la ferme ! se disait Knut. Qu'il arrête de pousser Karsten à croire que tout n'était pas perdu, que l'expédition pouvait encore sortir victorieuse de cette crise. Ses espoirs furent malheureusement vite douchés.

« Mais bon, faut être réaliste. Vu qu'on doit tracter Mads, il y a peu de chances qu'on y parvienne. Si on avait été seuls... toi et moi, par exemple, Karsten...

– C'est dégueulasse de dire ça, murmura Karsten en regardant par terre. Ça, là, à propos de Mads... »

Jusqu'ici, ils avaient réussi chaque soir à trouver un sujet de conversation consensuel, mais cette fois-ci, ils étaient trop épuisés, et il y avait trop de problèmes en suspens pour pouvoir continuer à les ignorer. Terje se pencha vers l'avant et éteignit le réchaud si brusquement que celui-ci dégagea une bouffée de fumée grise. Karsten le sermonna avant de leur tourner le dos et de se glisser dans son duvet collé contre la paroi. Mads dormait déjà de l'autre côté de la tente, la tête basculée en arrière et la bouche ouverte. Un filet de bave coulait dans sa barbe. Il gémissait de temps à autre et sa respiration sifflante n'annonçait rien de bon.

Malgré le sentiment de répugnance qu'il éprouvait à cette pensée, Knut dut se résoudre à s'allonger contre lui, il n'avait pas le choix, mais en dépit de son dégoût, il s'endormit aussitôt, d'un sommeil si lourd qu'il se réveilla à peine en sentant quelqu'un bouger à côté de lui. Un besoin urgent contraignait probablement un de ses compagnons à sortir.

Quand il se réveilla la seconde fois, ce fut à cause du silence. Il ne voyait aucune autre explication. Un silence assourdissant qui se pressait contre ses tympans. Il y avait bien des bruits sous la tente – les légers ronflements de Karsten, Terje qui se retournait dans son sac de couchage –, mais entre chacune de ces petites perturbations, celui-ci était aussi opaque qu'une plaque d'acier. Si quelqu'un avait dit à Knut qu'il était un être particulièrement sensible, il aurait probablement protesté. Il n'avait pas non plus peur du noir. Et pourtant ces dernières années, il lui était parfois arrivé, à deux ou trois occasions plus précisément, de pressentir une chose qui s'était produite par la suite.

Cette impression de danger imminent l'empêcha de se rendormir. Il devait être très tôt, car ils étaient encore cernés par la nuit. Il se redressa, puis essaya de se glisser jusqu'à l'entrée sans écraser Mads couché contre lui. Il s'éloigna de la tente de quelques pas, frissonna dans le froid. Il ouvrit la braguette de son pantalon et colora la neige à ses pieds d'un cône de couleur jaune. Un sentiment de vide qui dépassait tout ce qu'il avait pu connaître jusque-là s'abattit alors sur lui.

Ils ne pouvaient plus continuer ainsi. Il fallait absolument qu'ils soient évacués aujourd'hui. Il retourna à l'intérieur en prenant au passage le réchaud que Terje avait eu la bonne idée de mettre dehors avant de se coucher. Il faisait affreusement froid sous la tente, plus froid qu'à l'extérieur. Il peina quelque peu à allumer le réchaud et dut actionner la pompe à plusieurs reprises pour augmenter la pression dans le réservoir. Quand, enfin, le brûleur daigna fonctionner, la chaleur se répandit sous la tente. La lumière de la flamme diffusait un éclat doux sur le visage des membres de l'expédition en train de dormir.

Knut ressortit avec la gamelle pour aller chercher de la neige propre. En passant, il jeta un coup d'œil à la radio muette que l'on avait débranchée et il trébucha sur le fusil appuyé à la toile, à côté de l'entrée. Il était temps de reprendre les tours de garde, c'était un coup de chance que l'ours ne les ait pas rattrapés. Les autres dormaient encore quand il revint sous la tente. Alors qu'il s'apprêtait à les réveiller, son regard tomba sur Mads. Son sang se glaça. Il se frotta les yeux encore collés par le pus. Il ne pouvait pas le croire, il espérait qu'il se trompait.

Le visage de Mads était livide, figé dans une grimace. Il n'avait pas bougé depuis que Knut s'était réveillé. Ses lèvres bleues s'étaient rétractées sur ses dents. Il semblait entouré d'un halo de froid.

Chapitre 27
Arcane

Arcane, du latin arcanum, *« secret ».*
1) ALCHIM. *Préparation mystérieuse, réservée aux adeptes.*
2) PAR EXT. *(*AU PLUR.*)* Les arcanes de la science, de la politique *: mystère, secret.*

Le réchaud crépitait sous la tente. À l'extérieur, il régnait un silence absolu. Pendant plusieurs secondes, Knut n'esquissa pas le moindre geste. Il repoussait tant que faire se peut le moment de réveiller les deux autres et de leur annoncer cette affreuse, cette terrible nouvelle. Peut-être... y avait-il un minuscule espoir... peut-être se trompait-il. Il se faufila jusqu'à Mads, en l'espérant de toutes ses forces, mais il sut avant même de tendre la main qu'elle toucherait une peau au contact plus froid que celui de la glace à l'extérieur. Mads devait être mort depuis plusieurs heures. Son visage dur était resté contracté dans un dernier spasme.

Knut sursauta en sentant un mouvement dans son dos. Karsten s'était réveillé et assis. Il étira les bras au-dessus de sa tête dans la chemise en laine tachée qu'il portait la nuit. « Humm ! J'arrive même à sentir l'odeur du porridge, c'est vous dire si j'ai faim. » Il sourit à Knut. « Je crois que c'est la première fois que tu es debout avant nous. Tu vas finir par devenir un bon coéquipier, ma parole ! »

Terje était couché dans le duvet le plus près du réchaud. De celui-là n'émergeaient que quelques mèches de cheveux noirs. Puis il s'assit avec précaution et recula vers la toile de tente. « Quel luxe de se réveiller dans une tente chaude avec un petit déjeuner prêt. Aujourd'hui, pour moi, ce ne sera qu'un café et deux ou trois biscuits. » La dispute de la veille au soir semblait temporairement mise en stand-by.

« Mads n'est pas réveillé ? Laissons-le dormir le plus longtemps que possible. » Karsten roula son sac de couchage et le cala contre la paroi de la tente.

« Non, répondit Knut. Mads ne dort pas. » Il s'écarta légèrement, afin qu'ils puissent voir le visage de l'homme mort dans son duvet.

Il s'attendait à des réactions violentes, notamment de la part de Karsten. Mads et lui étaient malgré tout amis depuis l'école primaire. Ils avaient grandi ensemble, ils travaillaient dans le même cabinet, leurs épouses et eux se connaissaient depuis des années et tous habitaient au même endroit. Mads avait aussi loyalement soutenu le projet de l'expédition, alors que de toute évidence il n'avait rien d'un explorateur polaire. Knut jeta un coup d'œil sur le sol qui, au fur et mesure, avait fini par se salir et se tacher. Il s'attendait à des pleurs et des remords, mais Karsten ne proféra pas un mot. Il fixait la cloison de la tente, le visage blême.

Terje avait l'air choqué. « Tu as allumé le réchaud avec Mads mort juste à côté ? Pousse-toi, s'il te plaît. Je veux l'examiner. »

Knut réfléchit pendant un quart de seconde. Y avait-il quelque chose près du mort qui puisse être détruit ou éloigné ? Il avait beau chercher, il ne voyait pas et de toute manière, lui-même l'avait déjà touché. Il se recula de façon à laisser passer Terje et à ce que ce dernier puisse s'agenouiller à côté du défunt. Curieusement ce fut lui qui eut les larmes aux yeux. Il se mit à marmotter des propos incohérents d'une voix désespérée. « Dieu sait ce qu'il a traversé ces derniers jours. Un enfer. Si seulement il avait tenu encore un peu. Il se serait pardonné ce qu'il a fait.

– Et qu'a-t-il fait, tu peux me le dire ? » La voix de Karsten était froide et distante.

Terje se retourna si brusquement qu'il faillit tomber sur le réchaud. « Je croyais que tu le savais. Il n'en pouvait probablement plus de porter ce terrible secret – d'avoir l'empoisonnement des chiens sur la conscience. Je ne vois pas d'autre explication.

– Qu'est-ce qui te laisse penser que Mads s'est suicidé ? » demanda Knut sans se départir de son calme. Il observait attentivement les deux coéquipiers afin de saisir les moindres petits changements dans leur comportement. « Comment y serait-il parvenu ? Il était tellement faible et dans les vapes qu'il ne savait pratiquement plus où il se trouvait.

– Évidemment qu'il ne s'est pas suicidé ! renchérit Karsten, lui aussi très calmement. Ce doit être l'oxyde de carbone émis par le réchaud. Vous avez bien vu ce qui s'est produit quand Terje l'a éteint trop brutalement hier. Non, moi ce qui me surprend, en revanche, c'est que Knut ait pu rester allongé toute la nuit juste derrière lui sans se rendre compte qu'il était en train de rendre l'âme. »

Knut hésita. Était-il judicieux de divulguer cette information ? « Quelques heures après m'être endormi, je me suis réveillé en sentant quelqu'un passer au-dessus de mes jambes. Je pense que ça m'aurait marqué si j'avais reconnu Mads. »

Karsten et Terje échangèrent un long regard. « Ouvre la trousse à pharmacie pour voir », finit par dire Terje. Karsten haussa les épaules avec colère, mais obtempéra. Un simple coup d'œil leur suffit pour constater que le flacon de morphine était vide.

« Je n'arrive pas à croire que Mads ait pu réussir à prendre les comprimés sans que l'un d'entre nous se réveille », déclara Terje avec une telle amertume dans la voix que Knut s'en étonna. Soudain ils se retrouvaient tous les trois là sans avoir apparemment la moindre idée de ce qui avait pu se passer.

« Insinuerais-tu que c'est moi qui les lui ai donnés ? » demanda Karsten, furieux.

– Je ne sais pas, mais dans la mesure où tu es capable de tuer deux attelages de chiens…

– Mais ce n'est pas du tout la même chose ! » s'écria Karsten. Il semblait prêt à sauter à la gorge de Terje.

« Ainsi donc, tu reconnais avoir empoisonné les chiens ? » Terje n'avait pas l'air prêt à lâcher le morceau. Knut les laissait parler, tous les deux. Aucun ne réagissait comme il s'y attendait.

« Je ne reconnais rien du tout. Qui me dit que ce n'est pas toi qui l'as fait ?

– Ce n'est pas possible. Je n'étais pas au courant de ce que vous maniganciez. Je ne l'ai compris que trop tard. » Terje grimaça de colère en montrant les dents. « Quelle folie de les tuer alors que tout se déroulait à merveille ! Nous pourrions être au pôle Nord à l'heure qu'il est, si seulement vous vous étiez concentrés sur ce seul objectif.

– Cessez cette dispute abjecte ! les interrompit Knut. Je vous rappelle que nous avons un homme mort sous la tente. Je propose que nous témoignions un minimum de respect à l'égard de Mads.

Transportons-le dehors et recouvrons-le de neige et de glace afin d'éviter que son odeur n'attire l'ours polaire. »

Mais Terje ne put s'empêcher de lancer une dernière pique à Karsten. « Vous n'avez jamais estimé nécessaire de discuter de la question des chiens avec moi. Je n'étais qu'un idiot utile qui vous a ramené l'argent dont vous aviez besoin. Tout comme Svein. Lui et moi nous sommes uniquement acheté un billet pour le pôle Nord. Seuls toi et Mads incarniez l'expédition. Et vous avez réussi à tout faire foirer. C'est pour cela qu'il s'est suicidé. » Sur ce, il sortit.

Karsten lança un regard dur dans sa direction alors qu'il rampait hors de la tente.

Ils décidèrent de laisser Mads dans son sac de couchage et de le porter à l'extérieur. Ils enlevèrent le récepteur radio de la bâche pour l'y déposer. Heureusement le temps était brumeux et couvert. Les contours du paysage leur apparaissaient de façon moins nette que si le soleil avait dardé ses rayons éblouissants sur la banquise. Les yeux de Knut lui faisaient moins mal que la nuit précédente. C'était à croire que son corps était incapable de se concentrer sur plus d'un problème à la fois. Or à ce moment-là, le plus insupportable, c'était l'odeur que le corps du défunt diffusait par vagues nauséabondes.

Ils trouvèrent un endroit qui leur parut convenable près d'une grande crête de compression. Ils enveloppèrent Mads soigneusement dans la bâche et l'emportèrent jusqu'à la petite étendue recouverte de neige immaculée et soyeuse. Ils découpèrent ensuite de gros morceaux de glace dans la crête de compression et érigèrent un cairn sur le corps de Mads. C'était une tâche ardue. Karsten posa le dernier morceau de glace en plein sur la figure de Mads. Enfin il pleurait. En silence. De grosses larmes striaient son visage sale. En roulant, celles-ci se transformaient en stalactites scintillantes dans sa barbe.

Puis ils jetèrent de la neige blanche sur le monticule de glace. Cela ressemblait à un enterrement. Knut s'empressa d'expliquer pourquoi ils procédaient ainsi. « Cela peut sembler un peu bizarre de faire cela alors que les Russes vont arriver d'un instant à l'autre. Mais nous devons prendre toutes les précautions possibles pour que l'ours ne nous retrouve pas. »

Terje n'avait guère ouvert la bouche pendant qu'ils s'affairaient. Il se redressa et parcourut la banquise du regard. « À quelle heure l'hélicoptère était-il censé arriver ?

– Pas avant midi, en tout cas, mais je dois allumer la radio et contacter le gouverneur. Signaler le décès…

– Il est déjà plus d'une heure.

– Oui, ce qui confirme ce que je viens de dire : il est grand temps de reprendre contact avec le reste du monde. »

Les heures s'écoulèrent sans qu'ils parviennent à établir le moindre contact radio. Karsten et Terje manifestèrent l'envie de retourner sous la tente, ils étaient frigorifiés, mais Knut les arrêta. « Désolé, mais je dois d'abord inspecter toutes nos affaires. Tant que ce ne sera pas fait, vous devrez attendre à l'extérieur. »

L'espace d'un instant, ce fut la cacophonie la plus totale.

« Tu vas fouiller les affaires de Mads ? » demanda Karsten à Knut, d'une voix où perçait le dégoût.

« Je vais fouiller toutes les affaires, les tiennes incluses. Après, j'inspecterai les caisses sur la pulka. Chose que j'aurais dû effectuer depuis longtemps, du reste. »

Il tenta de leur expliquer que la loi norvégienne exigeait qu'une enquête soit ouverte dès lors qu'un citoyen norvégien décédait à l'étranger, mais ils ne voulaient rien entendre. Le fossé entre eux et lui devenait de plus en plus net. Il fut frappé de constater que les deux hommes ne se considéraient pas en territoire étranger. C'était comme si, à leurs yeux, la glace de mer et l'océan au nord du Svalbard n'étaient qu'un prolongement de la Norvège.

Parmi toutes les affaires qu'il avait eues à traiter, Knut n'en voyait qu'une seule qui puisse lui paraître aussi incompréhensible que celle-ci. Il avait l'impression d'être en terrain glissant. Quelles que soient les théories envisagées, celles-ci ne collaient pas avec ce qui s'était passé. Il était dans l'incapacité de dire ce qui était arrivé à Mads. Il le leur expliqua. En tant que policier, il devait veiller à ce qu'aucun indice susceptible d'expliquer la mort de Mads ne soit négligé.

Terje explosa de nouveau : « Mais bordel, la question ne se pose même pas ! Ce type était déprimé et pour cause. Il savait qu'il était mourant et il avait un tas de choses sur la conscience. L'expédition s'est transformée en un véritable fiasco. Qu'est-ce que tu crois que sa matrone, qui doit toujours avoir un œil sur tout, aurait dit s'il était rentré à la maison sans avoir atteint son but ?

– Non, mais ça ne va pas tous les deux ou quoi ? » Karsten vint se placer à côté de Terje. « Mads est mort de mort naturelle. Est-ce si difficile que cela à comprendre ? » Il regardait Knut, le visage blême. « Et t'étais pas censé nous protéger ? Tu penses avoir réussi ? Nous nous en serions beaucoup mieux sortis sans toi. Nous serions au pôle Nord à l'heure qu'il est. »

Knut sentit la colère affluer à son visage. « Le corps de Mads repartira avec nous dans l'hélicoptère russe. Il sera autopsié par le laboratoire de la police scientifique à Oslo. Mais je suis d'accord avec toi, Karsten. Il devait avoir horriblement mal et il sentait probablement lui-même que la fin approchait, il a donc rampé jusqu'aux comprimés de morphine. Si ça peut vous consoler, je crois qu'il s'est éteint dans son sommeil. Mais il ne sera pas difficile pour un médecin légiste de déterminer les causes de sa mort. »

Après cela, il n'y avait plus grand-chose à ajouter. Karsten tira une des caisses jusqu'au tas de neige sous lequel Mads était enterré. Puis il s'assit dos à la tente, signalant ainsi clairement qu'il voulait être seul. Terje chaussa ses skis, attrapa le fusil et annonça qu'il allait faire un tour. Knut et Karsten n'auraient qu'à se débrouiller avec les pistolets de détresse. Knut remarqua qu'il partait vers le nord, mais il était peu probable qu'il ait l'intention de filer seul au pôle, songea-t-il dans un accès d'humour noir. Pour sa part, il retourna auprès du récepteur radio. Il brancha la batterie et l'antenne et tenta désespérément d'établir la liaison avec Svalbard radio. Sans succès, mais même les crépitements des parasites lui semblaient bienvenus dans ce silence lugubre. Au bout d'un moment, il décida d'envoyer de brefs messages en norvégien et en anglais sur la fréquence de détresse, en espérant que quelqu'un les intercepterait.

L'intérieur de la tente était sombre et froid, sinistre. Knut ne prit pas la peine d'allumer le réchaud, mais il ouvrit la porte de la tente, l'enroula et la fixa sur le côté avec la bande en velcro. La pâle lumière du jour éclairait suffisamment pour lui permettre de voir ce qu'il faisait. Il commença par les objets les plus gros, et jura tout bas en se rendant compte que le sac de couchage et les vêtements de Mads n'avaient pas été inspectés avant de l'ensevelir sous la glace. Son propre duvet était vide, mais il passa néanmoins soigneusement en revue chaque pli et repli du tissu. Au fur et à mesure, il sortait toutes les affaires qu'il avait inspectées à l'extérieur et les rangeait par propriétaire.

Le travail de policier avait ses côtés désagréables. Cette fouille en faisait partie. Tous les effets, même les plus personnels ou intimes, devaient être minutieusement examinés. Il trouva le journal de Mads dans son sac. Comme il s'y attendait, ce dernier n'avait rien écrit depuis près d'une semaine. Les dernières notes qu'il avait prises concernaient Knut et ce dernier rougit d'embarras en découvrant la longue description qu'il avait faite de lui. À le lire, on pouvait penser que Mads avait cru que tous leurs problèmes s'arrangeraient grâce à « cette personne compétente qui les avait rejoints sur la dernière partie de leur parcours jusqu'au pôle Nord ». Knut secoua la tête, puis il referma le journal et le posa devant la tente dans un tas à part où chaque objet serait mis sous scellés.

Karsten aussi avait écrit son journal de bord. Il s'étendait à n'en plus finir sur une quantité de détails qui lui avaient sans doute semblé importants sur le moment. Il donnait vraiment l'impression de se prendre trop au sérieux, il en émanait presque une certaine naïveté. Il était manifeste que Karsten avait pour modèle les ouvrages écrits par les plus grands explorateurs polaires. Peut-être son journal était-il destiné à être publié par la suite ? Knut manquant de temps, il se contenta de feuilleter les dernières pages où Karsten avait scrupuleusement noté la température extérieure, les conditions météo, leur position et les étapes du jour. Le reste était constitué de textes concis où, dans la veine des grands récits héroïques, il saluait le courage et l'altruisme de tous ses compagnons, quand il ne se lançait pas dans des descriptions du temps ou de la banquise. L'ours polaire que Knut avait aperçu devant la tente avait lui aussi droit à un long portrait. De nouveau, Knut soupira. Ce journal était comme un roman. Karsten n'avait pas vu l'ours de ses propres yeux. Ses observations se basaient sur ce que lui-même en avait dit.

Le journal de Terje était le plus inattendu. Knut le trouva glissé entre la doublure et l'armature de son sac à dos. À sa grande surprise, il était en grande partie vierge, seule une page sur quatre ou cinq était couverte de dessins minutieux au crayon. Dans la première partie, ceux-ci avaient pour motifs la tente, les pulkas, les chiens et la banquise. Par la suite, Terje s'était davantage intéressé à ses camarades. Vers la fin, il y avait des croquis de l'hélicoptère, un portrait de Knut. Ainsi qu'un dessin de Svein, malade, le visage détourné. Mads apparaissait à plusieurs reprises, Terje l'avait même croqué en train d'essayer de s'échapper de la tente.

Knut referma le journal dans un claquement. Pourquoi n'y avait-il aucun texte ? Pas un seul mot ?

Un bruit le fit se retourner. Terje, de retour de sa promenade à ski, se tenait dans l'ouverture de la tente. Il s'était discrètement glissé à l'intérieur et regardait Knut.

« Je vois que tu ne te refuses rien. As-tu trouvé quelque chose d'intéressant dans les slips que nous avons portés ? Et nos chaussettes sales ? Ne me dis que tu t'es contenté de lire nos journaux...

– Pourquoi n'as-tu rien écrit dans le tien ? Il n'y a que des dessins.

– Détrompe-toi, j'ai écrit quelque chose, mais dans un autre journal, que j'ai ici, dans la poche de mon anorak, à l'abri des fouille-merde. » Terje tapota la poche sur sa poitrine.

« J'ai déjà celui-ci et tu viens de me révéler que tu en possédais un autre. Il vaut mieux pour toi que tu me le donnes, lui aussi.

– Ah, parce que tu crois que tu vas me le prendre comme ça ? Tu peux toujours essayer. »

Ils furent interrompus par de grands cris et une puissante détonation en provenance de la crête de compression. Terje se retourna brusquement et saisit le fusil. Knut sortit lui aussi. Une boule rouge lumineuse flottait dans le ciel au-dessus de l'endroit où ils avaient enterré Mads. Irréelle, presque joyeuse. Comme une petite décoration de Noël au-dessus de la neige d'un blanc argenté. Karsten avait appuyé sur la détente du pistolet de détresse.

Chapitre 28
Seul

L'ours polaire était de retour. Sur la banquise, derrière une grande crête de compression. Il se tenait debout et regardait autour de lui. Les pieds joints, la tête levée, la lèvre supérieure relâchée. Une attitude qui a priori n'était pas celle d'un ours en colère, songea Knut – pour peu que l'on puisse dire quoi que ce soit de ce que pensent et ressentent ces animaux.

Karsten avait entendu le plantigrade avant de l'apercevoir. Le bruit de ses griffes sur la neige, les petits reniflements. Il avait estimé qu'il valait mieux lancer une fusée éclairante pour prévenir Terje et Knut. Il n'avait pas eu le courage d'essayer de le faire fuir avec les pétards du pistolet d'alarme. L'animal avait bondi en arrière et reculé de quelques mètres, expliqua Karsten, comme si c'était là l'effet qu'il avait espéré obtenir en lançant une fusée de détresse.

« Il ne paraît peut-être pas agressif comme ça, murmura Knut, mais quand il aura faim, il attaquera. Nous devons tenter de l'effrayer pour le chasser d'ici. »

Ils se placèrent en ligne de l'autre côté de la crête de compression. Terje et Karsten munis des pistolets d'alarme avec pétards, et Knut, à leur gauche, du fusil.

« Le plus sûr est de viser l'épaule, déclara-t-il. Droit dans le cœur. C'est ce qu'il y a de plus simple à atteindre.

– Ah parce que tu sais avec certitude où se trouve le cœur, toi ? » demanda Terje.

Knut l'ignora, Terje avait peur et essayait sans doute de se rassurer, se dit-il. « Nous tirerons en même temps. Un mètre ou deux devant le gros nounours... pour voir si cela suffit à le faire déguerpir. »

Chacun avait pris place aux endroits indiqués par Knut. Ils se tenaient maintenant à quelques mètres les uns des autres et à moins de vingt mètres de l'ours. « Je note que tu parles souvent du "nounours", murmura Terje. Ne serais-tu pas un peu trop sentimental ? Pourquoi ne l'abats-tu pas dès maintenant ? »

L'ours polaire donna des signes d'agitation en voyant les hommes s'approcher. Il recula légèrement, baissa la tête. S'ébroua plusieurs fois, renifla dans leur direction.

« Tuer une bête de cette taille est plus difficile que tu ne le penses, répondit Knut. Il est trop près. S'il avait été à cinquante mètres, je ne dis pas, j'aurais peut-être pris le risque… et encore, je ne crois pas. Il est plus judicieux d'essayer de le faire fuir. »

Il compta à rebours. Ils tirèrent en même temps, trois coups forts. La balle du fusil souleva la neige juste devant les pattes de l'ours, mais les deux pétards atterrirent beaucoup plus loin. L'animal fit volte-face, une boule de muscles sous une fourrure jaunâtre et brillante. Il se précipita hors de leur portée en quelques grands bonds. Il commença par courir, puis il ralentit l'allure. S'immobilisa. Lentement, il tourna la tête et regarda par-dessus son épaule.

« Encore ! » s'exclama Knut. Il attendit que les autres aient rechargé leur pistolet. « Lancez les pétards aussi près que possible de lui. »

Cette fois-ci, ils visèrent correctement, juste devant l'ours. De nouveau, il se retourna et, d'un seul bond, enjamba un chenal étroit avant de courir sur une nouvelle centaine de mètres. Puis il se mit à trotter plus tranquillement, mais sans s'arrêter ce coup-là. Les trois hommes regardèrent le corps jaune disparaître entre les crêtes de compression.

« Et voilà », conclut Karsten.

Knut doutait de l'avoir chassé pour de bon, mais il ne voyait pas l'intérêt d'effrayer les deux autres. Il se pouvait qu'ils aient de la chance. Peut-être l'hélicoptère viendrait-il les chercher avant que l'ours ne change d'avis et ne revienne rôder autour de la tente.

Ils escaladèrent la crête de compression, passèrent devant le monticule sous lequel était enseveli Mads. La lumière du jour apparaissait désormais sensiblement plus tôt chaque matin et disparaissait toujours plus tard à l'horizon le soir. Dans quelques semaines, ce serait le soleil de minuit. Le temps était couvert. Des nuages hauts et blancs sillonnés de lignes argentées ondulaient dans le ciel. Pour le troisième jour d'affilée, il n'y avait pas le moindre vent, si ce n'est celui qui parfois, dans un souffle léger, soulevait la poudreuse sur la banquise.

« Que c'est beau et paisible ici ! s'exclama Karsten. Peut-être devrions-nous le laisser là ? Je crois que Mads aurait apprécié. Une tombe digne d'un explorateur polaire. J'ai pris quelques photos pour Camilla et sa famille.

– Non, répondit Knut.

– Karsten, n'oublie pas que Knut est un policier », commenta Terje.

Ils étaient de retour devant la tente. Aucun d'entre eux n'avait envie de pénétrer dessous. La toile rouge avait depuis longtemps déteint en une couleur brunâtre. Le réchaud était appuyé contre la batterie de la radio, froid et noir de fumée. Une bande velcro maintenait l'entrée ouverte. Tous trois pouvaient aisément imaginer à quoi ressemblait l'intérieur : des sacs de couchage tachés et troués, le désordre, des vêtements sales. Une température glaciale, l'odeur infecte. Terje s'assit sur la pulka et Karsten sur une caisse de vivres.

« Il nous reste encore un certain nombre de tâches à effectuer avant l'arrivée de l'hélicoptère », annonça Knut. Il remarqua que Terje le suivait du regard. Que mijotait-il ? Il n'en avait aucune idée, mais il ne se sentait pas la force de penser à autre chose qu'aux impératifs du moment. « Je vais retenter ma chance avec la radio. Il faut absolument que nous réussissions à contacter quelqu'un. Vous pouvez m'aider à monter l'antenne ? »

Mais bien sûr ! Pour une fois, les deux hommes se montraient bien disposés à son égard et coopératifs. Ils se dirigèrent vers l'antenne un peu plus loin sur la banquise. Certains bâtons de ski étaient tombés, d'autres de travers. Par endroits, le câble traînait par terre. Ce qui expliquait certainement que le récepteur n'émette que des parasites.

Knut brancha la batterie avec une légère inquiétude : combien de temps encore tiendrait-elle ? L'expédition avait sans doute emporté des chargeurs solaires, mais ils étaient probablement restés dans la caisse laissée à l'ancien campement. Il tourna le bouton d'avant en arrière pour régler la fréquence, en se positionnant sur le 2182 kHz à intervalles réguliers. Terje et Karsten déplaçaient les bâtons de ski, tendaient le câble de l'antenne. Le fusil était appuyé contre la toile de tente derrière Knut, mais Karsten et Terje ne risquaient pas grand-chose : la visibilité était bonne et Knut scrutait fréquemment les environs.

À sa grande déception, il ne captait aucune voix, juste une sorte de musique médiocre qu'il n'arrivait même pas à avoir nette. Il ne savait pas s'il devait en rire ou en pleurer. Il se mit sur la fréquence de détresse et envoya de courts messages à plusieurs reprises. « LA5CJ appelle tous ceux qui écoutent sur 2182. Ici LA5CJ, 87 degrés 23 minutes nord. Demande aide immédiate. Demande aide immédiate. » Il répéta le message plusieurs fois en anglais.

Comme la plupart des gens à Longyearbyen, Knut était régulièrement en contact avec les communautés minières russes et il avait aussi appris quelques mots dans leur langue. « Banquise » était l'un de ceux qu'au fil du temps, il avait fini par mémoriser. « *Vnimaniye, Vnimaniye, Vnimaniye, Morskoy led.* » Il espérait que la base de Barnéo l'écoutait et que son message y serait à peu près interprété comme : « Aide immédiate, aide immédiate, de la banquise. »

Pendant une heure, Knut s'acharna sur la radio. Il avait froid, ses fesses et les genoux de son pantalon étaient trempés. Il n'avait qu'une envie : laisser tomber. Mais Karsten et Terje le devancèrent. Soudain, en effet, ils abandonnèrent leur poste. Ils lâchèrent tout ce qu'ils avaient dans les mains et se dirigèrent vers la tente. Bien que Karsten ait endossé le rôle de porte-parole pour lui exposer ce qu'il comptait faire, Knut avait l'impression indéfinissable que l'idée venait de Terje.

Karsten se tenait bien campé sur ses jambes, face à Knut. Ils en avaient déjà parlé, mais cette fois-ci, leur décision était irrévocable, annonça-t-il. Terje et lui voulaient continuer jusqu'au pôle Nord. Là, ils rendraient hommage à leurs deux camarades et prendraient des photos. Ils planteraient aussi un petit drapeau norvégien et construiraient un cairn de glace dans lequel ils déposeraient le canif de Svein et le bonnet de Mads.

Inutile que Knut proteste, ajouta Terje. Il n'avait aucun droit de les retenir. Ils ne couraient pas plus de danger en partant à ski vers le nord qu'en restant ici. Il était même sans doute moins risqué de bouger. Ils prendraient le fusil, leurs affaires et des vivres. Ainsi que la pulka. Elle pourrait leur servir de refuge lors des brefs moments de sommeil qu'ils pensaient s'octroyer.

Knut n'était pas étonné qu'ils aient manigancé quelque chose. Ils les avaient vus discuter près de l'antenne. Il n'en était pas moins pris de court et déçu. Cette proposition les mettait tous les trois fortement en danger. Il devait tenter de les ramener à la raison.

« Ce n'est peut-être pas une mauvaise idée de s'éloigner de l'endroit où est enseveli Mads, déclara-t-il. Mais il est dangereux de se séparer. Vous n'avez aucune expérience des ours polaires. Moi si. Si vous tenez absolument à poursuivre vers le nord, je vous accompagne. »

Cela ne changerait rien, pensa-t-il. L'hélicoptère ne devrait plus tarder. On n'était pas à un ou deux kilomètres près. À aucun moment il ne lui effleura l'esprit qu'ils pourraient refuser qu'il parte avec eux.

« Non, rétorqua Karsten fermement. Tu restes ici. Nous ne rencontrons que des problèmes depuis que tu nous as rejoints. Tu peux garder la tente, le réchaud et la radio. Cela devrait suffire, côté sécurité. »

Knut n'en croyait pas ses oreilles. « Vous avez l'intention de me laisser tout seul ici ? Sans fusil pour me protéger, avec un ours à proximité ? Ça équivaut à un meurtre.

– Nous n'avons qu'un fusil. Tu peux garder le pistolet d'alarme et les pétards. Ça devrait te suffire, toi qui es si expérimenté. » Terje avait déjà commencé à charger ses affaires dans la pulka « Ne t'inquiète pas pour nous. Nous serons au pôle Nord dans trois ou quatre jours. De là, il ne restera qu'une demi-journée de marche maximum jusqu'à Barnéo. »

Knut se tourna vers Karsten. « Et si l'ours vous suit ? Es-tu si certain que ça que Terje réussira à l'abattre ?

– J'en prends la responsabilité, répondit Terje. N'oublie pas que j'ai déjà participé à des parties de chasse en mer du Groenland. »

Knut joua sa dernière carte. « Karin t'attend à Longyearbyen, Karsten. Que crois-tu qu'elle dira en apprenant que tu as laissé un homme seul sans aucune arme pour se défendre ? »

Un instant, Knut eut presque l'impression que son argument portait. Puis Karsten détourna la tête. « On ne devient pas explorateur polaire en étant raisonnable, déclara-t-il, le menton levé, lui offrant alors une sorte de profil héroïque. Il faut avoir le courage et la volonté de prendre des décisions difficiles. De plus, tu as toi-même dit que les Russes étaient en route. Tu n'as plus qu'à espérer qu'ils seront bientôt là. »

Knut fit un pas en avant, mais Karsten le devança. Il saisit prestement le fusil et le pointa sur Knut. « Ne te mets pas en travers de notre chemin.

– Tu me menaces ? Non, mais ça ne va pas bien tous les deux ? Vous seriez prêts à tuer un policier pour atteindre le pôle Nord ? »

Ni l'un ni l'autre ne répondit. Faire les sacs et charger la pulka leur demanda peu de temps. Parmi les bâtons de ski qui servaient à soutenir l'antenne radio, ils en prirent cinq. Ainsi que la plupart des vivres qui pouvaient se manger froids. La pulka n'était qu'à moitié pleine quand ils furent prêts à partir. Knut les regardait sans rien dire. Il ne voulait pas les provoquer davantage.

La nuit avait commencé à tomber quand les deux hommes se lancèrent à l'assaut des crêtes de compression. La pulka était si légère qu'elle glissait parfois jusque dans leurs talons. Knut scruta les environs. Il savait combien les ours polaires étaient forts pour se cacher sur la banquise. Il n'était probablement pas loin.

Knut s'était attendu à se sentir seul et vulnérable, mais étrangement il éprouvait surtout un certain soulagement. Terje et Karsten l'avaient mis à rude épreuve ces dernières heures. Comment raisonner des gens qui avaient perdu tout sens critique et tout jugement ? Ils avaient une chance d'atteindre le pôle Nord en quelques jours. Là, ils seraient pris en charge par les gens de Barnéo, mais encore fallait-il pour cela que Knut réussisse à envoyer des messages radio. Bien sûr, les Russes avaient des policiers en civil ou des agents de sécurité sur la base. Ils étaient même connus pour cela dans les communautés minières du Svalbard. La présence sur place de plusieurs officiers du KGB n'était un secret pour personne.

Il était pour sa part dans une posture autrement plus inquiétante, sans rien ou presque pour se défendre. Mais il était inutile de rester les bras ballants à se lamenter. Il entreprit de ranger l'intérieur de la tente. Il sortit son sac de couchage, le retourna et l'aéra en le suspendant à une des caisses de vivres. Il jeta un coup à l'intérieur de celle-ci. Des flocons d'avoine, du sucre, des plats lyophilisés qui ne pouvaient être mangés qu'en y ajoutant de l'eau bouillante. Deux des paquets de flocons d'avoine et de sucre avaient été ouverts et refermés avec un morceau de gaffer gris argenté.

Un souvenir d'enfance lui revint en mémoire, il se figea. Le chat de la ferme voisine avait mangé de la mort-aux-rats et son père, qui avait mis le poison dans la grange, en avait été tenu responsable. Il se souvenait encore des petites soucoupes issues d'un ancien service à café dont les tasses étaient cassées depuis longtemps. Elles étaient posées à chaque coin de la pièce, dans la pénombre. Les petits tas de grains ressemblant à des flocons d'avoine paraissaient auréolés d'une aura malfaisante. Le sac vert barré de caractères anguleux jaunes était rangé dans la remise à outils, tout en haut d'une étagère. Warfarin. Sa mère avait finalement interdit que l'on utilise ce poison non seulement à cause du chat des voisins, mais aussi parce que les rats mouraient de façon atroce, en se vidant de leur sang.

Knut s'assit sur la caisse. Imaginons que cela se soit passé de cette manière. C'était plausible. Deux types de raticide différents, l'un cent fois plus puissant que l'autre. Le premier ressemblait à des flocons d'avoine, tandis que le second avait la consistance du sucre cristallisé. Était-ce ainsi que l'on avait réussi à glisser le poison dans les malles de l'expédition ? Expédition dont un des membres au moins avait pris soin de distinguer les paquets pour savoir lesquels éviter, ils seraient tous morts sinon.

Il devenait urgent qu'il établisse un contact radio. Knut alla jusqu'à l'antenne, déplaça le petit nombre de bâtons de ski restants et réussit plus ou moins à tendre le câble. On pouvait mieux faire, mais cela devrait suffire. Le récepteur émit le même crépitement qu'auparavant. Il tourna lentement le bouton, dans un sens puis dans l'autre et finit par se mettre sur la fréquence de détresse. Soudain une voix parfaitement claire et nette surgit au milieu des interférences. En anglais, avec un accent russe marqué. « LA5CJ, LA5CJ, *from Barneo. Sorry that we are late. Other emergency... but now we come...** »

Puis, aussi soudainement qu'elle avait jailli de nulle part, la voix se tut. Knut eut beau tourner le bouton dans tous les sens, il ne parvint pas à la retrouver. Il envoya message sur message, leur dernière position avant que les deux membres de l'expédition ne partent avec le GPS. Lança un appel de détresse. Il ne dit

* « LA5CJ, LA5CJ, de Barnéo. Désolé pour le retard. D'autres urgences... mais nous arrivons. »

rien de la séparation du petit groupe. Pas plus qu'il ne mentionna le fait que l'hélicoptère devrait aller chercher les deux autres. Il doutait que Terje et Karsten soient bien loin. De plus, il connaissait leur objectif et la direction suivie, leurs traces ne seraient donc pas difficiles à repérer.

Le jour se levait à l'horizon. Le disque solaire apparut et un éventail de rayons dorés se déploya sous les nuages. Knut regarda autour de lui. Le monticule sous lequel gisait Mads constituait une belle sépulture, Karsten avait raison.

Soudain l'ours polaire réapparut, le long des traces de ski partant vers le nord. Il se trouvait à une bonne distance, au moins cent mètres. Le pistolet d'alarme et quelques munitions étaient rangés dans la poche de son anorak. Knut sortit le pistolet, glissa un pétard dedans. Si l'ours décidait de s'attaquer à lui, il n'avait aucune chance. De simples explosifs ne l'effraieraient pas. Mais l'animal se contenta de gratter la neige autour des traces de ski avant de poursuivre son chemin d'un pas tranquille. Il ne tarda pas à se fondre dans le paysage, entre les longues ombres des crêtes de compression.

Knut réfléchit. Et si, déjà, il commençait par installer le fil de protection armé ? Mais pour cela il fallait qu'il trouve des piquets auxquels attacher les fils. Or il n'osait pas démonter l'antenne maintenant qu'il avait enfin réussi à joindre quelqu'un et à donner sa position. Il pouvait toujours utiliser ses propres skis, ainsi que la paire de rechange que les membres de l'expédition avaient daigné lui laisser. Cela suffirait pour délimiter un carré étroit, à quelques mètres seulement de la tente. C'était déjà mieux que rien. Il s'affaira nerveusement autour du fil rigide orange, des pistolets d'alarme et de la goupille. Heureusement il ne manquait pas de pétards.

Les heures passèrent, mais à aucun moment le bruit sourd du rotor d'un hélicoptère à l'approche ne résonna dans l'air. Il emporta le réchaud sous la tente, remplit la gamelle de neige et se prépara à dîner. Il s'assit sur son sac de couchage et étendit les jambes. Quel luxe de disposer d'autant de place, même si c'était aussi un peu bizarre. Que faisaient Terje et Karsten à cette heure ? Il ne serait pas surpris qu'ils soient encore en train de suer sang et eau sur leurs skis dans la nuit.

Il éteignit le réchaud et le silence envahit la tente, la toile de cette dernière garda encore un moment la chaleur du Primus, jusqu'à ce que Knut se glisse dans son sac de couchage. Il n'y avait toujours pas de vent dehors et il ne devait pas non plus faire très froid ; le mercure affichait sans doute des températures inférieures à – 10° C, – 15° C grand maximum. Il entendit des mottes de neige dévaler la grande crête de compression et le monticule de glace sous lequel gisait Mads. Il s'endormit en pensant au bruit caractéristique que ferait un ours en s'approchant, son pas pesant et traînant. Étant donné le silence, il l'entendrait probablement venir de loin, se dit-il pour se rassurer.

Mais ce fut un bruit parfaitement inattendu et d'une tout autre nature qui le réveilla plusieurs heures plus tard.

Chapitre 29
Mort et justice

Knut fut réveillé par un bruit de frottements réguliers sur la neige. Il enfila à toute vitesse des vêtements chauds, puis se posta derrière la tente, prêt à tirer, le pistolet d'alarme chargé. Mais ce n'était pas l'ours.

Dans la nuit, un skieur solitaire se dirigeait vers lui, la tête pendante entre les épaules. Il glissait d'un pas lent et traînant sur la piste de ski tracée le jour même. Il enfonçait mécaniquement ses bâtons de ski dans la neige, puis il perdit prise. Il tituba et tomba à la renverse. Knut ne bougea pas. Il pensa d'abord que Terje ou Karsten avait été blessé et que l'autre le ramenait en tractant la pulka. Sauf… qu'il ne voyait aucune pulka.

Le skieur se rapprochait. À cette distance, il n'était pas possible de distinguer de qui il s'agissait. Il avançait mollement à petits pas, et voilà qu'il retombait ! Knut attendait, tendu.

« Où est Karsten ? » cria-t-il quand il réussit enfin à identifier le skieur.

« Attends ! » La voix de Terje était rauque.

Knut l'arrêta juste à temps avant qu'il ne se prenne les pieds dans le fil de protection armé. Il démonta le pistolet d'alarme, laissa passer Terje et rattacha le fil à la goupille. Il avait le sentiment d'un grave danger, où la nervosité se mêlait à la peur.

Terje avait l'air d'un revenant. Ses yeux brillaient d'un éclat noir sous son front sale en sueur. Sa barbe et ses cheveux formaient une auréole sombre autour de son visage maigre. Quelque chose d'affreux était arrivé, annonça-il.

Knut tressaillit. « Où est Karsten ? » répéta-t-il.

Terje s'effondra par terre devant la tente, complètement épuisé. Il resta allongé sur le dos, les skis en croix, les bras et les bâtons pointant dans tous les sens et le fusil sous lui. Knut s'agenouilla à ses côtés et détacha la bandoulière. Il dégagea l'arme et tapa sur le canon pour en extraire la neige. Il vérifia la culasse. Elle était vide. Soit Terje se promenait avec un fusil non chargé, soit… les six coups avaient été tirés.

Knut avait lui-même quelques munitions dans la poche de son anorak. Il remplit la culasse et glissa la dernière cartouche dans le canon, puis il appuya le fusil contre la tente.

Alors seulement il s'occupa de Terje. Il déchaussa ses skis, lui ôta ses bâtons, puis le traîna jusqu'à une grande caisse pleine de matériel à laquelle il l'adossa. Il ne paraissait pas blessé physiquement, mais on ne pouvait pas en dire autant du point de vue psychologique.

« Arriveras-tu à rester assis si je te lâche ? J'ai un peu de thé chaud dans la thermos. » Knut dut lui tenir la tasse et l'aider à boire. Les premières gouttes dégoulinèrent aux coins de ses lèvres, puis il réussit à avaler quelques gorgées.

« L'ours, il nous a suivis, furent les premiers mots qu'il réussit à articuler. Nous nous étions couchés sous la pulka pour dormir. J'étais du côté extérieur, avec le fusil.

– Il a eu Karsten ?

– Oui, je crois. »

Knut le prit par les épaules, le secoua. « Ça veut dire quoi, ça ? Tu *crois* ? »

Une étincelle de colère jaillit dans les yeux de Terje. « Eh oh, laisse-moi le temps de souffler un peu.

– Il a tué Karsten ? »

Terje recouvrit son visage de ses deux mains. « Quelque chose m'a réveillé, j'ai pressenti comme un danger. J'ai ouvert les yeux, rien de plus. Il arrivait en marchant le long de la piste tracée par nos skis. Lentement, comme s'il avait tout son temps. Quand je l'ai regardé, il s'est brusquement arrêté. Comment a-t-il pu le remarquer ? Il a suffi que je pose mon regard sur lui. »

Knut comprit que cela ne servait à rien de le brusquer, il n'avait encore jamais vu quelqu'un d'aussi d'effrayé. Terje respirait avec difficulté.

« J'ai roulé hors de la pulka, puis je me suis relevé. J'ai saisi le fusil pour le charger, mais mes jambes tremblaient tellement que je suis tombé à genoux.

– Et ? Tu as crié pour prévenir Karsten ?

– Il s'est réveillé tout seul, il est sorti en rampant de la pulka. L'ours avait accéléré l'allure, il trottait vers nous à présent. Karsten est devenu complètement hystérique. Il a essayé de m'arracher le fusil des mains. Un coup est parti. Karsten a été touché à la jambe. Il pissait le sang. »

Knut pencha la tête, il s'efforçait de rester calme. « Et l'ours ?

– Il s'est immobilisé, il est resté un long moment sans bouger. Pendant quelques minutes peut-être. Karsten a paniqué. Il a chaussé ses skis puis il est parti vers le nord, comme un fou. Jusqu'à ce qu'il trébuche et passe par-dessus une crête de compression. Il y avait des traces de sang partout derrière lui sur la glace. » Terje frémit en poussant un lourd soupir. « J'ai tiré à plusieurs reprises sur l'ours, mais sans le toucher. Karsten n'avait aucune chance.

– Mais as-tu vu l'ours l'attaquer ? De tes propres yeux ? » Knut s'était relevé. L'horreur. Cela dépassait tout ce que l'on pouvait imaginer. Terje avait peut-être réussi à gagner du temps, mais cela avait coûté la vie à Karsten.

Terje avait la tête rentrée dans les épaules, comme pour se protéger du froid contenu dans la voix de Knut. « J'ai mis mes skis. J'ai juste attrapé le fusil et rempli mes poches de munitions et je suis reparti aussi vite que possible sur nos pas, mais en faisant d'abord un grand détour avant de rejoindre la piste que nous avions tracée. »

Terje s'était enfui. Il avait abandonné Karsten à son triste sort, un homme non armé qui pissait le sang. Inutile de perdre son temps en reproches, cela ne servait à rien de se fatiguer. Ce n'était pas la première fois au Svalbard que quelqu'un prenait la poudre d'escampette face à un ours agressif. Terje se rendrait compte de ce qu'il avait fait quand les agents du gouverneur l'interrogeraient pour déterminer quelles étaient les fautes et responsabilités de chacun dans cette affaire.

Knut l'accompagna sous la tente et le coucha dans son propre duvet. « Essaie de dormir un peu. Je monte la garde », dit-il sèchement avant de ressortir.

Il fit le tour des fils de protection armés accrochés aux quatre skis, essaya de les retendre. C'était déjà mieux que rien, même si l'installation laissait vraiment à désirer. Puis il alla chercher les skis de Terje qui gisaient encore par terre, à l'endroit où ce dernier s'était effondré. Il les transporta jusqu'à l'antenne et les planta dans la neige. Là encore, il tenta de tendre au maximum le câble entre les deux piquets de fortune, avant de retourner à la tente et de brancher la radio à la batterie. Il alluma le récepteur, retint son souffle. Aucun bruit, pas même celui des interférences. La batterie était à plat.

Knut se releva et regarda autour de lui. Un temps nuageux mais néanmoins relativement clair. Une bonne visibilité. Et cette même vue monotone. La banquise et les chenaux. Les crêtes de compression semblables à des chaînes de montagne blanches émergeant de leurs propres ombres bleues. Aucun plantigrade à l'horizon. Le disque solaire, tel un globe lumineux derrière les nuages. De bonnes conditions de vol pour un hélicoptère, en résumé. Les Russes étaient en route, il n'en doutait pas. Il s'agissait juste de se maintenir en vie pour quelques heures encore.

Un petit souffle d'air fit tourbillonner la neige au sommet de la tombe de Mads. Cette expédition avait tourné au tragique. Cela dépassait l'entendement. Il ne restait plus maintenant que lui et Terje. Trois morts. Devait-il en déduire que les survivants étaient aussi les coupables ? Finirait-il un jour par découvrir qui avait tué Svein ? Lequel d'entre eux l'avait empoisonné ? Il lui semblait inimaginable que les trois coéquipiers puissent avoir agi de concert. Ils n'auraient pas réussi à lui cacher un secret aussi affreux, en tout cas pas plus d'une journée.

Il fit le tour de la tente en contournant les fils de protection par l'extérieur. Il escalada la grande crête de compression, puis il s'assit et contempla la banquise. Il devait bien exister un indice ou un élément susceptible de lui révéler qui avait empoisonné Svein. Il ne fallait pas qu'il tombe dans le piège d'exclure automatiquement Mads de la liste des coupables éventuels. Pendant longtemps aussi, il avait surestimé Terje, ce dernier lui semblait tellement sympathique, si posé. Karsten avait été le suspect le plus vraisemblable. Ces crises qu'il piquait, cette manière de se mettre en avant. Et peut-être plus que tout, sa volonté farouche de rallier le pôle Nord, son désespoir à l'idée de ne pas atteindre son objectif.

Knut se rendit soudain compte qu'il avait laissé le fusil contre la toile de tente. Il s'empressa de retourner à celle-ci, enjamba les fils de protection. Son regard tomba alors sur la caisse de vivres. Un détail important lui revint en mémoire. Depuis le début, il se demandait où le poison pouvait bien avoir été dissimulé, il avait fouillé toute la tente sans rien trouver. Et si, malgré tout, il avait fini par découvrir la cachette ? Il pensait connaître un moyen rapide et sûr de savoir si Terje était oui ou non impliqué dans ces actes cruels.

Ce dernier se réveilla avant même que Knut ait eu le temps d'aller le chercher. Il sortit à quatre pattes de la tente, les yeux injectés de sang dans son visage maigre. « Qu'as-tu fait du fusil ? » fut la première question qu'il posa.

– Je l'ai mis à l'abri, répondit Knut en posant la gamelle pleine de neige sur le réchaud. Tu as dormi plusieurs heures. Assieds-toi que je te serve un petit déjeuner. Il y a du café chaud dans la thermos.

– De la bouillie de flocons d'avoine ?

– Oui, avec beaucoup de sucre, comme tu l'aimes. » Knut sourit en l'observant d'un œil perçant. « J'en ai trouvé deux paquets ouverts dans la caisse de vivres.

– Ceux qui étaient refermés par un scotch ?

– Oui, par un bout de ce gaffer que tu aimes tant.

– J'en ai un peu marre de manger du porridge. Donne-moi plutôt des biscuits de mer. »

Chacun assis sur une caisse, ils contemplaient la banquise. Un calme paisible semblait envelopper le paysage, comme une sorte de couverture invisible. Knut savait que c'était une illusion. Il ne doutait plus d'être assis à côté d'un meurtrier, il venait juste d'en avoir la confirmation. Terje savait où le raticide était caché – dans les deux paquets de flocons d'avoine et de sucre marqués d'un signe et refermés par un morceau de ruban adhésif. Knut y avait goûté. Il était important qu'aucun des deux poisons n'ait d'odeur ou de goût. Mais les flocons d'avoine avaient la saveur des flocons d'avoine et le sucre du sucre. Il ne restait plus qu'à espérer qu'un petit grain ne suffirait pas à le rendre malade.

« Est-ce toi qui as tué Svein ? »

Terje sursauta, comme si on l'avait piqué. Il regarda Knut avec des yeux implorant sa compréhension. « C'était un accident, répondit-il. Par contre, ce sont Mads et Karsten qui ont empoisonné les chiens. »

Knut soupira tout bas. « Mais pourquoi ? Vous êtes conscients du cynisme de ces actes ?

– L'expédition n'avait pas de quoi payer le vol du retour pour les chiens et le matériel, et pas les vivres suffisants pour rentrer à ski.

– Et vous étiez tous d'accord ? Aucun d'entre vous n'a pensé que si une chose pareille venait à être connue, la réputation de l'expédition serait à jamais ruinée ? Adieu alors les contrats de publicité intéressants et les dédicaces de livres.

– Pour eux, il était juste important que Svein ne se rende compte de rien. C'étaient ses chiens quand même. Mais qui d'autre irait divulguer cette histoire ? Je n'étais même pas présent lorsqu'ils en ont discuté à l'auberge, mais j'ai tout entendu de ma chambre. Karin, furieuse, qui pleurait et menaçait de tout raconter. Comme d'habitude, Karsten a réussi à la convaincre de la fermer. » Terje était bien parti maintenant. Il se confiait à Knut comme à un ami intime. Il cherchait sans doute à se justifier.

Knut secoua la tête. « Ça ne t'a pas effleuré l'esprit qu'il y avait une différence entre tuer des chiens et un être humain ?

– Je n'avais pas l'intention de le tuer. » Terje ne regardait pas Knut, il courbait la nuque. « Je voulais juste me montrer utile. »

De nouveau, Knut secoua la tête en poussant un long soupir. « Mads et Karsten étaient-ils au courant ?

– Ils ont bien dû finir par comprendre. Au départ, ils se sont sans doute soupçonnés mutuellement. Mais je te promets, j'avais juste l'intention de le rendre malade. Je lui ai donné un mélange des deux raticides, mais je suppose qu'il a surtout avalé le plus dangereux, celui qui ressemble à du sucre.

– Tu ne connaissais aucun des autres membres de l'expédition, pourquoi t'es-tu laissé entraîner à commettre des actes aussi bas ? Le pôle Nord est-il si important à tes yeux que tu es prêt à en oublier toute idée d'humanité et de probité ? »

Terje se tourna vers Knut et le regarda. Ses yeux étaient comme deux trous noirs dans son visage. « Évidemment que je regrette. Je ne comprends pas ce qui m'a pris. Mon père est un homme dur. C'est avec ce poison que, moi, j'ai grandi. Le besoin d'éprouver au moins une fois dans ma vie qu'il se sentait fier de moi. » Terje cracha dans la neige. « Il est riche, tu comprends. Les actions, les biens immobiliers, c'est un millionnaire. As-tu déjà pensé à ce que tu ferais avec autant d'argent ? Moi oui, souvent.

– Mais tu allais bien finir par en hériter un jour, non ? »

Terje secoua la tête. « Non, il avait l'intention de léguer toute sa fortune à une fondation si je ne lui montrais pas ce que j'avais dans le ventre. Et il commence à y avoir urgence. Il est vieux et malade.

– Mais tuer quelqu'un…

– Le soir où Svein est tombé dans le chenal… Il avait compris que l'un d'entre nous avait donné à manger aux chiens quelque chose qu'ils ne supportaient pas. Il nous a fait une scène pas possible et a déclaré qu'à partir de maintenant il les nourrirait lui-même. En l'entendant piquer sa crise, je me suis dit que nous n'avions plus besoin de lui. C'était un bon musher, mais un mauvais skieur. Il nous aurait retardés, c'était un boulet. À cause de lui, j'ai senti que Mads commençait à perdre confiance. En fait, c'est de sa faute, il l'a bien cherché. Si seulement il l'avait fermée. »

Ils étaient assis côte à côte. Peut-être n'y avait-il rien de plus à ajouter. Knut avait enfin toutes les informations en main. Il poussa un nouveau soupir. « Tu es bien conscient qu'en agissant ainsi tu t'es rendu coupable d'un acte criminel ? Et que je vais devoir rédiger un rapport relatant tout ce que tu viens de me raconter ?

– Je regrette. N'est-ce pas suffisant ? A-t-on vraiment besoin d'en informer qui que ce soit ? Cela ne changera rien pour Svein, de toute façon. »

Pour toute réponse, Knut secoua la tête. Il appréciait tellement Terje jusqu'ici. Comment pouvait-on se tromper à ce point sur quelqu'un ? Il avait une telle confiance en lui, ils avaient partagé tant de galères et de tragédies ces derniers jours.

« Où est le fusil ? demanda Terje.

– À côté de la radio, il n'y a plus de cartouches. » Knut se sentit frémir d'angoisse. Il n'envisageait tout de même pas de commettre un geste désespéré ? « Tu as tiré les six coups. Et on ne peut pas vraiment parler de balles perdues…

– J'ai tiré sur l'ours. J'ai vraiment fait tout ce que je pouvais pour donner à Karsten la possibilité de se sauver. Pour attirer l'attention de l'animal sur moi. »

Knut s'était levé, il scrutait l'horizon vers le nord. « Eh bien, on peut dire que tu as réussi. Si je ne me trompe pas, c'est lui qui arrive là-bas. »

Pendant un instant, Knut fut totalement absorbé par la vue de l'ours qui s'approchait, celui-ci n'étant pour commencer qu'un point jaune dans cet univers blanc. Par ses pauses pour renifler la neige. Sa façon de se dandiner lentement, avec le plus grand naturel, de se promener le long des traces de skis. Terje profita de ce bref moment d'inattention pour se retourner, avec la rapidité d'un carnassier. Avant même que Knut ait eu le temps de réagir, il s'empara du fusil et l'arma. Il jeta un coup d'œil dans la culasse et sourit d'un air satisfait en apercevant les douilles.

Ils n'auraient pas le temps de se placer côte à côte, comme la dernière fois, et ils n'étaient plus que deux. Ils devraient donc tirer dans l'intention de le tuer, annonça Knut calmement. Il avait les poches pleines de pétards et un pistolet d'alarme chargé dans chaque main. Terje faisait les cent pas sur la neige.

« Décale-toi sur la droite si tu veux avoir une chance de l'atteindre à l'épaule », lui conseilla Knut.

Terje ne répondit pas. Knut sentit qu'il s'était immobilisé dans son dos.

« Ne reste pas derrière moi, tu risques de me toucher. Tu n'as pas suffisamment d'expérience pour tenter de viser direct dans le cœur en tirant de face. »

L'ours marchait à pas lents, comme s'il ne les avait pas vus. Il a chaud, pensa Knut. Sa peau était noire sous son épaisse fourrure jaunâtre aux poils isolants. Il n'avait peut-être pas particulièrement faim, peut-être venait-il juste de manger, songea Knut. Mais il écarta tout de suite cette idée, ce n'était pas le moment.

Terje se taisait, il ne s'était toujours pas déplacé vers la droite. C'est extrêmement dangereux, se dit Knut. Il ne contrôle rien. Mais qu'est-ce qu'il fiche ? Et si Terje l'avait parfaitement compris ? Et s'il s'était délibérément mis juste derrière lui ? Knut ne voulut pas, ou plutôt s'interdit d'aller jusqu'au bout de cette pensée.

« L'hélicoptère ne devrait pas tarder maintenant, déclara Knut. J'ai eu un contact radio peu avant que tu arrives. » Ce n'était pas vrai, mais ça, il ne pouvait pas le savoir. Terje avait-il remarqué que l'appareil était éteint et que l'antenne gisait sur la glace ?

L'ours se trouvait tout à coup beaucoup trop près. Knut alluma un pétard, mais cette fois-ci l'animal ne se laissa pas impressionner. Il s'approcha de quelques mètres et flaira la neige à l'endroit où le pétard avait atterri, mais il recula d'un bond en secouant violemment la tête. Il s'était sans doute brûlé le nez.

Knut ne prit pas le risque de se retourner. Il sentait plus qu'il ne savait que Terje s'apprêtait à tirer. Il se jeta sur la glace, mais pas assez vite. La balle traversa son anorak et toucha son bras. S'il avait visé un centimètre plus haut, elle lui aurait brisé l'os. Or là, ce n'était qu'une blessure superficielle. Knut tomba à genoux dans la neige, la main sur la blessure. Le sang coulait entre ses doigts.

Pourquoi l'animal choisit-il d'ignorer Knut ? Il était impossible de le dire. Personne ne pouvait lire dans les pensées d'un ours polaire. Peut-être se sentait-il plus menacé par le fusil qu'il voyait maintenant pour la troisième fois. C'était de cet endroit que venaient les coups et jaillissaient les flammes. Peut-être lui avait-on aussi déjà tiré dessus auparavant ?

Terje se prépara à appuyer de nouveau sur la détente, les yeux brillant de peur. L'ours polaire fit un immense bond et d'un coup de patte envoya promener le fusil, en arrachant au passage l'anorak de Terje et en écorchant son épaule. Terje fixait d'un regard épouvanté et incrédule la manche de son anorak, en tenant ce qui lui restait de son bras sanglant, puis il se mit à tourner en rond sur la neige en titubant. Ses cris déferlèrent sur la banquise. L'ours fit volte-face et d'un nouveau coup de patte, l'envoya à terre.

Knut s'était assis. Où se trouvait le fusil ? Il gisait dans la neige à seulement quelques mètres de ses pieds. Il rampa jusqu'à lui… il devait garder un œil sur l'ours, même s'il savait que ce spectacle atroce le poursuivrait jusqu'à la fin de ses jours. L'animal traînait Terje sur la glace. Il le fit voltiger par-dessus un chenal alors que celui-ci continuait à crier, puis il lui planta ses crocs dans la tête et le secoua dans tous les sens, comme un chiffon, avant de le relâcher tandis qu'il s'éloignait du chenal.

Il s'ensuivit un profond silence, uniquement perturbé par le bruit de l'ours en train de réduire en charpie le corps ensanglanté. Knut avait réussi à mettre la main sur le fusil, il tira quelques coups en l'air, mais il était trop loin. Et Terje devait être mort désormais, en tout cas il l'espérait pour lui. Knut se laissa tomber sur la glace, sans se rendre compte qu'il était assis au milieu d'une grande flaque de gadoue teintée de rouge, celui du sang qui dégoulinait de son bras.

L'hélicoptère arriva en rase-mottes au-dessus de la banquise et la poudreuse entre les crêtes de compression se souleva sous les martellements du rotor. Les Russes survolèrent deux ou trois fois l'ours et le corps ensanglanté sur la glace. Mais l'animal ne semblait pas décidé à partir. Ils durent lancer plusieurs fusées de détresse avant qu'il ne fasse volte-face et disparaisse en quelques grands bonds. Knut s'attendait à ce qu'ils le poursuivent et l'abattent, mais non, ils vinrent se poser juste à côté de la tente. Alors seulement, il comprit que les pilotes russes avaient dû penser que sa vie était en danger.

Mais l'heure n'était pas aux questions ni aux commentaires. Cela attendrait. Ils le firent monter dans l'hélicoptère, lui enlevèrent ses vêtements et examinèrent la blessure par balle à son bras. Il devait sentir terriblement mauvais malgré sa toilette de la veille, car ils froncèrent le nez en s'approchant de lui pour désinfecter la plaie et lui faire un bandage temporaire. Ils mirent ensuite des gouttes dans ses yeux et lui injectèrent un analgésique avant, pour finir, de lui enfiler une chemise en coton et un pull en laine.

L'équipage était plus important dans le Mil russe qu'à bord du Super Puma. Il y avait avec eux un médecin et un infirmier. Ainsi que deux mécaniciens et trois pilotes. Tous travaillaient avec efficacité. Le bureau du gouverneur leur avait sans doute donné des instructions précises. Ils déterrèrent le corps de Mads et le mirent dans une housse en plastique noire. Puis ils rangèrent absolument toutes les affaires de l'expédition et les chargèrent dans le coffre à bagages. Ils collectèrent même tous les morceaux de papier dans un sac en plastique. Enfin, ils allèrent chercher ce qui restait de Terje et placèrent sa dépouille dans une autre housse en plastique qu'ils déposèrent sur une civière à côté de celle de Mads.

Ils ne se lanceraient pas à la poursuite de l'ours polaire, annonça le pilote. Quel intérêt ? Ces bêtes étaient toutes des machines à tuer potentielles. À la première occasion, il recommencerait à se nourrir de phoques.

Knut regardait d'un air apathique par la fenêtre. Il était incapable de penser, il éprouvait simplement l'étrange sentiment d'être en vie. Ce ne fut qu'après le décollage de l'hélicoptère, alors que la neige tourbillonnait au-dessus du spectacle atroce à leurs pieds, que l'infirmier s'assit sur le siège à côté du sien et l'aida à enfiler son casque équipé d'un micro. Knut en déduisit qu'il devait s'agir de l'officier du SVR.

« Chnuet. » Les Russes avaient toujours eu leur manière bien à eux de prononcer son nom. « *This is a terrible tragedy. What happened here** ?

– Oui, c'est une tragédie aberrante, ils sont tous morts. » Il se sentit vaciller quand l'ampleur de son échec lui apparut. Il était le seul survivant.

« Non, non. Pas tous. Nous sommes partis de Barnéo à deux hélicoptères. L'autre s'est arrêté en cours de route pour récupérer un des membres de l'expédition. Il était blessé, mais toujours en vie. » Le Russe baissa les yeux sur un bout de papier sur ses genoux. « Chaarsten Hauge. Il retournait vers le camp.

– Il est en vie ? L'ours ne l'a pas tué ?

– Non, l'ours ne lui a rien fait. On lui a tiré dans la jambe. Il a rampé hors de la pulka, sur la banquise. Comment Hauge a-t-il été blessé ? Le savez-vous ?

– Une balle perdue ? » s'entendit répondre Knut. Il ne ferait aucun rapport tant qu'il ne serait pas de retour au bureau. Les autorités norvégiennes devaient être les premières à être informées de la situation exacte. Quant à ce qui se passerait ensuite, ce n'était pas son problème. « Nous nous sommes séparés. Terje et Karsten ont pris la pulka et le fusil, alors que je restais à vous attendre.

– *Terrible tragedy.* Personne n'y peut rien alors ? Tous sont morts par accident ou abattus par l'ours polaire ? » Le Russe semblait agacé.

Knut hocha la tête. L'intercom grésilla. Des voix russes en train de dialoguer.

L'infirmier se tourna vers Knut. « Vous échapperez au retour par Arkhangelsk. On a reçu une demande. Un sponsor de Tromsø paie le vol en avion de Barnéo jusqu'à Longyearbyen. »

Knut haussa les épaules, il aurait presque préféré qu'ils rentrent en passant par la Sibérie. Il était tellement plongé dans ses réflexions qu'il n'avait pas entendu ce que le Russe à ses côtés lui avait demandé.

* « C'est une terrible tragédie. Que s'est-il passé ? »

« Pardon. Qu'est-ce que vous avez dit ?

– Je dis que l'autre hélicoptère a déposé Karsten Hauge au pôle Nord. Ils doivent récupérer là-bas un groupe de touristes en excursion à la journée pour les ramener à Barnéo. Il sentait trop mauvais pour qu'ils puissent le garder à bord. Ce n'est pas bon pour les affaires. Nous allons donc passer le prendre. Voulez-vous sortir et vous dégourdir les jambes ? Comme cela, vous pourrez vous aussi dire que vous êtes allé au pôle Nord. »

Knut garda sa réponse pour lui. Les autres n'avaient aucun besoin de savoir ce qu'il pensait. Il demeura sur son siège durant le bref laps de temps qu'ils restèrent sur la banquise. Ils aidèrent Karsten à monter à bord. Ce dernier avait l'air totalement exténué et n'avait manifestement plus les idées très claires avec tous les médicaments que les Russes lui avaient administrés. En apercevant Knut, il passa péniblement entre les sièges et se jeta à son cou.

« Quelle tragédie, Knut ! bredouilla-t-il. Dieu merci tu es en vie. Tu sais quoi ? Il m'a tiré dessus. Il était prêt à me sacrifier pour sauver sa peau. »

Knut le repoussa. Karsten s'écarta avec un regard blessé, troublé, et l'infirmier se précipita vers eux.

L'hélicoptère quitta le pôle Nord. Sur la banquise, les touristes qui étaient en train de monter à bord de l'autre appareil ressemblaient à des boules colorées dans leurs volumineuses doudounes. Il s'écoula une demi-heure avant que l'infirmier ne soit de nouveau assis à côté de Knut. Ils n'étaient plus très loin, lui annonça-t-il, puis ils atterrirent à Barnéo. L'Antonov les attendait, prêt à décoller. Ils pouvaient monter directement à bord de l'énorme avion de transport. Knut devait quand même se sentir soulagé, non ? Après tout ce temps sur la banquise, y avait-il des choses qu'il attendait avec particulièrement d'impatience ?

Les Russes n'étaient pas si bien informés que cela finalement, songea Knut. « Je suis content de revoir le littoral du Svalbard. Mes amis et les gens que je connais à Longyearbyen. Et je vais m'offrir un véritable festin dans le meilleur restaurant de la ville, murmura-t-il en pensant que c'était là les paroles que l'infirmier escomptait.

– Rien d'autre ?

– Je me réjouis de retourner travailler. »

Le Russe sourit. « Pas d'épouse ? »

Knut secoua la tête, en espérant que le Russe allait bientôt cesser de l'importuner avec toutes ses questions. « Non. Aucune épouse ne m'attend à la maison. Mais il semblerait que j'ai un chien désormais. »

Épilogue
Le repentir

Il n'existe pas de sentiment plus douloureux que le repentir. Que les journées soient lumineuses ou sombres, qu'il fasse chaud ou froid, qu'il pleuve ou que le soleil brille, il est omniprésent, avec la tristesse indéfinissable qui va avec, la culpabilité rampante.

On souhaiterait tellement pouvoir remonter le temps. Si seulement, dans cet instant décisif, on avait pu se dédoubler et se tenir, telle une ombre bienveillante, à côté de soi et poser une main sur sa propre épaule en murmurant qu'il vaudrait mieux ne pas prendre cette décision dans la précipitation, que la nuit porterait conseil.

Le repentir sait se montrer patient. Il vous cueille au petit matin quand votre âme est à nu et sans défense. Il entoure vos épaules de son bras froid et vous assure que rien ne sera plus jamais comme avant, que cela ne s'arrangera pas – quoi que vous puissiez croire dans de brefs moments de répit.

Je ne le savais pas ! vous écriez-vous quand le tourment devient insupportable.

Tu aurais dû t'en douter, répond le repentir.

Le chef de la police me conduisit à l'aéroport bien avant l'heure du décollage. Je n'aurais pas supporté de rester assise dans un café, entourée de plein de curieux. Il l'avait sans doute compris, car il usa de tous les droits que lui offrait son statut. Le véhicule de service put ainsi franchir la haute porte en aluminium juste à côté du hall des arrivées. Les dunes de neige contre les murs du hangar ressemblaient à du ciment séché dans la lumière du jour argentée. L'avion en provenance de Tromsø avait depuis longtemps atterri et débarqué ses passagers. Il n'y avait à présent plus personne dans les escaliers mobiles devant la porte de l'appareil et celui-ci attendait que le hall des départs déverse un nouveau flot de voyageurs.

Tom Andreassen m'aida à descendre de voiture pour éviter que je ne glisse sur le sol verglacé. Il prit mon sac et me soutint par le bras jusqu'au hangar. Côte à côte, dans l'ombre du bâtiment, nous regardâmes l'énorme avion de transport russe se poser dans un mugissement de l'autre côté de la piste.

Karsten se trouvait à bord de l'Antonov. J'avais déjà annoncé que je ne voulais pas lui parler, ni même le rencontrer. Le chef de la police avait fini par comprendre que j'avais peur. Il avait promis de m'accompagner jusqu'à mon avion. À Tromsø, je serais accueillie par des gens de la compagnie aérienne qui m'escorteraient jusqu'à mon vol pour Kirkenes. Là, mes parents m'attendraient.

Au moment de prendre congé au pied de l'escalier mobile, Tom Andreassen me serra la main. Je ne devais pas me reprocher ce qui était arrivé à l'expédition, me dit-il. Il ignorait pourquoi je redoutais tant de rencontrer mon mari ou ce qui me poussait à me réfugier ainsi chez mes parents à Varanger, mais peut-être devrais-je parler à quelqu'un ? Karsten n'était pas le seul passager à bord de l'Antonov, expliqua-t-il. Knut Fjeld l'accompagnait. Or s'il y avait bien une personne susceptible de comprendre mon tourment, c'était sans doute lui. Tant que quelqu'un d'autre avait vécu la même chose que nous, on n'était pas seul, ajouta-t-il. Peut-être serait-il bien que je le contacte dans quelques mois, quand je pourrais poser sur la situation un regard plus distancié.

Peut-être, oui, lui répondis-je. Le chef de la police était un homme gentil et bien intentionné, mais si je lui avais avoué ce qui me torturait, il m'aurait probablement fuie et n'aurait plus éprouvé que du dégoût à mon endroit.

La nuit précédant le départ, à l'auberge de Nybyen. Un moment d'égarement. Qui m'emplissait de honte. L'expédition s'était transformée pour nous tous en une véritable catastrophe financière. Après avoir regagné nos chambres respectives, alors qu'il était collé à moi dans le lit, Karsten me murmura que nous nous trouvions dans un sale pétrin. L'expédition ne pouvait plus être ajournée. Pas maintenant, pas la nuit avant le départ. Or nous n'avions plus un sou, nous ne serions pas en mesure de respecter nos engagements. Il fallait nous rendre à l'évidence : pour peu que l'expédition réussisse à rallier le pôle Nord, nous n'aurions pas de quoi payer le vol de retour des chiens. Tout l'argent apporté par Svein avait été englouti dans l'organisation du voyage des sponsors sur l'archipel des Sjuøyene. Jusqu'au bout, il avait pensé que l'un d'entre eux prendrait tous les frais à sa charge, mais aucun ne l'avait proposé. Et il n'avait plus le temps de chercher de nouveaux mécènes. Et puis en tant que chef de l'expédition, il ne voyait pas comment il pourrait ne pas partir.

Je n'arrivais pas à croire qu'il baisse les bras. Jusqu'ici, il avait toujours trouvé une solution. Et qu'adviendrait-il de tous les emprunts qu'il avait contractés ? murmurai-je. Il se détourna. Nous allions tout perdre, répondit-il. La maison de ma grand-mère ? bredouillai-je. La vieille maison en rondins, à Varanger, dans laquelle mes parents habitaient. Tout, absolument tout, déclara-t-il. Mais c'était sans doute à une autre demeure qu'il pensait. Celle de ses parents à Nordstrand.

Je me redressai dans le lit, un froid glacial m'avait envahie. Je sentais l'odeur du fer dans mes narines. Étaient-ce les chiens le problème ? demandai-je. Svein n'accepterait jamais qu'ils soient abattus, dit-il. Ce qui se comprenait, il les avait achetés malgré tout.

C'est moi qui suis allée chercher le raticide dans le placard de la cuisine. J'ai tendu le pot de confiture à Karsten en lui disant que s'il en mettait un peu dans la nourriture des chiens, ces derniers tomberaient brusquement malades, sans raison apparente. Il n'était pas nécessaire d'en parler aux autres. Svein et Terje n'avaient aucun besoin de savoir ce qui s'était passé.

Dès le lendemain, je regrettai mes propos, mais il était alors trop tard. En arrivant dans le séjour au petit matin, je les découvris, lui et Mads. Ils m'accueillirent avec un sourire. Ils avaient discuté des différentes suggestions que j'avais faites dans la nuit, m'annoncèrent-ils. J'étais vraiment une fille étonnante et pleine de ressources, quelqu'un de précieux quand on partait à l'aventure, constata Karsten d'un air approbateur, le même que celui qu'il employait autrefois pour s'adresser à moi.

J'aurais donné n'importe quoi pour qu'ils oublient l'idée que je leur avais soufflée, mais à aucun moment je n'eus l'occasion de leur parler en tête à tête. Terje nous avait rejoints dans le séjour. Peut-être avait-il compris qu'il se tramait quelque chose, mais il ne posa aucune question.

Il régnait autour de nous le plus grand chaos, nous étions pris dans le tourbillon des préparatifs, avec plein de personnes demandant à nous photographier ou voulant nous souhaiter bonne chance. Svein était l'unique membre de l'expédition absent. Il était resté au Polar Kennel avec les chiens. Ils seraient transportés jusqu'à l'aéroport dans la remorque de Johan Vik spécialement conçue à cet effet.

Puis tout à coup, Camilla et moi nous sommes retrouvées seules à Longyearbyen. Tous les autres étaient partis vers le Nord.

Le pasteur de Longyearbyen m'avait assuré que, sans repentir, il n'y avait pas de pardon. Mais qui pourra me pardonner lorsque je suis moi-même incapable de pardonner à la seule personne connaissant l'ampleur de ma faute ? Il n'existe pas de sentiment plus douloureux que le repentir.

Postface

Ce livre est un roman dont l'action se situe dans l'océan glacial Arctique et des lieux réels du Svalbard. Il m'est toutefois arrivé de changer des noms, des emplacements, d'ajouter ou d'omettre des personnes, de transformer des bâtiments ou des intérieurs quand cela s'avérait nécessaire pour l'intrigue. Toute ressemblance avec des personnes existant ou ayant existé est purement fortuite, à l'exception de Kvive Andersen, dont j'ai découvert les hivernages de 1919 à 1921 dans l'article de Tore Sørensen paru le 1er mars 2014 dans le journal *Nordlys*.

Un grand merci à Erlend Folstad, ancien agent au bureau du gouverneur au Svalbard, et à Kåre Pedersen, radioamateur et ami lors de nombreuses expéditions, pour leur aide.

Un très grand merci également à mon époux, Arne Roy, pour ses relectures de mes manuscrits et les corrections apportées à mes descriptions, ainsi qu'à Emma, ma fille, pour sa patience.

Un grand et sincère merci, enfin, à ma maison d'édition, à toute son équipe et notamment à son directeur Håkon Harket, pour leur professionnalisme. Quelle chance de compter parmi leurs auteurs !

Våler i Solør, le 22 août 2014
Monica Kristensen

Achevé d'imprimer en septembre 2016
sur les presses de France Quercy à Mercuès (France)

Dépôt légal : première édition, octobre 2016
N° d'impression : 60732/